Hiroshi Ikeda collection 6

池田浩士コレクション

第II期

池田浩士

大衆小説の世界と反世界

インパクト出版会

綿花を摘む娘　オスカー・ココシュカ　1908年

大衆小説の世界と反世界

目次

第一部　大衆小説の世界と反世界

第二部　作品とその読み手たち

第一部

大衆小説の世界と反世界

斧を研ぐ　アレクサンドル・ラッポ＝ダニレフスキー　1919年

序章

夢と危機

大衆小説について語ることは、もはや存在しないものについて語ることなのではあるまいか？　大衆小説の名にふさわしいような文学表現も、それを成り立たせる諸条件も、いまはすでに失われた過去のものでしかなく、大衆小説という概念そのものが意味をもたなくなっているのではなかろうか？

こうした疑問には、たしかに根拠があるように思える。純文学と大衆文学という古い区分けは、とうの昔に自明のものではなくなってしまった。いまでは、純文学と対立するものとして大衆文学が論じられることはますます少なくなり、新聞の文芸欄をみても、大衆文学時評にかわって中間小説時評が掲載されていることさえめずらしくない。中間小説と呼ばれるものの登場は、第三のジャンルとして旧来の二項対立をつきくずしただけでなく、純文学や大衆文学という呼称自体を無意味にしさえした。

第二次大戦後、いまにいたるまでの日本の文学表現について考えるとき、この中間小説というジャンルをさしおいて大衆小説に目を向けることは、みのり少ない営為をみずから選ぶことでさえあるだろう。敗戦後についてだけではない。すでに一九三五年春、横光利一は、純文学と通俗小説との区分をとりはらうことに、文学表現の活路を見出そうとしていた。《もし文芸復興といふべきことがあるものなら、純文学にして通俗小説、このこと以外に、文芸復興は絶対に有り得ない、と今も私は思つてゐる。》――この書き出しではじまる横光の「純粋小説論」（『改造』一九三五年四月号）は、たちまち大きな反響を呼び、それが発表された翌月の号の諸雑誌だけでも、さまざまな立場のおよそ二十人もの文学者たちが、横光利一の提起にたいする自己の見解を表明したほどだった。のちに〈純粋小説論争〉と名づけられることになるこの一連の議論は、もちろん、当時の文壇文学の深刻な行きづまりを反映して、もっぱら純文学の側の視点から、純文学の復興の可能性を追求するものにすぎなかったとはいえ、少なくとも横光の危機感のなかには、純文学と大衆文学、つまりかれの言う通俗小説との区別にこだわるのをやめることからしか、純文学にとっての活路もまた見出されえない、という認識があったのである。《〔……〕通俗小説と純文学とを何故に分けたのか、別けたのが間違ひだと云つた大通は、幸田露伴氏である》という一節を、純文学の衰亡と通俗小説の力量とを指摘する見解のいくつかの例のなかに加え、それを「純粋小説論」の前提としていることからも、横光の意図は明らかだろう。

中間小説という概念が生まれるよりも二十年も前から、大衆文学と純文学という対立概念は、すでに自明のものではなくなっていたのだ。そして、横光利一によって口火を切られた〈純粋小説論争〉は、当然のことながら、そのまま一九三〇年代の一歴史的事象として石化してしまいはしなかった。横光が「純粋小説論」を発表した一九三五年、つまり昭和十年に焦点をあてながら日本の文学史を再構成する作業を試みていた平野謙が、《いまにして思えば、昭和十年に横光利一が「純粋小説論」を書いて、大衆文学と純文学とをかねそなえるものを純粋小説と規定したとき、それは戦後の中間小説的繁栄を予兆するものだった、ともいえる。》と、雑誌『群像』十五周年によせる小文に書いたとき、論争は、新たな次元で燃え上がらざるをえなかったのである。一九六一年秋から翌年春にかけての、このいわゆる〈純文学論争〉は、問題提起者となった平野自身も言うとおり、中間小説の繁栄という状況の中で展開された。かつての〈純粋小説論争〉と同じく、論争参加者たちの視点は、主として純文学の側のものだった。純文学は、大衆文学という大敵だけでなく、いまや中間小説という新たな脅威に身をさらしていたのだ。

だが、〈純文学論争〉は、大衆文学と純文学との二項対立をすら無に帰せしめながら純文学をおびやかす中間小説への、純文学の側からの反撃の試み、という意味をもつにとどまらなかった。そしてここにこそ、大衆文学にとってもまた最大の難問が、中間小説の登場などよりも大きな障害が、ひそんでいたのである。〈純文学論争〉が、一九六一年という時点にたたかわされたことは、偶然ではないだろう。論争の端緒は、一文芸雑誌の創刊十五周年記念にあったとはいえ、論争の問題点は、もっと大きな事実とかかわっていた。すなわち、活字というメディアによって表現活動の中心的な存在でありつづけてきた小説が、テレビや劇画をはじめとする視角メディア（あるいは視聴覚メディア）の表現に王座をあけわたさざるをえなくなりつつあるのが、だれの目にも明らかになってきたのだ。「『群像』十五周年によせて」（『朝日新聞』一九六一年九月十三日）のなかで、平野謙は、こう書いている。《〔……〕近代文学なり現代小説なりが文芸雑誌や総合雑誌を中心として発達してきたという文学史上の定説も、大正から昭和初年にかけて定立した歴史的概念にすぎないのじゃないか、というのが私のひそかな疑問である。それは菊池寛が新聞や婦人雑誌に意識的にエンタテーンメントとしての作品を書きだし、白井喬二らによって大衆文学という新しいジャンルが自覚されたのとほぼ見合って、純文学という概念が私小説を中心に確固不動のものとして定立した時期だけに妥当するものではないか。そして、戦後十五年の文学史は、一方ではそういう純文学概念の更新の過程であり、他方ではかつての純文学概念の崩壊の過程でもある。前者の孤塁を守るのがいわゆる文芸雑誌の役割であって、後者の推進力となったのが『小説新潮』『オール讀物』などのいわゆる中間小説の専門誌をはじめとして、婦人雑誌、娯楽雑誌、週刊誌、新聞などのマス・コミュニケーション勢力である。かつては純文学の有力な支柱であった総合雑誌は、今日ではその第一線から退いてしまった。文芸雑誌とそれ以外のマス・コミュニケーション勢力との対決のあいだに、現代小説の純文学要素はうかんでいる、というべきだろう。》

平野のこの構図は、もちろん、あくまでも純文学を軸にしたばあいのものにすぎない。論争の途上で高見順が、平野の説を修正しながら確認したように、たしかに、純文学という概念そのものが大衆文学の誕生とともに成立したものにほかならず、その大衆文学はまさに新聞・雑誌というメディアによってこそ生成し発達することができたのであり、そして戦後においては中間小説専門誌をはじめとするマス・コミュニケーション勢力の興隆と純文学のための文芸雑誌の衰退とが顕著である——というのはそのとおりだろう。だが、平野にも、また高見順をはじめとする論争参加者たちにも、このような状況のなかでの純文学の運命だけが関心事となっているため、そのマス・コミュニケーション勢力そのものがさらに大きな敵におびやかされつつあることは、かれらにとってなんら問題とならないのである。ところが、ひとたび純文学という軸から身をはなして、ほんのわずかなりとも大衆文学の側に視座をすえてみるなら、平野の問題提起と〈純文学論争〉の総体が、まさしく、なによりもまず大衆文学にとっての問題をめぐるものにほかならなかったことが、わかるだろう。

たしかに、大衆文学の成立と発達は、活字メディアが新聞や通俗小説という大量出版の形態をとるようになったことと不可分だったのだが、だからこそ、量的にも質的にも異なる新しい大衆的表現の可能性を生み出すような、別の大量メディアの出現と普及は、大衆小説にとってこそ、純文学にとってとは比べものにならないほど大きな危機を意味するのである。

いま大衆小説を論じること、大衆との関連で小説を論じることは、それゆえ、二重の時代錯誤をおかすことかもしれない。大衆的な表現について考えるのであれば、大衆小説にとってかわる新しい分野の表現をこそ、問題にすべきではないのか。かつて大衆小説を支えていた読者たちも、いまでは中間小説に移ってしまっただけにとどまらず、中間小説すらもすてて、コミック誌をうちひらき、テレビのまえに坐り、あるいは電子回路のキーボードをたたいている。いまことさらに大衆小説を論じることは、こうした受容者の日常から目をそらし、そのこころにとどく言葉をみずから放棄することにしか、ならないのではないか。

だが――それでは大衆小説とはいったい何だったのか？　大衆小説について考えることが、たとえ、葬り去られたものの生前の姿を再現してみせることでしかなく、せいぜいのところ、すでに死のうとしているものの余命をみきわめることにすぎないとしても、それはわれわれの現在とはまったくかかわりのない作業なのだろうか？　そして、そもそも大衆小説の読者は、かつてどんな顔つきで文字を追い、いまどんな表情で画像を見つめているのだろうか？ふたつの顔のあいだには、もはや共通性はないのだろうか？

横光利一の提言に先立つことちょうど一年、一九三四年四月に発表された「大衆文学本質論」のなかで、中谷博は、大衆小説の読者像についての有名な見解を提示していた。大衆文学と呼ばれるものが日本に生まれて以来ほぼ十年の歴史をふりかえりながら、中谷は、その大衆文学の発達を支えてきた読者はいったいだれだったのか、という問いをはじめて発したのである。中谷自身の答えは、こうだった、《大衆文学は今日立派に大人の読み物である。通俗小説が女学生の、探偵小説が中学生の、純文学が文学青年の、それ〴〵読み物である通りに、大衆文学は大人の読み物である。たゞ車夫も馬丁も大衆文学は読むだらう。しかし大衆文学の作者は決して車夫や馬丁を対象として制作をしてをらない。明かに知識人を相手に書いてゐるのだ。知識人の読者も亦、大衆文学は元来車夫や馬丁の読み物であるのだが、今日よく〳〵退屈だから一つ借りて読んでみてやりませう。《(ママ)》など、云ふ風な態度でこれに対してゐるわけでは決してない。大衆文学の真の読者は我々を措いて他にあり得ないと云ふ位の、口に出してこそ言はないが、腹はある

だらうと思ふ。》（『新文芸思想講座』第七巻、一九三四年四月、文藝春秋社）

関東大震災以後に生まれたとかれが考える大衆文学の読者と、それ以前からあった通俗読物や娯楽読物の読者とを区別するために、中谷が後者を車夫や馬丁の文学と呼んでいる点や、大衆文学をいわゆる時代ものだけに限定して、たとえば探偵小説をこれから除外するというように、当時まだ支配的だった大衆文学観の制約を脱していない点などにたいしては、もちろん多くの批判がありうるだろう。しかし、そうした時代的限定を一応度外視すれば、中谷博のテーゼは、いまなお注目に値する。大衆文学の、より厳密に言えば大衆小説の読者は、その当時もいまも、知識人と大衆という対立概念によってとらえられがちな〈大衆〉とは、必ずしも重なりあわないからだ。

大衆小説の発達にとって最大の舞台のひとつとなった新聞という媒体に目を向けてみても、このことは明らかである。のちに大衆文学という名を与えられることになるジャンルの前史がそのなかで着々と形成されてきた明治以来の新聞小説の歴史は、塚原渋柿園《じゅうしえん》、村上浪六、岡本綺堂、菊池寛、吉川英治などの作家たちとともに、二葉亭四迷、泉鏡花、夏目漱石、徳田秋声、田山花袋、高浜虚子らの名前と切りはなしては存在しえない。もちろん、新聞の発行部数も、いまと比べればずっと限られていた時代のことである。また、同じく新聞小説とはいっても、『都新聞』と『東京朝日新聞』とでは、さらにはまたこの両者と『萬朝報』や『国民新聞』とでは、おのずから違いがあったことは言うまでもないだろう。しかし、そうした点をすべて留保して考えても、小説と読者との関係において、いわゆる大衆の概念は、知識人なる概念と排他的に対立するものではない。大衆小説はその前史のなかですでに、いわば中間小説的な性質をもたざるをえなかったのだ。というよりはむしろ、新聞小説に体現されてきたこの中間小説的な大衆性が、読者の側の条件の熟成によって飛躍的な規模で受容基盤を与えられるようになった一時点に、はじめて大衆文学というジャンルが成立したのである。

これは、日本の大衆小説の歴史にとってのみ特徴的なことなのではない。セルバンテス、フィールディング、ジャン・パウル、バルザック、ディケンズ、ドストエーフスキーなど、こんにちからみれば純文学に分類されても不自然ではない作家たちが、かれらの時代には、もっとも顕著な大衆文学的要素を体現していたことは、しばしば指摘されるとおりである。「純粋小説論」によって純文学と大衆文学の間の境界を越えようとし、いまなおアクチュアリティを失っていないひとつの論争を触発した横光利一も、だからこそ、純粋小説という名の綜合《ジンテーゼ》を構想するさい、ドストエーフスキーを実践上の手がかりに選んだのだった。横光は、《いったい純文学と通俗小説との相違については、今までさまざまな人が考へたが、結局のところ、意見は二つである。純文学とは偶然を廃すること、今一つは、純文学とは通俗小説のやうに感傷性のないこと、とこれ以外に私はまだ見てゐない。》と述べたうえで、ドストエーフスキーの小説には、こうした通俗小説の要素がととのっている、とつぎのように書くのである――

《ドストエフスキイの「罪と罰」といふ小説を今私は読みつつあるところだが、この小説には、通俗小説の概念の根柢をなすところの、偶然（一時性）といふことが、実に最初から多いのである。思はぬ人物がその小説の中で、どうしても是非その場合に出現しなければ役に立たぬと思ふときあつらへ向きに、ひよつこり現れ、しかも、不意に唐突なことばかりをやるといふ風の、一見世人の妥当な理智の批判に耐へ得ぬやうな、いはゆる感傷性を備へた現れ方をして、われわれ読者を喜ばす。先づどこから云つても、通俗小説の二大要素である偶然と感傷性とを多分に含んでゐる。さうであるにもかかはらず、これこそ純文学よりも一層高級な純粋小説の範とも云はるべき優れた作品であると、何人にも思はせるのである。また同じ作者の「悪霊」にしてもさうであり、トルストイの「戦争と平和」にしても、スタンダール、バルザック、これらの大作家の作品にも、偶然性がなかなかに多い。それなら、これらはみな通俗小説ではないかと云へば、実はその通り私は通俗小説だと思ふ。》

しかし、それが単に通俗小説であるばかりでなく、純文学であり、しかも純粋小説とみなされうるのは、理智の批判に耐え得てきた思想性とリアリティがあるからだ、というのが横光利一のさしあたりの主張なのだが、かれの論考全体の文脈で見れば、こうした通俗小説の基本要素を摂取することなしに、小説の再生はありえないのだ。横光が指摘した通俗小説の二大要素は、大衆小説の不可欠の構成要素であるばかりか、のちの中間小説にも必須の要素として受けつがれた。横光の純粋小説と、戦後の中間小説とをそのまま同列に置くことは、もちろんできないにせよ、横光によって構想された小説再生のための第一条件が、中間小説の実践のなかに生かされていることは否定すべくもない。

それゆえ、純文学と大衆文学という対立の構図が中間小説の出現によってくずれたということは、大衆小説の諸問題がすべて解消したということではないのである。だが、それでは、中間小説すらもが、別の新たなメディアによる表現にとってかわられつつあるのではないか、という問題は、どうなるのだろうか？

中間小説もまた、そしてとりわけ中間小説が、いまでは視覚的メディアによる表現の進出におびやかされている。何十万もの人間がたがいに何のつながりももたぬまま同じ小説を読む、という状況は、何千万もの人間が同時に同じ画像を見ていながらたがいに無関係である、という状況によって追い越されてしまった。にもかかわらず、中間小説も大衆小説も、われわれにとっての問題であることをやめてしまったわけではない。

滅びようとしているものが、生のさなかにあるものとは別の問題を、あるいは同じ問題をもいっそうくっきりと、提起することがしばしばある――という一般的な真理は、もちろんここでも考慮されなければならない。掟の前で待ちつづけたカフカの人物と同じように、死の直前になってはじめて、生きつづけてきた全期間の問題がひとつの問いとなって結晶し、表現されることは、いつでも、何についても、ありうるのだ。死んでいくかれ自身は、この問いにみずから答えることはできないし、自分が発したその問いの意味を理解することさえもはやできない。しかし、かれの問いは門番にひとつの答えをうながし、その答えはさらに、このひとつの作品の枠をこえて、カフカの読者の問いを触発する。この新たな問いは、まったく別の作品のなかにまで持ち込まれることさえ、少なくない。

大衆小説が体現しつづけてきた問いは、このジャンルが死に瀕しているまさにそのとき、これまでになく鮮明にうかびあがってくるだけではなく、そのあとにくる別の表現のなかにまで、未解決のまま持ち込まれることもあるのだ。抽象的一般論として、そういうこともありうる、というのではない。大衆小説の読者がかつて直面し、中間小説の読者がいまなお直面しているものが、ブラウン管のまえですべて消え失せたわけではないのである。高木健夫の

『新聞小説史稿』第一巻（三友社、一九六四年四月）は、資料のひとつとして、一九五八年六月に『読売新聞』が東京と前橋の購読者を対象に行なったアンケートの結果を収録している。興味深いのは、紙面にどんな種類の小説を載せてほしいか、という問いにたいする読者の答えである。集計によれば、もっとも多かったのは「家庭小説」で、東京の読者の一四・三％、前橋の読者は一四・八％がこれを希望していた。次いで、「ユーモア小説」（東京一四・三％、前橋一二・四％）と「社会小説」（一一・四％、一四・八％）がほぼ同率でならび、以下、「恋愛小説」（九・二％、一〇・七％）、「歴史小説」（九・二％、八・九％）、「探偵・捕物小説」（六・四％、五・五％）、「時代もの」（五・四％、五・六％）、「講談もの」（五・四％、四・七％）の順でつづく。「意見なし」は、二四・四％と二二・六％だったが、それを別とすれば、もともと大衆小説のもっとも典型的なスタイルだったものにたいする要望が、根強く生きつづけていることがわかる。

この数値は、中間小説が著しい興隆を示していた一九五〇年代後半の時代になお、かなりの読者は依然としてもっとも典型的な大衆小説を希求していた――ということを示しているばかりではない。テレビが日本社会で急激な普及をとげる時期の直前になされたこのアンケートの結果は、ひとつの注目すべき事実をわれわれに教えてくれる。ここに示された新聞小説読者の希望を、こんにちのテレビ番組表と対照してみればよい。テレビの番組は、かつての新聞小説読者の望みと本質的に背反しないのである。新聞・雑誌にかわる新しいメディアとしてのテレビは、ことフィクションにかんするかぎり、かつての大衆小説を活字からブラウン管に移しかえただけにすぎないのかもしれないのだ。

劃期的に新しい表現が支配権を獲得するためには、それを自己のものとして要求し受けいれる受容者が、かなり普遍的に存在していなければならない。他方また、旧来の方法では表現しきれないものを表現しうるような、劃期的に新しい方法が生まれてはじめて、それを受けいれる新しい感性をもった受容者も形成されるのである。だが、少なくともいまの時点でみるかぎり、テレビというメディアも、劇画その他の図像形式も、しばしばそう論じられるのとは裏腹に、かつての大衆小説の読者たちの感覚や要求と決定的に異なる新しい感覚と要求を視聴者のなかに生み出すような、決定的に新しい表現をもつまでには、至っていないのではあるまいか。新たに支配権を獲得したかにみえるこれらの表現と伝達の形式は、受容者の古い感性と要求を、大衆小説とは別のかたちで体現しているにすぎないのではあるまいか。

　文字か、それとも映像や図像か、という媒体の差異は、もちろん大きいにちがいない。文字による表現は、少なくともそれを各自のなかで視聴覚的なイメージに転換する作業を、受け手に要求する。そればかりではない。たとえば文章を読むというような、あるひとつの受容行為は、それがひとたび、もっとも主要で中心的な受容形式であることをやめ、たとえば映像を見るというような別の受容行為によって中心の座を奪われると、もはや古い行為となるだけではなく、だれにでも簡単に手軽にできるとは限らぬ一種の特権的な行為に変じてしまう。出現しはじめた当初は少数者だけに許される特権だった新しい受容形態が、普及とともにいわば大衆化するにつれて、逆に旧来の受容形態は、少数者の特権と化していかざるをえない。まだ特権とまでは言えないとしても、相対的に古い受容行為は、いま普遍的な支配権をもっている受容行為と比べれば、それを行なう受容者にある種の決意と選択を、そしてそれができるだけの生活条件を、要求することは確かだろう。

　しかし、こうした違いを、ふたつのメディアと向かいあうそれぞれの受容者そのもののあいだの本質的な差異と見なすことには、問題がある。文字にたいするときのほうが受容者の能動性がより大きく、それと比べて映像や図像のばあいはいっそう受動的である——というような区別は、それほど確実で決定的なものではない。かつて、活字中毒という言葉があった。書かれている内容や文体とは何のかかわりもなく、ただ活字を目で追わないと不安になり焦躁感にかられる、という現象である。この現象は、活字という媒体が能動的な営為の契機であるよりは、すでにもっとも受動的なかかわりかたの対象と化していたことを、物語っている。二六時中テレビをつけっぱなしにしておくという受容のパターンは、ラジオ時代の「ナガラ族」のばあいにもあったが、さかのぼれば新聞小説や雑誌の連載ものを読みながら食事や排泄をするという行為のなかにも、すでに存在していた。テレビや劇画や電子回路のキーボードにたいするときの受け手の姿勢が受動的だとすれば、それは、文字というメディアが大衆的なものとなった時代の表現であるかつての大衆小説の読者の受動性を、いま視覚的メディアがいっそう具象的に、あるいはむしろいっそう抽象的に、体現しているということなのである。

いまの普遍的なメディアである映像や図像が、かつての大衆小説の読者とはまったく異なる感性や姿勢のありかたを受け手のなかに生み出したことは、だれも否定できない。しかし、かつて大衆小説を求め、大衆小説という表現形式を支えた受け手の基本的な要求や感性が、テレビや劇画という表現形式のなかにも、あるいは増幅され、拡大され、深化されたかたちで、あるいはいっそう見えにくいかたちで、だが死滅することなく息づいているという点も、見のがすわけにはいかないだろう。受け手の感性や要求が生きつづけているのは、しばしば指摘される受動性の点においてだけではない。受容者を単なる受け手にとどめておかないための試みや、受容者がかかわる世界を単なる虚構の領域にとどめておかないための試みが積極的になされていることも、じつは、大衆小説と映像メディア表現とに共通する基本要素のひとつなのである。

たとえば、テレビにおける視聴者参加番組や、ある出来事の実況放映というような、このメディアの特性をもっともよく生かした表現形式でさえ、すでにかつての大衆文学のジャンルのなかに、決定的な先行者をもっている。日本においても欧米諸国においても、読者の参加をさまざまなかたちで実現しようとする試みは、大衆小説の発展と不可分のものだった。アンケートによる読者の希望の把握から、読者投稿欄の設置にいたるまで、犯人さがしの懸賞から、新人賞作品の募集にいたるまで、読者の参加は大衆文学のメディアによってはじめて意識的に追求され、このジャンルを根底から支えるひとつの条件となったのである。ルポルタージュや実録小説という形式が生まれたのも、これまた大衆小説の分野のなかでのことだった。ラジオと、さらにはテレビの実況番組によって極限まで発達させられ、実名の人物を登場させた劇画のなかにひとつのヴァリエーションを示しているこの形式は、それにもかかわらずなお、最近のルポルタージュ文学への関心のたかまりや、いわゆるニュージャーナリズムの流行というかたちで、一方では依然として文学表現の延命をあかしだてながら、同時にまた、文字メディアと視覚的メディアに通底する問題をも暗示している。

受け手の参加と実録ものというふたつの試みは、大衆小説のもっとも基本的な特徴であり、大衆小説を作品や作者の側面から見るときも、また受け手である読者を視野におさめながら大衆小説を考えるときも、もっとも重要な道しるべとなる要素である。これらによって読者は、フィクションとしての小説とかかわるだけでなく、現実そのものとかかわることになる。それどころか、このふたつの要素のなかで、たんなる文学表現にすぎないもの、せいぜいのところ現実をとらえ、描く表現にすぎないもの――しかも、横光利一が指摘したような現実ばなれした偶然と感傷性に支配される虚構の世界――が、読者にとって、いわば現実と等価なものになるのだ。

しばしば大衆小説との関連で論じられ、それどころかもっとも典型的な大衆小説とみなされてさえきた『大菩薩峠』の作者、中里介山は、自分のこの小説を大衆文学の範疇に加えるとらえかたに、くりかえし反論し抗議したのだが、その反論のひとつとして、未完に終わったこの作品の最後の巻となった第一八冊『椰子林の巻』の末尾近くで、京都大原三千院の来迎院を舞台に、声明《しょうみょう》博士と季麿《すえまろ》秀才の会話を挿入している。この世界はひとつの寓話にすぎず、作家はもっともよくこの寓話を創作し使用するものだが、寓話とはすなわち子供だましであって、これにだまされる子供は幸いなのだ――という声明博士に、季麿秀才はつぎのように答えるのである。

《「左様でございます。哲学者が訴へ得られる範囲は少数の特志家の頭脳だけにしか過ぎませんが詩人といふものは大多数の人にも、後代の人にも了解される特権がございます。それを故らに縄張りをして大衆の文学だの少数の芸術だのと差別無きところに差別を設ける彼等の術策を憫まなければなりません、また左様な術策に引かゝるおめでたき民衆を憫れまなければなりません、世に優れたる詩人の空想ほど確実性を持つものはございません、科学などはそれに比べると全くお伽噺のやうなものです。パスカルはミゼラブルの雄大なる構想を支配する中心思想を知らうと思つて、三千五百頁のあの大冊を幾度も繰返して読んだ後に、斯ういふ事を云ひました、ヴィクトル・ユーゴーは、効果を以て其の美学論の中心としてゐるから、作がこれによつて煩はされている、然しヴィクトル・ユーゴーは何といふ驚くべき言語学的・文学的能力の所有者か――地上及び地下に於ける驚異すべきものを彼は悉く知つてゐる、知つてゐるだけではない、それと親密になつてゐる、たとへば巴里の都の事に就ても、あの町々を幾度も幾度も、裏返し表返して、丁度人が自分のポケットの中味をよく知つてゐるやうに巴里を知つてゐる、彼は夢みる人であると同時に、その夢を支配することを知つてゐる、彼は巧みに阿片や硫酸から生ずる魔力を喚《よ》び出しはするが、それの術中に陥つたためしが無い彼は発狂をも自分の慣らした獣の一匹として取り扱うことを知つてゐる、ペガサスでも、夢魔でも、ヒポクリツフでも、キミイラでも、同じやうな冷静な手綱《たづな》を以て乗り廻してゐる、一種の心理的現象としても彼ほど興味のある存在はあまり無い、ヴイクトル・ユーゴーは硫酸を以て絵画を描き、電光を以て之を照らしてゐる、彼は読者を魅惑し説得するといふよりは、之を聾せしめ、之を盲せしめ、さうして幻惑せしめてゐる、力もこゝまで進んで来れば、これは一種の魔力である、要するに彼の嗜好は壮大といふことにあり、彼の瑕瑾は過度といふことにある――パスカルは斯ういふやうな事を云つてゐるのでありますが、私は大菩薩峠の著者に就てはなほ以上の事が云へると思ふのです」

「それは私の知らない事だ。わたしは大菩薩峠なるものを読んでゐない」》（一九四一年八月、隣人之友社刊）

純文学と大衆文学との区別そのものが無意味な論議だ、と考えていた中里介山の自負が、ここにはよくあらわれているのだが、かれのこの自己主張は、観点を変えれば、かつて横光利一によって提唱された純粋小説なるものへの、中里介山なりの実践的な回答だったとも、言えなくはない。いずれにせよ、ここで作者の立場から述べられているように、もっとも荒唐無稽に思われる虚構も、もっとも現実ばなれしているように見える夢想も、たしかに、小説のなかで生きることによって現実と等価な、あるいは現実以上の、ひとつの世界となることができるのである。そもそも、ここで季麿秀才が仔細《しさい》らしく述べているパスカルのヴィクトル・ユゴー評価なるものが、歴史的に決してありえないひとつの虚構であることを思いあわせるなら、虚構の世界が現実以上に現実であるという介山の主張は、皮肉なリアリティをもってくるだろう。しかし、ではどうすれば、あるいは何によって、小説の世界が読者の現実世界と拮抗しそれを凌駕しうる世界、現実世界と少なくとも等価な世界となりうるかといえば、中里介山がもっぱら作者の立場から、読者におよぼす作用という面からだけ述べていることだけでは、とうてい尽くされるものではない。むしろ、作者によって魅惑され説得されるだけではない読者の側の営為、聾せしめられ盲せしめられ、幻惑せしめられるだけではない営為が、そこには存在しうるのではあるまいか。

そのとき、読者がかかわる世界は、たんなる現実の虚像ではなく、現実の裏返しとしての見果てぬ夢でもない。大衆小説の世界は、なるほど、現実そのもののなかで自己がなしえないことを可能にしてくれるものであり、それとかかわることは現実そのものとかかわることの代償行為にすぎない——という側面は、たしかにあるだろう。事実と参加という根本的な契機すら、そうした側面に解消されてしまう、ということはたしかにあるだろう。しかし、大衆小説は、ただ単に、夢の領域だけにかかわっているのではないのである。

大衆小説を読むという行為は、必ずしも、現実とは別の非現実とのみかかわることではない。とりわけ、フィクションとしての大衆小説とかかわることが、現実の世界とかかわることと文字どおり等価であるような時点、ぜひとも等価でなければならないような、そういう時点が、現実のなかにはありうるのだ。そのような危機的な時点には、夢はもはや夢にとどまっていることはできない。現実の生活とは別のありかたを求めてたどられる道が、現実そのものとなる。

大衆小説は、このようなときにこそ、真に読者のものとなるのである。このようなとき、大衆小説は、たんなる夢の世界ではなく、現実への道となるのだ。このようなとき、さまざまなかたちでの読者参加の試みや、実録もののなかに反映された事実への関心は、もっとも遠い時間や空間の彼方で演じられるもっとも空想じみた出来事をも、ほかならぬ自分自身のいまとここにかかわる表現として、読者のこころに結びつけ、そして読者のこころを他の読者と結びつける。受動的にすぎないかに見え、孤立した個々人でしかないように見える受容者が、そのとき、能動性と共同性を獲得するのだ。

大衆小説のこうした現実性は、中間小説と名づけられたもののなかにも、依然として生きつづけている。もちろん異なる姿をとってであれ、それは新しい視覚的メディアによる表現にも継承されているだろう。たんなる非現実や夢の世界ではないこのような現実性こそが、かつて大衆小説によって体現され、いま新たなマス・メディア表現によって受けつがれている諸問題の、主要な結節点にほかならない。フィクションを単なるフィクションにさせておかないこの大衆小説の現実性は、その現実のなかに生きる受容者とともに、まだ死んではいないのである。

I

行動する想像力——大衆小説の読者

1　大衆小説の成立と展開
——一九二〇年代の一側面

〈自我〉からの解放

一九二九年四月、当時二十八歳だった大宅壮一は、「文学の大衆化と娯楽化」と題する文芸時評を『東京日日新聞』に書いた。

前年の〈三・一五事件〉につづく共産党員の再度の大量検挙、いわゆる〈四・一六事件〉が全国を震撼させ、大不況のきざしが生活に不安の翳をますます色こく投げかける一方で、直木三十五の『由比根元大殺記』や佐々木味津三の『旗本退屈男』、吉川英治の『一領具足組』など、大衆小説の歴史に大きな足跡をのこすことになる諸作品が、『週刊朝日』、『文芸倶楽部』、『講談倶楽部』といった人気雑誌に連載されはじめたころでもあった。

大宅壮一は、のちに一九三一年十一月から、〈日本プロレタリア作家同盟〉の常任委員として出版部の責任者となるのだが、この「文学の大衆化と娯楽化」を書いた当時はもちろん、その後も、けっしてプロレタリア文学運動の中心的な理論家と目されてはいなかった。けれども、一篇の短い時評にすぎない大宅のこの文章は、いまから見れば、プロレタリア文学陣営の他の批評家や理論家のどの論文にもまして、当時の日本文学全体が直面していた問題を的確にえぐり出している。

大宅がここでまず目を向けるのは、日本の文壇である。かれは、最近数年のあいだに日本の文壇で《創作並《ならび》に観賞の両分野に、本質的な転換が行はれた》という指摘からはじめる。——従来の文学作品は、通俗文学を除けば、すべて作者の第一義的欲求にもとづいて生まれる、と信じられていた。創作の根本的動機を〈自我〉以外に求めることは、かれらにとっては耐えがたい屈辱でさえあって、かれらは良心的であればあるほど〈自我〉を守ることに忠実だった。たとえば有島武郎や武者小路実篤の人道主義、愛他主義にしても、それはただ〈自我〉の成長を通じてのみ実現されるものだった。《かれ等にとつては「自己完成」が最高の道徳であり、そしてその「自己完成」の途上にある「自我」を出来るだけ忠実に表現することが、文学にたづさはるもの、第一義的使命なのであつた。／たとへその「自我」がどんなに馬鹿々々しいものであつても、それを忠実に表現すれば、その表現を通じて「自我」が成長し、完成して行くのであつて、その表現に際して峻厳でありさへすれば実生活は少々ルーズであつてもかまはないのである。》友人や隣人や肉親にたいする義務や責任を欠いても、こうした〈自我〉がありさえすれば、作家は許されるばかりか賞讃さえも受けたのだ。前年（一九二八年）七月に死んだ葛西善蔵の場合などがその適例である、と大宅壮一は言う。

ところが葛西善蔵の死とともに、こうした自己完成型の文学は徹底的に清算された。これが、大宅の指摘する《本質的な転換》にほかならない。すなわち、《文学は窮屈な「自我」の殻《から》を脱して、「集団」の中に素晴らしい未来を見出した。今や多年文壇を支配してゐた個人主義に代つて、集団主義が明日《あす》の文学界に君臨せんとする勢ひを示してゐる。》（大宅壮一『文学的戦術論』、一九三〇年二月、中央公論社）

自己完成型文学の没落を招来し、文学における集団主義を確立したのは、もちろんプロレタリア文学運動の功績だとしても、それを受けいれる素地をつくったのは資本主義の現段階そのものだ、と大宅は考える。この社会のなかでは、個性の尊厳も自己完成も、もはや遠い昔の夢と化した。文学とかかわる知識階級のよりどころだった個人主義は、集団主義にその地位をゆずらざるをえなくなった。この集団主義的傾向が文学に反映して、まず第一に現われてきたのが、文学の大衆化なのである。ところが、こうした必然性をもって生まれた文学の大衆化という趨勢にたいして、プロレタリア作家・批評家たちは適切に対処しえていない、というのが、大宅壮一の直接の論旨だった。もっぱら明るさを、それも単なるジャズ的明るさを作品に盛り込むことが、新しいプロレタリア大衆文学の必要条件だ、と考えたり、あるいは、ただ大衆に多く読まれることだけを目的として、大衆化を娯楽化と混同したりするような傾向を、大宅は批判したのである。

もちろん、かれのこの批判は、すでにその一年前からプロレタリア文学運動の内部で展開されていた一連の論争、いわゆる〈芸術大衆化論争〉のひとこまという意味をももっていた。けれども、そうした論争をひとまず度外視するとしても、大宅のこの文章は、依然として重要性を失うものではない。なぜなら、大宅はここで、プロレタリア大衆文学だけにとどまらず、一般に〈大衆文学〉というジャンルが成立し、急速な展開をとげた根拠を、きわめて端的に示唆しているからだ。

　大宅壮一のいう自己完成型文学は、けっして日本の近代にとってのみ特有のものではなかった。むしろそれは、一般に近代社会の文学表現におけるもっとも典型的なスタイルのひとつだった。しばしば〈教養小説〉というかたちをとるこの表現形式は、だがしかし、今世紀初期の日本では、ヨーロッパ諸国には見られないような独特の発展をたどることになる。言うまでもなく、〈私小説〉がそれである。

　ヨーロッパにおける自己完成型文学は、十八世紀末から十九世紀初頭にかけて、とりわけドイツで、教養小説《ビルドゥングスロマーン》と呼ばれる独自の小説形式として、名乗りをあげた。その当初、自己完成とは、たんなる個人の私的な人格完成ではなく、当然のことながら、社会のなかでの、社会人としての自己形成を意味するはずだった。社会という共同体のなかでの意義ある働き、ということと不可分に、人間の自己形成の道が文学作品のなかでも模索されたのである。そこには、中世的な社会関係から脱却しつつあった近代市民社会の人間、自立した個人としての市民の似姿があった。それらの主人公たちは、中世の共同体を離れてはじめて自立的な存在となった〈私〉であると同時に、新しい共同体の有意義な構成員としての〈社会人〉でもあろうとした。それゆえ、自我と社会とのこのような統一が現実の市民社会のなかでは実現不可能であることが明らかになるにつれて、こうした形式の文学表現は、破綻をきたさざるをえない。個人と社会との調和のなかでこそ達成される社会的な自己完成は、もはや文字どおり夢物語と化してしまう。そのような調和的な自己形成の場を、現にある社会以外のところに求めようとするユートピア建設へと、主人公たちを向かわせるのでないかぎり、〈社会人〉の理念は、作品世界の枠内においても、とうてい実現できるものではないのである。こうして獲得されたかにみえた〈自我〉は、よるべない孤独におちいり、自己分裂や自己喪失の想いにとりつかれていく。自分自身が自分にとって最大の謎であるような人間の姿が、文学作品の主人公として前面に出てくる。二重人格、影を売った男、過去を失った女、人間以外のものへの変身、等々のテーマが、十八世紀末から十九世紀はじめにかけてのロマン派以後、近代と現代の文学表現のいたるところに登場する。もっとも近いものがもっとも深い謎となるような社会関係の、純粋培養的な表現形式として、探偵小説が著しい発展をとげていく。他方、自立した自我はもはや社会との調和ではなく対立のなかでしか描かれえない、という意識に裏打ちされながら、自己完成型文学のもうひとつの後退戦のかたちとして、芸術家小説が数多く生まれるようになる。芸術にたずさわることが、かろうじて個人にのこされた自立的な生きかたの最後の拠点とされるのである。

十九世紀の進行とともにヨーロッパの諸文学のもっとも代表的な一形式となった芸術家小説は、教養小説の後退戦の姿にふさわしく、しばしば主人公の破滅に終わるのだが、この後退戦が日本の近代化の過程のなかで見出した型式が、〈私小説〉にほかならなかったのだ。ここでは、個人の自己形成はもっぱら個人の内部に閉じこめられ、多くはわずかに肉親や友人との関係を通して現われるにすぎない社会との緊張関係さえも、個人の側から断ち切られてしまう。芸術家であることが、個人の自立した生きかたのよりどころとされるばかりではない。社会との緊張関係はもっぱら芸術家としての存在を妨げるものとされ、かれの自己完成は社会との緊張関係を超絶したところでのみなされるものとなる。

自己完成型文学の極限的な一形態である〈私小説〉が、ほかでもない日本の社会の近代化の過程で生まれたことと、その同じ社会の発展が〈大衆小説〉というこれまた固有のジャンルを成立させたこととは、けっして無関係ではない。両者はいずれも、後進国日本の文学にとって典型的なふたつの事象だったのである。

なるほど、文学の担い手たる知識階級から個人主義の信条を奪い去り、集団主義をこれにとってかわらせたのは、大宅壮一も指摘するように、資本主義の発展だった。けれども、同様の発展は、すでにヨーロッパの先進諸国をも襲っていたのである。ところが、そのヨーロッパには生まれなかった〈私小説〉が日本には生まれ、その後も永く日本の文学表現の中心的な問題でありつづけることになった。このことは、同じく資本主義の発展によって結果された出来事ではあっても、日本が相対的に遅れて発展した後進資本主義の社会だったという事実を度外視しては、理解できないのではあるまいか。——文化の領域における後進ということは、ただ単に、先進文化圏よりも遅れて、そのあとを追いつつ歩む、ということではない。文化における後進とは、先進文化圏が直面し提起しながら解決しきれなかった諸問題を、何倍にも深刻化したかたちで引き受けねばならない、ということである。後進国は、政治や経済の領域で先進国の矛盾の捨て場所であり核廃棄物の投棄場であるように、文化の分野でもまた、矛盾の集積を押しつけられざるをえない。当時のヨーロッパにおける後進国ドイツで、十八世紀末に教養小説が生まれたとき、この文学型式は、フランス革命の中絶によって実現不可能であることが見えはじめていた社会的自我という理想、先進諸国が直面しながら解決しえなかったこの難問を、解決の社会的基盤ぬきで引き受けたのだった。ひとたび提起された問題は、現実によってそれが解決され解消されないかぎり、あるいはかたちを変え、あるいは姿をあらわす局面を変えながら、しかしますます深刻の度を加えて、くりかえし立ちあらわれる。一世紀あまりのち、日本で〈私小説〉が隆盛をきわめたとき、この文学形式は、共同体のなかでこそ実現されるはずだった〈私〉が、もはや共同体と隔絶し敵対することでしか実現されないという状況を、引き受けねばならなかった。有島武郎や武者小路実篤の試行が、文学表現においても実生活においても、典型的な教養小説の試みを実現の可能性もなく体現していたとすれば、葛西善蔵は、それらの行きづまりを出発点としながら、私小説的自我の堡塁にたてこもって、これまた袋小路で横死した。葛西善蔵が追い込まれたその袋小路は、それゆえ、〈自我〉を求める永い文学的志向そのものがおちいった袋小路にほかならなかったのであり、大宅壮一が《「自己完成」文学の没落》と名づけるこの出来事は、後進国であったがゆえに日本の近代文学が引き受けざるをえなかった極限的な問題だったのだ。

この袋小路に直面してはじめて、たんに日本的〈私小説〉からばかりではなく〈自我〉そのものから脱却しようとする試みが生まれたことは、きわめて当然だった。自己完成型文学の没落との関連で大宅が着目した集団主義的傾向、すなわち《文学の大衆化》こそは、〈自我〉をめぐる永い前史のあとに来た新たな一段階だったのだ。近代文学、とりわけ小説は、独自の〈大衆小説〉の成立によって、はじめて、ますます内面化の一途をたどってきた〈自我〉の桎桎から解放されはじめたのである。——もちろん、提起されながらなお解決を見出していない自我と社会との調和という理想が、それによって解消され消失してしまったわけではない。それどころかむしろ、自己完成型文学の没落のあとに成立と発展をみた日本の大衆文学は、未完のこの課題を暗黙のうちに内包しながら出発した。そしてこの課題は、〈自我〉から解き放たれたかにみえる大衆文学のなかにも、くりかえしさまざまなかたちをとって、いっそう深刻な問題として、回帰してこざるをえないのである。

講談から小説へ

一九二〇年十月六日、黒岩涙香が死んだ。明治中期から大正前期にかけて、文学表現とジャーナリズムの領域で日本の近代化を体現しつづけてきたこの作家の死は、疑いもなく、ひとつの時代の終わりを象徴していた。欧米の文学作品からの翻案という方法を通じて文明開化期の読者のなかに新しい文学的感性を移入し、『萬朝報《よろづ》』をはじめとする民衆的なメディアによって読者への道を切りひらいた涙香の役割は、日清・日露の両戦争についで第一次世界大戦に勝利し、中国大陸と南洋諸島への進出の地歩をかためた日本の現実のなかでは、もはや終わっていたのである。

だが、その涙香の死は、同時にひとつの時代の始まりでもあったのだ。かれの死の二日前、間島で勃発した朝鮮民衆の武装決起は、日本本土での普通選挙要求運動の高まりや、創業以来はじめて熔鉱炉の火を消した八幡製鉄所の大罷業、さらには東京上野での日本初の大衆メーデーなどとともに、既成の秩序の流動化と激動の時代の到来を告げていた。涙香が死んだこの一九二〇年（大正九年）という年は、日本の社会のあらゆるところで、ひとつの大きな転換が具体的な姿をとって人びとの目にみえるようになりはじめた年だった。この転換は、やがて三年後の関東大震災をまって全面的にその姿をあらわにするのだが、涙香が世を去ったころすでに、その予兆はさまざまなかたちをとって突出していたのである。文学の分野でもまた、いわゆる〈第四階級の文学〉が提唱されはじめていた。そして何よりも、黒岩涙香によって開拓された文学の一領域は、涙香の死と時を同じくして、明確な自己意識をいだきつつ、決定的な一歩を踏み出していたのだった。

のちに〈大衆文芸〉と名づけられ、さらにその後〈大衆文学〉と呼ばれることになる小説ジャンルの誕生と、このジャンルの発展にとってやがて不可欠のものとなったひとつの新しいメディア、『新青年』の誕生とが、それである。

月刊雑誌『新青年』は、一九二〇年一月の創刊号以来、一九五〇年七月の終刊号まで、三十年間にわたって日本の大衆文化のもっとも代表的なメディアのひとつだった。とくに一九二〇年代から三〇年代前半にかけての同誌の誌面には、部分的侵略から全面戦争へとつきすすんだ日本社会の姿が、日々の生活スタイルからその文学的表現にいたるまで、さまざまな次元でありありと映し出されている。大衆小説の主要な発表舞台となった新聞、週刊誌、そして一九二五年一月に創刊された講談社の『キング』をはじめとする大衆的月刊雑誌などと並んで、あるいはそれら以上に、『新青年』は、日本の近代・現代文学史と文化や思想の歴史にとって、重要な意義をもっている。

その『新青年』の創刊とまったく時を同じくして、同じ博文館から刊行されていた月刊『講談雑誌』の一九二〇年新年号に、一篇の小説が掲載された。「怪建築十二段返し」と題されたこの中篇小説は、『講談雑誌』としてはやや異色のものだった。

それより五年前の一九一五年四月に創刊されたこの雑誌は、名称が示すとおり、講談の雑誌だったからだ。まだラジオ放送が開始されていなかった時代にあって、この雑誌は、全国津々浦々の講談ファンたち、高名な講釈師の高座での噺《はなし》を聞く機会などめったにもたない多数のファンたちのために、そうした講談や浪花節を速記者に書きとらせ、それをそのまま活字に再現して、挿絵をそえ、数篇あわせたものを、毎号の内容としていた。講談の再録ではなく、書き下ろしの小説である「怪建築十二段返し」の登場は、この雑誌としてはあくまでも例外的なことにすぎなかったのだ。

この雑誌に小説が掲載されたのは、もちろん、かならずしもこれが初めてではなかった。たとえば、創刊第二年目の一九一六年には、三上於菟吉《みかみおときち》の長篇第一作『悪魔の恋』がここで発表されている。また、博文館の『講談雑誌』よりも早く一九一一年（明治四四年）に大日本雄弁会講談社が創刊した月刊誌『講談倶楽部』も、速記講談・浪曲や落語ばかりでなく、しばしば小説を載せていた。もともと講談のためにつくられた雑誌がそうなったのは、一九一三年

（大正二年）に講釈師たちが、同誌に速記講談を掲載しないよう要求して談じ込んできたため、窮地に陥った講談社が、新人作家たちに創作講談を書かせて穴を埋めたためだった。速記講談にかわるこれらの作品は〈新講談〉と呼ばれた。『講談雑誌』に三上於菟吉の『悪魔の恋』が出たのと同年の『講談倶楽部』のある号にも、番茶楽斎の「妖婦お玉」、文淵の「活版小僧花井卓蔵」、大橋青波の「帯刀の恋」などの新講談が、悲哀小説と銘打った渡辺霞亭の「千鳥ヶ淵」、戦争小説と角書《つのが》きされた松本園子の「ベルダンの秘密」などの通俗読物と同席している。

　それにもかかわらず、一九二〇年一月号の『講談雑誌』は、「怪建築十二段返し」という一篇の小説によって、ひとつの時代を劃することになった。新講談と、読物文芸と呼ばれた通俗読物との共存状態に終止符を打ち、従来の講談ともまたその代用品としての通俗小説とも異なる分野を拓くことによって、講談の時代から小説の時代への移行を、はっきりと告げたのである。白井喬二のこの処女作こそは、その後たてつづけに同じ『講談雑誌』に発表されたかれの一連の小説の嚆矢であり、数年後かれ自身によって〈大衆〉という概念と結びつけられる新しいジャンルの小説の最初の成果だった。従来の通俗読物の水準をはるかに抜くような緻密な文体と奔放な空想力がつむぎだす緊張感も、もちろん、この成果にあずかって力があったことは言うまでもない。しかし、こうした新しさは、意識的に作者によって模索され、従来の読物とはっきり自己を区別しようとする意志によって獲得されたものだったのだ。《在来の文学観から脱皮する道はないか、在来の文学が取落した部分である。その忘却のかなたにあるもの、いわば野の隕石《いんせき》だ。構想とはそれだった。まことにふくざつな闘いだった。》と、晩年の白井喬二は処女作のころを回想している（『さらば富士に立つ影——白井喬二自伝』、六興出版、一九八三年四月）。もちろんここにも、後年の回想につきものの意識的・無意識的な合理化と整合化が働いている可能性は無視できない。だがそれでもなお、のちに〈大衆文芸〉と呼ばれる一ジャンルが、まったく偶然にのみ生まれたのではなかったということは、強調しておく必要があるだろう。なぜなら、このジャンルこそは、日本の（そして日本のみでなく）近代・現代の文学の歴史のなかで、もっとも強烈な意識性をもって自己の創作実践に対処し、たえず意識的に創作方法上の問題を追求しつづけた表現分野だったからである。

　白井喬二の《野の隕石文学》は、作者が意図した従来の文学観からの脱却を、多くの読者に感じとらせた。そのころをふりかえって、のちに大佛次郎はこう書いている、《私の若い日の友人、菅忠雄が芥川龍之介のところに出入りしていたが、その時分、芥川さんが白井喬二を読んでいて、あれが空想だけで書いているものだったら大したものだねと言ったと伝えてくれたのを私は覚えている。〔……〕大正九年に「怪建築十二段返し」と言うのを講談雑誌に書いた。在来の講談からは何も承けていない。奔放に自分のものである。まったく新鮮で、面白さも古い講談を遙かに遠くへ蹴飛して了っていた。その後、立て続けに、この何とも定義しようがない読物が生れ出て、人を魅了した。講談雑誌から講談の影が薄れ初めたのは、この時からである。》（河出書房版「大衆文学代表作全集」第一二巻『白井喬二集』解説、一九五五年五月）

講談社や博文館が明治末期から大正初期にかけて講談の雑誌を創刊したのは、夏目漱石や芥川龍之介の人気も圧倒的多数のファンをもつ講談にはかなわなかったからだといわれる。ところが、その講談の雑誌から、新しい小説が生まれることになったのである。しかも、講談の雑誌から出た新しい小説は、小説をしのいだ講談の人気がそれらの小説によって凌駕される端緒を開いただけではなく、小説そのものの歴史にひとつの決定的な変革をもたらしたのだった。

白井喬二の処女作とほぼ同時期、あるいはそれ以前にも、前述の三上於莵吉や岡本綺堂、前田曙山などが、すでに白井の作品ときわめて近い小説をあいついで発表していた。そしてこれらの小説は、明治中期に村上浪六、村井弦斎、渡辺霞亭、江見水蔭らによってさかんに書かれた通俗的な読物文学の延長線上にありながら、しかしそれらとは異なる質を模索しはじめていた。こうした過渡期の模索にはっきりした方向づけを与えたのが、白井喬二とかれの諸作品だったのだ。「怪建築十二段返し」につづいて『講談雑誌』の誌面をかざった「全土買占の陰謀」（一九二〇年七月号）、「桐十郎の船思案」（同八月号）、「蜂の籾屋事件」（同九月号）、「白雷太郎の館」（二一年八月増刊号）、「江戸天舞教の怪殿」（二二年一月号）などの短篇・中篇、そして二二年六月号から二四年八月号まで二年余にわたって同誌に連載された大作『神変呉越草紙』によって、講談をも新講談をも完全に脱却しきった読者を獲得した白井喬二は、〈二十一日会〉という同好の文学者グループを結成し、これが中心となって一九二六年一月、月刊雑誌『大衆文芸』を創刊することになる。

池内祥三、江戸川乱歩、国枝史郎、小酒井不木、白井喬二、直木三十五、土師《はじ》清二、長谷川伸、平山蘆江、正木不如丘、本山荻舟、矢田挿雲らの作家をメンバーとするこの同人雑誌の発足によって、白井喬二自身が自分の造語であることをくりかえし述べている〈大衆〉という理念を冠した新しい作品群が、ここにひとつの独立のジャンルとして正式に名乗りをあげたのである。

この過程にとって、いっけん偶然のようにみえるふたつの事象が、決定的な作用、それも幸運な作用をおよぼしていたことは、付言しておかねばならないだろう。そのひとつは、さきにふれた講談社にたいする講釈師たちの申し入れである。これに対処するための苦肉の策が、新講談と呼ばれた創作読物を生み出し、これに充てられた誌面が〈大衆文芸〉を生んだのだった。速記講談の雑誌掲載にたいする講釈師たちの反応は、おそらく、この時点で雑誌というメディアが獲得しようとしていた大きな力と、無関係ではないだろう。講談社や博文館、春陽堂などの出版社が刊行する諸雑誌は、高座や演芸場から聴衆を奪い去るマス・メディアとして、講釈師たちを脅かしつつあったにちがいない。これと密接に関連しているもうひとつの事象は、東京放送局の本放送開始が一九二五年七月（試験放送と仮放送の開始は同年三月）、大阪放送局も同じ一九二五年の六月に本放送を開始した、という歴史的事実である。もしも仮りにラジオ放送の開始と急速な普及がもう五年早くすすんでいたとしたら、講談の世界と活字メディアとの関係は別のものになっていただろうし、一九二〇年代前半における〈大衆文芸〉の誕生と爆発的な普及は、おそらくありえなかっただろう。大衆小説は、ラジオが人びとの生活を支配するまでに、人びとの心をとらえてしまったのである。ラジオの本放送が開始されてちょうど一年後、雑誌『大衆文芸』の創刊からわずか半年後、大衆文芸というジャンルは、雑誌『中央公論』が「大衆文芸研究」と題して二二五ページにのぼる大特集を行なうほどになっていた。

ところで、こうして文学分野に大きな位置をしめるようになった一ジャンルの〈大衆文芸〉という名称が、いつ、どこで、だれによって使われはじめたかについては、諸説がある。これまでのところでは、ほぼ一九二四年の春から夏にかけて、博文館の広告や新聞の文芸時評のなかに登場しはじめた、とされているようだ。厳密な考証はさておき、まずなによりも、それが関東大震災ののち間もない時期のことであり、一九二四年一月から始まった白井の『神変呉越草紙』とならんで五月から同じ『講談雑誌』に国枝史郎の大長篇『蔦葛木曾棧《つたかづらきそのかけはし》』が出現し、一方の白井は代表作のひとつとなる『富士に立つ影』を七月から『報知新聞』に連載しはじめた、ちょうどそのころのことだった——という点を確認しておけばよいだろう。この時期に、一九二〇年代の始まりとともに歩みはじめた新しい小説ジャンルは、〈大衆文芸〉という名前で認知されたのである。〈大衆〉という語は、元来、「多数の僧徒」を意味する仏教用語、つまり「だいしゅ」あるいは「だいす」だが、命名者とされる白井喬二は、それとの直接の関連を否定している。かれはのちに、ある講演のなかで、〈大衆文芸〉の名称の成り立ちとその時代的背景について、つぎのように語ったことがある。

《文学は政治のようなところがあり、そのようなバカなことを、どうして書いたと後になって思うが、その時は、それが現実を打っているのである。作者にも読者にも理由があるのです。そうでなければならないという雰囲気が、民衆の中に生じ、そのポイントをつかみながら漸進すべきなのだが、なかなかうまくゆきませんでした。「娯楽雑誌愛すべし」と私がとなえた事は、御承知の方もここに居られると思うが、素朴性の中に人間文学を打ちたてたいという気持から発した言葉であった。博文観の時代がそうだったのです。／芥川龍之介と菊池寛が責任編集にあたった春陽堂の「新小説」は、最初から私たちの作品をとりあげた。その時は読物文芸といった。関東大震災直後、読物文芸叢書十二巻が発刊されたが、この名前はあまり世間の反響をよばなかった。そのうち博文館の雑誌が、目次の両開きの上欄に大きく「見よこの大衆文芸の壮観を」と書いて出した。これが動機でとうとう大衆文芸の名がひろまった。「大衆」の二字は私のとなえた言葉ですが、仏教語から借りたのではありません。「大」と「衆」とを合せてなんとなく民衆の語意をふくめた。国民みな衆の意味です。当時はむろん辞典にも載っていなかった言葉です。》
（「私と大衆文学今昔」。『大衆文学研究』第一七号、一九六六年七月）

当時は辞典にも載っていなかったこの名称も、十年あまりを経た一九三五年十二月刊行の『大辞典』（平凡社）第一六巻には、「大衆文学」という独立の項目となって採用され、こう説明されている、《一般大衆に興味ある文学の意。純文学の対。この語は、関東大震災直後博文館の諸雑誌の広告などに現はれたのを始めとす。狭義には所謂髷物・剣戟物等即ち新講談の類、広義には更に探偵小説・ユーモア小説・家庭小説等をも指す。大衆文芸ともいふ。》この説明からも読みとれるように、〈大衆文学〉あるいは〈大衆文芸〉の範囲は、かならずしも明確ではなかった。〈二十一日会〉と雑誌『大衆文芸』に結集した作家たちが、さきに列挙した名前からもわかるとおり、あまりにも多彩だったために、〈大衆文芸〉そのものの性格が最初からあいまいになってしまった——という批判がのちになされるようになったのも、たしかに理由のないことではない。とはいえ、この新しい名称には、白井喬二が回想のなかで述べているように、なによりもまず従来の文学の読者や講談愛好者とは異なる新しい読者のイメージが塗りこめられていたということ、これは確かだろう。自分たちの読者を、《国民みな衆の意味》としての《民衆の語意》で想い描き、こうした読者に送り届けられるべき作品の理念を、《素朴性の中に人間文学を打ちたてたいという気持》と結びつけたとき、そこには、一部の特権的な読者だけのものから文学を解き放ち、しかし同時にまた講談の通俗性とは別の人間文学を創造するという抱負が、示されてもいた。そしてこの点で、〈大衆文芸〉は、同時代の普遍的な文学潮流と、けっして無縁な存在ではなかったのだ。白樺派の人間主義文学のあとに民衆芸術論の洗礼を受けたその時代の文学の価値観が、ここにも反映されているのを見ることは、さして困難ではないのである。

大衆小説と一九二〇年代

瀬沼茂樹は、いまでは古典的労作となってしまった小論『大正ディモクラシと文学』（岩波講座「日本文学史」第一五巻、一九五九年八月）のなかで、大正デモクラシーを直接の契機としてそれに触発された芸術上の民主主義運動、つまり〈民衆芸術論〉の、三つの主要な方向を挙げている。第一は、この運動の最初の提唱者だった本間久雄が主張したような、上流階級を除く《一般民衆、一般平民の階級に属する人々》のための《通俗的な、非専門的な》芸術表現を求めるもの。第二は、こうした素朴な民衆像にもとづく観点から派生して、平沢計七や大杉栄によって展開された〈民衆劇〉運動と〈第四階級の芸術〉の方向であり、これはやがて平林初之輔によってマルクス主義と結合され、プロレタリア文学運動にもつながっていく。第三は、やはり本間久雄の観点から派生しながら、加藤一夫らによって試みられた〈民衆詩〉の方向。これは、現実の労働者や農民ではなく、あるべき民衆、理念としての民衆を想い描き、《真に人間となり、人間としての生活をなさうとする人民》たる《目ざめた民衆》の形成を求めた点で、一種の精神運動的な色彩をおびていた。——白井喬二らの〈大衆文芸〉は、瀬沼茂樹の指摘したこれら三つの方向のうちでは、言うまでもなくまず第一の方向とつながっている。それが『講談雑誌』から誕生したという事実は、何よりもこのことを物語っているだろう。

しかし、第二の方向はひとまずさておくとしても、第三の方向、つまりひとつの理念としての民衆を追求するような方向とまったく無縁だったかといえば、けっしてそうではない。私小説的な〈自我〉の桎梏から脱しながら、〈大衆文芸〉はしかし一方、講談や新講談、あるいは読物文芸の愛好者たちとはまったく別の読者たちを求め、そしてそうした新しい読者たちによって支えられねばならなかったのだ。のちにくわしく述べるように、白井喬二の処女作であり〈大衆文芸〉の事実上の幕開けでもあった「怪建築十二段返し」そのものが、もはや既存のいわゆる一般大衆を読者として想定した小説ではなくなっていた。文字どおり講談のなかから生まれた大衆小説は、《国民みな衆》たる現に存在する広汎な読者を念頭におきながら、しかも《素朴の中に人間文学を打ちたてたい》という理想にそくした読者像を夢に描いていた点で、まぎれもなく大正デモクラシーの落とし子のひとりであり、そのあとにくる一九二〇年代文化の矛盾にみちた相貌の一端を体現していたのだった。

昭和初期の日本の文学状況を、《自意識上の文学流派と社会意識的の文学運動とがおのおの対立しながら、既成リアリズムの文学概念と鼎立していた時期》としてとらえたのは、周知のとおり、平野謙である（たとえば、「現代日本文学史・昭和」。筑摩書房版「現代日本文学全集」別巻一、一九五九年四月）。ここで平野の言う《自意識上の文学流派》とは、一九二四年秋に文芸評論家・千葉亀雄によって命名された〈新感覚派〉のことであり、《社会意識的の文学運動》とは、これまた関東大震災ののち急速に燃えひろがったプロレタリア文学運動のことなのだが、このふたつの新しい文学表現が旧来のリアリズム文学、つまり私小説に代表される文壇文学と拮抗しながら、しかしこれを打倒するには至らぬまま並存していたのが、一九二〇年代中葉の日本文学だった、というのである。そして平野によれば、《その三派鼎立の歴史がようやく新旧二派抗争の歴史に切りかえられようとした時期》が訪れるには、プロレタリア文学運動の潰滅と、いわゆる〈文芸復興期〉の転向文学および反モダニズムの時代、すなわち昭和十年前後を待たねばならなかった。

平野謙のこうした定式化は、少なくとも二つの点で、いまなお意義を失っていない。ひとつは、天皇制支配下の弾圧によって挫折を余儀なくされたプロレタリア文学運動を、その等身大のかたちで昭和文学史のなかに再構成したことである。もうひとつは、その三派鼎立とそれにつづく時期のなかに単純に新しいものの勝利を見るのではなく、《私小説によって代表される既成リアリズム文学と新感覚派から新心理主義にいたるいわゆるモダニズム文学とプロレタリアートの解放を念願するマルクス主義文学とが鼎立したまま、無条件降伏以後の現代文学の流れにそっくり持ちこされたこと》を指摘して、新しい文学的志向が〈私小説〉の壁を突き破りえなかったことの意味を問うとともに、戦前・戦中の未解決の問題と戦後文学の展開とを歴史的につなぐ視点を提示したことである。けれども、平野謙のこの三派鼎立説は、それにもかかわらずなお、昭和初期の日本の文学の実像とも、また一九三五年（昭和十年）前後のそれとも、依然としてほど遠いものだと言わざるをえない。ここには、大衆文学への目が、決定的に欠落しているからだ。『大菩薩峠』を愛読し、それについてのすぐれた文章も書き、その主人公の名前にあやかって戦前の革命運動のなかで「机」というペンネームを使っていたという平野謙が、大衆文学に関心をいだいていなかったはずは、もちろんないだろう。問題は、その平野謙さえもが、理論化の作業のなかでは大衆文学への視点をひとまず欠落させてしか、あの一時代の文学の構図を描くことができなかったことである。そしてこの欠落は、ただ単に大衆文学そのものを日本文学の歴史から消し去ってしまうことを意味するだけにとどまらない。また、いわゆる純文学だけを対象にして大衆文学を別あつかいにすることの是非の問題にはとどまらない。

『日輪』（一九二三年五月）にはじまる横光利一の歩みにせよ、のちに新感覚派の名称を与えられることになる一派の同人雑誌『文芸時代』の創刊（二四年十月）にせよ、白井喬二や国枝史郎、さらには江戸川乱歩たちが新しい表現を模索しつつ圧倒的多数の読者を獲得しはじめていたまさにその時期の出来事だった。『文芸時代』は二七年五月に廃刊となり、流派としての新感覚派は終わりを告げたが、その同じ五月に、白井喬二が編集の中心となって平凡社版「現代大衆文学全集」の最初の巻が刊行された。第一回配本は、第一巻『白井喬二集』で、これには、新感覚派の活動時期とまったく時を同じくして書かれた長篇『新撰組』、ほか三篇の初期短篇が収録されていた。《この全集は六十巻出して成功した。若し成功しなかったら、出足をくじかれて、大衆文学も挫折したかもしれない。初版三十三万部、あとからあとから増刷されていって、作者のふところに、今の金にして三千万円、五千万円と印税がまとまって入った。》（白井「私と大衆小説今昔」）もしもかりに、大正から昭和への変わり目とほぼ同時期に〈大衆文芸〉から〈大衆文学〉と呼び変えられたこのジャンルと、新感覚派とのあいだに、なにひとつ直接の交渉がなかったとしても、こうした同時代の現象を度外視して、たとえば新感覚派からそれよりいっそう大衆的な〈新興芸術派〉への移り変わりは、理解できないだろう。

　プロレタリア文学のばあいは、それよりもっと明らかなかたちで大衆文学との接点を有していた。第一次『種蒔く人』の創刊から第二次のそれの休刊までの時期、つまり一九二一年三月から二三年十一月までの二年半あまりが、『講談雑誌』を中心とする白井喬二の最初期の試行と重なっており、『種蒔く人』につづくプロレタリア文学運動の強力な機関誌となった『文芸戦線』の創刊（二四年六月）が『蔦葛木曾棧』や『富士に立つ影』の登場とほとんど同時期だった――というような表面的な近さだけではない。大宅壮一の時評「文学の大衆化と娯楽化」をまつまでもなく、芸術の大衆化という課題に直面した一九二〇年代後半のプロレタリア文学運動にとって、大衆文学の隆盛は他人事ではなかったのだ。対抗者としてのみそうだったのではない。やがて転向という事態のまえに立たされたとき、大衆文学はプロレタリア作家たちにとって、みずからの文学表現の進路と直接かかわる重大事となったのである。

　大正十年代から昭和初年代にいたる一九二〇年代は、日本においてもまた、さまざまな意味で大衆文化の時代だった。とりわけ文学・芸術の分野では、欧米諸国における新しい成果や試みが、ほとんど同時に、と言ってもよいくらい速やかに紹介・移入され、のちに〈黄金の二〇年代《ゴールデン・トウエンティズ》〉と呼ばれ文化状況が、日本にも多かれ少なかれ現出することになった。ドイツの表現主義やイタリアおよびロシアの未来派からの影響は、民衆芸術論のひとつの実践としての新劇運動や、さらには初期のプロレタリア文学運動にも、顕著に反映された。ヨーロッパやロシアの前衛的な芸術表現に決定的な刺激と示唆を与えた民衆的な表現、それまでのブルジョワ文化のなかでは芸術とは認められなかったサーカスや寄席、見世物小屋やジャズなどは、そのまま、浅草界隈に代表される大衆娯楽施設に花開く場を見出した。加藤秀俊が〈外出文化《ヴァリエテ》〉と呼ぶ都市文化の典型的な一面（「都市文化の形成」＝世界文化社「日本歴史シリーズ」第二〇巻『大正デモクラシー』、一九六八年七月＝所収）は、たんに消費生活の一大変化といったものにとどまる現象ではない。大正デモクラシーの都市生活を彩った紙芝居、パチンコ（当初はガチャンと呼ばれた）から、さまざまな遊戯機械のある遊園地、ダンスホール、カフェー、観劇とデパートのぞき歩き、等々にいたる娯楽は、いわば、行動する消費者の自己表現でもあった。

このような文化状況は、狭い意味での文学の営みにとって、かならずしも好都合とは言えなかった。そもそも、ヨーロッパやロシアでの前衛芸術の試みそのものが、十九世紀ヨーロッパの代表的な文化表現だった文学、とりわけ小説という形式にたいする、ひとつの明確な反措定だったのだ。印刷術の進歩によって大量に流布する可能性を与えられ、民衆教育の相対的普及によってその大量流布の可能性にみあった量の受け手を見出してきた文学作品、ことに小説は、しかしその反面、決定的な限界をもっていた。すなわち、多数の人間が同じ作品を、ときによっては同時に受容しながら、しかもその個々の受容者は相互にまったく無関係な孤立した個人でしかなく、その個人はしかも終始もっぱら受け手でしかない、という限界である。小説のこうしたありかたは、じつは、〈自我〉の追求と〈自己完成〉という特徴的なテーマがたどることになる個人主義的な道すじとも無関係ではなかったのだが、一九一〇年代にはじまりロシアとヨーロッパの革命のなかで発展をとげた前衛的な表現は、まさに小説のこの限界に、はっきりと否《いな》をつきつけたのだった。これら新しい表現の多彩で多様な試みをつらぬくもっとも基本的な特色のひとつは、十九世紀的小説が強固にまもりつづけてきた閉じた形式、つまり芸術表現者としての作者と、もっぱら受け手である読者・観衆との一方通行的な関係のありかたを、さまざまな方法で流動化させ、送り手と受け手とのあいだにも、受け手相互のあいだにも共同性を創出しながら、受け手自身が創造主体へと転化していくような方途を、さぐろうとしたことだったのだ。読者・観衆を、新しい共同体《コミューン》をめざす社会変革の主体として位置づけねばならなかった芸術的前衛たちにとって、抑圧され軽蔑されてきた民衆的芸能への関心は、小説という形式のなかに象徴的にあらわれている受動的な姿勢から受容者を解放していこうとする志向と、結びついていた。

　それゆえ、大宅壮一が指摘した自己完成型文学の没落は、たんに平野謙のいわゆる《私小説によって代表される既成リアリズム文学》の没落の危機だったにとどまらず、〈小説〉という表現形式そのものの危機だったのである。そしてこの危機は、もちろん、新感覚派やプロレタリア文学だけをおびやかしたわけでもない。〈大衆文芸〉そのものがまた、当初から、この危機のまっただなかにあった。なぜなら、誕生の当初からすでに、外出文化に行動の場を求める受け手たちを、相手にしなければならなかったからである。〈自我〉の探求や〈自己完成〉という旧来の小説に託された課題とはもはや無縁となった受け手たちの能動性を、多彩な大衆娯楽施設にもましてはつらつと触発しなければ存在できなかったからである。こうして、大衆文学というジャンルは、小説の限界を小説という形式の枠内で突破しようとする試みを通じて、危機からの小説の起死回生をはかりながら、一九二〇年代とそのあとに来るものの不可欠の要素となっていった。

2　代行者としてのヒーローたち

「怪建築十二段返し」の新しさ

　『講談雑誌』一九二〇年一月号の特別付録として発表された「怪建築十二段返し」は、表面的には、旧来の講談や新講談の多くと同じように、江戸時代を舞台にした時代ものであり、とりわけ岡本綺堂の「半七もの」と同類の捕物帳である。岡本綺堂の「半七捕物帳」シリーズは、ちょうど三年前の一九一七年（大正六年）一月から『講談雑誌』の版元と同じ博文館の『文芸倶楽部』に連載が開始され、前篇後篇あわせて十三話が発表されたのち、一九二〇年四月からは「半七聞書帳」となって再登場した。《江戸時代に於ける隠れたシヤアロック・ホームズ》（第一話「お文の魂」）たる岡っ引の半七を主人公とするこのシリーズが、一九二八年に登場した佐々木味津三の「右門捕物帖」、三一年登場の野村胡堂「銭形平次捕物控」から、三八年誕生の横溝正史「人形佐七捕物文庫」、三九年以降の城昌幸「若さま侍捕物手帖」、同じく久生十蘭「顎十郎捕物帳」などを経て、第二次大戦後の藤沢周平「彫師伊之助捕物覚え」、陣出達朗「伝七捕物帳」、さらには池波正太郎「鬼平犯科帳」にいたるまで連綿とつづく一ジャンルの草分けだったことは、周知のとおりだろう。白井喬二の「怪建築十二段返し」も、ひとりの同心とその手下が事件の解明にあたるという点で、捕物帳小説の系譜における最初期の収穫のひとつと言えなくはない。

では、その「怪建築十二段返し」を、従前の通俗的な読物文芸や、さらには岡本綺堂の捕物帳と区別する新しさとは、いったい何だったのか？

「怪建築十二段返し」という奇異な題名をもつ読物は、とある横町に錦絵の呼び売りがやってくるところから始まる。さる大家《たいけ》の次男坊が女中に懸想したすえ、許婚者のあったその女中を殺して、みずからも行方不明となり、その後は凶行現場の金杉橋のあたりに夜な夜な人魂《ひとだま》が出る――というようなお定まりの事件が、絵草紙に仕立てられているのである。ところが、この呼び売りの声をきいて、妙に心にひっかかるものを感じた人間がひとりいた。江戸でかくれもない名匠とうたわれた建築師《たてものし》の光泉である。光泉の妻の姪で十七になるお蝶が十日ばかりまえから行方知れずになっているのだが、錦絵売りの呼び声のなかで舞台が金杉橋の某屋敷とされているのを耳にして、なぜともなく、この事件とお蝶の失踪とが関係しているように思えてならなかったのだ。それというのも、行方不明になったお蝶の手文庫のなかから、どうしたわけか、光泉の手になる建築図面が三枚ばかり発見されており、一方、いま耳にした金杉橋には、五年ほどまえ光泉自身が請負った一軒の屋敷があったからである。その普請は、たいそう奇妙なものだった。建築主の藤之進という人物は、どうしても光泉に建物の全体像を知らせようとせず、部分的な工事だけを命じたのだが、その道の名人である光泉には、それが何とも奇怪な建築物であることは容易にわかった。もしもこれが何か良からぬことに使われるとしたら自分にも責任がある、と案じたのを、いまでも忘れかねていたのだ。

金杉橋の様子をさぐることが第一だ、と考えた光泉は、さっそく出かけて行き、そこで思いがけなく柏手《かしわで》の峰蔵という同心頭と出会う。峰蔵は、捕えたスリが持っていたという建築図面を光泉に示し、その鑑定を求める。ところが、光泉が驚いたことに、それは、かれの亡父が請負ったさる大御所の要所々々の図面で、父親を手伝った若き日の光泉が、記念のためにひそかに写しをとっておいたものとそっくり同じなのだ。家へ帰って調べてみると、自分のものはちゃんと無事だったが、しかし図面の片隅にうっすらと紅の指型がついている。これで、お蝶の失踪と図面との間には何らかのつながりがあることが明らかになったのである。その翌朝、蜜蜂屋と称する男が光泉を訪れる。植木屋をしている息子が、あるお屋敷で仕事のさいちゅうに、監禁されているらしい娘から助けを呼んでくれと頼まれた。それがこちらの娘さんだというので、こうして伝えにきた、というのだ。娘から手渡された書きつけというのを一目みて、光泉はアッと叫んだ。お蝶が囚われているのは、金杉橋のあの家だったのだ。

だが、これは事件の解決ではなく、むしろ発端だったのである。金杉橋の屋敷にひとりで忍び込んだ光泉は、奥の部屋に坐っているお蝶の姿を見つけると、思わず駆けよろうとして、落とし穴に転落してしまう。こうして、お蝶についで光泉までが行方不明になってしまったのだ。物語の中盤は、父親を探し出そうとする光泉の息子、光之助と、かれとは別に捜査に乗り出した同心の峰蔵、およびその手下の米吉の活躍である。海斎という医者から西欧の科学的なスパイ術を教えられた峰蔵は、米吉が嗅ぎつけてきた怪しい座頭に、変装術という新方式まで利用して肉薄し、これが手がかりになって、ついに金杉橋の屋敷の地下を走る抜穴が発見される。抜穴のなかで峰蔵・米吉は光之助とはちあわせする。独自の調査でかれもここを発見していたのだ。屋敷のなかに光泉が幽閉されて、例の怪しい座頭の手で催眠術をかけられ、主人の藤之進の命令で何かの陰謀に使う図面を引かされているのを確かめると、峰蔵は捕物陣をくり出して、かつて光泉が全体像を知らされぬまま建てたその謎の屋敷に踏み込み、一気に一味を捕えようとする。

《灯の入る頃、小さい忍び声の下知が伝はると、智能《あたま》三分に腕力《うで》七分の其頃の同心勢は、一度にドッと乱入した。特に苦闘したのは、抜け穴勢の連中だつた事は云ふ迄もない。「それ手が這入つた」と知ると、藤之進一味の狼狽《うろたへ》方は一通りではなかつたが、それよりも壮観を極めたのは、差詰今なら国技館の菊人形十二段返し其の儘の、仕掛を凝《こら》した屋敷中の建物が、バラ〳〵に崩れ、解《ほぐ》れ、揺ぎ出して走馬燈《まわりどうろう》に独楽《こま》を投げ込んだ様な光景《ありさま》であつた。此の建物のお蔭で、アレ〳〵と云ふ間に、首魁藤之進の身体は其の建築の中に畳み込まれて、何時の間にか逃げ失せてゐた。／しかし、峰蔵の捕手の方でも、大いに斬新な計略を廻した、抜穴で米吉に命じた、針金の代物は曲者が身体を触ると皆ブル〳〵と立竦んで終《しま》つた。既に其の時峰蔵は、海斎の教へを受けて、一種の電気を応用したのだと言伝へられて居る……然し確実《しつかり》した証拠が無いから、断言は出来ない。》

怪建築のからくりのおかげで藤之進を取り逃がした一同は、囚われていた建築師光泉を救い出す。しかし、光泉は腑抜けのようになってしまっていて、もはや建築の仕事を手にすることはできなかった。そして、お蝶はついに行方不明のままに終わった。忍び込んだ夜に光泉が見た娘の姿がはたして何だったのかは、疑問のままに残された。

　こうして「怪建築十二段返し」は、捕物帳あるいは探偵小説の形式をとりながら、結局、事件の謎は何ひとつ解明されぬままに終わっている。《逃げた藤之進の大望がそれから、又再挙を企てられるのは、余程後の話である。光之助が父の後を継いで、江戸で有名な建築師となり、白痴のやうになつた父光泉の仇を討つのも、又これから後の話である。》——というのが物語全体の結びになっていることからもわかるとおり、この小説自体は、いわば本題ではなく、あたかもその序であり、ひとつの前史にすぎないかのようなかたちをとっている。物語の中心となる主人公も、光泉なのか、峰蔵なのか、あるいは怪人物藤之進なのか、はたまた若い光之助なのか、いっこうにはっきりしない。しいてここに主人公を求めるとすれば、それは題名が示すとおり、かつて光泉が藤之進の註文で建てた金杉橋の怪建築そのものだ、ということになるかもしれないが、それとても、物語の最後にほんのわずか顔を出して、この題名の由来を語るにすぎない。

「怪建築十二段返し」という小説は、このように、きわめて断片的な姿をとっている。ところが、こうした形式は、もしもこれを一席の講談として見るなら、ごくあたりまえのものなのである。

その当時、岡本綺堂の半七ものを載せた『文芸倶楽部』や白井喬二の「怪建築十二段返し」が発表された『講談雑誌』など十指にあまる月刊雑誌の版元だった東京日本橋の博文館は、全百冊の「長篇講談」シリーズをも出していた。それらは、平均五百ページの大冊で、それぞれが《新聞に連載すれば二百回の大長篇》（同社広告の宣伝文句）というものだった。そのうちの一冊、小金井芦洲講演『由井正雪』を例にとれば、中心人物のひとり富士松の生い立ちから、正雪一味が磔刑獄門に処せられるまで、全四十八席から成っている。『寛永三馬術』にしても同様で、これらを全篇とおして講じるとすれば、数十時間を要することになる。とうてい一日一夜の高座で談じつくせるものではない。そこで、たいていは二、三十分から長くてもせいぜい一時間ほどですむような一場面、たとえば曲垣《まがき》平九郎《へいくろう》が愛宕山の石段を騎馬で上下して将軍のために梅の花を手折ってくる、というような聞かせどころの場面だけを、独立の一席として語ることになる。《その曲垣平九郎が丸亀藩を浪人いたしまして諸国を行脚することとあいなり、ついにめでたく尾張侯に召しかかえられまするのは、またのちのお話でございます》というような結びかたは、いわば一席の講談の定石なのである。

雑誌に掲載される速記講談も、とくに古典もののばあい、多くはこのような断片的なかたちをもっていた。十ポイントほどの大きな活字でせいぜい十五ページ、「大長講」と銘打ったものでも挿絵をふくめて三十ページくらい、という各篇の分量と比べれば、「怪建築十二段返し」はかなり長く、それゆえにまた特別付録という体裁をとっていたのだが、それでも、一読したとき受ける断片的形式という印象は、これを講談の概念で読むかぎり、なんら破格ではなかったのだ。その点では、「怪建築十二段返し」は、古い講談のありかたのひとつの顕著な特徴を、そのまま受けついでいたのである。しかもこの継承によって、同時にまた講談の基本的な特性をのりこえ、小説の行く手に新たな可能性を開いたのである。

『歴史家のみた講談の主人公』という興味深い本（藤直幹・原田伴彦編、三一新書、一九五七年一月）のなかで、松島栄一は大久保彦左衛門を論じながら、こう指摘している。《講談の世界においては、いろいろな挿話《エピソード》をつぎあわせて、一人の人間が幼年から長じて年老いて死ぬまで、いろいろなところで活躍するが、それらは幼年のときから、つねに何か非凡であったことをしめすエピソードが語られる。〔……〕そしてこのような講談が、ちょうどいくつかのエピソードを串ざしにしたような形で成り立っていて、そこで語られる人間・人物の「成長《ビルドウング》」とか「性格《キャラクター》」とか、個性とかいうものは、ほとんど感じられないのである。ただそこにある人物を決定している要因は、ほとんどが境遇のちがい、身分、地位のちがいによるようである。》――ここで述べられているごく当り前の講談の特色のうちから、「怪建築十二段返し」は、その構成上の側面を受けつぎ、それによって内容上の制約を克服したのだった。串ざしにされた断片的エピソードのうちのひとつをまったく独立の作品として生かすことによって、この作品は、〈私小説〉にいたるまで小説をとらえつづけてきた性格の発展という課題を一蹴してしまった。それればかりではない。断片性を断片性として生かすことによって、新講談や読物文芸を決定的に乗りこえたのである。これら通俗小説のほうは、むしろそれとは逆に、一座の講釈の断片性を排除して、ひとつの読物としての完結性をもとうとした。だがそれによって、講談が全篇をつらぬいて体現している内容を、そのまま受けついでしまったのだった。たとえば、白井喬二の処女作よりも二年あまり前、一九一六年九月号の同じ『講談雑誌』に掲載された池川小峯の新作、「松前屋五郎兵衛の冤罪」と対比してみれば、両者の違いは一目瞭然である。

「松前屋五郎兵衛の冤罪」は、歴史上の人物の行跡に伝説を織りまぜて構成されているという点では、従来の講談のパターンをそっくりそのまま踏襲している。しかし、これはあくまでも速記された講談ではなく、もともと文章として読まれることを前提として書かれたものであり、いわば、講談の語りから小説の文章への移行を身をもって示している作品である。講談の一部ではないので、発表舞台である雑誌の一号分で物語は完結する。完結性をもった一篇の小説となるような設定が、とられているのである。

――松前屋五郎兵衛は、生まれは津軽藩の家老の子だったが、幼くして母に先立たれ、やがて父も死ぬと継母の虐待を受け、ついに家を出なければならなくなった。江戸で搗米《つきごめ》渡世を始めて、成功し、やがて世帯をもつ。息子や近所の子供たちを集めて手すさびに剣術の指南をしていたところ、その好評をねたんだ内藤藤右衛門《ないとうとうゑもん》という旗本とその朋輩たちに仕合をいどまれ、やむなくかれらを打ちすえる。町人に敗れて恥をかいた旗本内藤は、妻の父である町奉行原井伊予守《はらゐいよのかみ》に五郎兵衛の弾圧を頼みこむ。奉行は、表向きはこれをはねつけながら、ひそかに旗本たちに一策をさずけて、五郎兵衛がゆえなく暴行を働いたという被害届を出させ、五郎兵衛を捕えて拷問にかけ、ついにいつわりの自白を引き出してしまう。悪旗本の計略は、権力のうしろだてによってまんまと成功したのである。

このまま終われば、一篇の悲劇、一場の慷慨譚となるのだが、そこにひとりの救い主が現われる。《其頃、両国辺に住居《ぢうきよ》する太助と云ふ壮者《わかもの》、正実《せいじつ》で慈悲深く、侠客の意気を帯びて身長《みのたけ》は六尺に余り色白く、身体《しんたい》肥えたる大男、人を救ふに我が一身を以てし、強きを抑《おさ》へ弱きを助け、事に臨んで果さずと云ふ事がない。誰《たれ》云ふとなく一心《しん》〳〵と呼びはじめたので異名となり、一心太助と云へば知らぬものがなかつた。はじめ大久保彦左衛門へ奉公して、草履を取り、殊《こと》の外《ほか》彦左衛門の気に適《かな》ひ、何事に依らず此者《このもの》を使はれた。》その太助が彦左衛門から五十両の金をもらって奉公をしりぞき、もっと良い主人に仕えるようにという彦左衛門の希望にあえてさからって、二君に仕えずとの信念から両国界隈で魚屋を営んでいたところ、松前屋五郎兵衛の災難を聞き知ったのである。そこで太助は、一計を案じて旧主に目通りし、一部始終を彦左衛門にうったえる――

《太助は、事の次第は斯《かく》々、「彼《か》の五郎兵衛の命が其処で絶えるやうなことがあれば、上《かみ》の御不徳は萬世《まつせい》に拭《ぬぐ》ふことができますまい、其を存じて恁《か》く慌《あわ》たゞしく参りましてござりまする」とこれから内藤等三人が五郎兵衛と試合の事、内藤が味方の負《まけ》を意恨《いこん》に思ひて、町奉行原井伊予守へ内密を頼んだ事、そこで内藤の家来三人が争論に事を借りて、原井が役所へ訴へた事、五郎兵衛を召捕り拷問にて苦痛を見せ、是非なく白状させた事、此等の始終を物語つて、扨其《さてその》裁判は斯《かく》の如き依怙《えこ》、其口書《そのくちがき》は斯の如き不法の物なれば何卒《なにとぞ》、速やかに其《その》白状を取消させるやうにと、彦左衛門聞いて打驚《うちおどろ》き、侠客一心太助の為に五郎兵衛が獄屋から無事出牢するやうになつた。（完）》

松前屋五郎兵衛の不幸な生い立ちと、成年後のかれを襲った厄難は、このようにして、最後の数行で急転直下、めでたく解決されることになる。「怪建築十二段返し」の同心が、あらゆる智恵と手だてにもかかわらず藤之進をとりにがし、お蝶は行方知れずのままで、謎そのものがいささかも解明されていないのと、これは対照的である。一心太助の登場で一挙に解決をもたらし、一席の講談がもつ断片的性格をそれによって克服して、物語に完結性を与えようとする手法が、講談のなかに生きつづけてきた勧善懲悪の倫理や、弱きをたすけ強気をくじくという任侠の精神なるものによって支えられている点も、新講談と呼ばれる形式の典型的な特色を明示している。

それとは逆に、「怪建築十二段返し」では、物語の断片的性格、未解決性、ひとつの前史でしかない形式的特徴は、旧来の講談の断片性をそのまま継承していながら、この形式的特徴が、たんなる形式上の特徴にとどまっていない。出生や権力とはひとまず無関係な技術《わざ》や秘術――怪建築、変装術、電気仕掛け、催眠術、等々――が、伝奇的な、むしろ科学的な設定や道具立てとして多いに効果を発揮し、未解決性を深めるのに役立ちながら、一方では人物の〈自己形成〉を不必要にし、他方では一心太助や大久保彦左衛門という救い主が登場する余地をおのずから遮断するのである。

印刷技術の発達と活字メディアの普及とによって講談が本来の直接性を失い、速記講談の雑誌掲載という形態に活路を見出したとき、この状況のなかで新しく生まれた新講談、さらには読物文芸は、一席の講談に付随していた断片性、未完性を、小説形式に近づくことで克服してしまった。だが、これによってかえって、それらは、旧来の講談がもっていた倫理的解決法、救い主の出現による難問の解決を、拡大再生産したのである。一方、白井喬二は、速記講談の印刷刊行を機にして講談が失いつつあったこの断片性、未解決性を、みずからの小説表現の創作原理として生かしたのだった。最初期の短篇・中篇ばかりでなく、一九二三年六月から『サンデー毎日』に連載された長篇『新撰組』にも、やはりこの特徴は受けつがれている。但馬流と金門流という両流派の独楽《こま》の名人芸の宿怨を経《たていと》に、同じひとりの娘をめぐる両派の若い後継者の恋の争覇を緯《よこいと》に織りなされるこの長篇小説では、表題となっている新撰組は終始かくれた脇役にすぎず、全篇の最後近くになってそれがようやく主人公の姿をとって現われてきたかと思うと、たちまち何ひとつ決着を見ぬまま作品そのものが終わってしまうのである。しかし、こうした未解決性によってこそ、白井喬二は、講談がもたなかった新しい要素を、小説表現にもたらすことができたのだった。つまり、講談の直接性とは根本的に異なる受け手の参加を小説に可能ならしめたのである。かつて、高座の講釈師と客席の聴衆とのあいだに、かりに直接的な交流があったとしても、速記講談の印刷刊行という時代の趨勢は、その聴衆を、もっぱら受け手でしかない読者に変えてしまった。語り手と聴き手との関係は、もっぱら一方から他方への、送り手と受け手の関係にすぎなくなった。白井喬二は、この関係を、活字メディアのなかでもう一度くつがえしたのである。読者は、講釈師と時間および場所を共有するという形態や、一席の講談からその続きを期待する——多くは、すでに周知の続篇を想像して納得する——という形態での参加にとどまらず、作品そのものに内在する謎と対決する主体としても、小説に参加することを要求される。

みずからも大衆文学の代表的な作家のひとりだった村松梢風は、すでに一九二六年七月の『中央公論』夏季大付録号の大衆文芸研究特集のなかで、白井喬二の諸作品について、こう述べていた、《此の人の取柄は、着想の奇抜なのと文辞の豊富なる点に留まる。それから先は何にもない。例へて見ると猿がらつきやうの皮を剥いてゐるやうなものだ。剥いて行く道中が楽しみで、剥いてしまへばポカンとする。〔……〕一種の芸だと云ふ気持はする。処で、其の特色なり芸なりを物に例へやうなら、さしづめ縁日の見せ物と云ふ処だ。あの見世物の木戸番の吹聴、それから松井源水こま廻しの口上、軽業女太夫の芸当、それらの熟練と面白さの中に一脈の哀感がアセチリン瓦斯の匂ひと共に漂ふてゐる。それが白井喬二の世界である。》（「大衆文芸家総評」）村松梢風のこの指摘は、作者である白井喬二の作風の特色を評したものという以上に、むしろ白井喬二の作品に接する読者の姿勢を示唆したものとして興味ぶかい。それは、なるほど過ぎてしまえば何の教訓も人生の智恵も残さないにせよ、それと相対しているとき読者は単なる受け手ではなく、最大の注意と能動性を駆使して表現に参加するのである。一九一〇年代以降の芸術的アヴァンギャルドたちが小説的表現の限界を突破する可能性をそこに見出した大衆芸能の世界を、白井喬二は小説のなかに現出したのだった。遊園地や遊戯機械やダンスホールでの能動的な参加の娯楽と通じあう営みを、読者はここに見出した。「怪建築十二段返し」は、講談から自立しながら小説がみずからの危機を脱しようとする過程の、顕著な一歩だった。だがその一歩は、小説の読者にとってもまた、きわめて重要な一歩だったのだ。

『大菩薩峠』とその読者

〈大衆文芸〉の模索は、もちろん、白井喬二とかれを中心とする『大衆文芸』グループの作家たちだけによって、なされたわけではない。『講談雑誌』や『講談倶楽部』に新講談なり読物文芸なりという名の新趣向の作品が掲載されるようになったこと自体、新しい表現形式が読者によって広く求められていたことを物語っているだろう。そして、読者の要求ということを考えるさいにもまた、看過するわけにいかないのは、すでにしばしば論じられてきている先駆的な小説、『大菩薩峠』である。

　真に卓越した文学作品がすべてそうであるように、『大菩薩峠』という未完の小説についても、論者の数と同じくらい種々さまざまな観点から論じることが可能だろう。事実また、作家論という観点からも、作品論の角度からも、これまでに多くの貴重な論究がなされてきている。これらとまったく無関係にではなく、しかしここではまず、この作品の何が、なにゆえに、いかにして読者をとらえ、読者がこの作品にどのような対しかたをしたのか――という観点から、この長篇に接近してみることにしよう。

　白井喬二より四歳年上で一八八五年（明治一八年）生まれの中里介山が、『都新聞』にこの作品を連載しはじめたのは、二十八歳のとき、一九一三年（大正二年）九月のことだった。

　清朝中国に起こった辛亥革命は、その直前の八月上旬、袁世凱追放の第二革命に失敗して、ひとまず敗北に終わろうとしていた。しかし、国民党の革命指導者・孫文は日本へ亡命して再起を期し、ひとたび開始された革命が地下で生きつづけていることは疑うべくもなかった。ヨーロッパでは、第二次バルカン戦争の火の手が鎮まったばかりだったが、動乱の時代は終わるどころか、いよいよ世界的な戦火となって拡大する方向で時代はすすんでいた。中国での革命と世界大戦の危機を反映した世相のなかで、日本国内でも、急速に何かが変わりつつあった。普通選挙の実現を要求する運動はますますひろがり、ついにこの年の二月、東京日比谷の政府派新聞社を襲撃した民衆は、桂内閣を総辞職に追い込んだ。このいわゆる大正政変の直接の引き金となった民衆の力をうしろだてにして、大逆事件で勝利した〈明治〉、幸徳秋水らを刑殺し石川啄木を憤死させたあの一時代にたいするたたかいが、徐々に、しかし広汎に開始されようとしていた。幸徳秋水らの刑死の翌年から書きはじめられた『大菩薩峠』が『都新聞』紙上に姿をあらわしたのとちょうど時を同じくして、一九一三年九月には、啄木の友だった土岐哀果（善麿）によって啄木の遺志をつぐ『生活と芸術』が創刊された。この月刊雑誌は、一年前の一九一二年十月に大杉栄と荒畑寒村が創刊した『近代思想』とならんで、大正デモクラシーの夜明けを告げることになるのだが、それの基調は、創刊号の扉にかかげられた哀果の詩に尽くされている――

《まづ、生きざるべからず。
われらはみな、ひとしく富み、ひとしく幸ひにして、ひとしく生きんことを思ふ。
あるものは、そろばんをはじくとき、
あるものは、はんどるをにぎるとき、はた、鎌をもつとき、
あるものは、ダイナモの響きの中に立つとき、
あるひは、ペンをとるとき、ペエジをくるとき。
その労働は、いかなる方面にもあれ、
われらをして、ふかく、
われらの生活、われらの社会につきて、
おのおのしづかにかんがへ、省みしめよ。
しかして、これを、真実に、自由に、あらはさしめよ。
しかして、

これをかりにすべて、われらの芸術とよばしめよ。》

『生活と芸術』という雑誌は、その名のとおり、民衆の生活と芸術表現とのあいだの断絶を埋めようとした点で、まさしく、大正デモクラシーの民衆芸術論を代表する一運動だった。だが、土岐哀果たちの試みを考えるとき、忘れてならないのは、文学や芸術が民衆の生活に近づこうとしただけではなかった、ということである。読者たちもまた、文学や芸術の作品を生活のほうへ引きよせようとしていたのだ。

『都新聞』に連載された『大菩薩峠』は、世界大戦による空前の好景気が日本を訪れようとしていた一九一四年十二月、ひっそりとひとまず中断された。一九一八年二月から二一年六月にかけて作者が私家版として上梓した玉流堂本の全十巻も、わずか二百部の限定版だった。この小説があらためて春秋社から刊行されるようになったのは、そののち一九二三年二月のことであり、さらに『都新聞』連載以後の続篇が『大阪毎日新聞』と『東京日日新聞』に連載されて厖大な読者を獲得するようになるのは、ようやく一九二五年一月以降のことである。翌二六年秋には、春秋社があらためてA6判（文庫判）の「普及版」を逐次刊行しはじめる。——つまり、白井喬二たちの〈大衆文芸〉が自立したジャンルとして圧倒的な読者に迎えられるようになったちょうどその時期に、『大菩薩峠』もまた多くの読者のあいだで蘇生し、新たな生命をかちとったのだった。

作者の中里介山自身は、『大菩薩峠』が〈大衆文芸〉との関連で論じられることを、くりかえし強い語調で拒否していた。たとえば、春秋社版第七冊（めいろの巻／鈴慕の巻／Oceanの巻。一九二八年十月刊）の「巻頭言」では、はっきりとこう述べている、《近ごろ「大衆文芸」といふ言葉がはやり出した。誰が云ひ出して、何を意味するのだか一向わからないが、その命名者の心事と、流行者の雷同とを想像して滑稽噴飯の感を禁ずることが出来ない。「大菩薩峠」は所謂純文芸でも無ければ大衆文芸でも無い、もとより小説は科学でも哲学でも無いから、大多数を把握する力が無ければ、その存在の第一資格に欠ける。小説「大菩薩峠」にも多少その力があつたればこそと今日までの存在の理由を見なければならぬ。さてまた、釈迦や達磨の名は三歳の児童も之を知るが、その境地は一箇半箇もうかゞひ知ることは出来ない。誰にもわかる処と、誰にもわからない処との二つが永遠の世界にはある。小説「大菩薩峠」が、如何に多くの人に読まるゝにせよ、その暗示する世界が「唯仏與仏乃能究盡」の世界で無ければ、この小説は明日に至つて滅盡する——寧ろこれが世界に於ける少数中の少数文芸——さうで無いまでも、純文芸とか大衆文芸とかいふ片輪者のお仲間入りだけは御免を蒙りたいものである。》

そしてこの巻頭言のなかでも、介山は、『大菩薩峠』が《宗教的精神を以て書かれてゐるもの》であり、《一切の業障界をうつして解脱と救ひとを現はさんとするのが、此の小説の主眼である》と断言して、《上求菩提、下化衆生》の道こそこの自作の根本理念であるという、しばしばくりかえされた主張と同様のことを述べている。多くの作品論や作家論もまた、業《カルマ》や輪廻転生、大乗思想といった仏教思想への介山自身の言及に、この作品理解の手がかりを求めてきた。けれども、こうした作者の意図と、作品を読み続篇を待ちこがれた読者たちの想いとは、かならずしも合致していたとは限らないのだ。

『大菩薩峠』がどう読まれたかについて、つとに独自の見解を提示したのは、「大衆文学本質論」(一九三四年四―五月)の中谷博だった。日本の大衆文学のほぼ十年の歴史をふりかえって、それを支えてきたのがいわゆる《車夫馬丁》や《丁稚小僧》よりはむしろ《立派に文学の鑑賞力を備へてゐる知識人》だった、と考える中谷は、読者が『大菩薩峠』に見出すものは何かと問うて、ラスコーリニコフの斧と机龍之助の剣という有名なテーゼを提出する。中谷によれば、貧困や破廉恥から母や妹を救いたいという希いを実現する道を社会的に断たれていたラスコーリニコフが、この希望を非合法的、非社会的感情に転化させて金貸しの老婆のうえに斧をふるわねばならなかったように、『大菩薩峠』の虚無的な主人公・机龍之介が無差別にふるう辻斬りの剣は、第一次世界大戦による大好況と大正デモクラシーの昂揚期ののちに失業時代と資本家階級の攻勢を目のあたりにしなければならなかった日本の知識人たちの気分を、ぴったり表現していたのである。《何にしても「大菩薩峠」に描かれてゐる人物の主要なるものは、何にも興味が持たれない机龍之助、風変わりな夜盗の七兵衛、貧乏人びいきの医者道庵、都会文化を嫌つて田園に帰耕したがる無知な與八、独特の力量を有する自然児米友等、何れも資本主義文化に対して、一種虚無的な反抗を企てゐるものと言はれ得よう。》十年前ひとりの社会主義者によって書かれはじめたこの作品を十年後に知識人たちがとりあげたのは、希望と昂揚ののちにかれらを幻滅がとらえはじめていたことを物語っている、と中谷は言う。ひとたび絢爛たる夢を見たのちに悲しい現実の姿に直面したとき、その沈滞のなかで知識人は、たいてい三つの態度をとるもののようだ、《即ち一つは沈滞したままで愚痴を並べて暮らす下級役人的根性、一つは明日の生活に意義を見出し得ないところから来る刹那的享楽、一つは人生幻滅と自己嫌悪とから生ずる虚無的にして破壊的なる行動、此の三つであるらしい。》そのうち第三の態度は、数こそ少ないが、もしも現実にこうした態度をとるものがあれば社会の安寧秩序を破壊し去ることも困難ではないだろう。しかし、一般的にみて知識人は決してそれほどまでの思い切った態度はとりえないもので、たんなる観念上の遊びに終始するにすぎないようだ。《こゝに中里氏によつて拓かれた大衆文学が、知識人の愛好物となり得る大きな理由が見出される。知識人の頭の中に生れ出た虚無的破壊的な観念上の遊戯を、知識人自らになり代つて言はゞ勇敢に代行して呉れるものとしては、大衆文学の主人公は正に打つて付けの人物なのである。さうしてその場合の破壊力として、即ちラスコリニコフの斧として、剣が使用されるのである。かくて剣道の奥儀に達したるニヒリストが、大衆文学の主人公として登場するに至つたことも、当然の話と言はなければならぬ。》

ラスコーリニコフの斧と机龍之助の剣とを結びつけた中谷博のヒーロー論は、大衆文学の主人公と読者の想いとの関係を考えるさい、いまなお基本的には妥当性を失っていない。たしかに、講談以来の一心太助的な庶民の味方、権力の横暴に抗する明快な義侠心の持ち主や、晴らせぬ怨みを代わりに晴らしてくれる隠れた援助者とならんで、もっぱら破壊的に現実への復讐をかさねるかにみえる虚無的な主人公は、講談を脱した大衆小説特有の人間像のひとつである。中谷博自身も指摘しているように、机龍之助を筆頭として、白井喬二『富士に立つ影』の熊木伯典、土師清二『砂絵呪縛《すなゑしばり》』の森尾重四郎、吉川英治『鳴門秘帖』のお十夜《じゆうや》孫兵衛、大佛次郎『赤穂浪士』の堀田隼人、林不忘『新版大岡政談』ほかの丹下左膳、村松梢風『人間飢饉』の平手御酒《みき》、直木三十五『明暗三世相』の雑賀久馬など、大衆小説の歴史に大きな足跡をのこした主人公たちのかなりの部分が、このタイプを代表している。そして、かれらの系列は、周知のとおり、柴田錬三郎の『眠狂四郎無頼控』以下のシリーズで、あの円月殺法のニヒリスト剣士によって脈々と受けつがれることになる。

それにもかかわらず、中谷博の『大菩薩峠』把握は、やはり一面的だと言わざるをえない。この小説と大衆文学一般とを、もっぱら知識人の読物としてとらえているから——というだけではない。中谷の考える知識人とは、明治後期以降の公教育の普及によって増大した中等および高等教育修了者のことだから、その点では、これらの人びとが大衆文学と呼ばれるものの主要な読者であるというかれの見解は、けっして的はずれではないだろう。大衆文学の誕生と興隆は、原敬内閣が一九一九年度予算で立てた高等教育諸機関の創設・拡充六ヵ年計画の実施と、おそらく不可分のかかわりをもっている。この計画によって、高等学校は既設の八校から二十五校に、高等工業学校は八から十八に、高等商業学校は四から十二に、高等農業学校は五から十に、それぞれ増設され、さらに一九二〇年から三〇年間の十年間についてこれを見ると、つぎのような大幅な拡充がなされたのである。（筒井清忠「日本における大衆社会の平準化——一九二〇年代以降の思想集団の変遷から——」＝『思想』一九八一年十月＝による。）

	学校数	教員数	生徒数
高等学校	一五→　三二	五六一→一四一八	八八三九→二〇五五一
専門学校	七四→一一一	二七九五→五一一三	三九八三五→七〇〇一〇
大学	一六→　四六	一八八二→五九四一	二一九一五→六九六〇五

急増したこれらの知識階層は、中谷博が同窓の懇親会でのエピソードとして紹介しているように、大衆文学の読者の、少なくとも主要な一部分だった。しかし、それらの読者が、中谷の主張するような机龍之助像にのみ惹かれて『大菩薩峠』を愛読したかといえば、けっしてそうではなかったのだ。一九三四年という時点で大衆文学の十年の歴史を総括して書かれた中谷博の論考は、やはり事柄を整合的に整理しすぎていたのかもしれない。かれが読者として想定した知識人のうちでも、たとえば村松梢風は、『大菩薩峠』が最初に『都新聞』に連載されたころのひとつの読まれかたを、つぎのように伝えている——

《十二三年前、私にまだ青春の血が多くて遊里に沈湎したことがあつた。さういふ家で朝眼を醒ますと枕頭に必ず都新聞が置いてあつた。其の当時の都新聞は普通の家庭や下宿屋などへは滅多に入らなかつたから、さふいふ機会をのぞいては私の眼に触れることは少なかつた。花柳新聞と云はれた都新聞の記事ほど後朝の気分にふさはしい読物はなかつた。同紙の記者で先年亡くなつた伊藤みはるの書く花柳界の艶種は評判のもので是を読むばかりに都新聞をとつてゐた人も少くない。所謂芸者気質に精通して、しかも不思議な文才だつた。これと同時に其の頃から『大菩薩峠』が載り始めた。中里介山と云ふ名前は当時にあつては少しも世間的ではなかつた。が大菩薩峠は確かに面白い読物だつた。全体としては講談風の趣向だが、文章に異様なる魅力があり、作中の人物の特徴も在来の講談みたいに類型的でなかつた。此の小説は花柳社会では最初から大受けだつた。机龍之助だのお濱だのと云ふ名前は、遊女や芸者や茶屋女などの間で屢〻話題に上つてゐた。が文芸批評家でない彼女達の好評を博し得てもそれは一向社会へ響かない。さうして中里氏の労作は数年続いた。私も久しからずして狭斜の巷から足を絶つやうになり、同時に伊藤みはるの名文をも中里介山の小説をも愛読する機会を失つてしまつた。読みたければ、下宿屋でも家庭でも都新聞をとつて読んだらよかりさうなものだが、なぜだか私は今でも其の気になれないのである。身を花街に置き乍ら此の新聞を読む時は何とも云へぬ親しみがある。が、新聞を読んで花柳の情事に思ひを遣ることは私の気持としては面はゆかつた。もつとも其の頃の都新聞には文芸欄はおろか外国電報さへろくに載つてゐなかつた。実に新聞閑日月ありだつた。〔……〕》（「大衆文芸家総評」、『中央公論』一九二六年七月夏季大付録号）

村松梢風の読みかたそのものは特殊例だったかもしれないが、最初の掲載紙がこのような読まれかたをする新聞だったことは、『大菩薩峠』を考えるとき、やはり記憶されるべきだろう。村松梢風自身の読みかたのなかには、あるいは中谷博が指摘し定式化したような想いが無意識のうちにもなかったとは言えない。しかし梢風が伝えている芸者や遊女の読みかたにまでそれを適用することは無理だろう。むしろ、中谷博の指摘は、『都新聞』連載当初とはまったく別の読者を二〇年代中葉以後の『大菩薩峠』が見出した、という問題との関連でとらえなおされるべきではあるまいか。

ようやくこの小説が広汎な読者を獲得するようになった一九二六年十月、中里介山は、個人編集の月刊誌『隣人之友』を創刊し、その誌上に「大菩薩峠是非」という欄をもうけて、読者から寄せられる反響を紹介した。それらは、その後、春秋社版『大菩薩峠』の第八冊（年魚市《あいち》の巻。一九三〇年九月）、第九冊（畜生谷の巻／勿来《なこそ》の巻。三一年十月）、第一一冊（不破の関の巻。三二年十月）、第一二冊（白雲の巻／膽吹《ゐぶき》の巻。三三年六月）の四冊のそれぞれ巻末に転載された。計二二九通におよぶそれらの感想文を見るかぎり、読者の関心が必ずしも中谷博の指摘するような方向には向いていなかったことがわかるのである。もちろん、それらは、きわめて矜持と自己意識が強かったらしい中里介山による取捨選択を経たものであり、さらにまた、読んだ小説についての感想を作者に書き送るのはごく限られたタイプの読者層であることも、考慮に入れなければならないだろう。それでも、ラスコーリニコフの斧と比べられる机龍之助の剣とは別のものにも、読者の強い関心が寄せられていたのはたしかだった。

読者の反応のうち、もっとも顕著なものは、この小説の世界を自分ときわめて身近な世界にしてしまっているファンのそれである。かれらは、作者への手紙でも、「金茶金十郎」とか「山の娘」とかいう作中の登場人物の名を自分の変名として用い、あるいはまた、登場人物の名前と特徴を読みこんだ「大菩薩峠いろはかるた」なるものを作って披露する。芝居になって上演されるときのことを想定して、現実の役者やいわゆる有名人に登場人物の役を振りあてる案は、少なくとも三人の読者から寄せられている。そのうちのひとつ、「吾嬬の里にて　江戸の落人」と名乗る読者の案によれば、机龍之助は左団次と吉右衛門の一日替、慢心和尚は頭山満、駒井能登守は羽左衛門、宇治山田の米友は猿之助、戯画的に描かれたデモ倉が木村毅（文芸評論家）、プロ亀が千葉亀雄（同上）、神尾主膳は三木武吉（政治家）、田山白雲は中里介山、といった具合である。また、これをうけた「麻布　もりそば」なる読者の案では、デモ倉・プロ亀とならぶ戯画的人物のうち、安直先生は林不忘先生、金茶金十郎は長谷川伸先生、三ぴん侍は吉川英治先生と牧逸馬先生と広津和郎先生、ファッショイ連中は三上於菟吉先生と久米正雄先生、というように、介山自身も作中でそれと推測できる名前をつけてあてこすった当時の大衆文学の代表的作家たちを、揶揄的にあてている。明らかに『大菩薩峠』を楽しんでいるこれらの読者とならんで、きわめて厳密にこの小説を読み、いわばそのなかにあくまでも真実のみを見出そうとする読者もいる。《小生は大菩薩峠を愛読致します一学生です、僭越な事ではありますが、大菩薩峠第二巻四二四頁に子供がビラと云ふ言葉を使つて居りますが、先生も御存じの如くビラは英語の Bill が転訛したもので、浅学の少生《ママ》が考へるにはそれが一般に普及化されて使用されるやうになつたのは、明治の末年大正にかけてゞあると思ひますが既に幕末時代にも使用されてゐたのでせうか、ご教示下さらば幸に存じます。》というような疑問がそれである。この種の事実関係を問いただし、あるいは誤りを指摘したものとしては、四斗俵を背負わされるとあるが、当時は五斗俵でなければならないはずで、少くとも二十貫はある五斗俵を旅役者が背負って歩くのは無理だ、とか、小説の冒頭の部分に、青梅街道は武州青梅の宿へ出てそれから山の中を甲州の石和へ出る、とあるが、石和は甲州街道であって青梅街道とは無関係である、とか、尺八の鈴慕の曲というのが出てくるが、鈴慕ものには十曲以上もあるのだから、ただ鈴慕とだけ称するのは適切ではない、等々の提言が、かなりの数に上っている。

同じく自分とごく身近な世界として小説の世界と接しているにせよ、もうひとつ別の接しかたを示す読者も少なくない。いや、むしろこのタイプの読者こそ、『大菩薩峠』のもっとも典型的な読者だったといっても過言ではない。かれらにとっては、たとえば個々の事実に関する当否など、いわば二の次なのである。《私共一家は皆大菩薩峠一巻よりの熱心な愛読者でござゐます。毎日〳〵この頃は夕刊の来るのが待遠しくてなりません。〔……〕多摩川には昔月見草が咲いて居ないといふ事を笑つた人の馬鹿らしさ加減、それこそ笑つてやるべきです。／何も私共は多摩川の歴史や地理を覚え様としてゐるのではありません。月見草は昔はあつたにせよ、ないにせよどうでもい、のです。本当にその情景にその花がふさわしくて、目をつむれば浮び上つて来る様に見へれば描写に於て万点だと思ひます。少しばかりの専門の学問を鼻にかけて、たつた一人の先生をみんなしてきめつけ様とするのを我々は本当ににくみます。》——あらゆる小説という小説のなかでこの小説ほど面白いものを読んだことがない、というこの女性読者は、ひきつづいて綿々と『大菩薩峠』の人物たちや情景にたいする想いを書きつづっている。かの女にとっては、日々の生活よりもむしろこの小説のほうがいっそう身近な現実であり、この現実にひたりきることによって日々の生活はむしろ空無化されているかのようでさえある。同様のことは、京都の大学院生と名乗る読者の手紙からもうかがえる。かれは、お雪ちゃん、弁信、米友など純真で素朴な人物たちへの共感を表明したのち、『大菩薩峠』がまたも中断されるとしたら、自分は大きな支えを失い、《又々、内容のない所謂文学者の私的小説——しかもみにくい生活の——がのさばり出る》のを坐視しなければならない、と嘆くのである。これらの読者に共通しているのは、いわゆる虚無的で破壊的な机龍之助の人間像のなかに現実否定の想いを託すのではなく、龍之助とは対極的な人物たちの生きかたに声援を送り、その人物たちを自分自身の日々の生活の支えとすることによって、現実の苦しさを空無化しようとする点なのだ。《與八さんもしつかりね、米友さんも苦しいでせう、本当に同情いたします、でもねお君ちやんだつてどんなに苦しいでせう、ゆるしてやつて下さいね。／ムク犬をつれて、三味線をかゝえたお玉の姿、私は野原の夕暮道をいそぐ時いつも思い出します、どこからかムクの鳴き声がしはしないか、お玉さんが出て来てはくれないかしらとね。／忙しい生活に追はれながら、心にこうした詩興をもつ事の出来るのは峠の大きな力と思ひます。》——一女性のこうした心情の吐露は、『大菩薩峠』を〈知〉の文学に対する〈非知〉の文学としてとらえた松本健一の指摘（朝日新聞社刊『中里介山』、一九七八年一月）が的を射ていることを示している。そこには、中谷博が着目したような知識人の現実否定の一タイプとはまた別の、いわば肯定的《ポジティヴ》な人物像への没入による積極的《ポジティヴ》な現実超脱のありかたが、顔をのぞかせているのである。もちろん、ここでただちに、ではいったいそのような現実超脱が、机龍之助の剣やラスコーリニコフの斧に託された現実否定の情念や怨念より以上に、さらに空しい虚妄であり錯覚ではないのか——そしてそもそも、そのような夢は読者の日々の生活を現実にどれほどゆたかにしうるものなのか——という疑問が当然生じざるをえないだろう。少なくとも、中谷博が見ようとしたような読者のほうが、みずからの現実の生活をいっそうさめた目で見ることができるのであり、かれらのほうが、大衆小説自身にとってもまたいっそう貴重な読者ではないのか——という疑問が。

　けれども、読後感によせて日々の想いを綿々とつづる読者たちにとって、作品世界が現実以上に現実であり、ときによっては現実の死さえも超克するよすがとなったという事実は、大衆小説のありかたを考えるとき、けっして手ばなすことのできない大きな問題なのだ——

《大菩薩峠の愛好者でありました祖母がこの冬永眠致しました。生前祖母は余生を全く大菩薩峠の力によつて慰められ、山奥に孫娘の私とたつた二人の暮しも淋しいとせず楽しく過してまゐりましたことを思ひ今更大菩薩峠の偉大さを感じさせられました。祖母はキリスト教の信者で、割合に書を読みました者でございますが、大菩薩峠のやうに不思議に人の心を捕へる著書は永い生涯を通じてはじめてだと申し、最後の眠りにつくまでこの事を云ひ続けて居りました。死の二、三日前苦しみの中から大菩薩峠を読んでくれと申しますので日頃好きなところを読んで聞かせましたら、その場面が夢の様に見えて来ると申して満足して居りました。「本当に長い間大菩薩峠によつて病ひの苦しみを忘れ、慰められ楽しく過ごすことが出来たけれども、今日でいよ〳〵最期のお別でお昇天の日も近づいたやうな気がする、どうぞ一言中里先生によろしく御礼申上げて下さい、たゞ終りまで読むことの出来なかつたことは残念だつた」と申して七十二歳にて安らかに永眠いたしました。残された私は長い間大菩薩峠を幾度となく繰返し〳〵読みながら批判し合ふた事を思ひ出し、脚本を抱いて涙に咽んで居ります。あつかましいことながら此の事を中里先生にお伝へ下さいましてよろしく御礼を申上げて下さいませ。》（広島　山の娘）

このような読者の想いから、じつは、大衆小説の問題ははじまるのである。大宅壮一がその没落を確認した〈自己完成〉文学においては、文学とかかわることは、作者にとっても読者にとっても、いかに生きるべきかを問うことの単なる手がかりでしかなかった。逆説的な言いかたをすれば、だからこそかえって実生活の現実は重く、文学とかかわる営みはさらに重い未来の生とかかわることだった。だが、大衆文学とかかわるとき、読者は現在の生活を無重力状態にかえ、未来の生を断念する。《小説が人生の弔ひ合戦を務めるものとすれば》云々と、白井喬二は、村松梢風の絶讃を受けた短篇「鳳凰を探す」（『新小説』一九二四年三月）のなかで語っている。大衆文学は、断念された現在と未来の生にかわって、その決着以前の想いを小説世界に実現するのである。この虚構の実現がどのようなかたちでなされ、読者がそこにどのような自己実現を見出すか——これこそが、成立このかた大衆文学を、そしてそのもっとも代表的な一形式たる大衆小説をつらぬく最大の問題なのだ。

〈清純な娘、力強い同志〉――プロレタリア大衆小説

日々の生活よりももっと美しい世界や人間を小説のなかに求め、その世界や人間に自己の現実からの超脱の夢を託すということは、大衆小説の読者をとらえるもっとも基本的な想念のひとつであるにちがいない。机龍之助から眠狂四郎にいたる破壊的・虚無的なヒーローたちの人気さえもが、じつは、この想いを現実のなかで実現することを妨げるものへの攻撃願望と、この願望を体現してくれる人物への声援をふくんでいる。主としてこの点に着目しながら大衆小説の諸問題を考察したのは、イタリアの共産主義者アントニオ・グラムシ（一八九一―一九三七）だった。権力を握ったファシストにとらえられて死にいたるまでの十年余を獄中ですごしたグラムシは、一九三〇年代の初頭に、『モンテ・クリスト伯』をはじめとする新聞小説と読者とのかかわりを集中的に研究したのだが、死後にのこされたその時期のノートの一ページには、つぎのような指摘を見出すことができる、《新聞小説は、大衆各人の空想を代行する（そして同時にまたそれを助長する）。それは正真正銘の白昼夢である。フロイトその他の精神分析者たちが白昼夢について論証したことを、見てみればいい。このばあいには、大衆にとって空想とは「インフェリオリティ・コンプレックス」（社会的な）にもとづくものであり、このコンプレックスは、自分が耐え忍んでいる悪の張本人にたいして復讐や懲罰を加えたいという思いを長く夢に描きつづけることによって引きおこされる、等々のことがいえる。『モンテ・クリスト伯』には、こうした夢想をあやしてしずめ、ひいてはまた悪にたいする感覚をやわらげる麻酔薬を与えるような要素が、ことごとくそろっている。》（『獄中ノート』Ⅷ、§134）

ここで使われている「大衆」という言葉の原語は、一般に民衆とか人民とかの意味で用いられるものと同じ語の**popolo**（ポポロ）である。しかし、かれがこれを**letteratura popolare**（レッテラトゥーラ・ポポラーレ）、つまり「ポポロ的な文学」という概念との関連で使っており、この概念が「大衆文学」と同義であることは、グラムシの記述そのものから見て誤解の余地がない。かれは、十九世紀中葉のフランスでまず新聞小説（グラムシの表現を字義どおり訳

せば「付録小説《ロマンゾ・アッペンディーチェ》」として生まれた大衆小説が、大衆の願望を担った白昼夢にほかならないことを確認し、それらの古典的な新聞小説がいまなお読まれつづけているのも、あるいはまた現在さまざまな種類の新しい大衆小説が人びとの心をつかんでいるのも、そうした白昼夢を描かざるをえない現実のなかに人びとが生きているからである、と随所で述べる。けれども、グラムシは、白昼夢であるがゆえに大衆小説をしりぞけるのではない。大衆小説に託される希いは、たしかに幻想でしかないだろう。しかし、そもそも人間は昔から、そのような幻想によって既存の現実のせまい限界から脱出しようとしてきたのだ。《人類が集団的に創り出してきた最大の冒険、最大の「ユートピア」である宗教にしてからが、「地上世界」からの脱出の一方法ではないか?》（『獄中ノート』XVII、§13）大衆小説が白昼夢であり幻想を支えにしているとすれば、それは例えば宗教と同じ機能しか果たさないのか、あるいは従来のさまざまな幻想とは別の新しい可能性をはらんでいるものなのか？——これを問うことこそが重要だろう。新聞小説は大衆の空想を代行する白昼夢である、というさきに引用した確認から数年を経たのち、グラムシは、みじめな生活の単調さをうちやぶりたいという気持から生まれる幻想と新聞小説との関連を指摘するだけの見解に反対して、こう書いた、《それは一般論である。つまり、あらゆる小説に当てはまることであって、新聞小説だけに限ったことではない。どのような特殊な幻想を新聞小説が大衆に与えているか、そしてこの幻想が歴史的・政治的な時代の推移とともにどのように変化していくかを、分析する必要がある。ここには俗物性がある。しかしその根底には、古典的な新聞小説に反映されているようないくつかの民主主義的な熱望があるのだ。》（『獄中ノート』IV、§29）

グラムシがここで言う民主主義的な熱望とは、ただ単に地上世界からの脱出を夢みることではなく、現実の桎梏への怒り、現実の仕組みを許すことができないという気持、抑圧者にではなく被抑圧者にたいする共感、そして自分もその被抑圧者と同じこころで、しかし幸福に生きたいという想い、等々と結びついている——と考えてよいだろう。こうした熱望を眠りこませる催眠薬となるのではなく、それらを揺り起こし、それらに声を発せしめ、そしてそれらを自分の足で歩みはじめさせるような白昼夢が、はたして可能なのか？　グラムシの大衆小説論が言外に提起しているこの問題を、『大菩薩峠』このかた、日本の大衆小説もまた避けることはできなかったはずなのだ。

この問題は、当然のことながら、それをつきつめていけば、大衆小説を生む社会的現実を大衆小説によって実践的に批判しうるか、白昼夢である大衆小説が白昼夢をもはや必要としない現実の形成にむかって読者たちを動かすことはありうるか、という問いにつながらざるをえない。つまり、地上世界からの集団的な超脱の夢ではなく、しかももっぱら私的な自己完成の追求でもないような、ひとつの別の現実への意志を、大衆小説は読者の共同の意志として体現することができるか、という問いである。

この問いをもっとも意識的に自己に課したのは、言うまでもなく、社会主義や共産主義の革命運動の一翼をになうプロレタリア文学運動だった。一八九六年にドイツ社会民主党の内部でたたかわされた自然主義の評価をめぐる論争は、おそらく、世界の革命運動史上ではじめて、革命的な大衆文学という課題を提起したものとして、再検討される必要があるだろう。その当時、ドイツでは、フランスのゾラやゴンクール兄弟、ノルウェーのイプセン、スウェーデンのストリンドベルイなどの影響下に、自然主義文学運動が、とりわけ演劇の分野を席捲していた。社会の矛盾を激しく告発し、労働者や下層市民の生活を舞台上に再現してみせる自然主義のいわゆる〈環境劇《ミリユー・ドラマ》〉は、公序良俗を害するという口実で上演に介入しようとする官憲と、これに対抗する観衆とを巻き込んで、上演のたびにスキャンダルを呼びおこした。ブルジョワ新聞はいっせいに自然主義を非難し、反社会的営為であるというキャンペーンをはった。ちょうどそのころ、ドイツ社会民主党は、ビスマルクの〈社会主義者鎮圧法〉を十二年におよぶ闘いののちついに葬り去った余勢をかって、労働者階級のなかに急激に勢力を拡大し、衛生や産児制限の知識普及から識字運動・読書サークル組織にいたる文化闘争の展開を、重要な課題として日程にのせるまでになっていた。文学分野では、労働者観劇サークルなどを通じて〈自由民衆劇場《フライエ・フォルクスビューネ》〉をはじめとする自然主義演劇の運動体に大きな影響力をおよぼしつつあった。一八九六年にゴータで開かれた党大会では、この文化運動との関連で自然主義にたいする評価が問題とならざるをえなかった。党の文化政策の責任者たちのなかには、自然主義の諸作品の露骨な描写、とりわけ性的なことがらに関するそれを理由として、かねてから自然主義に否定的な見解を表明しているものが多かった。自然主義を目のかたきにするブルジョワ保守派が公序良俗の観点から排撃しているものを、この社会民主主義者たちは、階級闘争の健全な発展の名において非難したのである。これにたいして自然主義を擁護する立場を明らかにした少数派のひとりが、社会民主党系の新聞の寄稿者で当時はまだ党員ではなかったクルト・アイスナー（一八六七—一九一九）だった。かれはゲルハルト・ハウプトマンをはじめとする自然主義作家たちを、《ドイツにおいて、公的な生活を描く芸術をわれわれのために奪還してくれた》として高く評価する。自然主義者たちの諸作品は、支配者たちの政治的・宗教的イデオロギー教育のメガフォンか、さもなければ社会生活とは無関係な個人の内面の問題でしかなかった芸術の営みを、社会的現実のまっただなかへ引きもどした。それによって、芸術はみずから大衆の自己解放の運動との接点を獲得したのである。これは、社会民主主義者にひとつの重要な課題を示唆している。《問題は、社会民主主義者を、したがってプロレタリアートを、人民大衆を、芸術に向けて教育することだけにとどまらない。それと同様に、芸術を人民大衆に向けて教育することもまた必要なのだ。》——文化闘争は、既成の文化への道をプロレタリアートに開くだけであってはならない。むしろ、プロレタリアートのための新しい文化をプロレタリアート自身の手で創出しなければならない。これが、アイスナーの基本認識だった。こうしてかれは、自然主義を全面的に擁護しながらも、しかしそれはあくまでもわれわれ自身の芸術ではない、として、達成されるべき目標、〈党芸術〉という新たな目標を提起したのである。

やがて一九〇五年のレーニンによって〈党の文学〉という概念に受けつがれていくことになるクルト・アイスナーのこの〈党芸術〉は、プロレタリア大衆文学の最初の意識的な提唱だった。だが、それは、この呼称が与えがちなイメージとは逆に、またレーニンの理念とは異なり、党の政策によって芸術を制御しようとする方向とは、無縁だったのである。アイスナーの理想は、大衆自身が芸術活動の主体となり、そうなることによって現実総体との自己のかかわりかたを変革していくことだった。かれは、その後も社会民主党のなかで、そして第一次世界大戦の開戦をめぐる分裂ののちは左派の独立社会民主党のなかで、この新しい芸術理念の実現を追求しつづけた。そして、第一次大戦の敗戦後、ドイツを革命の浪がおおったとき、ドイツ史上最初の社会主義政権であるバイエルン共和国政府の首相となり、〈芸術家共和国〉の理想を宣言する。《芸術は、ただ完全な自由のなかでのみ生きいきと育つことができる。〔……〕芸術家は、芸術家としてはアナーキストでなければならず〔……〕社会の一員としては、生活の必要を満足させねばならない市民としては、社会主義者でなければならない。》――社会主義共和国での実践にとりかかってからわずか百日後、クルト・アイスナーは選挙に敗れて辞意を表明するために議会へおもむく途上、右翼のテロルに斃れた。

アイスナー以後、プロレタリア大衆文学の試みが本格的に、革命運動総体の方針のひとつとして展開されたのは、一九二〇年代末から三〇年代初頭にかけての国際共産主義運動のなかでのことである。日本のプロレタリア文学の歴史では〈芸術大衆化論争〉として知られる一連の模索と意見対立は、一九二〇年代にいわゆる大衆社会状況の現出と大衆文化の興隆を体験した諸国の運動が、共通して経なければならなかったひとつの過程だった。日本において芸術大衆化というスローガンが、この理念とは必ずしも一致しえないはずの〈芸術運動のボリシェヴィキ化〉の方針と不可分に論じられていたころ、日本とならんでもっとも強力なプロレタリア文学運動の実践を展開していたドイツの作家同盟は、〈プロレタリア大衆小説〉に力を注ぐという具体的方針を決定した。この決定にしたがって、同時期の日本の円本に相当するような一冊一マルクの長篇小説シリーズがあいついで刊行された。カトリック系の出版社や保守的な商業出版社による厖大な数量の通俗読物の流布、それに社会民主党系の労働者たちに浸透しているブック・クラブの組織などに対抗して、労働現場や労働者居住区での日常や階級闘争を描く小説が、大量に左派労働者大衆のもとへ送りとどけられようとしたのである。

この方針のなかからは、また、労働者出身の新しい書き手たちが生まれもした。労働者大衆は、ただ単に大衆小説の受け手として組織されただけではなく、創り手としても登場したのだった。かつてアイスナーが夢に描いた〈党芸術〉が、こうして、共産党系の〈ドイツ・プロレタリア革命作家同盟〉の運動のなかで実現したかに見えた。だが、こうして生まれた党芸術、プロレタリア大衆小説《マッセンロマーン》は、じつは、アイスナーが考えていた新しい芸術表現とは、似ても似つかぬものだったのだ。――この時期のドイツのプロレタリア大衆小説を具体的に分析してその問題点を明らかにしたミヒャエル・ローアヴァッサーの『清純な娘、力強い同志――プロレタリア大衆文学?』（一九七五年一月）という研究は、ドイツのみならず、日本をもふくむプロレタリア文学運動のなかで、革命を志向する大衆文学がどのような問題をかかえてしまったか、あるいはいまなおかかえているかを、あざやかに浮かびあがらせて見せる。

ローアヴァッサーの直接の考察対照は、一九二五年から三二年のあいだ、つまりヴァイマル共和国時代の後半に、ドイツのプロレタリア文学運動が生んだ代表的な小説十六篇である。これらは、〈赤色一マルク叢書〉として刊行された八篇や、共産党の機関紙『ディ・ローテ・ファーネ』（赤旗）に掲載されたものをはじめとして、いずれも、プロレタリア大衆小説という方針にそくしたものか、あるいはこの方針を先取りしたと言えるものばかりだった。ところが、ローアヴァッサーはこれらすべてに共通した基本的な特徴として、つぎのような点を指摘する。——これらの小説に描かれている主人公は、すべて、規律正しく、時間に正確で、党の方針に従順で、決められたことはきちんと実行し、《未来を待望する若々しいほほえみ》をうかべている。つまり、自分が疎外された労働のくびきにつながれていることを意識していないばかりか、無批判で受動的なかかわりかたでしか運動や党活動に参加しえない人間である。かれらの倫理は、つまるところ、勤勉さや実直さを要求する既成の道徳と変わるところがない。それゆえ、かれらは、性的なことがらにたいしては強い嫌悪を示す。性の解放をめざす動き（たとえばヴィルヘルム・ライヒの〈性政策《ゼクスポール》〉運動）に激しい敵意を示す一方、歴史的・社会的な根拠をもつ女性の弱点や限界を、それが女というものの本性なのだと考えて疑わない。女性は平然と、運動の足を引っぱる存在として描かれ、共産主義者は《若々しく力強く男々《お》しい》のにたいして、もっとも近い敵である社会民主主義者は《年老いて無力で女々《め》しい》とされる。そして、もしも女性の肯定的主人公を登場させるときには、古色蒼然たる〈永遠の女性〉信仰が現われるのである。〈娘〉という名詞に特別のニュアンスが込められ、プロレタリアの娘は献身的で清純でなければならない。この女性像が、若々しさと威厳と、ひとの心を落着かせる声（！）とをもった力強い男性の同志の像と対《つい》をなしている。男性の観点からのみ見られた人間像であり、男性的共産主義の文学的反映であることは明らかだが、注目すべきことには、こうした人間像とその描写の文体は、旧来のブルジョワ文学のステロタイプとなんら変わりないのみか、同時代のナチスの人間観やその文学表現と共通してさえいるのだ。——ローアヴァッサーのこのような指摘は、もちろん、ドイツのプロレタリア大衆小説にのみ当てはまるものではない。

プロレタリア文学における理想的ヒーローの描写は、日本のさまざまな作品をもふくめて、このヒーローへの無条件の共感や同化を読者に要求すると同時に、ヒーローよりも低い段階にいる人物たちへの、ひいてはまた広汎な被抑圧者たちへの、限りない蔑視を読者のなかに植えつけた。ちょうど、かつてマルクスが十九世紀中葉のベストセラー新聞小説『パリの秘密』を考察しながら批判した作品と読者との関係が、プロレタリア大衆小説と読者との関係のなかで再現されているのである。

ウジェーヌ・シューの長篇『パリの秘密』（一八四二年六月—四三年十月）は、アレクサンドル・デュマの『モンテ・クリスト伯』やヴィクトル・ユゴーの『レ・ミゼラブル』とともに、十九世紀半ばのフランスが生んだ社会批判小説の代表的なひとつであり、また、グラムシが関心を向けたとおり、二十世紀の大衆小説にとっては最大の先駆者のひとつだった。掲載誌の人気のみか文字どおり洛陽の紙価を高からしめ、E・A・ポーやドストエーフスキーやトルストイにも大きな影響を与えた。この小説が完結した翌年、青年ヘーゲル学派の代表的な理論家のひとり、セリガ（フランツ・チヒリン・フォン・チヒリンスキー）が、この学派の機関紙に一篇の書評を書いた。カール・マルクスはこれにたいする詳細な批判をまとめ、それは、エンゲルスとの共著『神聖家族』（一八四五）に、その第五章および第八章として収められた。マルクスはそこで、社会の悪とたたかう人物を描いた社会批判的な小説とされるこの作品を、徹底的に批判しつくしたのだった。

『パリの秘密』は、ドイツの一小国、ゲロールシュタイン侯国の領主、ロドルフが、身分を隠してパリの貧民街を訪れ、そこで暴漢を改心させ、悪人たちの手から身なし子の少女を救い出す物語である。フルール・ド・マリ、または歌坊と呼ばれるその少女は、物語の終わり近くになって、じつは行方不明になっていたロドルフ侯の娘であることがわかる。まだそれを知らぬさきから、ロドルフは、悪人たちのなかで悪徳にそまって生きてきた娘——かの女が少女売春をさせられていたことは、はっきりそうと描かれていないにせよ疑いない——を、わが子のように愛し、信頼できる貴婦人に託して教育しなおすことにするとともに、悪人たちにはきびしい懲罰を与えるのである。たしかに、この小説には、大衆小説が通常そなえている必要条件が、ほとんどすべてそなわっている。素姓がわからぬ美しい身なし児。それを虐げる悪人たち。身分を隠した救い手の登場。悪人たちの抵抗。この救い主を別の側から邪魔だてする陰謀。

救い主を助ける忠実な手下。敵たちのうちの純朴なひとりが、救い主の意気に感じて改心し、強力な味方となる。悪人たちと陰謀家たちの共同戦線。救い主とその味方が窮地に陥る。危機一髪で陰謀は破れ、悪人たちは誰を敵にしていたのかを知る。形勢の逆転。救出と報復。素姓の判明と再会。そして大団円――。虐げられていたものが救出され、抑圧者は罰せられ、人間らしい生活への扉が被抑圧者に開かれる。だからこそ、この小説は、一九二八年八月、プロレタリア文学運動の理論的指導者のひとり、平林初之輔によって『新青年』誌上に九〇ページをついやして抄訳され、翌二九年七月には武林夢想庵の訳で、『世界大衆文学全集』第二二巻（改造社）として抄訳刊行されたのだった。アナーキスト系のダダイストだった武林夢想庵は、訳者の序文のなかで、作者シューについて、《〔……〕上流社会から攻撃され、それ以来その方面の同情と失ふと共に、自分もまたその社会とは関係を絶ち、進んで人類の暗黒面を暴露しつゝ、デモクラチックの思想中に着想の源泉を求めるやうになつた。》と記している。

　だが、マルクスの批判は、『パリの秘密』がふくむまさに前述のような大衆小説的要素に向けられていたのだった。ロドルフによって改心させられた暴漢「お突き《シュリヌール》」は、ロドルフの敵をだまして罠にさそいこむ役割を演じることによって、生涯ではじめて恥ずべき行ないに手を染めてしまう。かれは、「わたしはまるでブルドッグが主人に感じるような気持を、あんたにたいして感じる」とロドルフに言う。ロドルフによって人間にされたと信じているこの男は、ブルドッグ、それも道徳的ブルドッグになったにすぎないのだ。そして結局は、自分のような一片の土くれでも偉大な殿下のお役に立てるのだ、と感じながら、ロドルフの身代りとなって死ななければならない。ロドルフは、救い主どころか、ひとりの人間から生きいきとした人間らしさを奪い、それのみか生命までも奪うのである。悪人たちにたいするロドルフの懲罰は、かれの本性をもっとあからさまに物語っている。かれは「校長」とあだ名される老悪人を殺すかわりに、その眼をつぶす。自分の心のなかを見つめて懺悔しろ、というわけだが、じつはこの男は、ヘラクレス的な体力と強烈な精神的エネルギーの持主であるがゆえに、中庸をことととする市民社会の慣習と衝突してきたにすぎないのだ、とマルクスは言う。この男の眼をつぶしたロドルフは、《人間を、現実の校長を救おうとするのではなく、ひとつの魂の魂の救済を救おうとする》にすぎない。そして、この小説の最大のテーマであるフルール・ド・マリの救出とは、じつは何なのか?――フルール・ド・マリは、最初にロドルフと会ったころ、つまり悪徳の淵に沈んでいたとされるころには、「わたしは泣き虫じゃないわ」、「できてしまったことは、できてしまったことよ」という言葉で自分の境遇を語っていた。《キリスト教的な後悔とは逆に、自由で強い人間のストイックであると同時にエピキュリアン的な、人間的な原理》を、かの女は体現していたのである。ところがロドルフによって自分の生きかたの罪深さを教えられ、ロドルフが用意した再教育の場で道徳的な観念を植えつけられたとき、かの女は陽気さを忘れ、罪の意識にうちひしがれる。フルール・ド・マリの本来の姿、ロドルフに発見される以前の姿を描いたとき、《ウジューヌ・シューは、かれの狭い世界観の地平をのりこえたのだった。かれは、ブルジョワジーのさまざまな先入観の顔面に一撃をくらわしたのだ》とマルクスは言う、《かれがフルール・ド・マリを主人公ロドルフに引き渡してしまったのは、自分の大胆さのつぐないをするためであり、あらゆる爺さん婆さんや、パリの警察全体や、流布している宗教や、「批判的批判」〔青年ヘーゲル一派のこと〕の喝采を博するためだったのだろう。》じじつ、フルール・ド・マリは、再教育が終わってアメリー公女となったのち、修道院に入り、わずか半年後に罪の意識をいだいたまま死ぬのである。平林初之輔訳も武林夢想庵訳も、この結末には触れることなく、フルール・ド・マリの素姓が明らかになり、かの女を棄てた生みの母でありロドルフに対する陰謀の首謀者であった妻が改心して死ぬところで、抄訳を終えているのだが。

　マルクスの批判は、しばしば大衆小説の最大の力となっているものがじつは大衆小説の最大の限界でもあることを、するどく衝いている。救い主の登場は、多くのばあい、救われるものにとって、これまでの抑圧者から、別の、いっそう大きな権力をもった抑圧者のもとへの移行を意味するにすぎない。水戸黄門や遠山の金さんやロドルフ・フォン・ゲロールシュタインを典型とするお微行《しのび》の権力者のばあいだけではない。〈プロレタリア大衆小説〉の力強い同志たち、この反権力者=対抗権力者たちの相貌のなかには、まぎれもなくこうした救い主の特徴がある。そして、モンテ・クリスト伯のように自力で自己を救った主人公でさえ、のちにその超人的な力を役立てて援助者となるときは、援助を受けるものにたいして価値や理想の体現者として強制力を行使するのである。しかもこの関係は、作中の権力者と解放されるべき人物たちとのあいだだけのことではないのだ。これらの人物たちの解放への熱望を収奪する救い手に拍手を送る読者もまた、みずからの自己解放への熱望を、いわばその小説によって収奪されているのである。

　だがそれでは、ヒーローに拍手を送りながら、しかもヒーローが体現するものへの受動的な自己投入をつづけるのではないような姿勢、一方的に説得の対象とされるのではないような姿勢を、読者に可能にするような大衆小説が、はたしてありうるのだろうか？

3　参加する読者

受け手から主体へ

　日本における大衆小説の草創期と興隆期、つまり一九二〇年代初頭から三〇年代中葉にいたる時代に、大衆小説が同時代の人びとからどのように見られていたかをうかがううえで、きわめて貴重な資料がふたつある。そのひとつは、さきにも言及した一九二六年七月・夏季大付録号『中央公論』の特集「大衆文芸研究」であり、もうひとつは、一九三三年十月から三四年七月にかけて文藝春秋社から刊行された『新文芸思想講座』全十巻である。このふたつに収められた諸論文によって、われわれは、第一次世界大戦の終了から十五年戦争の開始にいたる二大戦間の時代の大衆小説の姿を、小説作品そのものから見るのとはまた別の角度で、その時代自身の視線を通して眺めることができる。

　たとえば、『新文芸思想講座』は、いわゆる文壇文学からプロレタリア文学、さらには演劇や映画や短歌・俳句・川柳にいたる文学・芸術の全分野を、一般原理論、歴史的研究、現状分析、外国文学の紹介などそれぞれ異なる観点から論じた二十数篇の文章を各巻に収めているのだが、そのなかで大衆文学の占める位置は、この種の文学講座シリーズを現在の尺度で想い描くときには想像もできないほど、大きいのである。一例として、中谷博の「大衆文学本質論」の後半が掲載された第八巻（一九三四年五月）の目次を再録してみよう。――有沢廣巳「恐慌期の経済思想」、谷川徹三「現代文芸思潮論」、小林秀雄「文学批評論」、横光利一「新小説論」、林房雄「プロレタリア小説論」、千田是也「プロレタリア演劇論」、日高只一「最近の英米劇」、千葉亀雄「最近のルーマニア文学」、長谷川伸「股旅物研究」、子母沢寛「幕末物研究」、直木三十五「大衆文芸一般論」、甲賀三郎「新探偵小説論」、斎藤茂吉「万葉秀歌評釈」、室生犀星「現代の俳句」、青山杉作「レヴュー理論」、白井鉄造「現代日本のレヴュウ」、森岩雄「トーキー論」、三木清「最近の哲学」、三宅周太郎「史劇と新歌舞伎劇」、中谷博「大衆文学本質論」、上田永一「支那作家評伝」。ほかに無署名の二篇の小論、「演劇とトーキー」および「近代の戦争文学」が収められている。つまり、この最後のふたつの小論を一応除外すれば、計二十一篇の論文のうち、じつに五篇までが直接なんらかの観点から大衆文学をテーマにしており、これにレヴューのような大衆的芸術を加え、あるいは千葉亀雄のような大衆文学に深いかかわりをもつ執筆者（かれはこの講座に連載された外国文学の紹介をも主としてこの観点から書いている）を考慮に入れるなら、この比重はさらに増大するのだ。しかも、こうした個人論文以外に、各巻の巻末には、とくに、編輯部の編になる「大衆文芸常識辞典」なる便利な用語事典が五十音順の連載記事として付されている。

　中国大陸進出の本格的な開始と、国際連盟脱退、海軍増強、重要産業統制法の公布、等々の臨戦体制の推進によって特徴づけられる一九三三年から三四年の時点で、大衆小説を代表とする大衆文学が日本の文学分野でどれほどの位置を占めていたかを、この『新文芸思想講座』が物語っているとすれば、一九二六年七月夏季大付録号の『中央公論』は、〈大衆文芸〉という名称を獲得して本格的に歩みはじめたばかりのこのジャンルが、その当時どのようなものとして受けとられ、どのような期待を寄せられていたかを、ありありとうかがわせる。二十三人の寄稿者は、それぞれ独自の視点から大衆文芸そのものや大衆文芸と自分とのかかわりを論じている。ところが、そのなかに、一読してすぐに気づくことのできる顕著な特徴がひとつある。論者のかなり多くが、〈民衆芸術論〉との何らかの関連に言及しているのである。〈大衆文芸〉という名は、ほぼ大正から昭和への変わり目ごろに〈大衆文学〉という新しい呼称と並存しはじめ、やがて昭和の三、四年ごろまでにはほぼ後者にとってかわられるのだが、その移行期の最初期にあたるこの時点で、それが、大正デモクラシーの果実のひとつである〈民衆芸術論〉との直接的な関連で論じられていたという事実、いやそれどころか、ほぼ時を同じくして生まれたプロレタリア文学運動と不可分のものとしてさえ論じられたという事実は、あらためて注目されなければならないだろう。

大衆文学の普及と新進大衆作家の発掘に大きな貢献をなした文芸評論家・千葉亀雄は、特集全体の基調報告ともいうべき「大衆文芸の本質」の冒頭で、単刀直入にこう述べている、《わが国で、民衆芸術の名が始めて叫び出されたのは、もう十年か、或はもつと先の事であつたらう。今日では、誰も民衆芸術とは云はない。十人が十人まで、大衆文芸といひ、大衆芸術と呼ぶ。その大衆文芸の標語が、わが国で耳新らしく叫び出されたのも、何でも大震火《ママ》その後の現象であつたやうに記憶する。さらば、民衆文芸が、大衆文芸までに進出するには、そこに何等かの、内在的必然があつたのか。そして民衆文芸と、大衆文芸の定義の相違が何であるのか。》――つまり、ここでは、大衆文芸と民衆芸術ないしは民衆文芸とのあいだに差異があることは認めながらも、この両者が同一の線上に立つものであることを当然の前提として、論が起こされているのである。しかも千葉亀雄は、このすぐあとで、いわゆる民衆文芸の叫びが何に暗示されて起こったのかを問うて、《それは恐らく十年も前に呼び起されたデモクラシイの運動が、「民衆」なる言葉に、新らしい血液と意義を吹きこみ、民衆の胸に、強い自覚と自信をかき起したこと》によるにちがいない、と記している。かれによれば、大衆文芸は、大正デモクラシーの民衆芸術運動の直系の、そして最大の後継者なのだ。同様の認識は、江戸川乱歩「発生上の意義丈を」にもうかがえる。乱歩は、ことさらに大衆文芸という分類を立てることには異議をとなえながら、しかし《発生上の意味からは、大衆文芸といふものが、従来の通俗小説とは多少違つた、一つの勢力を為して来たのも、成程尤もに思はれるのである》として、《色々な意味をこめて、大衆文芸の主たる存在理由は、今も云つた芸術の民衆化にあるといふことが出来るかも知れない》と述べる。さらに佐藤春夫「大衆文芸私見」にいたっては、《僕は民衆芸術に就てはこのごろ非常な興味を覚えて、その使命の甚だ重大なことをも感じ、従つて考へてみることも多少ないではない》という一節で筆を起こし、《民衆芸術といふものと、大衆文芸或は大衆芸術といふことは、言葉の違ひから多少の違つた感じを受取る》と、両者をひとまず区別して、その違いを、《つまり今日の民衆芸術、或はプロレタリア文芸を主張する諸家にはいろ〳〵理論的な背景がありさうなのに対して、大衆文芸の諸家にはさういふ点が乏しさうに見える。片方を書生坊じみてゐると悪口を言へるなら、片方を芸人気質だとも言へさうに思ふ。この点では、僕は所謂プロレタリア文芸の方に味方したい。――多分、僕自身が書生坊だからだらう》と説明し、けっきょく、《ともかくも、大衆文芸なるものも、民衆芸術の一部分と見てもよからう。さういふ見方も出来るだらう》と結論づけ、この結論のうえに立って《僕が空想する、民衆或は大衆の文芸の夢》を紹介して見せるのである。また、《文芸の仕事は主義主張の争が目的ではない。社会運動家が『民衆』の旗を押し立てるやうな真似をしたくない。〔……〕小説家は小説を書いたらいゝ。自分の力一杯思ふ存分のものを書くだけさ。大衆もくそもあるものか。》という村松梢風「大衆文芸家総評」の姿勢も、あるいは、大衆文芸という語を一度も使わないでもっぱら〈民衆芸術〉について語りながら大衆文学批判を展開している正宗白鳥「民衆芸術雑音」も、かえって逆説的に大衆文芸と民衆芸術論との直接的関係を暗示していると言えよう。

佐藤春夫が言及したプロレタリア文学との対比も、少なからぬ論者たちによって直接あるいは間接になされている。小川未明の「大衆文学の地位と特色」は、大衆文芸ではなくすでに一貫して大衆文学の名称を用いながら、《被支配下の庶民こそ、そのうちにもいろ〳〵あるが、おしなべて大衆といへるのであります。そして、ある意味に於て、この大衆の代弁となり、またその如実の生活を活写するものが、所謂、大衆文学であると言へる》と述べて、この意味での大衆文学の歴史を江戸末期にさかのぼってたどり、今日の大衆文学は《今日の被支配階級の心理を深く洞察することによつて》、《新生活に対する憧憬》を把握し、《庶民生活の真の理想を暗示せねばならぬ》と主張する。この小川未明と同様の見解は、かつて大杉栄によって《日本に於ける民衆芸術論の最初の提唱者》と称された本間久雄の「我国に於ける民衆文学の過去及将来」にも見られる。本間は、《民衆的階級意識が、恐らくこの時ほど溌剌としてゐたことは、わが国の歴史には、嘗つてないであらう》元禄時代と、民衆が《抑圧された生活の苦しみに喘いでゐる》文化文政の時代との文学作品をくわしく比較検討したうえで、両時代の文学の差異は結局それを生んだ民衆の相違だったと述べ、現在の民衆文学もまず今日の民衆、つまり第四階級が何を目標にし、その民衆精神はどのようなものなのかを、明らかにすることが先決問題であるとする。そして具体的には、つぎのような三つの課題を、今日の民衆文学

（本間もまた、大衆文芸あるいは大衆文学という語はいっさい使わない）に提起する、《当来の民衆芸術又は民衆文学は、今日の第四階級である民衆的精神又は民衆的情趣そのもの、発露でなければならない。更にモリスの言葉を借りて云ふと、それは飽くまでも「民衆によつて」（by the people）創造されたものでなければならない。第二に、当来の民衆芸術又は民衆文芸は、民衆そのもの、又は民衆生活そのもの、如実の描写であるばかりでなく、民衆そのものに更に、更新的力《クリエーチブ・パワー》を与へるものでなければならない。〔……〕すなはち、民衆の力となり、悦びとなり、慰藉となり、生活意志を更に強固にするものでなくてはならない。こゝでもモリスの言葉を借りれば、「民衆のため」（for the people）のものでなくてはならない。〔……〕第三に、民衆芸術又は民衆文学の作家は、一面に民衆そのものでなくてはならないと共に、他面に、民衆の目標を――民衆のまだ意識しない先に意識する一種の先覚者であるべきだといふことである。》

　ウィリアム・モリスを主要な手がかりとする本間久雄のこうした要求は、もちろん、その後の大衆文学そのものによってよりは、むしろ、柳宗悦、河井寛次郎、浜田庄司らの民芸運動によって、いっそう具体的に実現されようとした、と言うこともできる。しかし、大正から昭和への移行期に、大正デモクラシーの民衆芸術理念の継承と実現を大衆文学が託されていたという側面は、忘れられてはならない。そしてこの側面はまた、「姑《しばら》く僕を語るを許せ」の白柳秀湖の視点とも、密接に関連しているのである。《思へば長い煩悶の夜であつた。僕は敢て豪語する。大衆文芸の歴史は一面に於いて僕自身の煩悶の歴史だ》と記すかれは、自分自身の歩んだ道をふりかえったのち、《ブルヂヨア文芸の要塞に肉薄しようとした僕の努力》が、いま、大衆文芸とプロレタリア文芸によって実現されつつあるのを認める。プロレタリアの時代が来れば、いまブルジョワ文芸家が必死になって支持している芸術そのものが消滅するのだ。そのあとには、《トロツキーのいふやうな人間の実生活に溶け込んでしまつた、全く新しい芸術》が生まれるのだ。白柳秀湖は、最近このことをはっきり認識したものとして藤森成吉の『無産階級文芸論』と、千葉亀雄の論文「個人意識より集団意識へ」を高く評価し、最後に、《尚ほ大衆文芸の一副産物として、批評家の忘れてならぬものは、挿絵芸術の異常な発達である。挿絵芸術家が、大衆文芸の勃興に随伴して頭を抬げ、真に読者の肺腑に喰入るやうなその独特の妙技を以て、空疎なブルヂョア美術家に挑戦しつゝある現状は批評家の注目に値するものではないか。之に対して新聞にも雑誌にも批評らしき批評の現はれぬのは何故か》と指摘する。

堺利彦、幸徳秋水らの影響によって社会主義文学に深い関心をもった白柳秀湖は、二十一歳のとき秋水らの〈平民社〉に加わり、それを母体として生まれた文芸雑誌『火鞭』（一九〇五年九月―一九〇六年五月）の編集同人となった。かれとともにこの雑誌の編集にあたった七人の同人のなかには、幸徳秋水らの刑死の翌年から『大菩薩峠』を書きはじめる中里介山がいた。白柳秀湖もまた、大正の末から昭和の初期にかけて、みずから『常夏の国』（一九二六）、『坂本龍馬』（一九二九）などの大衆小説を書くようになる。大衆文芸の歴史は自分の煩悶の歴史だ、というかれの発言は、『平民新聞』の読者から大衆小説作家へのかれの長い道のりをふりかえったものとして、いつわりや誇張ではなかっただろう。

民衆芸術論やプロレタリア文学との関連で大衆文芸を論じた寄稿者たちに共通しているのは、大衆文芸ないしは大衆文学を、作者や作品の側からだけ見るのではなく、読者である民衆にかかわる問題としてとらえようとする視点である。これは、《一体、大衆とは誰のことだ。私の考では、或意味で、文芸といふものは、どんなにしたつて大衆のものではないのぢやないかと思ふ》と敢えて挑発的に読者への顧慮を拒否した宇野浩二の「大衆文芸について」をほとんど唯一の例外として、他のすべての論者が、多かれ少なかれ表明している視点である。《だが、大衆文芸が名残なく実現された時はどうなるであらう、さうなるかならぬか知らぬが、さうなる時の理想は現実暴露の歓喜なのである。たとへそれが如何ほど社会の暗黒面、醜悪面を暴露してあつたとしても、それが真実であればあるほど、其のあまねく読まるゝ、親しみの文芸は、まことに現実暴露の歓喜といはなければなら無い。》――白井喬二の「大衆文芸と現実暴露の歓喜」のこの結論も、いっさいの予想をもたずに作品そのものと対する読者のうらやむべき境地を小説家が共有し、ともにそこに新しい現実の姿を発見していくという理想を語っているのだ。読者は、大衆文芸にとって、ただ一方的に作品を受けとる客体ではなかったのである。かつて『生活と芸術』をはじめとする大正デモクラシーの文化運動が掲げた理想――まづ、生きざるべからず。……しかして、これを、真実に、自由に、あらはさしめよ。しかして、これをかりにすべて、われらの芸術とよばしめよ――は、十年ののちに、大衆文芸のなかに実現の場を見出そうとしていた。読者＝民衆は、生活の主体であるとともに、その生活の場で、その生活の表現の主体としても歩みはじめていたのである。

時代の表情、『新青年』

大衆小説が〈大衆文芸〉という名を得て本格的な長征の途についたばかりの時点でそれに託された期待が、その後の発展のなかでその期待どおりに実現されたと考えることは、もちろんできない。だが、読者が単なる受け手にとどまらないことをめざす試みは、大衆小説の分野における最大の試みのひとつとして、追求されつづけることになる。ある意味では、この試みは、プロレタリア大衆の主体的な表現活動を当然のことながら文学の重要な課題としたプロレタリア文学運動にもまして、むしろ大衆小説をはじめとする大衆文学のなかでこそ、いっそう精力的になされさえしたのである。

一九二〇年一月に雑誌『新青年』が創刊されたとき、それは、同じ博文館から出ていた『講談雑誌』などとあまり変わらぬ、むしろ無粋な体裁をもっていた。細木原青起による表紙は、なんと、なだらかな松の林のすそに二軒の農家の屋根が見え、その背後の黄色い空にまさにまっ赤な初日（？）が昇ろうとしている——という図柄で、表紙のほぼ三分の二をしめるその図の上に、黒に白ヌキで右から左へ「新青年」のタイトルが記されている。細木原青起の表紙は、第九号を竹内正夫が担当したものを除いて第一〇号までつづいた。この表紙と同様、中身もまた、とくに変わりばえするものではなかった。一冊三十銭で全一七六ページの創刊号の誌面のうち、多少とも新講談の水準をこえているものといえば、樋口麗陽の長篇小説「日米戦争未来記」第一回（七月号まで連載）と、「次の戦争」と題する特別付録、それに白鳥省吾の詩「新しき青年に檄する歌」くらいのものにすぎない。

だが、「記者より読者へ！」と題する編輯局のアピールは、この雑誌の理念をつぎのように叫んでいた、《読んで面白く、そして有益《ため》になる！　これが本誌の綱領である。もし本誌に面白くないそして有益にもならない頁があつたなら、大いに記者を叱責してくれ玉へ、記者はその親切を歓んで受ける。そして本誌を段々と立派なものにしてゆきたい。

／記者ばかりで面白い、宜《い》い雑誌が出来るものではない。そこで読者諸君の投稿をも大いに歓迎する。青年、学生小説並に探偵小説及び漫画の募集がそれである。振つて投稿あらんことを希望する。尚読者欄も、早速設けたいと思つてゐる。本誌に対する感想なり、註文なり、或はまた運動、会合の通信なり、苟くも本誌読者からの通信ならば大いに歓迎する。百二十七頁に規定を掲げておいた。御一読を乞ふ。》――こうして打ち出された読者参加の方針は、その後、『新青年』のもっとも本質的な特色となった。さっそく創刊号で「痛快な探偵小説原稿募集」の広告がなされ、制限枚数は四百字詰《づめ》原稿用紙十枚で、一等には十円の賞金がかけられた。この懸賞が、たちまち、八重野潮路（西田政治）や、その影響下に探偵小説を書きはじめた十八歳の横溝正史、あるいは横溝と同じくのちに『新青年』の編集を担当する水谷準などの、有力な新進作家を生むことになる。

創刊当時の編輯兼発行人は、森下岩太郎（雨村）だった。かれは、博文館に入社したのち、明治末期の代表的な冒険小説作家・押川春浪のあとを引きついで『冒険世界』の編集を担当していたのだが、急激に変化する第一次大戦後の社会情勢に対応しうる新雑誌の創刊が日程にのぼったとき、その編集長となったのだった。みずからも外国の探偵小説の紹介者だった森下雨村の手で、『新青年』は、探偵小説の分野を重要な柱とする雑誌として成長していった。第一巻第一〇号（一九二〇年十月）の「伝奇小説号」のあと、第二巻第一号（二一年一月）は「探偵奇談号」とされ、こうした特集は、二一年四月号の「怪奇探偵号」、同八月増刊（第二巻第九号）の「探偵小説傑作集」、十月（第二巻第一一号）の「十月増大冒険探偵号」という具合に矢つぎばやにつづくことになる。これらの企画を、編集部は、《正に勃興せんとしつゝある民衆芸術に対する新しき一刺戟》（八月増刊号）と自負していたのである。そして、創刊後二年半を経た一九二二年六月号（第三巻第七号）の表紙には、《雑誌界未曾有の飛躍的な大発展を見よ!!　来る九月号より内容外観一新の本誌!!》の文言が誇らしげに刷り込まれるほどになる。《「青年諸君の堅実なる伴侶《とも》」として本誌が呱々の声を挙げてより、僅《わづか》に二年と半歳《はんさい》、しかも読者諸君の本誌に対する同情と声援は真に驚くべきものあり。現に青年雑誌中第一の発行部数を有し、読者の範囲は日本内地の津々浦々は素《もと》より、満洲、西伯利亜《シベリア》より南洋北米の各地、遠くは西印度諸島南米にまで及び、日本青年のあるところ「新青年」を見ざるなき有様となつた。これ単《ひとへ》に読者諸君の眷顧《けんこ》に負ふところ、編輯局同人の常に感謝措《を》く能《あた》はざる所以《ゆゑん》である。然るに本誌のこの異常なる発展に伴ひ、更に一層の発展を試むべく、内外読者諸君より頁数の増加を要求せらる、向き尠《すくな》からず。殊に最近に至りては殆ど全国各地の読者諸君より、その声を聞くに至り、編輯局に於ても記事の輻輳、内容充実の必要上、今や本誌が一大飛躍を試むべき絶好の時期にあると確信し、来る九月号より、誌面の一大刷新を期して、大々的の発展を敢行することに決定した。即ち現在の百四十四頁の普通号を二百四十頁、在来の増大号と同様の紙数とし、内容に外観に更に一層の刷新を加へ、真の代表的青年雑誌として、諸君の歓迎を受くべき大雑誌たらんことを期してゐる。〔……〕》——編集部のこの方針表明に先立って、雑誌の外観はすでに創刊当初とは大きく変わろうとしていた。第二巻第七号（二一年七月）から表紙を担当した松野一夫が、それまでの泥絵具調の絵とは対照的な明るい色調の図柄を、『新青年』の顔に持ち込んだのだ。松野一夫の表紙デザインは、やがて第八巻第一号（一九二七年一月）にいたって一変する。この号は、年末の大正天皇死亡まえに刊行されていたため、奥付に「大正十六年一月一日発行」と記されているのだが、このときはじめて表紙に女性の姿が登場したのである。それ以後、女性の姿、いわゆるモダン・ガール、モガの姿が、あるいは線の構成で、あるいはアール・ヌヴォー風に、あるいはカルピスや資生堂の広告のようなスタイルで、鮮烈に『新青年』の斬新さを象徴するようになった。この調子が丸八年間つづいたのち、一九三五年一月号から具象的な油絵風のデザインに変わったものの、ついに一九四〇年（昭和一五年）十一月号の表紙に落下傘が登場し、翌月号から勇ましい男性の肖像によって占拠されるまで、表紙を松野一夫の女性像がかざるという基調は、わずか五パーセントほどの例外（そのうち一度、第九巻第七号は、病気の松野にかわって清水良雄が担当した）を除いて、敗戦時までついに変わることがなかったのである。

　しばしば回想されてきたように、松野一夫による表紙デザインは、『新青年』のモダニズムを象徴するもっとも印象的な表情だった。この表情が、新奇な海外ニュースから翻訳や創作の探偵小説、猟奇的な実話読物から各分野の代表的な論者を講師とする「新青年趣味講座」のような教養記事、はてはスポーツ時評や「フェミノロジイ（女性考現学）」にいたるまで、あらゆる文化領域を網羅した誌面をつつんでいたのである。一九二〇年代の大衆文化といわれるもののひとつの側面、中等・高等教育のあの急激な拡充によって生み出された中間層知識階級の消費文化が、ここに集中的な表現の場を見出した――ととらえることも、たしかに誤りではないだろう。《カフェも、ダンスホオルも、小説も、キネマも、離婚も、試験結婚も、フロインディン〔ガール・フレンドのこと＝池田註〕も、あらゆるデカダン的な現象は中間階級の表現である。瞬間の享楽はあるが遠大な希望はなく、小ざかしい芸術はあるが偉大な燃焦はない。神経衰弱、過敏、焦燥、不眠症、猜疑、酒、珈琲、カルモチン、そして個人主義、借金、消費超過、――衰頽期のあらゆる現象が彼等を取り捲いてゐる。中間階級が沈没する階級だといはれてゐることはまことに宜《むべ》なる哉である。彼等自身がこれを意識にさへのぼせてゐるではないか。》――一九三二年六月に刊行されたユニークな『中間階級の社会学』（日本評論社）でこう書いたのは、のちに総合雑誌『日本評論』の主幹となるファシスト・室伏高信《むろぶせこうしん》だった。かれは、この衰頽した中間階級を新しい型の階級運動の担い手として組織する可能性を、ナチスの運動を手がかりにしながら模索するためにこれを書いたのだが、少なくとも、中間階級についてかれが認識していた現状は、『新青年』の誌面にも如実に反映されていたと言える。室伏高信は、この現実がもはやマルクス主義にもとづくプロレタリアートの運動によっては打開されえず、中間階級の運動たるファッショ運動のみが新しい世界を獲得しうる、と考えた。だが、それでは、『新青年』は中間階級のデカダン現象を反映するのみで、この現象を生む現実をただ坐視していたのか、と言えば、かならずしもそうではなかったのだ。

　一九二〇年代から三〇年代前半にいたる『新青年』の歩みの特色は、創刊号でいちはやく打ち出されていた読者参加の方針を、さまざまな方法で実現する試みがなされつづけたことだった。これはまず、さきにふれたような懸賞探偵小説の募集というかたちで開始された。これの直接の成果は、それまでもっぱら外国の探偵小説の翻訳に頼ってきたこの領域に、はじめて自立した創作者があいついで生まれたことだった。なかでも、横溝正史の登場が、その後の『新青年』にとってのみならず、日本の文学の歴史にとっても、ひとつの大きな出来事だったことは言うまでもない。かれの応募作品は、まず第二巻第二号（一九二一年二月）の発表分で、全応募作六十余篇のうち《これはと思ふ作品》（森下雨村の選評）とされた八篇のなかの二篇を占めた。「破れし便箋」、「男爵家の宝物」がそれである。このときは、中西一夫の「優勝旗の紛失」に当選をゆずったが、二カ月後の春季増刊怪奇探偵号で、「恐ろしき四月馬鹿《エイプリル・フール》」が当選作となった。さらに八月の夏季増刊探偵小説傑作集の号でも、全六十三篇の応募作品のうちから選ばれた四篇の当選作のなかに、「深紅の秘密」が三等で入った。このときは、一等が二篇、三等も二篇で、一等はなく、また、「深紅の秘密」の作者名は、どうしたことか溝淵正史とされている。横溝正史がのちに『新青年』の編輯部員となったのは、一九二五年春のことである。紹介者は、江戸川乱歩だった。乱歩はそれよりまえ、懸賞作品としてではなく自発的に「二銭銅貨」を投稿して二三年四月号に掲載されて以来、『新青年』のもっとも期待される作家となっていたのだった。懸賞小説募集は、横溝正史とほぼ同時期に前記の西田政治（八重野潮路）、水谷準の両作家を生んだのち、一九二六年六月号では「窓」の山本禾太郎《のぎたろう》、同年十月号では「あやかしの鼓」の夢野久作という両作家を誕生させた。江戸川乱歩と同じように投稿作品が採用されて作家となったものには、一九二四年四月号「金口の巻煙草」の大下宇陀児《うだる》、三三年七月号「完全犯罪」の小栗虫太郎がいる。また、編集スタッフからすすめられてこの雑誌に処女作または事実上のデビュー作を書いた作家としては、甲賀三郎（春田能為《よしため》）、小酒井不木、谷譲次（牧逸馬・林不忘）、城昌幸、海野十三《じゅうざ》（丘丘十郎《おかおか・じゅうろう》）、浜尾四郎、渡辺啓助（はじめ映画俳優・岡田時彦――岡田茉莉子の父――の名を使った）、渡辺温、獅子文六（小説家としての）、妹尾《せのお》アキ夫、乾《いぬい》信一郎、久山《ひさやま》秀子（男性）、大阪圭吉、木々高太郎、久生十蘭（阿部正雄）、南沢十七、徳川夢声（文筆家としての）、伊馬鵜平（のちの伊馬春部）など、一九二〇年代から三〇年代の探偵小説と大衆文学全般を主力として担った作家の多くを数えることができる。そしてまた、かれらのうちの少なからぬものは、『新青年』の編集にも直接かかわったのである。

　だが、このようなかたちで書き手や編集者を読者のなかから獲得することが、『新青年』の読者参加の方法のすべてではなかった。これは単に第一の試みであったにすぎず、むしろもっと本質的な試みがさらに模索されていった。

　第二の大きな試みは、書き手自身のありかたの再検討とかかわっていた。一方的な受け手としての読者の対極にいるのは、既成の文壇作家たちと同じ個人的で閉鎖的な手仕事としての制作をくりかえす書き手である。横溝正史も江戸川乱歩も、ひとたび小説家となってしまえば、もっぱら一方的な送り手として作品を読者に送りつけるだけなのだ。

そこには、読者と作者との相互作用や相互批判は存在せず、いわんや両者の交替可能性、流動可能性は望むべくもない。白井喬二が大衆文芸の理想として描いたような鮮烈な現実暴露の歓喜も、作者と読者とのそのような固定的関係のなかでは、ありえないだろう。読者の参加がこれまた一方通行的なものに終わらないためには、作者とその創作方法が変わらなければならないのだ。

こうしてまず試みられたのが、第七巻第六号（一九二六年五月）から六回にわたる連作小説、『五階の窓』だった。第一回目の担当者・江戸川乱歩が、向いのビルの窓から人が墜落するのを目撃するという発端部を書き、第二回目で平林初之輔がそれを労働争議にからむ事件として展開させた。以下、森下雨村、甲賀三郎、国枝史郎へとバトン・タッチされ、十月号で小酒井不木が解決篇を書いたのである。少なくともこれは、個人の仕事として自己完結している小説制作を、相互批判を内包する共同作業へと一歩すすめたものだった。この最初の試みが終わってからちょうど一年後に、小酒井不木は江戸川乱歩に手紙を送り、もう一歩すすんだ第二の試みを提案した。それは、尻取りでしかない連作にかわって、合作小説を書いてみようというさそいだった。《探偵小説界も大衆小説界もどうやら千篇一律になつて来ましたから、この際どうしても局面を展開する必要があります。之れについては本当の意味の合作をして二人以上の人が十分練り合つて、昔の浄瑠璃作者のやうにして、いゝものを多量に製産するに如《し》くはないと思ひます。》（一九二七年十一月二日付）提案は実行に移され、翌二八年一月号から九月号まで八回にわたって、合作長篇『飛機睥睨』が連載された。作者は「耽綺社同人」を名のる五作家、土師清二、国枝史郎、長谷川伸、小酒井不木、江戸川乱歩だった。このうち前三者は、すでに『新青年』とは別の場で大衆文芸作家として活躍していたのだが、一九二五年に白井喬二によって大衆文芸作家の親睦会〈二十一日会〉が設立されたとき、世話人役の池内祥三から依頼された小酒井不木が江戸川乱歩をさそって、ともにこれに入会して以来、親交がつづいていたのである（ちなみに、不木は、乱歩あての二五年九月二十五日付書簡で、この会のことを「大衆作家同盟」と書いている）。時代ものを主な創作領域にしてきた大衆小説作家たちと、『新青年』が生んだ探偵小説作家たちとのこの劃期的な合作の成果は、のちに『空中紳士』と改題したうえ、『五階の窓』をそえて、一九二八年秋に博文館から刊行された。

共同制作の試みは、一九三〇年九月号（第一一巻第一一号）から翌三一年二月号（第一二巻第二号）まで六回にわたって連載された『江川蘭子』でもつづけられた。執筆者は、江戸川乱歩、横溝正史、甲賀三郎、木下宇陀児、夢野久作、森下雨村だった。前作の発案者だった小酒井不木は、すでにその前年、一九二九年四月一日未明、肺患のためわずか三十八歳で世を去っていた。最初の連作に参加した平林初之輔は、『江川蘭子』の完結とほぼ同じころ、フランスに渡り、三十一年六月十五日朝、これまた三十八歳で急死することになる。

連作や合作によって既成の小説創作の枠を破るという試みが、探偵小説という分野でなされたことは、注目に値する。創作も受容も個人の閉鎖的な営みとしてなされてきた小説という表現形態のうちで、探偵小説は、疑いもなく、共同制作にもっとも適した形式のひとつだろう。同様の試みは、欧米の探偵小説作家たちによってもすでになされており、従来の大衆的な小説でもこれに類する方法はもちろんあった。しかし、読み手にとって、謎の解明に参加するというかたちでの作品への参加が必須の条件となる探偵小説の構造は、複数の書き手がこの読み手の作業を分担するなら、読み手でありかつ書き手でもあるという関係の共同製作を、容易に可能にするのである。

こうした探偵小説の特性を生かしながら『新青年』の誌面でつづけられた読者参加の試みは、日本の近代・現代における小説の歴史のなかで、ほとんど他に類をみない根本的な実験のひとつだった。読者は、ここではもはや単なる受動的な受け手ではなかった。人生いかに生きるべきかを作品から教えられる存在でも、一方的に説法や娯楽を押しつけられるだけの存在でもなく、作者や主人公と対等に、あるいはかれらを出しぬいて、作品世界に介入したのである。作者のほうも、もはや一方的な送り手、しかも孤立した単独の送り手ではなかった。受け手からの批判を創作の契機として生かし、さらには個人的創作の枠を破って、書き手のあいだにも共同的・相互批判的な関係が創出されようとした。いわゆる純文学の領域にもまして、大衆小説の領域で、小説そのものの形式上の限界と新たな可能性を問うこのような模索が真剣になされたことは、特筆されねばならない。そして、本来ならいっそう真摯に作者と読者との関係の流動化を追求しなければならなかったはずのプロレタリア文学運動が、ほかならぬ一九二〇年代末から、国際的な方針として〈プロレタリア大衆小説〉の戦取を唱えながら、そのじつ、もっぱら既成の個人的営為としての小説の創作と受容のありかたを一歩も超えようとしなかったことを、あらためて想起する必要があるだろう。たしかに、『新青年』の読者参加の試みは、大衆文学の作家が多かれ少なかれ必然的に持たざるをえない読者への意識、ひいてはまたその読者にたいする自分自身の対しかたへの自己意識の、ごく当然の実践的発露にすぎなかった。しかしそれは、読者への媚びというような通りいっぺんの批判で片づけてしまうことのできない実験、小説の自己蘇生の成否にかかわる実験を、内包していたのである。

読み手＝書き手のこうした相互浸透と小説形式の解体と再生にもつながるような試みは、やがてさらに新しい段階に足を踏み入れていくことになる。ひとつの偶然が、そのきっかけだった。——平林初之輔がフランスで急死したとき、かれの遺稿のなかに一篇の未完の探偵小説が発見された。生前『新青年』に十一篇の創作探偵小説と四篇の翻訳小説と計十七篇の評論・エッセイを寄せていた平林の死を悼んで、同誌編集部は、この未完の小説を一九三一年新年号（第一三巻第一号）に掲載した。そして、「謎の女」と題されたこの探偵小説の続篇を、読者から募集したのである。締切まで約一カ月の短期間だったにもかかわらず、五十篇にのぼる応募があった。そのなかから選ばれた冬木荒之介の作品が、「謎の女（続篇）」として三月号に掲載された。熱海のホテルで知りあった謎の女に望まれるままに、東京にもどってあるホテルに夫婦と称して宿泊することになった新聞記者が、最初の夜をむかえるところで、平林の遺稿は終わっていた。冬木荒之介は、その翌朝から筆を起こして、不思議な同棲の十日間とその終局を物語り、さらに意外な後日譚でしめくくる。そのあざやかな展開の筆致は、この時期の『新青年』の諸作品のうちでも出色だった、といっても過褒ではない。作者としても批評家としても探偵小説の発展に大きく貢献した平林初之輔は、死後に期せずして、読み手と書き手の関係の流動化のための実りある試みを提起することになったのである。ただ残念なことに、かれはこの新しい試みの成果を、もはや自分の文学理論のなかにも創作実験のなかにも、生かすことはできなかった。

犯人当ての懸賞その他、『新青年』が試みた多種多様な読者参加の舞台設定のどれにもまして衝撃的だった「謎の女」ののち、『新青年』にも戦雲が翳を投げかけはじめる。中島河太郎は、「『新青年』三十年史」（立風書房「新青年傑作選」第五巻所収、一九七〇年六月）のなかで、《満州事変には反応を示さなかった本誌も、〔昭和〕十一年になると武藤貞一の「これが戦争だ」を連載し、国際小説と称する泉谷彦の「くの一葉子」や「大海戦未来記」などが登場する》と書き、角川文庫版『犯人よ、お前の名は?——新青年傑作選集Ⅰ』（七七年七月）の解説でも、まったく同様のことを書いている。だが、じつは、「謎の女」の完結篇が掲載された翌月の三二年四月号は、「肉弾戦にも心の物語がある」というタイトルのもとに、平野零児の「燻鶏屋の兵隊（満洲戦線）」をはじめとして、英・米・独の各部隊の戦線のエピソードを伝える三人の外国作家の作品を訳載していた。このうち、「幻の中隊（独逸部隊）」の作者フランツ・シャウヴェッカーは、一九二〇年代の全期間を通じて戦争体験と戦争そのものとを美化する作品を書きつづけ、ヒトラーの権力掌握とともにもっとも代表的なナチス作家のひとりとなった人物である。『新青年』にかれの作品の翻訳や満洲事変の戦記が登場したことは、この雑誌にとっても、そして社会の現実そのものにとっても、ひとつの転換の告知となった。〈五・一五事件〉で犬養首相が暗殺されると、たちまち、「四大政客暗殺最後の場面」（北一夫）や「暗殺！　暗殺！　欧洲の波紋」（秋庭浩）の記事が登場し、以後、時事的な要素が次第に比重を増していくことになる。目立った読者参加の試みとしては、その後わずかに一九三三年一月号で、夢野久作「けむりを吐かぬ煙突」その他八篇の創作を対象にした「読者懸賞採点」が行なわれたにすぎない。その翌月号に、同じ夢野久作の長篇「氷の涯」（二百枚）が掲載されたことは、象徴的である。これ以後、日本社会は、ちょうど夢野久作の小説の主人公のように、氷の涯の海にむかって絶望的に、だが希望にみちて、橇を駆りつづけたのだった。

転向と大衆小説

《探偵小説の世界にイデオロギーを持ちこまないというのが乱歩の信念だった。昭和初期の左翼作家が「新青年」に作品を発表しているのも、一般大衆雑誌からシャットアウトされたかれらが、新鮮な作品を求めて門戸開放している本誌を市場にしたにすぎない。》——中島河太郎は、『新青年傑作選Ⅲ』（立風書房、一九七七年九月）に収録された岩藤《いわとう》雪夫の「人を喰つた機関車」への解説のなかで、こう書いている。

だが、これはまったく事実に反する。

左翼作家、つまり『新青年』と誕生の時期をほぼ同じくする日本のプロレタリア文学運動に参加した作家たちのなかでは、平林初之輔がもっとも早くからこの雑誌に寄稿していた。一八九二年（明治二五年）生まれの平林は、最初のプロレタリア文学運動雑誌『種蒔く人』の同人として、また日本共産党の創立メンバーのひとりとして、そしてさらに「第四階級の文学」（『解放』一九二二年一月号）をはじめとする文学理論によって、初期のプロレタリア文学運動に絶大な影響を与えた指導的理論家だったが、一九二四年八月増刊号に木村毅、佐々木味津三、内田魯庵、佐藤春夫、久米正雄、長田幹彦らと並んで探偵小説論「私の要求する探偵小説」を書いて以来、遺稿「謎の女」にいたるまで、『新青年』に多くの作品を寄せつづけた。理論を実践に移したかれの探偵小説第一作「予審調書」は一九二六年一月号に発表され、その後、「犠牲者」（同年五月）、「秘密」（同年九月）、「山吹町の殺人」（二七年一月）などを、たてつづけに書くことになる。その平林初之輔を別とすれば、プロレタリア作家たちが『新青年』に作品を寄せはじめたのは、ほぼ一九二六年から二七年にかけてのころである。まず、平林たい子の「スパイ事件」と「ロダンの彫刻」が、それぞれ二六年五月号と八月号に掲載される。翌二七年になると、同じく平林たい子の「刺青《いれずみ》事件の真相」が三月号に発表されたあと、四月号には、葉山嘉樹「死屍《しかばね》を食ふ男」と村山知義「巴里」が、平林初之輔の五つ目の探偵小説「誰が何故彼を殺したか」とともに載り、六月号では、「キャリフォルニアン・ラプソディー」の岩崎昶が、八月号では、「地の底の精神主義者」の小堀甚二、「初夏の晴衣」の林房雄が、それぞれ新たに登場する。岩藤雪夫、前田河広一郎《まいだこひろいちろう》、江口渙らの寄稿は、一九三一年になってから始まる。また、片岡鉄兵は、まだプロレタリア文学に転向する以前、新感覚派の旗手だったころの「死人の欲望」（二六年二月号）以来、左傾後の二八年末ごろまで、数篇の小説とコントを『新青年』に書いている。

プロレタリア文学の代表的な作家たちのうちかなりの数が『新青年』に作品を寄せた時代——一九二六年から三四にかけての時代は、『新青年』と同じくプロレタリア文学もまた最盛期にあった。プロレタリア作家は、作品発表の場をもたないどころではなかったのである。『新青年』が、ほぼ三万部、最大時で五万部ほどの発行部数を誇っていたとすれば、数種が並存していたプロレタリア文学運動誌のうち『戦旗』（全日本無産者芸術聯盟＝ナップ＝機関誌）

だけでも、たとえば一九三〇年十月号は二万三千部を発行していた。しかも、発表の場は、運動の機関誌だけではなかった。『新青年』に書いたプロレタリア作家たちは、同じ時期、『改造』、『中央公論』、『新潮』、『文藝春秋』などの大規模商業雑誌や新聞紙上に、たてつづけに作品を発表していた。小説だけに限ってみても、一九三〇年四月から三一年三月までの一年間には、『改造』と『中央公論』の両誌に掲載された全作品一一二点のうち、並存する各派のプロレタリア作家たちの作品は四九点、四四パーセントに達し、反マルクス主義を標榜する〈新興芸術派〉の七パーセントをはるかに凌駕するのみか、それ以外の既成文壇作家たちの勢力をおびやかしていたのである（栗原幸夫『プロレタリア文学とその時代』＝平凡社、一九七一年十一月＝による。）

それゆえ、プロレタリア文学作家たちが『新青年』に発表の場を求めたのは、中島河太郎が言うような理由からではまったくなかったのだ。他からシャットアウトされてここにしか場がなかった、というのとは正反対の状況にかれらは生きていたのである。そして、そのことこそが、かえってかれらにとっての不幸だった。

かれらは、おそらく、『新青年』に書くことの意味を、さして深く考えようとはしなかったように思える。『文藝春秋』や『改造』その他の大規模商業雑誌に書くのと、『新青年』に書くのとでは本質的に何が違うのかを、考える必要もなかったのだろう。弾圧に圧迫されてどこにも発表の場がなくなり、ここにしか門戸が開かれていない、というのであれば、その門や戸口から入ることの意味を深刻に意識し考えざるをえなかったにちがいない。しかし、プロレタリア文学は、政治的な弾圧にもかかわらず、あるいは政治的弾圧にさらされているがゆえに、大衆性をもった商業ジャーナリズムでは日の出の勢いを示していた。『新青年』もまた、それらのジャーナリズムのひとつにすぎず、せいぜいのところ、ここでは少しばかり筆を軽妙に運べばよかったのである。——つまり、プロレタリア文学作家たちは、平林初之輔をほとんど唯一の例外として、『新青年』に書くことの意味、ひいてはまた探偵小説を書き大衆小説とかかわることの意味を、みずからの表現方法および読者との関係の問題として掘り下げぬまま、『新青年』を単なる有利な発表機関のひとつとして素通りしてしまったのである。

『新青年』とかかわるなかで探偵小説について考えをめぐらし、大衆小説の限界と可能性を理論的に明確化する努力を傾けたのは、多くのプロレタリア文学作家のうちで平林初之輔ただひとりだった。かれは、「日本の近代的探偵小説――特に江戸川乱歩氏に就て」(『新青年』一九二五年四月)のなかで、すでにこう述べている、《探偵小説の読者は、活動写真の愛好家と同じやうに、一種の群団的批評家である。フアンの批評は、往々にして、専門批評家の批評よりも厳正で公平であることがある。群集心理にのみかられて付和雷同する場合には飛んでもない「価値の顚倒」が行はれる惧れがあるが、情実や交友関係に左右された幇間的批評よりも、厳正を失ふおそれは少いと言へやう。》この一節は、ただ単に、読者の批評が文壇内部の仲間ぼめなどよりも公正でありうる、ということを述べているのではない。江戸川乱歩の登場によって日本に探偵小説が生まれる条件ができつつあることが証明された、と論じる平林は、探偵小説が成立する社会的条件として、科学文明の発達、理知の発達、分析的精神や方法的精神の発達をあげ、要するに犯罪とその捜索法とが科学的になること、検挙および裁判が確実な物的証拠を基礎として行なわれ、完成された成文の法律が国家の秩序を維持していることが必要である、としながら、一方、人びとが科学的・方法的な推理を喜ぶようになるような社会環境が、資本主義の発展そのものによって生み出される必要があることを指摘している。つまり、社会的現実の発展と読者の関心とが不可分な関係をもちながら探偵小説の誕生と発達を支えている、という認識が平林には強固にあり、読者という契機はかれにとって探偵小説に不可欠の批判的契機だったのである。ここでかれが、活動写真の愛好家を例にあげていることは、興味ぶかい。機械技術の発達と表現方法の新しい可能性との関係に深い関心をいだいていたかれは、生前『新青年』に発表されたものとしては最後の文章となった「未来望遠鏡――テレヴィジョン大学」(三一年三月号)で、そのころまだ実用にはほど遠かったテレヴィジョンが普及したときのことを空想して、そうなれば《所謂インテリゲンチヤといふ階級は消滅してしまふ。知識が一部の独占物にならないで、それを欲する凡ての人々のものになる》と書いている。平林初之輔にとって、大衆小説、とりわけ探偵小説は、このような知識の普遍化への一段階なのであり、しかもそれが真に知の脱階級化でありうるのは、受け手が不可欠の批判的契機である場合だけなのだ。探偵小説という表現形式は、さらに大きな可能性をもつ別の形式が見出されれば、いつでもそれにバトンタッチすればよかった。そしてかれは、じっさい、一九二九年三月号の『新青年』に、探偵小説ならぬ探偵戯曲「仮面の男」を発表して、新しい実験を提示する。《さて、そろ〳〵手前味噌を並べる。先づ本号で読んで頂きたいのは平林氏の探偵戯曲「仮面の男」である。これは既に某座から上演申込のあつたものであるが、平林氏は人も知る文壇随一の探偵小説通。その氏が探偵趣味界に先鞭をつけるべく物された苦心の作である。これが東都で上演さるゝ日は、必ず観衆をあつといはさないではおかないであらう。／これを機会に、本誌は探偵劇の方面で飛躍を試みる筈で、既に某々大家とも執筆の約束が出来てゐる。その人々の名前はちよつとお預りとするが、引続き読者をあつといはせるやうな名前を発表し得ることだけをちよつと申上げておく。》——「戸崎町だより」（編集後記）は、この先駆的な実験について、ほこらしげにこう述べている。

平林初之輔の理論と実践が示しているように、探偵小説の分野は、社会の生活様式の変化（都市化、階級的対立の深刻化、機械的メカニズムの普遍化、警察力の強化や情報操作の推進、等々）と表現方法の変革との関連や、そのなかで操作の客体に終わらぬ主体的な読者形成の可能性を問ううえで、きわめて重要かつ実りある一領域だった。『清純な娘、力強い同志』の著者ローアヴァッサーは、プロレタリア大衆小説のスローガンにそくして生まれたドイツの作品のなかに探偵小説がほとんどなかったこと指摘している。日本の運動は、その点ではやや事情を異にしているのだが、それでも、平林初之輔の仕事は、かれがプロレタリア文学運動のなかで一九二〇年代後半以後しめざるをえなかった位置のためもあって、運動の共有財産とはならなかった。たしかに、『新青年』に寄稿したプロレタリア文学作家たちは、平林たい子も、葉山嘉樹も、岩藤雪夫も、林房雄も、いずれもそれぞれの作品のなかでプロレタリア階級闘争の基本的姿勢をつらぬくことを放棄しなかった。アナーキズムの洗礼をまだ払拭していなかった平林たい子は、たとえば「刺青事件の真相」（二七年三月号）で石油ストーヴ成金を破滅させ、林房雄は「初夏の晴衣」（同年七月号）で下級サラリーマンの階級的団結の必要性をユーモラスな悲哀をこめて描いた。岩藤雪夫の「人を喰つた機関車」（三一年十月号）は、労働者運動をスパイして密告する裏切分子を血祭にあげ、前田河広一郎の「労働者ジョウ・オ・ブラインの死」（同年十二月号）は、《探偵小説は、必ずしも犯人を挙げない。犯罪だけを挙げることもある》という題辞《モットー》のもとに、運送会社で働くひとりの労働者が遭遇してしまった〈爆弾事件〉を描く。だが、そのかれらの作品のどれをとってみても、それらのテーマがほかならぬ探偵小説という形式で描かれねばならないことにたいする作者の意識を、うかがわせるものは何ひとつない。いわば、流行のスタイルに階級闘争の理念を盛ったにすぎず、探偵小説の構成上の原理である読者の参加――謎解きに挑戦し、探偵を出しぬいてさきに謎を解いてやろうとする積極性――さえもが、充分には触発されないのである。

『新青年』に執筆したプロレタリア文学作家たちが、いずれもみな、一九二七年六月の〈日本プロレタリア芸術聯盟〉の分裂にさいして、中野重治や鹿地亘を中心とする福本イストたちによって除名された人びとだったことは、注目してよいだろう。分裂ののち〈労農芸術家聯盟〉を結成して、以前からの機関誌『文芸戦線』を引きついだかれらは、新たに『プロレタリア芸術』を創刊した中野重治たち〈プロ芸〉派から、〈老芸〉とののしられながら、《無産階級芸術運動内に於ける小ブルジョワ革命主義の排撃》を中心スローガンのひとつとして、活動を展開していた。ほぼこの分裂のころから本格的となる『新青年』への関与も、かれらのこの活動方針からすれば、なんら奇異なものではなかったのである。一方、〈プロ芸〉派は、もちろん『新青年』とはかかわりをもたず、やがて二七年暮の〈労芸〉再分裂ののち、ここを脱退した林房雄、蔵原惟人、村山知義らのグループと合同して、二八年三月、〈全日本無産者芸術聯盟〉（ナップ）を結成し、機関誌『戦旗』を発刊する。『新青年』に寄稿した作家たちの多くが、この二度目の分裂のさい、〈労芸〉派にとどまったこともあって、探偵小説や大衆文学のメディアとのかかわりの体験は、〈ナップ〉の運動のなかでまったく生かされなかったのである。〈ナップ〉の歴史のなかでも日本のプロレタリア文学運動の歴史全体のなかでも最大の論争となった〈芸術大衆化〉をめぐる論争が、結局、政治の優位性という基本路線への道を開き、それとまったく時を同じくして平林初之輔が「政治的価値と芸術的価値」（『新潮』二九年三月号）でふたつの価値を切りはなすことで芸術の自立性を救おうとせざるをえなかったのも、大衆文学との具体的なかかわりの体験を、運動総体の問題として総括する視点がなかったことと、密接にかかわっているだろう。

そして、この総括の欠如は、やがて状況がいっそう煮つまるにつれて、手痛いしっぺ返しをプロレタリア文学運動におよぼすことになる。〈芸術の大衆化〉を、もっぱらプロレタリア文学作品の大衆への量的普及の問題としてとらえ、プロレタリア読者＝受容者への一方的な伝達としてしか創作活動をとらえることができなかった運動は、大陸侵略へと本格的に乗り出した天皇制権力によってついに今度こそ発表の場を閉ざされたとき、私小説の枠をそっくりそのまま自己に課した転向小説か、さもなければ、吉川英治の『宮本武蔵』を典型とするような説教型大衆小説かの、どちらかにしか自己の進路を見出すことができなかったのである。

かつて大正デモクラシーの民衆芸術論がもっとも根本的な理念としてかかげ、その民衆芸術論の息吹きに鼓舞されながら大衆文芸が担った積極的・主体的な民衆＝大衆としての読者の像は、プロレタリア大衆を変革の主体として、ひいてはまた表現の主体としてとらえねばならないはずのプロレタリア文学運動によってもまた、最終的に放棄されたのだった。プロレタリア作家たちの真の意味における転向とは、かれらが天皇制権力の強圧に屈し、自己を内発的にもまたその強圧に同化させていったというそのことにではなく、表現の単なる受け手から表現主体へと読者大衆が自己形成をとげていく可能性を文学表現のありかたそのもののなかに探る試みを、かれらが放棄したことにあったのかもしれない。

II

もうひとつの現実を求めて――大衆小説の諸相

1　時空を超える
——時代小説、ＳＦ、秘境もの

夢の領域？

十九世紀の中ごろ、大西洋を三日間で横断するという驚くべき快挙をなしとげた軽気球のニュースが、『ニューヨーク・サン』紙に報じられ、このスクープ記事を人びとが奪いあって読んだとき、そのありさまを見てひそかに快哉を叫んだ人物がひとりいた——という有名なエピソードがある。フランスの新聞小説『パリの秘密』が完結してからちょうど半年後、一八四四年四月十三日の出来事である。

そのスクープ記事は、のちに「軽気球虚報《ホウクス》」と題されて、エドガー・アラン・ポーの作品のひとつに加えられた。ニュース記事と思われたものは、じつはポーの創作だったのだ。探偵小説とＳＦの始祖のひとりとも目されるポーは、周知のとおり、これより九年前にもやはり軽気球による旅行を描いた作品を書いている。「ハンス・プファアルの無比の冒険」（一八三五）がそれである。債鬼たちから逃がれるために、強力なガスを充填した気球を駆って、ハンス・プファアルは、ロッテルダムを夜明け前に飛び発ち、十九日目に計画どおり月世界に到着する。かれが行方不明になってから五年後に、新聞紙で出来た気球に乗って降りてきた身の丈二フィートにも足りぬ奇妙な人間が、月旅行の一部始終を記したプファアルの手紙を、おどろきあきれるロッテルダムの住人たちの頭上に投げ落としたまま、ふたたび雲の彼方へと姿を消すという事件が起こって、ことの次第が明らかになったのだった。

エドガー・アラン・ポーは、このふたつの軽気球物語のいずれにおいても、奇想天外な気球旅行に現実らしさを与えるため、ありとあらゆる科学的な説明をくりひろげ、まことしやかな化学物質や機械器具を登場させ、刻々と出現し移り変わる自然現象や光景を、きわめて具象的に記録する。重力の壁と稀薄な大気という障害を突破して月世界まで旅するハンス・プファアルの冒険は、それでもさすがに、一篇の空想物語として読まれるしかなかっただろうが、イギリスの北ウェールズから飛び立って七十五時間の飛行ののち北米サウスカロライナ州チャールストン近くのサリヴァン島に着陸したという八人の探検家たちのニュースは、それが新聞の紙面に印刷されれば、現実の出来事として読まれることもありえたのだ。いわば虚実の皮膜にあるこの種の作品は、読者に対して作者がしかけたいたずら、あるいは挑戦という意味をもっているだけではない。文学表現とかかわる営みが、しばしば、虚構と現実とのきわどい接触、あるいはむしろこの両者の逆転という関係のなかでなされることを、それは如実に示しているのである。

ところで、フィクションとしての文学作品には、そうした虚実の皮膜とかかわる魅力とともに、それに劣らぬ、あるいはそれ以上の大きな吸引力をもつ要素が存在している。たとえば、まことしやかなポーのふたつの軽気球物語には、現実らしさを演出するための数々の記述にまじって、およそ現実とは思えぬにもかかわらず強烈な印象を読むものに刻みつけるひとつの同じ情景が登場する。月に向かうプファアルの気球が七十マイルの上空に達し、大西洋を横断する「ヴィクトリア号」が二万五千フィートの高度で飛んでいたとき、かれらはどちらも、思いがけない現象に気づくのだ。上空から見る地表が凸面ではなく凹面になっていたのである。プファアルは、そのときのことを、つぎのように記している。

《眼下に横たわる事物のなかで、ことに私を驚かしたのは、地球の表面が一見凹面になっていることでした。おろかなことですが、私は、上昇するにつれて地球の凸面がはっきりしてくるだろうと予期していたのです。だが、すこし考えれば、この矛盾は十分説明がつくのです。私の位置から地球へ垂直に引いた線は、直角三角形の垂直線をなし、底辺はその直角から水平線へのび、斜辺は水平線から私の位置にいたるわけです。だが、私自身の高さは、私の眺望に比較すればあるかなしかのものです。換言すれば、想定された三角形の底辺と斜辺とは、今の場合、垂直線にくらべて非常に長いので、前者の二つはほとんど併行だと見なすことができましょう。こうして、航空家にとって、水平線はいつも吊籃と同じ高さに見えるのです。だが、彼の直下の地点は下方はるかにへだたって見え、じっさいまたそうなので、むろん水平線よりずっと下に見えます。そのために、凹面である印象を受けるのです。そしてこの印象は、底辺と斜辺とが併行に見えることがなくなるぐらい、眺望に対して大きな釣合がとれるだけの高さに昇るまでつづくのであります。》（谷崎精二訳『エドガア・アラン・ポオ全集』第三巻、春秋社、一九六九年十二月）

眼下はるかにひろがる地表や海面が凹面に見えることについては、「軽気球虚報」でも、これとまったく同じ説明が加えられている。ポーのこの説明が、十九世紀前半の読者にどう受けとめられたかはわからぬが、おそらく、そのまま額面どおりに真《ま》に受けられたとは思えない。いまのわれわれにとって、これが現実に反することであるのは、ほとんど自明の理だろう。それにもかかわらず、あるいはそれだからこそ、われわれは、地表が凹面に見えなければならない理屈の説明に、意表をつかれるのである。安部公房は、「SFの流行について」（『砂漠の思想』＝講談社、一九六五年十月＝所収）のなかで、プファアルの冒険のこの叙述をとりあげて、それをコロンブスの卵のような発見にたとえ、《その発見が事実の検証に耐ええたかどうかということなどよりも、発見にともなう驚きの感情を、読者のなかにどれだけ引き起こしえたかが、まず問われなければならないのではあるまいか。発見された事実への接近度よりも、発見という行為の内在法則への接近度のほうが、文学的にははるかに重要な意味をもつはずである》と述べている。つまり安部公房は、仮説を立てて日常的な既成の法則に別の法則をどこまで対置できているかが、SF作家にとっては重要な問題である、と考える。したがって、かれによれば、SF（サイエンス・フィクション）のSは必ずしも科学《サイエンス》である必要はない、ということになる。SFとは、むしろ仮説の文学なのであって、科学は仮説を形象化するための素材にすぎない、というのである。

ポーの軽気球譚からSFの特質を確認する手がかりを見出した安部公房の所論は、それ自体きわめて正鵠を得ている。だが、じつはこのことは、SFだけにあてはまることではないのだ。すべての文学表現にとって、わけても大衆文学にとって、ポーの凹面を呈する地表のような意表をつく仮説は、きわめて本質的な意味をもっている。そこでは、意表をつく仮説が現実の日常を支配する科学的体系と比肩し、それを凌駕しうることが、作品を支える構成上の条件である。——とはいえ、それは必ずしも、読者によってこの仮説の真実性が信じられているということを意味するわけではない。むしろ、ポーの軽気球から見下ろした凹面の地表と、その現象を説明する理屈のように、そんなことはありえないということを読者が暗黙のうちに知っていながら、しかしその発見と、発見の意味づけとに読者が自己をゆだね、参加すれば、よいのである。

　信じがたいこと、現実にはありえないことを、あえて了解するところからフィクションの世界が始まるということを、エドガー・アラン・ポーはよく知っていた。かれ自身の作風とは一見きわめて異なるように思えるウジェーヌ・シューの『パリの秘密』の英語版が出たとき、これにたいする書評のなかで、かれはつぎのような指摘を行なったのである。《私は今『パリの秘密』を読み終えた。これは目新しい、巧みに造られた事件の陳列館であり、子供らしい愚かさと完全な技巧との逆説的結合である。この小説は、その前提が信じかねるものでありながら、中のいろいろな事件がすべてその前提から生ずるという、激動的《ママ》の小説に共通な特徴がある。例えば、この作品の中のロドルフのような人物と、彼の絶えざるわが儘を許す社会が存在すると仮定して、彼がこの作中で行なったことを実際行なったのだと読者は簡単に認めることができる。》（谷崎精二訳『ポオ全集』第六巻、春秋社、一九七〇年六月）——つまり、変装したロドルフ侯がくりひろげる縦横無尽の活躍は、そもそもドイツの王侯が現実にこのような冒険をなしうるものかどうかを疑ってかかれば、およそ最初から荒唐無稽な絵空事であり、言うも馬鹿げたこしらえものであって、この小説全体が現実ばなれした一場のたわごとでしかありえない。しかし、読むものがひとたびこの前提を容認して、絵空事を承知でこれを読むとすれば、ロドルフの活躍もあらゆる事件や登場人物も、すべてありうることとなるのだ。つづいてポーは、さらにもうひとつの特徴として、この小説では作者の作為がむきだしである、と指摘する、《このような小説のもう一つの特徴は「技巧を隠す技巧」が全然ないことである。すなわち作者はいつも読者に対して「さあ、直ぐあなたが見ようとするものを見せてあげます。私はすばらしい印象をあなたに与えようとしているのです。あなたの想像力や同情をひどく刺激しますぞ。」と言っているのである。操《あやつ》りの糸は隠されていないで、その操る人形と共に平気で示されてあるのだ。》そして、ポーの指摘する第三の特徴は、こうである、《彼〔作者〕の第一の、いな唯一の目的は、人を刺激する、よく売れる本を書くことである。社会改良に関する尤もらしい意見（直接であれ、間接であれ）は、彼のでたらめを蔽い隠すために威厳と価値を造り出そうとする、彼のような作家の手段にすぎない。こうした手段は無意味なものに意味を与えようとする時に、あまりにしばしば用いられる。だがその場合、手段として使われる言葉は後からつけたもので、（イソップ物語のように）教訓として追加されるか、あるいは丹念に、少しずつ、後からつけたという証拠を残さずに本文にぴったり継合わすべきである。》

　ポーが指摘している三つの特徴は、一般に大衆的読物としてのフィクションに読者がかかわるときの基本的な条件にほかならない。信じがたい状況が設定され、読者はそれを信じてはいないがしかしその状況設定を納得すること。技巧がむきだしで作為があからさまであるが、読者はそれを難詰し追及するのではなく了解すること。そして、そのような作為的で現実にはありえない世界を統合するための不可欠の構成要素として、既成の社会通念にそくしたモラルや教訓が盛りこまれていること。この三つのいずれの場合にも、作品世界は読者の納得、あるいは加担を必要とする。虚構であることは、暗黙の前提となっているのだ。ポーの軽気球から見下ろした凹面上の地表が読者に与える新鮮な驚きは、この虚構の世界を支える第四の条件である。『パリの秘密』にポーが見た三つの要素とは対極をなしているようでいながら、意外性と仮説の発見というこの第四の要素もまた、現にある現実とは別の虚構の領域に身をおくことを、読者に納得させる強力な契機なのだ。

　そしておそらく、ここにこそ、いわゆる純文学と大衆文学とをわける分水嶺がある。日常の現実のなかにはありえない出来事や人物と出会ったとき、〈自己完成〉型の小説の読者であれば、目をみずからの内に向け、自身が生きる現実との異和感や断絶と直面することになるのにたいして、大衆小説の読者は、現実の世界に対置されたもうひとつの世界、ひとつの反世界に、ますます深く足を踏み入れていく。かれは、それが虚構の領域でしかないことを、百も承知である。だからかえって、その反世界との対比で現実の世界とそこに生きる自己をふりかえる必要もない。虚構にすぎない小説の世界が、こうして、独立の、独自の生をもった世界として、動きはじめる。それは、たんなる夢の領域ではない。夢であることを最初から納得し、夢でしかないことをそもそも前提としながら、読者は、みずからをこの領域に安んじて仮託するのである。

歴史を生きる

　大衆小説が、その成立の当初から歴史小説ないしは時代ものを主要な表現形式としてきたことは、それゆえ偶然ではなかった。日本においても、講談が大衆小説の直接の先行者だったという事情に加えて、現実には存在していない虚構の領域を設定するうえで時代ものがきわめて好都合である、という簡明な理由が、大衆小説の分野に時代ものの隆盛をもたらす一因となっている。『ドン・キホーテ』の荒唐無稽な夢想が過ぎ去った騎士道時代をパロディ化することによって生きる、という先例は、大衆小説が過去を養分として現在の現実を空無化する姿を、あらかじめパロディ化しながら体現しているのだ。

　過去は、ドン・キホーテにとっても、大衆小説の読者にとっても、もはや決定的に過ぎ去っている。ドン・キホーテは、冒険をかさねる途上で、ことごとにそれを身をもって思い知らされねばならない。ドン・キホーテの読者と、大衆小説の読者は、しかし、あらかじめそのことをよく知っている。過ぎ去ってしまっている世界でしかないことを知りながら、読者は、そこにもうひとつの生を見るのである。時代もののなかにあるのは、講談的な勧善懲悪や、剣豪もののチャンバラと武勇伝だけではない。別の現実に生命を与える転形期の息吹きが、そこにはある。そこでは、まだ、すべてが最終的に決定され終えてはいない。司馬遼太郎の一連の歴史小説が典型的に物語っているように、過去とは、歴史の曲がり角であり、巨大な転形期である。未決定であるということ、すべてが流動的であるということ、これが小説の根本的な構成原理となる。幕末や維新の大がかりな歴史過程と直接かかわるのではないとしても、市井の日々の出来事さえもが、そこでは未決定で流動的である。捕物小説は未解明の謎を軸にして展開され、人情噺《ばなし》は果て知れぬ破局に向かって駆け落ちの過程を走る。すべては、過ぎ去った過去である。が、すべてはまだ未決着であり、過ぎ去ってはいない。読むものは、あらゆることが決定ずみで、あらゆることが不動の既成性をおびている自己の現実のなかにいながら、まだ決着のついていない歴史を生きることができる。かれは、市井の日常を生きながら、乱世の主体となる。

けれども、じつは、すべてがもはや過ぎ去っているのである。すべては、すでに決定しているのである。歴史小説の世界には、ぬきがたく既成性の宿命がつきまとっている。歴史はすでに決定されており、その果てにあるこの現実が不動であるのと同じように、過去の舞台もまた不動なのだ。そこで権力を手中にしているものは、その舞台における権力者であり、虐げられている人間たちは、権力によってがっちりと支配されている人間たちである。権力と権威だけが、その舞台を動かす力をもっている。強権に抗する志向、権力を怨み憎悪する想いさえもが、権力を媒介することによってしか成就に近づけないほど、その世界は既成性によって貫徹されている。

こうして、ロドルフ・フォン・ゲロールシュタインからモンテ・クリスト伯にいたるまでの、水戸黄門から遠山金四郎や大岡越前守にいたるまでの、良き権力者やとりわけ変装した権力者が活躍の場を与えられる。講談や新講談の一心太助が、大久保彦左衛門の権力を後楯にしてのみ俠気を見せることができたように、変装した百姓親爺は葵の紋の印籠と天下の副将軍の権威によって悪を懲らしめ、桜吹雪を背中にせおった男伊達の金さんは北町奉行遠山左衛門尉《さえもんのじょう》の肩書によって救い主に変身する。権力の座をほしいままにしているのではなく、むしろ権力を遠ざけ、権力から遠ざけられている主人公、世をすね、現存の権力秩序を呪っている主人公にしても、多くはこの構造から自由ではない。佐々木味津三の連作小説『旗本退屈男』（一九二九年四月以降）は、千二百石の旗本でありながら徳川幕藩体制の腐敗を怒り、この体制のうえに立って民百姓を虐げる武士階級を憎む男を、主人公にしている。隻眼隻手の丹下左膳とならんでアンニュイ剣士やニヒリスト剣士の系譜の劈頭に立つ旗本退屈男、早乙女主水介《さおとめもんどのすけ》にとって、水戸黄門の印籠、遠山金四郎の刺青に相当するのは、額《ひたい》にざっくりと口を開く三日月型の刀傷である。悪人たちはこの三日月を見ると尻尾を巻いて逃げる。権力を笠に着て人びとを苦しめる武士たちにむかって、退屈男は吐いて捨てるように言う――「陪臣《またもの》どもめが！」

陪臣とは、諸大名につかえる武士のことである。たとえ百万石の巨藩の筆頭家老であろうとも、将軍直参の旗本からすれば、間接的な家来、将軍の家来のまた家来でしかない。退屈男が投げつける侮蔑の声には、権勢におごるものを憎みながらも権力への近さによって人間の価値を定める世界観が、ぬきがたくにじみ出ている。少なからぬ大衆小説作家たちや、転向した左翼作家たち、あるいは沈滞からの脱出口を見出そうとする時期の純文学作家たちによって好んで描かれてきた楠木正成《くすのきまさしげ》（直木三十五、浅野晃、武者小路実篤）や西郷隆盛（海音寺潮五郎、林房雄、山本有三、武者小路実篤）の物語が示すとおり、権力への距離によって善悪を測定するというこの構図は、武士階級が支配する時代の限界を超え出て、天皇からの近さでものごとを測る社会秩序の問題、日本の天皇制そのものとかかわる問題にもつながっている。

既成の権力を背景にすることによってのみ救い主である大衆小説のヒーローたちの対極に立つのは、教養小説的なスタイルをもつ歴史小説の主人公たちだろう。吉川英治の『宮本武蔵』（『朝日新聞』一九三五年八月—三九年七月）を一典型とするこれらの主人公たちにとって、現実はたえず流動している。この流動する現実と刻々に対決しながら、主人公はみずから自身をも創りかえていく。この自己形成の不断の過程が描かれることによって、現実はいわば絶えず未来形のかたちで主人公と向かいあう。既成の権力体系すらも、主人公にとっては、自己を創りかえ、自己と現実世界との関係を創りかえる過程の一契機である。それゆえ、転向作家たちが教養小説的な歴史小説にひとつの突破口を見出そうとしたのは、けっして偶然ではない。林房雄の『青年』（『中央公論』一九三二年八月—十二月）、藤森成吉の『渡辺崋山』（改造社、一九三五年十二月）、高倉テルの『大原幽学』（アルス、一九四〇年十二月）、貴司山治『維新前夜』（全四巻、春陽堂、一九四一年七月—四二年五月）などは、強権によって強いられた屈曲をただ単に外圧として受けとるのではなく、この現実のなかでしかも自立的に生きる方途を探ろうとした作者たちの苦闘を表現しているのだが、この苦闘がいずれもみな、大きな過渡期のなかで既成権力に抗して別の現実を模索する主人公に託されていること、しかも意図して大衆小説のスタイルに接近することによってそれがなされていることは、注目に値する。

とはいえ、こうした教養小説的な歴史小説もまた、結局は、現実の壁に直面してみずからを破砕するか、あるいは壁にそって曲折することで壁が存在しないかのようにふるまうか、いずれかの道をたどらざるをえなかった。『宮本武蔵』が侵略戦争のイデオロギーを主人公の処世訓（教養理想）としてしまったように、『青年』はもとより『渡辺崋山』や『大原幽学』でさえ、東亜の解放という侵略イデオロギーを撃ちうるような決定的に新しい可能性を小説世界のなかの未来像として描くことは、当然のことながらなしえなかった。これらの作品が描きえたものは、『パリの秘密』のなかにマルクスが認めた大衆小説の相反するふたつの基本的内容――既成の社会的通念の追認と、それとは本質的に矛盾する個々の登場人物の人間らしさ《ヒューマニティ》――のうちのひとつ、主人公の精一杯の人間的誠実さでしかなかった。しかも、それさえもが、歴史小説という限界のなかでの現実性を放棄すまいとすれば、講談的世界との近さをすらおびてくるような、陳腐な倫理性とまったく無縁ではありえず、したがってまた、大衆小説のもうひとつの内容的特徴、既成の社会通念の容認に、つながってきてしまうのである。

　権力者による救済からも、教養小説的自己救済からも、はっきりと区別される稀有の小説世界を描きえたのは、『大菩薩峠』だった。中里介山は、机龍之助の遍歴と自己形成の道となりかねないこの物語を、多様な人物たちに同等の重要性を与えることによって、教養小説の袋小路から脱却させた。多様な人物たちの多くが、救い主を必要とするような境遇の人間であるにもかかわらず、作者は、かれらを救いに現われる権力者をつくらなかった。ほとんどただひとり、ここにも、変装した権力者となって弱者を救う能力をもった人物が、いることはいる。だが、その唯一の人物である駒井能登守は、前途を嘱望されたきわめて有能で進取の気にみちた幕臣でありながら、被差別部落の芸人、お玉を愛してしまうことによって、一挙に社会的地位を失うのである。しかも、駒井に愛されたお玉――お杉お玉という一対《つい》の芸名によってはじめて社会的に通用する存在だったふたりの娘のうちのひとり――は、お君という名に変わったものの、駒井の寵愛によって救われることもないまま、幼馴染の米友《よねとも》の激しく深い悲しみをのこして、死んでしまう。身の丈四尺にもみたぬ宇治山田の米友は、客の投げ与える銭を三味線の撥《ばち》で受けとる賤しいお玉の幼馴染である以上、これまた人外の存在と見なされる被差別者である。かれは、宇治山田の橋の下に立って、伊勢詣りの旅人たちに橋の上から銭を投げさせ、先端に網笠をつけた竿でそれをあやまたず受けとめる、という芸当で生きていた。この芸を生かした無類の槍術をもって、かれは、机龍之助をめぐる人間関係のなかに捲き込まれてからも、つねに自力更正、自主自決で生きていく。わずかに二度、そのかれが他人の助けをかりて窮地を脱する場面がある。一度は、盗みの濡れ衣を着せられたお玉とその愛犬ムクを救おうとして捕らえられ、処刑のため地獄谷へ突き落とされたときだった。このときは、たまたま江戸から来ていた道庵という医者が、手当てをほどこして米友を生き返らせる。もう一度は、近江の長浜近郊で、百姓一揆に出くわしたさい、逃散《ちょうさん》者と見誤られて捕縛され、さらしものにされたときである。このときは、膽吹《いぶき》山（伊吹山）の麓に新天地を建設しようとする事業にかかわっていた二人の武士がかれを救って、琵琶湖の多景島《たけしま》に身を隠させる。だが、米友の救い主たちは、いずれも、なにひとつ切り札にする権力というものをもっていない。むしろ逆に、医師道庵は、貧乏な患者ばかりを顧客にもった貧乏な町医者で、診察料からきた十六文というあだ名のほかには、並はずれた呑んべえとヘソまがりというとりえしかない。そして、米友の生命を救ってからのちというもの、今度はことごとに米友に助けられ、米友の足手まといになりつづける。近江での二人の武士は、もちろん、この道庵に比べれば、膽吹山麓の新天地の女王という後楯をもってはいる。しかし、二人は、この女王の本来の家臣ではない。新しい時代を求めてはいても、もはや武士としての地位も役割も放棄した浪々の身にすぎない。この二人を仮りに格さん助さんとすれば、膽吹山麓の女王は、水戸黄門となるはずである。しかし、その女王、お銀様は、なるほどここに新天地を拓こうと計画するだけの財力を自由にする力をもっている。だが、甲州一といわれる馬大尽《だいじん》の娘に生まれたお銀様は、幼いころ、継母によって顔に火傷を負わされ、悪鬼のような容貌になって、四六時中すっぽりと頭巾で顔を覆ったまま、世を呪っている。駒井能登守が被差別者を愛したがゆえに権力を失ったように、この小説のなかでももっとも魅力的な人物のひとり、お銀様は、富と権勢をわがものとしながら、それらによっては購えぬものがあることを身をもって知っている身体的被差別者なのだ。かの女も、他のすべての登場人物たちと同じように、正義の救い主を待望すること自体を、そもそも拒絶されている。かれらはすべて、宇治山田の米友のように、あるいは朴訥《ぼくとつ》な農夫のふりをしてそのじつ並はずれた盗賊である裏宿の七兵衛のように、さらにはまた女だけの集団を組んで諸国に出稼ぎの旅をつづける「山の娘」たちのように、軽業の女親方・お角とその一座の娘たちのように、自分の運命を自分で引き受け、自分自身の力で自分の苦境を救うしか道はない。それゆえにこそ、『大菩薩峠』

の男性たちは、力強くはなく、ひとの心を落着かせる声をもってもいない。そしてそれゆえにこそ女性たちは、小説の冒頭の大菩薩峠上で祖父を机龍之助によって殺され、裏宿の七兵衛に拾われたお松ひとりを除いて、すべて、清純な娘とは無縁な存在である。読者の愛情と好意をもっとも多く集めたらしいお雪ちゃんも、そして外面如来夜叉のお銀様も、盲目の机龍之助との肉体の愛を生の不可欠の一部とするごくあたりまえの人間なのだ。かの女たちは、駒井能登守を中傷によって失脚させた張本人たる旗本・神尾主膳や、酒色に身を滅ぼすこの男の父の代からの情婦、お絹などと、まったく同等の生身の人物たちにほかならない。『大菩薩峠』のたぐいまれな生彩と感動の源の少なくともひとつは、人物たちのすべてがもつこのような真の同権、そこにこめられた反差別精神の無言の息吹きにある。

だが、それにもかかわらずなお、読者たちは、数多くのファン・レターが物語っているとおり、この小説に自己の日常からの逃げ場を見出し、死の恐怖さえも消すような慰めをこの作品世界に求めることができたのだった。それどころか、あるいは、作中の人物たちが自分の力だけに頼って生きれば生きるほど、読者はそこに自己の救いを見出すことができたのかもしれない。つまり、作品世界に生きる人物たちの非権威主義的、反権威主義的な生活スタイルや人間関係は、読者にとって、権力をもった救い主の登場する権威主義的な作品の世界に拍手をおくるときと同じような対しかた――この現実のなかでは果たせぬ想いを虚構の世界に仮託するという自己滅却的な対しかたを、なんら妨げるものではないのである。

良き権力者による救いを頼りにしない小説のうちで、もっとも端的に反権力の旗幟を鮮明にしているのは、隠れた復讐者たちの物語だろう。木枯し紋次郎から座頭市までの流れ者や半端者が、おのれの技《わざ》だけを武器として権力者に立ち向かい、虐げられた民百姓の怨みをはらす。講談のなかの反権力者だった遊侠の徒がじつは対抗権力集団であり亜権力集団であるのとは対照的に、このパターンは、果たせぬ復讐を金で請負ってくれる闇の仕事人や仕掛人へとつながっていく。石川五右衛門や鼠小僧次郎吉など講談のなかの反権力的な盗賊におそらくひとつの源泉をもち、これらの盗賊を直接主人公とした小説、たとえば池波正太郎の『雲霧仁左衛門《くもきりにざえもん》』（新潮社、一九七四年十二月）などとも類縁関係にあるこれらの復讐者たちは、いわば、すべてにおいて、変装した権力者の対極をなしている。かれらは、なにひとつ、あるいはほとんど、社会的な地位や意のままにできる権威をもたない。社会のなかでのかれらの生活は、一生涯、上昇の道とは無縁な日常性のなかでつづけられていくだろう。それぞれの職業《なりわい》にふさわしい特技を、かれらは極限に近いくらい身につけている。それを裏の稼業で発揮する。晴らせぬ怨みをいだいて死んでいく被抑圧者からの依頼で、いくばくかの仕事賃と引きかえに、かれらは、権力によって人びとを虐げ、人びとから人間性を奪い、愛や生命までも奪い去る支配者たちを、自己の生命を賭して血祭りにあげる。かれらがそうした闇の復讐者であることは、かれら自身以外にはだれも知らない。テレビの人気番組『必殺仕事人』シリーズが象徴的に描いてみせるように、かれらは、日常の市井生活のなかでは、しがない職人たちであり、下働きの女であり、流しの芸人であり、最下級の、それもきわめて無能な官吏であり、浪人（受験浪人！）中の未成年だからだ。

それだからこそ、読者や観衆は、水戸黄門や遠山左衛門尉に送る拍手よりもはるかに民主的な声援を、これらのヒーローたちに送るのである。かれらが果たす復讐と懲罰それ自体だけが、その声援の対象なのではない。むしろそれ以上に、かれらの日常の生活そのもの、自身が被抑圧者であり被差別者であるかれらの生きかたそのものと、にもかかわらずそのかれらがじつは権力の獅子心中の虫であるという秘密に、その声援は向けられている。この声援が、変装した権力者に送られる拍手などよりもいっそう民主的であり、いっそう大きな反権力の志と、いっそう深い既成秩序への批判をふくんでいることは、疑いない。権力者の改心や良き権力者の意志に救済を期待するのではなく、権力をもたない人間、軽蔑され人間並みには扱われない人間がみずからの秘めた力で権力構造に身をもって挑戦し、既存の支配秩序をほんの一部なりとも揺るがしては、また何くわぬ顔で市井の一庶民の生活にもどる姿に声援を送るとき、われわれは、われわれ自身の生きざまに主人公たちの生を重ねあわせ、われわれ自身の現実に復讐しているのである。

だが、それだけにますます、大衆小説の読者につきまとう問題性は、ここでは決定的なものとなる。なるほど、小説そのものは、反権力の志によって充たされている。この物語に参加する読者は、権力者に期待したり権力者を拍手で迎えたりするのではなく、権力と確執をかもす被抑圧者の側に立つ。けれども、そのとき、読者は、あくまでも代行者としてのヒーローに声援を送っているのである。自分自身が生きるこの現実のなかで、本当なら自分自身が自力で敢行しなければならないはずの行為を、作中人物が自分に代わって決行してくれるのを見て、手に汗にぎっているのである。その代行者が、作品世界の権力者であれ、反権力者であれ、かれが読者の代行者であるという構造は変わらない。虚構の世界であることを百も承知でながめる小説の世界は、ここにおいて、作中の出来事や描写の真偽とはまったく次元を異にするひとつの現実的意味をもってくる。それは、作品世界に生きる代行者たちと向かいあうときの読者の姿勢の現実性《リアリティ》とでも言おうか。虚構の世界にたいするときのその姿勢は、現実世界の読者の姿勢にほかならないからだ。みずからがする行為を他者に託すという姿勢は、現実世界に生きる読者の生活スタイルとなって、読者を逆規定する。虚構の世界は、ここで、現実世界よりもいっそう現実的な現実性へと、自己転回をとげるのだ。

彼方のメシアニズム

　エドガー・アラン・ポーが最初の軽気球物語、「ハンス・プファアルの無比の冒険」を発表したときよりもすでに三分の一世紀前、ドイツの人気作家ジャン・パウルが、一篇の軽気球航海誌を世に問うていた。『巨人』と題する全四巻の長篇小説の第二巻に滑稽付録として添えられた「飛行船乗りジャンノッツォーの航海日誌」（一八〇一年四月）がそれである。ゲーテ、シラーやドイツ・ロマン派の作家たちと同時代に生きながら、かれらよりもずっと庶民的な世界を描いたジャン・パウル（本名＝ヨーハン・パウル・フリードリヒ・リヒター）は、世界文学の歴史のなかで、のちに大衆文学と目されるようになる小説領域の先駆者のひとりとして認知されるにふさわしい作家だった。そのかれの軽気球譚もまた、のちのポーのものと同様、まだ知られていない特殊な気体の発見に始まって、人びとがまだ見たことのない天空からの眺望の描写へと進んでいく。飛行船で空を飛びながら主人公ジャンノッツォーが記したとされる航海日誌は、かれが中空で雷電に撃たれて死ぬ最後の瞬間にいたるまで、異次元から眺めた地上世界の醜悪さや矛盾にたいする批判を痛烈な筆致でくりひろげてみせる。人間の乗った軽気球がはじめて英仏間のドーヴァー海峡を横断したのは、一七八九年のことだった。それから十二年後に、ジャン・パウルは、軽気球で空を行く人物を設定することによって、日ごろ見なれた現実世界を別の視角から見つめなおし、当然のことと思われている事物や出来事を、奇異なもの、当然ならざるものとして読者のまえにつきつけたのだった。
この気球物語は、だがしかし、ただ単に現実を異なる角度から見るために選ばれた表現形式にとどまるものではなかった。ジャン・パウルにとって、それは、かれ自身の現実とのかかわりかたと密接に関連していたのである。天空に飛翔するというイメージについて、かれは、一七九五年六月にすでにこう述べていた——

《わたしは、いまよりは幸せに（幸せに、ではない）なるための道を、三つ以上は見つけ出すことができなかった。その第一は、空高く昇っていく道で、外の世界の全体が、狼の穴や納骨堂や避雷針もろとも、足もとはるかにまるで縮こまった箱庭が横たわっているとしか見えなくなるまで、生活の暗雲をつきぬけて突進していくことである。——第二は、その小さな庭のなかへまっすぐ落ちていって、そこの畝《うね》間にぬくぬくと住みつき、そのあたたかいヒバリの巣から外を眺めると、同じく、狼の穴も納骨堂も棒も何ひとつ目にはいらず、見えるのはただ、その一本一本が巣の雛鳥にとっては樹でもあり日傘でもあり雨傘でもあるような麦の穂だけである、という状態になることだ。——最後に第三は——これがもっとも困難かつもっとも賢明な道だと思うが——他のふたつの道を交互にとることだ。》（『五級教師フィクスラインの生涯』序文）

小学校教師をかねた貧しい田舎牧師の子だったジャン・パウルにとって、小国が分立する封建ドイツの息苦しい現実のなかで生きることは、楽しいことでもたやすいことでもなかった。かれの初期の作品には、起床の前には朝食を、午前中はずっと昼食を、今日は明日を楽しみにして現時点の苦しみを忘れ、本は買うかわりにすべて自分で書いて、書架がいっぱいになるまで書きまくり、それらをくわしく研究したすえ、ついに、自分の手書きの本のほうが原典で、市販の印刷されたものは自分の作品の偽作である、という見解をとるにいたる主人公が登場する。かれ、アウエンタール村の小学校教師マリーア・ヴーツが購入した唯一の書物は、書籍市のカタログだけだった。これによって自分が書く本の題名を選ぶためである。このヴーツ先生と似たような多数の主人公たちの作者であり、自身もかれらと同じような生きかたをしなければならなかったジャン・パウルにとって、現実とつきあう道は、それほど自由にいくつでも選べるものではなかった。幸福そのものに到達することはそもそも思いもよらないとして、せめていまよりは幸福になる道を、かれとかれの主人公たちは、たった三つしか見出すことができなかったのである。天高く飛翔して現実を箱庭のように眺め、異なる角度から日常を見て、その卑小さをあざ笑う道も、片隅の畝間に土着して狼穴や避雷針の棒をあえて見ない道も、そして出来ることならこの両方の道を交互にたどる方法も、かれらにとって、ただ単純に現実ならざる世界に遊ぶことなどではなかったのだ。それがつまり、現実に生きることだったのである。ジャンノッツォーの気球の旅は、そのとき、いまはまだ実現不可能な未来とかかわる空想ではなく、いまを生きるひとつの道にほかならない。

空想科学小説《サイエンス・フィクション》――SFと呼ばれる仮空の物語もまた、しばしば、現実とかかわるこのような道のひとつである。

ポーよりもさらに四半世紀おくれて処女作『気球での五週間』（一八六三）を書いたジュール・ヴェルヌが、二十世紀の初頭にいたるまでの四十年間に、つぎつぎと八十余篇の空想科学小説を発表しつづけたとき、いっけん奇想天外なそれらの作品は、当時の科学知識によって予測できないような内容をほとんど何ひとつふくんでいなかった、といわれている。それらの作品世界で劃期的だったのは、そこで提示されている科学上の発明や新知識ではなく、これらを日常とは異なる次元の領域――高空、海底、地底、月世界、神秘の島、等々――への旅の手段として描いたことだったのだ。異次元の領域への移行は、その領域が現実ばなれしていればいるほど、現実ばなれしていない方法によって可能性を裏付けられなければならない。ジュール・ヴェルヌによってつくられた未知のエネルギーで動く潜航艇が、その名前をとった原子力潜水艦ノーチラス号となって現実に海底を行き、かれが描いた月世界旅行が、ロケットの軌道から地球帰還後の海上での回収にいたるまで、ほとんどそっくりそのままのかたちで現実に実現されたいま、そして、ヴェルヌが展望しえたよりも遙かに広い宇宙の彼方にまでSFが空想の射程をひろげ、ヴェルヌが夢みたよりも遙かにおぞましい破局を科学技術が確実に準備し、SFもまたこの破滅から目をそらすことはできなくなっているいま、そのいまも、SFの真の本質が未来科学にあるのではなく、別の現実への超脱にあるという事情は、ますます変わらないのである。SFが科学万能信仰の時代に興隆の根をもっていることは事実だとしても、科学神話が崩れ去り核エネルギーが地球と宇宙の終末を現実のものとしつつある時代にもなお、SFという領域は、文学と映像表現の有力なジャンルであることに変わりはない。この時代には、脱出と異境の彷徨が、かつてのどの時代にもまして、物語の重要なテーマとならざるをえないからだ。

　神話や古代の説話のなかですでに人類をさそって未知への旅を敢行させた異次元の世界、そうした異境への脱出と彷徨のモティーフを、二十世紀においては、さまざまな設定のSFがもっとも果敢に担ってきた。時間と空間を超えるSFの旅は、その旅の手段が科学的であり、あるいは逆に奇想天外であるということよりも、時間と空間の彼方にもうひとつの世界を設定するということによって、読者のこころをとらえる。それゆえ、リチャード・シートンをヒーローとするE・E・スミスの『スカイラーク』シリーズ（一九二八―六五）からロバート・ハインラインの一九五〇―六〇年代の諸作品にいたる〈スペース・オペラ〉、宇宙空間を舞台とした未来小説も、かつて時代小説の独壇場だった過去の世界をタイム・トンネルをくぐって現在に出現させる半村良や小松左京の作品も、時間的超脱の方向は正反対のようでいながら、その根底にあるひとつの意思の点では、ぬぐい去りがたい共通点をもっている。つまり、現にある現実だけが唯一可能な世界ではないという想い、この世界はもっと別のものでありえたし、これからも別のものとなりうるはずだという想い、だが、この世界を別の世界に変えていくための手だては、さしあたりこの現実の世界にはない――という想いである。

　この想いは、大衆小説のもうひとつの重要な分野である秘境ものの系譜ともいうべき一群の作品をも、基底音となってつらぬいている。

　あの黄金郷《エル・ドラド》の伝説このかた、世界のどこかに人跡未踏の秘められた土地があるという仮想を、人間は捨て去ることができなかった。浦島太郎やリップ・ヴァン・ウィンクルの物語は、こうした仮想が洋の東西を問わず古くから人間をとらえていたことを示している。それのみか、これらの仮想は、しばしば、かつては現実だったのにいまでは失われてしまったもの、いつかふたたびもどってくるにちがいないものを暗示していると考えられる。歴史的発展のさしあたり最終的な到達点である現在は、けっして喜ぶべき楽園などではないのだ。いわば後向きのユートピア物語である秘境小説に、いまの現実を否定しようとする志向が暗黙のうちに孕まれていることは、言を俟《ま》たない。SFが、ユートピア的未来を描くにせよ、現在の延長線上の帰結としての破局的未来を描くにせよ、もうひとつの世界から現実を批判的に逆照射しているのと、それは共通の志向によって支えられている。時間的な、あるいは空間的な彼方は、空想の世界として読者の夢の翼をはばたかせるだけではない。彼方は、あまりにも近い現実からの救済者としてやってくるのである。変装した権力者が、変装をといたとき救い主となって現われるように、時空を超えた彼方は、現実世界の力をもってしてはとうてい対抗しえぬひとりの権力者、良き権力者として、現実によって虐げられているものたちを救いにやってくる。

伝奇小説を日本に定着させた一九二〇年代の国枝史郎（『砂漠の古都』、『暁の鐘は西方より』その他）から、原子怪獣ゴジラの生みの親でもある五〇年代の香山滋《かやましげる》（『ソロモンの桃』、『オラン・ペンデクの復讐』その他）を経て、歴史の流れのなかに未知の秘境を構築してみせる七〇年代の半村良（『石の血脈』、『産霊山秘録《むすびのやま》』、『妖星伝』）にいたる作家たちの世界は、日常の生活が営まれている同じこの現実のなかに、人びとに知られぬまま息づく隠れた領域や人間関係を持ち込むことによって、見なれた現実の相貌をつきくずす。そこで描かれるものは、かならずしも、直接的な現実否定や現実批判ではなく、そこに描かれている別の現実に直接の救いがあるわけでもない。もしもそこに具体的な成就を描こうとすれば、それこそ陳腐な夢物語にしかならないだろう。国枝史郎の小説のうち少なからぬものが未完のままに終わらざるをえなかったことも、この成就の不可能性を暗示している。だが、そこに描かれているものが、たとえ救いとは反対の結末であるとしても、秘境小説は、読者との関係において、覆面をとった救い手なのだ。読者は、この救い手に、言葉にならぬ自分の想いを、行為にしえぬ自分の怒りや悲しみを、ゆだね、そうした想いもろとも救い手のふところに身を投げかける。彼方は、もっとも近い現実となる。それはあくまでも虚構の世界にほかならないからこそ、ますます、頼りがいのある救い手として、われわれの脱出行《エクソドス》をさそうのだ。

2　痕跡を追う
——秘密をもった大衆小説

だれもが探偵になる

秘境は、やがて、地理的・時代的な彼方であることをやめる。教養小説の主人公たちにとって、もっとも近い自己自身がもっとも遠い謎とならねばならなかったように、大衆小説のなかで、未知の彼方が近い日常のなかへ移ってくる。《誰でもが陰謀家めいたところを身につけているテロルの時代には、誰でもがまた、探偵の役を演ずる廻り合わせにもなるだろう》と、ヴァルター・ベンヤミンは驚嘆すべきボードレール論のなかで書いている（野村修訳「ボードレールにおける第二帝政期のパリ」＝晶文社刊『ベンヤミン著作集』6、一九七五年九月＝所収）。エドガー・アラン・ポーの仏訳者だったボードレールの時代に、パリは近代都市の相貌を身につけた。鉄骨とガラスが建築にとりいれられて、アーケードのある遊歩街《パサージュ》が誕生した。夜になれば屋根の下から星を仰ぐことのできるこの遊歩街を、農村をすてて都市へ流れてきた新しい市民たちが、雑踏に流されながら歩くのだった。産業革命と商業の隆盛を体験するなかで形成された中産階級は、この大都市にたがいにとなりあって住みながら、かつて農村や漁村でそうだったように隣人たちの顔つきとこころを知る、ということはもはやなかった。遊歩街をそぞろ歩きながらショーウィンドーをのぞく遊民《フラヌール》たちは、たがいに、見知らぬ他人でしかない。商工業の繁栄をつかのまの幻影と変えかねない革命の余熱と、経済恐慌と、対外戦争や干渉戦争と、社会主義運動の勃興の時代である一八五〇年代のパリの不安は、行きずりの見知らぬ他人のなかに犯罪者を見させた。なぜなら、そこを歩く自分自身が、この現実のなかで、いつでも犯罪者になりえたからである。《探偵小説の根源的な社会的内容は、大都市の群衆のなかでは個人の痕跡が消えることである》と、ベンヤミンはさらに書いている。だが、群衆のなかでの個人の無名性が、犯罪の不安や犯罪の契機となるだけでなく、その犯罪の真相と犯人を解明する過程を描いた物語の要素となるためには、当然のことながら、よりいっそう技術的な諸条件が必要となるだろう。

ベンヤミンと同じ一八九二年生まれの平林初之輔は、ベンヤミンが一九三〇年代末期に亡命のなかで考察したテーマの一端を、一九二〇年代半ばの日本における探偵小説の興隆期に、ポーやドイルやヴァン・ダインなどの外国作家と、とりわけ日本の新進作家・江戸川乱歩の諸作品を手がかりにしながら、追究しようとしていた。

ウジェーヌ・シューの『パリの秘密』の訳者であるとともに、ポーの『マリイ・ロオジエ事件』と、ライダー・ハガードの『洞窟の女王』および『ソロモン王の宝窟』との訳者であり、ヴァン・ダインの『グリイン家の惨劇』および『ベンソン家の惨劇』の翻訳者でもあった平林初之輔（かれはまた、周知のとおり、ルソーの『エミール』やファーブルの『昆虫記』やジョン・リードの『革命の娘』の訳者でもあった）は、みずからも十数篇の探偵小説を書いたのだが、その実践の体験にそくして、一九二九年五月十七日の『大阪朝日新聞』に発表した小文のなかで、探偵小説が流行する根拠についてこう書いている。《第一に探偵小説は強烈な刺激を読者に与へる。現代人の生活のテンポは世界大戦前の人の生活と較べると非常に速くなつた。エレヴエーター、タキシイ、無線、飛行機、その他これに類似する機械文明を構成するエレメントは、現代人の生活の中へ、しつかりと織り込まれてしまつた。筋の進行の緩慢な従来のロマンスや、わかりきつたモラルを説く教訓小説や、特に汽車や電話もなかつたころの事件に題材をとつた歴史小説は、もはや現代人の生活から分離してしまひ、それらのものは現代人に刺激を与へるに足りなくなつた。探偵小説はこの点において、現代人の嗜好に最もよく投じてゐる。》（「探偵小説の世界的流行」）――第二の根拠は、探偵小説が他の小説に比して知的であり、民衆の知的水準の高まりに即応していることである。第三に、探偵小説は、《権威に対して著しく非妥協的》であって、事大主義と中庸主義を無視し、すべてが異常で、非教訓的で、冒険的で、反抗的であること。この三点が、平林初之輔の考える探偵小説流行の社会的根拠だった。探偵小説のような特徴をもたない他の小説ジャンルが、平林の言うように現代人の生活から分離してしまったかどうかはさておき、たしかに、一九二〇年代の日本での、そしてそれに先立つ前世紀後半このかたの欧米での、探偵小説の流行には、かれが挙げているような条件が不可欠だったことは確かだろう。そして、社会生活のスタイルと、それに対応する読者の嗜好や知識水準と、作品の内容的な新しさというような、はっきり目に見える主観的な要因に加えて、社会秩序の根本にかかわるような客観的な条件があったことも、また否定できない。この側面について、平林初之輔は、すでに『新青年』一九二五年四月号に寄せた「日本の近代的探偵小説——特に江戸川乱歩氏に就て——」と題するエッセイのなかで、つぎのように述べていた。

《〔……〕探偵小説が発達するためには、一定の社会的条件が必要であるといふことは勿論である。一定の社会的環境ができあがらないうちは、探偵小説は生れないのである。その社会的条件、或は環境とは、広義に言へば、科学文明の発達であり、理知の発達であり、分析的精神の発達であり、方法的精神の発達である。そしてこれを狭義にいへば、犯罪とその捜索法とが科学的になることであり、検挙及び裁判が確実な物的証拠を基礎として行はれ、完成された成文の法律が国家の秩序を維持してゐることである。／たしかなことは、調べて見なければわからないけれども、探偵小説の重要な要素となつてゐる指紋などは、恐らく小説家の想像力よりも、実際の探偵に早く応用されたであらう。又極端な例ではあるが、地下鉄のサムが、すりの常習犯であるにもかゝはらず現場を押へられないといふだけの理由で、官憲につかまらないことや、小説ではないけれどもいつか本誌に連載された「死刑か無罪か」の主人公が疑はしい点が無数にあるに拘らず、直接の証拠がないために無罪になるといふやうなことは、一定の法律によりて検挙、裁判が行はれてゐてはじめて起る現象である。これ等の例だけでも、私の前にあげた条件が、探偵小説の出現に必要であることはわかるであらう。／そこで、西洋では探偵小説は十九世紀になつてはじめて現はれ、最近に於て最も読物として普及してゐるのであり、日本では極く〱最近に、はじめて探偵小説がぽつ〱あらはれたに過ぎないのである。》

平林によれば、それまで日本で探偵小説に手を染めた作家たち、谷崎潤一郎、佐藤春夫、久米正雄、松本泰その他のなかで、江戸川乱歩が、こうした探偵小説の社会的条件を作品のなかで的確にとりいれたひとりだということになる。乱歩こそは、《私の知つてゐる限りに於て、日本に於ける真の近代的探偵小説家として〔……〕十分の期待》をもちうる作家だ、と平林は言うのである。あまりにも早く訪れた死のために、平林初之輔の探偵小説論は、残念ながら、文芸社会学的認識の域をついに出なかった。だが、かれが探偵小説という分野によせた情熱は、創作や翻訳を通じても理論的作業を通じても、草創期と興隆期の日本の探偵小説と大衆小説一般に絶大な刺激と貢献をなした。のちに江戸川乱歩がのこすことになる一連の理論的労作も、かれのデヴュー当時における平林の評価と激励と先例がなかったなら、あるいはまったく別のものとなっていたかもしれない。乱歩自身、のちに、《この人程初期の私を指導し、鞭撻し、あるいは喜ばせ、あるいは恐れしめた批評家は他になかったのである》と平林初之輔を回想している（「亡き先輩・同僚のこと――その一」、一九三八年九月。現在では講談社版「江戸川乱歩全集」第一八巻『幻影城』に収録）。

　文芸社会学的な確認に終わらざるをえなかった平林初之輔の仕事を、もちろん平林とはまったく無関係に、さらに思想的・哲学的な次元にまで推し進めたのは、ドイツのマルクス主義思想家、エルンスト・ブロッホだった。一九六二年に刊行された『異化』第一巻（邦訳＝現代思潮社、一九七一年二月）のなかの一篇、「探偵小説の哲学的考察」で、かれは、ベンヤミンのボードレール論を直接の手がかりのひとつとし、ルカーチの『小説の理論』（一九一五）を暗黙の前提としながら、探偵小説の社会的基盤と、それに即応する作品構造について、きわめて刺激的な考察をくりひろげる。

　ブロッホもまた、平林初之輔とまったく同じように、探偵小説というジャンルがこれほど遅ればせに登場してきた根拠を、犯罪捜査が科学的になった時期と結びつけて説明する。複数の証人と、証明の女王《レーギーナ・プロバーチオーニス》といわれた自白とがあれば充分であり、しかも証人の欠如は拷問で補えばよかった時代が終わって、情況証拠が捜査にとって不可欠になったのは、ヨーロッパでもようやく十八世紀中葉のことなのである。もちろん、情況証拠がかえって冤罪をつくり出すという危険性はあるにせよ、それでも拷問よりは文明化された手続が、これで可能になったのだ。これが、まずゴシック・ロマンから恐怖小説の雰囲気を借りながら、初期の探偵小説を生む基盤となる。情況証拠調べという手続は、暗示をふくむ痕跡を追う作業として、探偵小説の構成上の原理にかかわるのである。それゆえ、ブロッホにとって、探偵小説は、《どこか怪しいぞ、というところから始まる》のだ。この怪しい点を、証言や自白からではなく、証拠の追跡によって、解明しなければならない。探偵小説が読者を惹きつけ引き込む手口は、ブロッホによれば、つぎの三点である。——第一に、謎解きの緊張。第二に、思いがけないものが暴露され、仮面を剥がれるということ。そして第三に、この暴露によって、物語が始まる以前の語られなかったことがら、物語の前史が明らかにされること。ブロッホは、わけてもこの第三の点が、探偵小説のもっとも本質的な特徴であると考える。

　他の小説スタイルにおいて、出来事は、物語の進行のなかで、読者の目のまえで演じられる。ラスコーリニコフは、じつに叙事的かつ可視的に、金貸しの老婆を打ち殺す。この行為は読者の目から隠されず、その一挙手一投足が明示される。だが、それとは逆に探偵小説では、たとえ物語の進行のなかで新たな殺人が起こることがあっても、それは、そもそもの物語以前の闇と密接に関連しているのであり、この闇を増大させ、解決を遅らせるのである。ブロッホは、この事前《アンテ・レム》の闇を、人類の歴史の原初にある闇と関連させ、この世界秩序がそもそも隠された罪によって規定された善悪の尺度に支配されていることを暗示する。そのさいかれが、知らずに父を殺し母と結婚するオイディプスの闇や、捨て子であるフィールディングの『トム・ジョーンズ』の主人公の闇を引きあいに出しているのは、興味ぶかい。秘められた素姓というテーマが、『パリの秘密』をはじめとする大衆小説のもっとも典型的なテーマのひとつであるから、というばかりではない。自分自身の素姓、自分自身の正体がわからないということこそは、探偵小説の秘密のひとつの極限的なありかたにほかならないからだ。

　《どこか怪しいぞ、というところから始まる》とき、探偵小説は、遠い彼方に秘められた世界を追い求めるのとは、正反対の道をたどる。平林初之輔は、探偵小説の必要条件のひとつとして、南洋やインドなどのような遠国を舞台にするのではなく、できうればその国の首都なり枢要都市なりで事件が演じられることを要求した（「私の要求する探偵小説」＝『新青年』一九二四年八月）。成立の当初から大都市の生活環境と不可分だった探偵小説は、日常のもっとも見なれた生活のなかに、怪しいものの痕跡をみとめるのである。遠くはなれた秘められた領域ではなく、もっとも近い現実のなかに、不可視の謎と犯罪がひそんでいるのだ。犯人は、日ごろ目のまえに姿を見せているごく見なれた人間たちのなかにいる。その姿をいつも見ていながら、それが殺人者であることを知らないのだ。ちょうど、都市の雑踏のなかで行きかうごく普通の顔に、犯罪者がひそんでいることを知らないように。疑いはじめれば、登場する人物のすべてが犯人である条件をそなえている。他人を疑っている自分自身もまた、犯人でありえないということはない。語り手が犯人であり、探偵自身が真犯人であるというパターンは、夢野久作の『ドグラ・マグラ』における自己喪失と自己探索をひとつの極致として、探偵小説がたどらざるをえない必然的な道のひとつなのである。

日常のいたるところに謎を見出すことができ、生活が犯罪の可能性にみちみちているところでは、だれもが、犯罪者でありうると同時に探偵にもなりうる。江戸川乱歩の最初期の作品に早くも登場する素人探偵は、やがて明智小五郎というセミ・プロに変貌せざるをえなかったとはいえ、これは、大衆小説が固定した馴染みのヒーローを要求するという通念への屈服にすぎなかった。警察官や検察官、あるいは退職後の元・捜査官である職業的私立探偵にもまして、素人探偵や民間の副業的探偵が読者の人気を集めるのも、偶然ではない。事件は、たとえば『猫は知っていた』や『林の中の家』の仁木兄妹をまったく偶然に探偵にしてしまうように、むこうから突然やってきて、有無を言わせず痕跡をたどることを強いるのである。こうしてたどられはじめた痕跡が、往々にして、いまの目前の現実とは遠くかけはなれた真相にまで探偵と読者を連れもどすのは、これまた偶然ではない。シャーロック・ホームズが追う『緋色の研究』や『四人の署名』の秘密は、イングランドのいまの日常のなかに、この日常を形成してきた前史が隠されて生きていることを、明らかにせざるをえない。平凡で善良な市民のなかに、かつて異境で犯した罪がひそんでいる。侵略戦争と植民地抑圧の血にまみれた犯罪者が、声望と信頼を集める市民として、きょうを生きている。かれの隠された犯罪にたどりつく探偵自身が、この犯罪と無縁ではない。ワトソン博士がはじめてホームズと出会ったとき、ワトソンは、第二次アフガニスタン戦争で負傷してロンドンに送り還されてきたところだったのだ。一八七八年十一月から八一年七月までつづいたこの侵略戦争によって、大英帝国は、アフガニスタンの植民地化をすすめ、属領インドとあわせて搾取を強化することになった。一八八七年十二月に発表されたホームズ・シリーズ第一作、『緋色の研究』は、ひいてはまたシャーロック・ホームズという探偵そのものが、言わば、この侵略戦争をぬきにしては誕生しえなかったのである。ホームズの探偵物語には、かれと語り手のワトソンを否応なしに捲き込んでいる巨大な犯罪が、ひそんでいたのである。

《どこか怪しいぞ》という疑いは、それゆえ、痕跡を追う探偵自身をも対象から除外することはない。それどころか、もっとも怪しいもの、もっとも不確かで未知であるもの、それは、現在において、依然として自分自身にもっとも近い現実、とりわけ自分自身なのだ。エルンスト・ブロッホは、「探偵小説の哲学的考察」を、このもっとも近い闇からのふたつの方向での脱出の道を示唆することによって閉じている。ひとつは、原因へと向かう道、つまり前史にひそむ謎をたずねて暴露する探偵小説の道である。そしてもうひとつは、結果へと向かう道、すなわち何か新しいものの形成を未来にたずねる芸術家小説の道である。そのいずれもが、どこか怪しいぞ、というところから始まる、とブロッホは言うのだ。たしかに、芸術家小説は、自己自身を探求しつづける人間が市民社会のなかで見出しえた最後の逃げ道だった。それが芸術小説ではなく芸術家小説とならざるをえないように、もっとも近いもののなかに遠い謎をさぐらねばならない人間の物語は、謎解きの過程そのものに主眼をおく〈推理小説〉ではなく、その過程を迷いつつたどる主人公にそくして〈探偵小説〉と呼ばれるにふさわしいのである。だれもがなりうる探偵が、しばしばそう描かれているように芸術家気質を払拭できないとすれば、それは、謎解きの主体でありながら謎の客体でもある自己の存在を、外部にいっそう複雑な謎を創造することによって相対化しようとする試みと、関連しているのかもしれない。

〈謎〉の創造

謎や秘密とかかわることによってしか現実世界とかかわることができないわれわれを、探偵小説の主人公たちの一方の側、つまり探偵は代表している。もしも直視すれば不可視のものによって浸透されつくしていることに気づかざるをえないこの現実を、かれは、たまたま与えられた痕跡を手がかりにして、切り裂いていく。もう一方の側には、解くべき謎を探偵に提起する人間がいる。犯人と探偵は、月次《つきなみ》な言いかたをすれば、共犯者であり、ともに相手を必要としている。だが、ここでは、通常の観念とは逆に、犯罪者のほうが創造者であり、探偵は破壊者なのだ。粉砕されるべき謎を探偵につきつける犯人は、現実が提供するあらゆる素材をつかって、芸術作品としての謎を創造する。アルセーヌ・リュパンや怪人二十面相は、象徴的なことに、芸術蒐集家であり、すぐれた芸術感覚の持ち主である。犯罪と目されているものを大規模かつ多様に実行したナチス・ドイツの指導者たちの少なからぬ部分が、芸術創造を志す青年時代を過去にもっていたことは、これまた象徴的な事実だろう。かれらにとって、犯罪は、芸術の代償行為だった――というわけではない。かれらの犯罪として非難されるものは、かれらにとって、そもそも犯罪ではなかったのだから。それゆえ、犯人たちの謎の創造を犯罪として追及し、これを瓦解せしめる探偵の行為は、犯人たちの作品がさきに設定した枠を超えることはほとんどない。ファシズム批判の無力さにも似て、謎を解く探偵たちは事後の批評家を演じるにすぎないのだ。だからこそまた、ときに探偵たちは、苦肉の策として、みずから芸術家としてふるまい、犯人の作品に自分で最後の仕上げをしようと試みる。銭形平次も金田一耕助も、しばしば、犯人を追いつめながらこれを捕縛することをやめる。かれらが犯した罪に同情すべき点があるからだが、こうして犯人に自決をうながすことによって、探偵は、犯人によって動かされる人間から犯人を動かす人間になろうと目論むのだ。これによってはじめて、探偵は、犯人によって創造された謎の単なる批評者の位置を脱し、創造の一端に関与することができる――とでもいうように。

　探偵小説論の多くが、トリックの分類表や探偵の癖の標本箱であるのは、奇妙なことだ。探偵と犯人との対決の場である探偵小説の世界が、この両者の関係のありかたそのものを考えるところから見なおされるということは、めったにない。探偵小説の世界こそは、じつは秩序によって支配しようとする意志と、別の秩序を形成しようとする試行との、対決の場なのである。犯罪が、かならず革命的であり、権力秩序への叛逆である、というのではない。科学的に裏付けられた証拠や法的手続なるものによって犯人に迫る探偵と、かれよりもさきに謎を創造し、この謎の範囲内に探偵を呪縛しながら、しかも追跡者にすぎない探偵に敗れる犯人――という関係の構造が、問題なのである。倒叙形式の探偵小説――つまりブロッホが死体発見の前に描かれぬまま隠されているとした犯行そのものが、事前《アンテ・レム》にではなく作品そのもののなかでまず描写され、あらかじめこの前史を知っている読者が、何も知らずに追跡を始めなければならない探偵の手なみを見物する、という構造の小説——では、犯人の敗北はとりわけ決定的となる。そこでは、犯人が犯行の手口を隠すやりかたが巧妙であればあるほど、初期の段階で探偵が頼りなければ頼りないほど、それはむしろ逆に探偵の犯人にたいする勝利を大きくする。すべてを知った神の視点に立って事件解明の過程を眺める読者は、探偵とともに、あるいはむしろ探偵を出しぬいて謎をみずから解明する、という労苦さえ課せられずに、一部始終を見物する。犯人は、ここでは、創造者ですらない。攻勢に出るのは探偵であり、犯人は探偵が仕掛けてくる罠や誘導尋問や心理的拷問に、ひとつひとつ対処するだけで精一杯なのだ。倒叙形式の探偵小説は、芸術はしょせんはかないこと、現実は虚構の世界に勝つことを、探偵に証明させるのである。だからこそ、現実の出来事の順序と同じ順序で語られるこの形式の物語のほうが、われわれの生きている現実の実態にいっそう即しているのであり、だからこそ、一貫して倒叙形式をとっている刑事コロンボ・シリーズでは、探偵は、権力をもたない偶然の素人ではなく、全警察機構を背景にした職業的司法警察員なのである。

　子供は、しばしば、桃太郎にではなく、桃太郎に退治される鬼に共感する。白人ではなくモヒカン族に、日本武尊《やまとたける》ではなくかれに謀殺される熊襲梟帥《くまそたける》に、神武ではなくかれに屈伏する那賀須泥毘古《ながすねひこ》に共感する。犯罪者、悪者とされる側は、敗北と滅亡によって勝者よりもいっそうゆたかな生を獲得することもありうるのだ。それゆえ、犯人の敗北に終わる探偵小説が、そのまま探偵の勝利に終わるとは限らない。探偵小説の作者は、この点で、みずからの世界観と人間観を問われざるをえない。読者は、そこに何を読みとるかで、現実世界の権力関係、人間関係にたいする自己のかかわりかたを問われざるをえない。だが、この態度決定は、敗北するものがどれほど大きな創造力と人間的ゆたかさをもっているかによって、変わってくる。このばあいには犯罪としてしか実現されない創造力、この現実のなかでは犯罪者としてしか自己を表現しえない人間的ゆたかさ、それが、犯人にたいする読者の姿勢を決定的に左右する。それが銭形平次であれ鬼貫《おにづら》警部であれメグレ警視であれ、探偵にとっては、犯罪の真相をあばく手ぎわが身上であって、かれらが示す人間的なゆたかさは副次的なものにすぎない。ブロッホが言う事前の闇は、それゆえ、温情でしかない探偵の人間性ではなく、犯人の人間的ゆたかさと創造力とにかかわっている。悪鬼のしわざのごとく見える犯罪の根源には、しばしば、その犯人でなければ坐視したであろうようないっそう大きな犯罪や、その犯人でなければそれほど深く傷つくこともなかったであろうようなほんの小さな矛盾が、かくされている。これらの秘められた動機との出会いがかれらを犯罪者たらしめるにいたったということは、かれらの人間的なゆたかさの証左にほかならない。その犯罪を、解きがたい謎のかたちでなしとげたということは、かれらのたぐいまれな創造力を物語っている。

こうしたゆたかさや創造力が罪とならざるをえない現実、それらが犯罪としてしか実現されえない現実への、潜在的な否《いな》を、探偵小説はふくんでいるはずなのである。この否は、かならずしも直接、犯人をヒーローとするリュパン型の小説として表明されるわけではない。犯罪が犯罪でしかなく、犯罪者が犯罪者でしかないこの現実とは別のもうひとつの現実を、小説世界に構築することによっても、犯罪は相対化される。海野十三のSF的長篇『深夜の市長』(『新青年』一九三六年二月―六月)は、大都市の裏面にひそむ謎を、表面の日常的秩序を転倒させる梃子《てこ》として使い、ブレヒトの『三文オペラ』(一九二八年八月初演)とも一脈通じるような世界を現出させている。そこで描かれているのは、いわば、ひとつの建物のなかに設定された密室に相当するような、都会の一部である。この部分から他の部分に通じる出入口が存在しようとは、およそ考えられない。にもかかわらず、犯人はそこを出入りしているのである。『三文オペラ』の警視総監が大泥棒のマック・ザ・ナイフ(メッキー・メッサー)と無二の親友であり、ツーと言えばカーと言う関係であるように、犯罪は、遮断されているはずの空間を自由に通りぬける。この関係は、探偵小説のなかで古来もっとも主要な大道具となっている密室のトリックの、社会的な意味を暗示している。——密室は、そこでしか犯人の創造活動がなされえない隔離された空間である。そこで行なわれることを犯罪としか見ないかぎり、犯罪の真相の背後にひそむ真の動機と関係を見ないかぎり、探偵は、密室を破壊し根絶するというかたちでしかトリックを見破ることができない。かれにとって、密室は、あくまでも閉ざされた空間であり、犯罪の現場なり犯罪の痕跡をくらます設定なりに終わってしまう。だが、せいぜいのところ権力をもった救い主(『三文オペラ』の白馬にまたがった皇帝の使者)として密室空間に乗り込むのではなく、泥棒と警視総監とのあいだの転倒と相互浸透の関係を真の現実として発見するなら、現実から隔離され現実によって包囲された密室は、みずからを現実のなかへと解き放ち、現実を謎によってゆたかにするのである。

ひとつの部屋ではなく建物全体が大きな密室であるような建築物は、いわば、密室のこうした社会性を体現している。「怪建築十二段返し」の金杉橋の屋敷は、そこで何かしら犯罪がなされている隔離された空間である。物語の未完成のために、そこでなされていたことの真相は明らかにされないままに終わる。だがいずれにせよ、同心・柏手の峰蔵は、この密室空間への通路を発見して突入をはかった瞬間に、その空間そのものが自己破壊をとげて進入を拒まれる。黒岩涙香の翻案小説『幽霊塔』（『萬朝報』一八九九年八月―一九〇〇年三月。原作はイギリスのミス・ベンジスン）には、幽霊塔と呼ばれる時計塔のほかにもうひとつ、蜘蛛屋という不気味な屋敷が登場する。幽霊塔は、それを建てさせた人間の出口を閉ざして中に閉じこめ、救いに入ろうとした人びとの入構を拒んだのである。蜘蛛屋の家もまた、人知れず幽閉と殺人が行なわれる閉ざされた空間のひとつだった。探偵によって通路を発見され開かれるべきこれらの閉ざされた空間は、国枝史郎の諸作品ではまた、現実の一隅に設定された人為的な空間でありながら、それ自体ひとつの小宇宙としての生命を与えられる。それはもはや、犯罪を解決不可能にするための大道具ではなく、犯罪を犯罪として閉じこめるような世界と対峙する、もうひとつの生きた世界なのだ。

『神秘昆虫館』（『講談倶楽部』一九二七年一月―十月）は、国枝史郎が創造した数多くの秘境物語のうちでも、きわめて印象的な設定をもっている。ここでは、秘められた領域は異国や遠い山中や小島にではなく、江戸からわずか二日ほどの行程の、三浦三崎の山のなかにある。そこの池のほとりに昆虫館と呼ばれるオランダ風の木造家屋があって、主人がオランダから持ち帰ったというひとつがいの永生の蝶が飼われている。この蝶をめぐって、ふたりの若武者があらそい、それにふたつの恋がからむ。だが、江戸から蝶を求めてやってきた主人公にとって、不思議なのは永生の蝶ばかりではない。いたるところに虫箱が置かれているこの異国風の屋敷と、それをとりまいている小さな家々で喜々として労働にはげむ人びとは、いずれもみな、いうところの不具者なのだ。昆虫館の主人は、青年武士・一式小一郎にむかって言う、《だから私としてはこういうことが云えます。健全な肉体の持ち主こそ、かえって心は不具者で、不具な肉体の持ち主こそ、その心は健全であるとね。そこで私は考えたのです。不具者ばかりを寄せ集め、一つの独立した社会を作ろう、そしてそういう人達に、思う存分働いて貰い、私の研究をつづけて行こう。……と、こんなようにお話ししたら、この昆虫館の組織なるものが、奇もない変もない合理的なものだと、きっとあなただって思われるでしょうな。そうしてそれはそうなのですよ。》（引用は講談社版「国枝史郎伝奇文庫」10『神秘昆虫館』＝一九七六年三月＝による）

一式小一郎がはじめて昆虫館を訪れたとき、昆虫館主人の娘、桔梗をめぐって片足の吉次といさかいを生じたように、小一郎にとって、この屋敷とそれをとりまく小世界は、神秘であるばかりかうさんくさく、そこに生きる人間は、《厭な奴だな》という第一印象しか与えない。《醜貌ながら智恵ありげだ。それもどうやら邪智らしい》と、かれは相手を観察する。だが、この世界に深くかかわるようになるにつれて、小一郎にとってこの世界は、異様であるどころか貴重なものとなっていく。もはやそこは閉ざされた密室ではなく、館主の言葉どおり、奇もない変もない合理的な世界なのだ。それだけにまた、このひとつの対抗世界が、既存の現実世界のなかで永くは生存できないのも、当然のことだった。小一郎にとってこそ、それは現実よりもいっそう現実的な世界になりえたとはいえ、やがて消滅することで物語が閉じられざるをえないのだ。作者は、昆虫館の人びととかれらに対立する山尼の一団との争いのさなか、永生の蝶の秘密が永遠に闇に葬られてしまったところで、物語を終えている。秘密は解かれぬままに終わり、館主の素姓も明らかにされぬまま残される。だが、閉ざされた空間に足をふみ入れ、その世界と自己の現実との通路を発見した人間は、たしかにいたのである。

国枝史郎が『神秘昆虫館』とほとんど同時期に書いた『暁の鐘は西北より』（『文藝春秋』一九二七年六月―十二月）でもまた、神秘的な建築物が重要な役割を演じる。浅間山の谿谷《たにあい》に建てられているという人体建築なるものが、それである。頭、手足、胴体と五臓六腑をかたどって建物や部屋を配置し、屋根で肋骨まで表現したこの屋敷を建てたのは、溝呂木信兵衛という名工だったと伝えられている。《だがそれにしても信兵衛といふ男は、いつたいどういふ心持ちから、そんな建物を建てたのであらう？／発狂の結果だと云はれてゐる。が、しかしそれは間違ひであつた。と云ふのは数百人の人達が、その信兵衛の周囲に集まり、人体建築を中心にして、数十軒の家を造り設け、そこで生活したといふのだから。／人間を嫌ひ浮世を避け、一種の桃源郷を形成《つく》る意味で、さういふ建築をそこへつくり、そこへ住んだとも云はれてゐる。／この説の方が本当らしい。》——『暁の鐘は西北より』も国枝史郎の他の重要な諸作品（『蔦葛木曾桟《つたかづらきそのかけはし》』、『神州纐纈城《しんしゅうこうけつじょう》』）と同様、ついに未完のままに終わった。人体建築の秘密は、もちろん解明されずじまいである。けれども、やむをえないこの未完性のなかから姿を現わしてくるのは、ここにおいてもまた、ひとつの桃源郷としての建築物であり、対抗世界としての謎の空間なのだ。

　密室の謎は、探偵によってそのトリックが見破られるとき解明されるのではない。ついにそのトリックが明らかにならないままだとしても、その閉ざされた領域への通路を見出すことは可能なのであり、からくりを見ぬいたとしても必ずそこへの道が発見されるとは限らないのだ。密室と秘境は、そこでの謎や犯罪そのものをではなく、隠されたこの通路の秘密をわれわれに暗示するためにこそ創造される〈謎〉なのである。

事実への飢え——ノンフィクション・ノヴェルズ

　探偵小説や秘境ものの読者をとらえる真相暴露の関心は、暗黙のうちにも、眼前の現実が外見とは別の隠れた真実を秘めているという意識、いま現にある現実が現実の本当の姿ではないという意識と、不可分に結びついている。この意識が、時間と空間を超えたところへさまよい出ていくかわりに、いっそう近い日常の生活にとどまりながら、この日常とは異質なものについて伝える物語を聴こうとするとき、ルポルタージュの世界がはじまる。

　ヴァルター・ベンヤミンの「物語作者」（一九三六年十月）が失われたものへの心あたたまる郷愁をこめながら確認しているように、かつて、ふたつのタイプの人間が、人々に物語を伝えることができた。語り手は、まず、遠方からやってくるひとだった。旅をすれば何かを話すことができる、ということわざのとおり、かれは、この地の人びとには思いもよらないような異国の文物について、めずらしいことを語ってきかせてくれるのである。だが、実直な暮らしでひとつの土地に根をおろし、その地の口碑や伝承に通じている人間にも、人々は好んで耳を傾ける。前者が空間的な彼方をこの現実のなかへもたらしてくれるとすれば、後者のタイプの語り手は時間的な遠方をいまの日常によみがえらせるのだ。ベンヤミンは、この両者のタイプの原初的な代表者を、交易をいとなむ船乗りと定住する農民とに見ている。

じじつ、それゆえにかつては、じつに多くの人びとが物語作者の資格をそなえていたのである。ヨーロッパでも、他の多くの地域でも、近代工場工業が制覇をとげる以前は、職人階層は生まれながらにして旅人となる運命を与えられていた。修業時代に諸国を遍歴する職人は、行くさきざきに別の土地の物語をもたらし、故郷に多彩な体験をもちかえった。修業を了えて故郷や異国に親方として定住するまでは、かれらのだれもが旅人だった。他方、土着の農民は、これはもうつい近い過去にいたるまで、ほとんどすべての人間の生活スタイルだったのだ。かれらがもたらし、あるいは語りつぐ物語は、空間的あるいは時間的に遠い彼方のものでありながら、かれらの日々の生活の知恵と直接結ばれていた。ベンヤミンは、物語が体現している生活の共同性が終わって孤独な個人の文学表現としての小説が生まれたとき、かつて物語にふくまれていた人生の手引きが教養小説形式のなかに埋め込まれたことを、指摘している。たしかに、その教養小説が崩壊せざるをえなかったことの少なくともひとつの契機、しかも本質的な契機は、人生の指標をこの文学形式がもはや担いきれなかったところにあった。

生活の知恵と結びついた物語作者の報告は、だがしかし、やがてとりわけ戦争という出来事と遭遇することによって、現代によみがえることになったのである。

ここでふたたび、物語は彼方の出来事を身近なものに変え、戦争に出ていっただれもが物語作者となることができるようになる。報告文学、ルポルタージュの原初的なかたちは、報道員や従軍作家たちが前線からもたらす報告だった。〈満洲事変〉がやがて〈支那事変〉へとつながり、ついに〈大東亜戦争〉となった十五年戦争の各時期に、探偵小説を抑圧し駆逐しながら文学領域の中心的な表現形式となっていったのは、この種のノンフィクション・ノヴェルズだった。火野葦平、上田廣、日比野士郎《ひびのしろう》らをはじめとする陣中作家（帰国してからは帰還作家）たちが、語るべきことをもった旅人として、遠い戦地の姿を日常生活のなかに運び込んだ。空間上の彼方がかれらによって現実のなかへもたらされるのと呼応して、物語作家のもうひとつのタイプ、時間上の彼方を語り伝える語り手たちが力をとりもどした。民族的伝統なるものの体現者をもって任じる浪漫派たちが、大衆小説としての戦争文学に高踏的なバックボーンを与えることを試みた。戦争が、まだ遠い他国で行われていたあいだ、戦争文学は、眼前の日常のなかに、そこでは見えぬ異質な現実を持ち込むことによって、現にある現実から既定の現実性を剥奪する役割を果たした。報告文学の基本的な特質としての警醒の機能は、言うまでもなく、人びとに戦争の非常事態こそが真の日常性であることを了解させるために働いた。

さまざまな危機の時代に、ルポルタージュ形式の大衆的表現への希求が高まるのは、特徴的なことである。幕末から明治初期にかけての福沢諭吉『西洋事情』（一八六六―七〇）このかた、久野収『日本遠近――ふだん着のパリ遊記』（朝日新聞社、一九八三年六月）にまでおよぶ日本での海外情報伝達作業の連綿たる歴史は、それぞれによって程度の差こそあれ、たんなる西洋模倣志向のあらわれであるよりはむしろ自国社会の危機についての意識の反映だったのだが、大衆文学の領域でこれらと対応する作品としては、まず、一九二〇年代の人気作家・谷譲次の〈めりけん・じゃっぷ〉ものを挙げなければならないだろう。『テキサス無宿』（『新青年』一九二五年一月―二七年六月。改造社刊、一九二九年三月）、『めりけん・じゃっぷ商売往来』（『新青年』一九二七年七月―十二月）、『もだん・でかめろん』（『中央公論』二七年五月―十二月。改造社刊、二九年三月）などにまとめられた一連の物語は、丹下左膳の生みの親の林不忘であり『世界怪奇実話全集』全三巻の著者の牧逸馬でもある長谷川海太郎（かれは、『シベリヤ物語』や『鶴』や『山猫通信』の作家・長谷川四郎の兄でもあった）が、谷譲次の名で発表したアメリカ体験記だった。北米合衆国を出稼ぎ労働者となって渡り歩く日本人、めりけん・じゃっぷの見聞記は、もちろん、事実ありのままの体験の再現ではありえないとしても、谷譲次自身がアメリカで出会ったことと、そのかれの日本での生活とのあいだの不可分の関係と著しい対照とがなければ、生まれなかったことも確かなのだ。しかも、アメリカを流れ歩いて生きた日本人は、長谷川海太郎青年ひとりではなかったのである。移民労働者の運命は、当時の日本人のかなりの部分にとって、自分自身や近い隣人の運命でもあった。かれの代表作のひとつ『世界怪奇実話全集』三冊の初版（中央公論社、一九三〇年五月―三一年七月）のケースには、TRUTH IS STRANGER THAN FICTION（事実は小説《フィクション》よりも奇なり）という言葉がモットーとして記されている。

ルポルタージュ、ノンフィクション、ドキュメンタリーなどの分野の表現が提供する奇なる事実は、逆説的なことに、奇なるものを求める読者の要求にではなく、事実を知ろうとする希求にこたえているのである。事実への飢えが、これらのジャンルの表現を支える動力なのだ。この飢えは、激動と危機の時代には、とりわけ大きくなる。真相を知ることが、そのまま生活と直結し、死活とかかわる問題になりかねないからだ。戦争と並んで革命の時期が、こうした作品をおびただしく読者大衆に送りとどけ、伝達や報告と同時に覚醒と動員の機能をも分担する。アメリカ人ジョン・リードの『世界を揺るがした十日間』（一九一九）に始まり、ラトヴィア人セルゲイ・トレチャコフの『デン・シー・ファ』（一九二九）と『コルホーズの招き』（一九三〇）で終わりを告げる革命ロシアのルポルタージュ文学は、いまとなっては主として歴史の証言でありロシア革命の理念の証人にすぎないが、書かれて読まれた当時は、それぞれの読者がこれからの生きかたに与える方向づけと、具体的にかかわっていたのである。トレチャコフは、かれ自身がその発展に大きく貢献したルポルタージュ形式に、〈事実文学《リテラトウーラ・ファクタ》〉という名称を与えた。

一九二〇年十月にジョン・リードがモスクワで病死し、一九三七年秋のいつかにトレチャコフがシベリアのどこかで処刑されたのちも、ルポルタージュは、事実を暴露し人びとと現実とをつきうごかすための、もっとも有効な表現方法として自己をきたえつづけた。ルポルタージュ作家は、あたかも謎を追う探偵のように、秘境をさすらう探検家のように、日々の現実のなかにひそむ〈事実〉を明るみに出しつづける。事実はフィクションよりも奇であること、現実の真相はまったく思いがけない顔をしていることを、かれらは、かれらが見てとる事実にそくして読者に伝える。ルポルタージュは、遠くで行なわれている戦争の隠された事実を描き出して、これが身近な戦争、自分の戦争であることを示す。一九六〇年代後半のヴェトナム反戦運動の昂揚は、この戦争をアメリカ政府の発表とは別の視点から報告したさまざまなルポルタージュ作品がなかったなら、おそらく考えられなかっただろう。第三世界の苦闘と矛盾と希望も、そこでの事実を第一、第二世界に伝えるドキュメンタリーがなければ、われわれの問題とはならなかっただろう。環境破壊や企業災害や差別と搾取の実態も、それを内部から描くノンフィクションやルポルタージュの果敢な試みがなかったとしたら、闇のなかに葬られたまま、ますますこの闇を拡大深化させていただろう。

反戦活動に積極的にかかわったルポライターたちから、資本主義社会の構造の隠された実相を身をもって報告しつづける鎌田慧のような書き手たちにいたるまでの、すぐれたルポルタージュ作家の仕事は、現実否定を現実超脱に終わらせない道を、はじめて具体的に提示しようとしている。いまここにある現実だけが唯一可能な現実ではないはずだ、という想いは、この眼前の現実から離れて彼方の時空に別の生を希求するのではなく、この現実そのものに立ちもどり、この現実のなかに反現実の梃子《てこ》を模索するための、具体的な資料《ドキュメント》を、読者に伝えようとするのである。読者は、夢みるかわりにめざめ、遠くを見るかわりに近くを直視し、虚構ではなく事実に立ちかえる。支配権力によって隠され管理されている情報が、ルポルタージュによって、権力機構の意に反して人びとに届けられる。情報操作の客体でしかなかった読者たちは、ルポルタージュによってもたらされた事実を手がかりに、客体から主体への転換をなしとげる道をたどることができる。

知る権利の保証と情報公開の実現が、客体から主体へと転じる人間の当然で不可欠な要求であると同様に、ルポルタージュやノンフィクションにたいする関心は、水戸黄門や遠山の金さんの呪縛からの解放と、自立的な自己救出への意志と結びついているだろう。それは疑いない。——だが、〈事実〉もまた呪縛力をもっている。〈知ること〉の自己充足を突破することも、これまたそれほど容易ではない。知識人の歴史が、そのことを如実に物語っているのは、それこそ周知のとおりなのだ。〈事実〉が支配権力によって独占され隠蔽されてきたという事情にも起因する事実崇拝、たんなる事実の知識と、それどころか個別的な事実それ自体に価値が付与されるという関係は、日常のいたるところに根をおろしている。〈事実〉が明らかにされたとしても、もしもそれがいまある諸関係のなかに置かれつづけるのだとしたら、〈事実〉はむしろ既成の現実のかすがいとして機能しつづけるだろう。〈事実〉を固定化させるのではなく、自分で探るかわりにルポライターによって〈事実〉を教えられるという受動性に読者をとどめるのでもない〈事実文学〉は、はたして可能なのだろうか？

戦時中にも敗戦後にも多くの論議を呼んだ火野葦平の兵隊三部作——『麦と兵隊』（『改造』一九三八年八月）、『土と兵隊』（『文藝春秋』同年十一月）、『花と兵隊』（『朝日新聞』三八年十二月—三九年六月）——は、ルポルタージュの諸問題を考えるさいにもまた、事実にそくしたさまざまな資料を提供してくれる。日記体や書簡体で書かれたこれらのドキュメントは、のちに中野重治が確認したとおり、《人間らしい心と非人間的な戦争の現実とを、何とかして調和させたいという作者の心持ちによってつらぬかれて》おり、《つらぬくという言葉が強すぎるとすれば、この調和が少なくとも可能だという証拠を得たいという作者の弱気に一貫して伴われているというふうにいってもよかろう》(「第二世界戦におけるわが文学」、一九五二年四月)と評価されうる数少ない作品の例だった。目をそらすことによって辛うじて《私は悪魔になつてはゐなかつた》ことを知り、《私はそれを知り、深く安堵した》(『麦と兵隊』の結末)と記さねばならないほどの情景と直面しながら、それでもなお事実を書くことが可能か、という問いをこれらの作品は言外に提起している。ほとんど空前の大ベストセラーとなった『麦と兵隊』には、雑誌発表のさいにも単行本刊行のさいにも、作者の「前書」が付された。雑誌発表の一ヵ月あまりのちに出た単行本(改造社、一九三八年九月)の前書のなかで、火野葦平は、《私は戦場の最中にあつて言語に絶する修練に曝《さら》されつつ、此の壮大なる戦争の想念の中で、なんにもわからず、盲目のごとくになり、例へば私がこれを文学として取り上げる時期が来ましたとしても、それは迥《はる》か先の時間のことで〔……〕今、私は、この偉大なる現実について何事も語るべき適切な言葉を持たないのでありま す。》と書いた。雑誌掲載の序文でも、《盲目のごとく、なにもわからなくなりました》と、同じ趣旨のことを述べていた。この「盲目」云々という言葉は、敗戦後、作者が独自の判断力も批判も放棄してとにかくありのままのことを書いておく逃避的姿勢を示している、と指弾された。それにたいして火野葦平は、あの言葉が暗示しようとしたのは検閲によって書けないことがたくさんあるということだったのだ、と釈明した。たしかに、検閲を度外視して見たままの現実をすべて書くことなど、考えられなかっただろう。石川達三の「生きてゐる兵隊」(『中央公論』一九三八年三月)が生々しい描写のゆえに禁止され掲載誌から切除されて、作者が新聞紙法違反で起訴された事件は、わずか数ヵ月前のことだったのである。だが、それでは、もしもかりに検閲を考慮する必要がなかったとしたら、火野葦平はすべての真実を書くことができただろうか? 日本軍の兵士として、のちには軍直属の報道部員として戦争に参加していて、なお、すべてを書くことができただろうか? この現実のなかには、ついに目をそらすことによってしか表現しえない〈事実〉があるのではあるまいか?

　何から目をそらすかは、言うまでもなく、作者が立っている位置とかかわっている。有形無形の検閲や圧力ともかかわっている。書き手にかならず位置があり、圧力のない状態というものはありえない以上、読者にとっては、書かれていない事実へのまなざしこそが、重要なのではあるまいか? 森村誠一の『悪魔の飽食』(『赤旗』一九八一年七月—十月。光文社刊、八一年十一月)は、日本人の戦争加害責任をほとんどはじめて広範な議論の場に持ち出したのだが、そのかわりに、侵略と戦争のイメージを、だれの目にも見える極度の残虐行為だけに限定してしまい、平和のなかで推進される抑圧や進出を侵略として見ぬく目をふさがせる作用を、果たさなかったとは言えない。ルポルタージュやドキュメンタリーにとってもなお、〈事実〉そのものではなく、事実を見えなくさせる構造こそが問題なのである。事実への飢えをいやすのではなく、飢えの蜂起と歩みをともにすることこそが重要なのである。

　疑いもなく大きな可能性をふくむ〈事実文学〉が、さしあたりいま可視的な姿をとって描き出された事実に読者の目を固定させてしまうのではなく、その事実の背後に横たわるとうてい描きつくせぬ現実への目、遠い現実を見るまなざしと想像力を触発し、読者の側もまた、ルポライターやニュー・ジャーナリズムの担い手たちを、事実を探求しもたらしてくれる代行者として迎えるのではなく、みずからが追及者となって歩みはじめるようになるためには、さらに多くのすぐれた書き手たちの試行と、読み手たちの批判が、必要であるにちがいない。

3　笑い、おののき、そして殺す
——グロテスクからユーモアまで

ユーモアは民主主義者である

《曹長が巻煙草に火をつけている間に、シュベイクは銃の番号を検べていたが、半ば独言のように言い出した――「四二六八号！　ペーチュカ駅の十六番線にあった機関車と同じ番号だぞ。修繕のためにエルベ河のリサ駅へ入庫させることになってたんですがね。曹長殿、そいつがなかなか簡単には参らなかったんでさ。この機関車を運転してゆくことになった機関士というのが、数字の記憶のすこぶる悪い奴だったもんですからな、線路区長がこの男を自分の室に呼びつけて、さて言うには――『十六番線に四二六八号の機関車がある。お前は数字の記憶がすこぶる悪い、紙片へ書いてやったところで、失くしてしまやお終いだ、ひとつ数字の記憶術を伝授してやろう、よく聴いておけ。いいかね。リサ駅へ入庫させる機関車の番号は四二六八だ、いいかね。最初の数字は四、次が二。それで四二ということが解ったろう、すなわちにに
んが、解りきってらあね、四だ。これを二で割る……という具合にすればまた四と二が列ぶだろう？　さあ、その次だ。にいいんが？　八、だね！　そこでよく憶えとくんだ、四二六八という番号の中にある八という数字は最後にあるということをな。で、もう第一の数字が四で、次が二、最後が八ということが解った訳だ。残るところは、八の前に来る六という数字を何とか旨く憶えるんだが、こいつはすこぶる簡単だ。第一の数字が四、第二が二、四に二を足せば六。それ見ろ、これでしっかり憶えたろう。終りから二番目が六だ。こういう具合にやりゃ、どうしたって忘れっこなしさ。四二六八って番号はお前の頭にこびりついたろう。それとも、もっと簡単な方法で同じ結果を得ることも出来る……』」曹長は、頭の中がぐらぐらして来た。煙草を吸うのを止めてどもりながら言った――「帽子脱げ！」シュベイクは真面目くさってつづけた――「そこで線路区長は簡単な方法ってのを教え始めたもんでさ――『八から二引いて六。そら六という数を憶えたろう。六から二引いて四、そら、また四という数も憶えたろう。そこで四―六八まで解った訳だ。あとは二をその中へ嵌《は》めりゃいい、すなわち四―二―六―八。しかし掛算割算でいきゃ、もっと楽だぜ。いいかね、四二の二倍が八四。一年は十二箇月、そこで八四から一二を引けば七二となり、更に十二箇月引けば六〇となる。即ち確実な六という数が出た訳だ。〇は勿論棄ててしまう。そこで四二―四六―八四という数字が得られたのだ、〇を棄ててしまったからには、序《ついで》に二番目と三番目の四も打切ってしまう。そうすりゃ四二六八となって、お前がリサ駅へ入庫させる

機関車の番号が出たわけだ。さっきも言ったように、割算でいっても簡単だ。税率表に拠って係数を算出するんだね……』――曹長殿、どうかしましたか？　何なら一斉射撃を始めましょうか？　用意！　狙え！　射て！　おや、こいつぁ大変だ。曹長殿がいけねえや、日向でなんかやらかすんだもの。ひと走り担架を取りにいって来なくちゃ！」

軍医の診断によれば、曹長が卒倒したのは日射病か急性脳膜炎の結果だとのことである。》（ヤロスラフ・ハシェク『兵士シュヴェイクの冒険』。邦訳＝辻恒彦訳『二等兵シュベイク』上下、三一新書、一九五六年九月）

何年か前に軍の医務委員会から白痴という裁定を下されて兵役を解かれたのち、ニセの血統書をつくって雑種犬の売買で生計を立てていたシュヴェイクは、第一次世界大戦が勃発したとき、偶然の積み重ねで次第に軍隊の近くへ引きもどされ、ついに、一兵卒として東部戦線へ送られるはめになる。オーストリア帝国とその下にあるハンガリー王国との二重の支配を受けるチェコスロヴァキアのこのひとりの愚者の戦争体験記は、作者ハシェク（一八八三―一九二三）の早すぎる死によって永遠に未完に終わったが、その後、二十世紀最大のユーモア文学のひとつとして、そしてやはり最大の抵抗文学のひとつとして、不滅の生命をたもちつづけることになる。抵抗精神がユーモアの精神と不可分であること、どちらがもう一方から離れても残されたひとつは生きられないことを、二等兵シュヴェイクの物語は教えている。

大衆小説のなかで、ユーモアと抵抗精神とが結合することは、けれどもそれほど容易ではなかったようだ。大衆的なユーモア小説はいくらでもある。それどころか、ユーモア小説は大衆文学の絶対多数派与党でさえある。抵抗と叛逆も、これまた、偉大な盗賊や悪漢の物語の昔から、大衆のこころをつかむための基本的な要素のひとつだった。けれども、たんなるあてこすりや居直りにとどまらぬ臨機応変の生きいきした抵抗精神と、すべてを揺るがすユーモアの精神とが、たがいに相手を強めあっている『シュベイク』のような実例は、きわめてまれなのである。抵抗精神と結びついたユーモアが、笑うべき愚者やその愚行を卑小なものとして描き出すかわりに、抑圧者と抵抗者とを同じ舞台のうえで切り結ばせ、そういうばあい一般にそうなるように悲劇に終わらせるのではなく、抵抗者のゆたかさと勝利をあかしだてるような笑いを読者から誘い出すのに成功するということ――『シュヴェイク』では徹頭徹尾これがなしとげられている。

もともと、ユーモアとは、あるひとつの要素、たとえば滑稽な個人や珍妙な出来事それ自体を、笑うこととは無関係のものだった。ユーモアはむしろ関連性とかかわるものであり、さらに言うなら関連性の流動化とかかわるものなのだ。無類のユーモア作家のひとりだったジャン・パウルは、『飛行船乗りジャンノッツォの航海日誌』の三年後、みずからの創作方法の意識化をテーマの一端として書かれた厖大な『美学入門』（一八〇四）のなかで、ユーモアの基本的性格について、こう述べている、《倒錯した崇高としてのユーモアは、個々のものを滅ぼすのではなく、有限のものを理念との対照によって滅ぼすのである。ユーモアにとっては、個々の愚かさとか愚者たちとかは存在せず、ただ愚かさと愚かな一世界とが存在するのみだ。ユーモアは――あてこすりを弄する卑俗な冗談屋とは違って――個々の馬鹿らしさをきわだたせるのではなく、偉大なものを貶《おとし》めるのだが、しかしそれは――パロディとは違って――小さなものを偉大なものに比肩させるためであり、そして小さなものを高めるのだが、しかしそれは――反語《イロニー》とは違って――偉大なものを小さなものに比肩させるためであり、そうすることによって両者を滅ぼすためなのである。なぜなら、無限性のまえではすべてが平等であり、無であるからだ。》

偉大なものと小さなものとの固定したつりあいを相対化し、両者を同じ高さに等置するというユーモアの作業は、それがもつ《破壊作用をおこなう理念》によって、あてこすり屋と区別される――とジャン・パウルは言う。いまある関係を不動の前提としたうえで発せられる笑いは、ユーモアの笑いではない。いまある関係のなかで愚者とされる存在を、そのまま上から笑いのめすような笑いは、ユーモアとは反対のものなのだ。ユーモアは民主主義者である。笑われるものが笑いの主体になることを、ユーモアは要求する。愚かなシュヴェイクの長広舌や何とも馬鹿げた想念が、かれ自身の個別的な愚かさをきわだたせるのではなく、単純なことと複雑なことというもっとも基本的な対比さえも転倒させながら、この世界のつりあいを破壊し、この世界の愚かさを浮かびあがらせるとき、ユーモアの笑いが生まれるのである。愚かで滑稽で小さな個人が、このとき、巧妙で厳格で巨大な支配秩序と比肩しうる抵抗者となるのだ。

だが、ユーモア文学と呼ばれるものは、あまりにもしばしば、破壊作用の理念を矮小化し、個別の愚かさを笑うエネルギーとしてしかそれを生かしてこなかった。

大正デモクラシーの思想をユーモア小説において体現したとされる人気作家、佐々木邦《ささきくに》（一八八三―一九六四）は、ある自著の「はしがき」で、こう自己紹介している、《私の長所といつては、酒を飲まないのと品行方正ぐらゐのものだ。随分働くから、勤勉といへないこともない。短所としては有らゆるものを備へてゐる。趣味には極く乏しい。燐寸《マッチ》のレッテルを集めたり食通を気取つたりする人間は虫が好かない。狭量で旧蔽といふ譏《そしり》を免《まぬか》れ難い。一遍通つた道は遠くても必ず都合して通る。買物をするにしても、一度行つた店が永久の買ひつけになる。すべて新しいこと新しいものに気が向かない。しかし私はこの性癖を唯一つ善用したと思ふ。それは二十二三の頃ユウモア文学に興味を持つたことである。私のは、持つたが最後だ。以来もう動かない。》（『笑ひの天地』＝「現代ユウモア全集」第一六巻、現代ユウモア全集刊行会、一九二九年九月）

ユーモア作家の意図的な発言である以上、これが本当に佐々木邦の性癖だったかどうかは、はなはだ怪しいものだろう。だが、少なくともひとつの真実が、ここにはふくまれている。マーク・トウェインに関心をもって二十代のはじめにユーモア小説を書きはじめて以来、第二次大戦の戦中・戦後にいたるまで、一貫してこの分野の作品のみを書きつづけたことである。かれは、かなり徹底した民主主義者であり、反天皇制思想の持主だったが、戦時中もあからさまな弾圧をこうむることなくすごし、時局に追随する作品を書くこともしなかった。これには、もちろん、かれのユーモア小説が、ほとんどすべて一種の家庭小説であり、中流や下層のサラリーマンの日常の哀歓と片隅の幸福を主題としていたことが、大きな一因となっている。なかには、前記の『笑の天地』に収められた「豪い人の話」のように、はっきりと権力者に向けられた笑いもあったにせよ、しかしそれは、三人の重要人物が倶楽部《クラブ》の談話室で天下国家を論じるかわりに馬鹿げた失敗談――ズボンを前後あべこべにはいて年始の挨拶に出かけたために小用が足せずに粗相をしたり、警察部長をしていたころウンコをもらして一日中ずっと椅子から立ち上がれなかったりというごとき体験談――を披露しあっているさまを描いたもので、そこには例えばシュヴェイクのような、かれらの権力と権威を揺るがす第三者は登場せず、権力者たちの愚かさだけが笑いの対象とされている。読んでいてじつに面白いのだが、その読者の笑いはこの三人の人物に向けられるだけで、三人の人物にぶつけられればそれで終わる。いわば、三人の愚かな権力者たちが、読者の笑いを海綿のように吸収して、すべては完了するのである。佐々木邦の文学表現を弾圧する必要は、そもそもなかったのだ。

佐々木邦の作品のばあいだけでなく、ユーモア小説と呼ばれる諸作品は、ともすればこうした自足性をもってしまいがちである。一遍通った道は遠くても必ず都合して通る、というような旧状維持の志向を、それらはいだきがちである。笑いというもの自体が、しばしば、いまのところに立ちどまろうとする性格、自己防御的な性格をおびている。外からの圧力を、笑いでせきとめるのだ。だから笑いは、ジャン・パウルが用心深くユーモアと区別したあてこすりがそうであるように、弱い相手にたいしては攻撃性をおび、強い相手にたいしてはあらかじめ自己防御を準備しながら、発せられがちである。すなわち、こうした笑いは、同じ民主主義者でも、一貫してブルジョワ民主主義者なのだ。破壊の理念は個別のものにのみ向けられるので、こうした笑いは、相手が弱者なら、相手を決定的に傷つけ、相手が強者なら、相手によって海綿のように吸いとられる。だから、この種のユーモア小説は、恐怖を知らない。強者によって逆襲され弾圧されることとの恐怖を知らないばかりではない。自分が笑いによって傷つけている人間がその笑いにたいしていだく恐怖をも、この種のユーモア小説は知ることがない。

シュベイクもまた、恐怖を知らない。恐怖をいだかなければならないはずの状況のなかで、かれは、突然まったく別の想念にとらえられ、眼前の危機をそれと気づかずにやりすごしてしまう。他の人間なら身の破滅になるような局面を、かれは、恐ろしいと思う必要さえないままで切りぬける。だが、読者には、シュベイクの置かれている状況が見えるのである。曹長がやっと意識を回復したとき、シュベイクはさっそく相手のかたわらへ歩み寄る――《じゃ話をお終《しまい》までやりましょう。曹長殿、その機関士が機関車の番号を憶えこんだと思いますかね？　どう致しまして、この機関士は三位一体説（キリスト教で、父なる神すなわち天帝、子なる神すなわち基督《キリスト》、および精霊を一体の神なりとする主義）

を信じてたもんですから、一と三を間違えて、何もかも三倍しちゃったんでさ。で、結局機関車を探し出すことが出来ず、その機関車は今でもペーチュカ駅の十六番線にはいってまさ。》日射病だか急性脳膜炎だかの曹長は、ふたたび目を閉じるしかない。こういう物語のテンポと進展は、たとえばハシェクの同胞であり同時代人であり、それどころか、かれより二カ月と十日遅く生まれて一年半だけ長く生きたフランツ・カフカ（一八八三―一九二四）の場合であれば、そのままグロテスクな情景へとつながっていくだろう。シュヴェイクの物語では、読者が主人公の背後にたたずむ恐怖を目にするかしないかのうちに、主人公は読者をも笑いのなかに引き入れ、グロテスクが登場する余裕を与えない。読者は、笑いによって揺り動かされた世界をこれからとらえることになる変動と逆転をみずから想い描きつつ、シュヴェイクとともに物語をさらにさきへと形成しつづける。カフカのなかにもたっぷりとふくまれている笑いは、しかし、主人公がたえず自分の位置と他人の言葉やふるまいの意味とを穿鑿しつづけねばならないために、もっぱら背後の恐怖を肥大させ、状況全体をグロテスクなものとして浮かびあがらせる。ハシェクが笑いとばして今後の変動の資材としてしまうものを、カフカの世界は謎として現出させ、その源にさかのぼる作業を挑発する。カフカのユーモアは、密室をトリックのなかに閉じこめてしまうことなく現実の諸関係のなかに位置づけてみせるような探偵小説と、共通するものをもっている。ここでは、笑いはグロテスクな響きとなって主人公と読者に謎の存在を暗示する。その謎の解明が既存の現実に根底から別の意味を与えるにちがいないという予感が、作品世界のいたるところに浸透している。主人公と読者は探偵となって謎を追いつづける。そして、現にある諸関係がやがて根底から覆えされるはずだという強い想いは、現実の世界がさしあたりまだそうであるように、未完のままに終わるのである。

　だが、シュヴェイクは、その転覆がすでにいたるところでこの世界をとらえていることを、それに気づかないかれの滑稽さによって描き出す。かれは、探偵のようにみずから執拗に謎を追うことを通じてではなく、都市から村へ、村から都市へと、国境を越えて軍用貨車で運ばれていくことを通じて、破壊作用をおこなう理念がすべてを平等にし無に変えてしまうありさまを読者に眺めさせる。戦争にもてあそばれてかれがつづける旅もまた、かれの物語の重要な契機である。強制されてする旅であっても、旅は人間を自由にする。シュヴェイクは、強制をではなく自由を物語の糧とする。ユーモアが強制をすら無に変えてしまうからだ。従軍作家のようにではなく往時の物語作家のように、かれは戦争の日常をわれわれの現実にもたらす。われわれは、戦争にたいする決意をかため自分も戦争に行こうという意志をかれの物語によって抱くかわりに、戦争からの距離を確かめ、戦争から知恵を得る。どうしたら愚かに生きながら知恵をもって現実を覆すことができるのかを、旅するシュヴェイクとともに、われわれは考えようとしはじめる。

旅人たちと浪人たち

旅を日常のひとこまとするような職業以外の人間にとって、遠い異国に旅する機会を与えてくれるものは、まず第一に戦争だった。旅の物語は、『オデュッセイア』や『古事記』『日本書紀』の昔から、戦争と遠征の物語でもある。強制されたり、旅そのもの以外の目的をもったりしてなされるのではない旅は、ずっとのちになってから、ごく近い過去にはじめて誕生した。軽気球による異境への旅という当時としては奇想天外な旅の物語が、観光旅行というかたちの旅の新形式が誕生したのとほぼ同時期に登場するのは、興味深い。ドイツの詩人・批評家ハンス・マグヌス・エンツェンスベルガーによれば、ドイツに「旅行家《トゥーリスト》」という言葉が英語からの借用語としてあらわれたのは一八〇〇年、「観光旅行《トゥーリズム》」という語は一八一一年で、それはちょうど、ジャン・パウルの人気が頂点に達したころだった（「旅行の理論」、一九五八年。邦訳＝『意識産業』、晶文社、一九七〇年三月＝所収）。軽気球で空を飛ぶジャンノッツォの物語のほかにも、ジャン・パウルは、ほとんどすべての小説のなかに、旅行を登場させている。しかもそれは、任務をおびた義務や強制としての旅ではなく、たとえ目的があるにしても、それはせいぜい不急の〈湯治〉程度のものにすぎない。これは、当時、ジャン・パウルにのみ見られたことではなかった。かれと同時代のドイツ・ロマン派の作家たちのほとんどすべてにとって、旅は、文学作品に不可欠の構成要素だった。かれらの作品のなかには、修業の旅としての中世的な職人階級の旅が観光旅行にとってかわられる過渡期の様相が、塗りこめられている。そしてこのことはまた逆に、なぜロマン派にとって旅があれほど重要なテーマだったかを暗示してもいる。自由な旅は、まったく新しい自由の一形態、最大の自由のシンボルだったのである。

時間はもちろん、空間を自由に移動しうるということは、技術的のみならず社会的にも、きびしい制約の下でしか可能ではなかったのだ。人類が移住の自由をはじめて獲得したのは、ようやくフランス革命によってのことだった（エルンスト・ブロッホ『この時代の遺産』、一九三五年。邦訳＝三一書房、一九八二年五月）。それまでは、自由に空間を移動し、自由に自分の生きる場所を選ぶことさえ、ゆるされなかったのである。フランス革命が自由・平等・友愛の理念を標榜したとすれば、その自由のなかには、このように具体的な、当然でしかも大きな自由がふくまれていたのだ。この基本的で当然の自由が、その後、いまの社会のなかでも本当に実現されているかどうかは、また別問題だとしても。

いやそれどころかむしろ、大衆小説のなかにさまざまなイメージで描かれつづけてきた旅というモティーフは、フランス革命が掲げた移住の自由が、じつはいまなお完全には実現されていないことを、物語っているのではあるまいか。旅と自由とを無意識に結びつけることのなかには、この基本的な自由にかんしてわれわれが現におかれている位置が、暗示されているのではあるまいか。

大衆小説が、広い意味での浪人を不可欠の登場人物としてきたことは、興味ぶかい。石川恒太郎の『日本浪人史』（春秋社、一九三一年三月。新版＝西田書店、一九八〇年十月）は、大化改新以前の古代から明治維新以後にいたるまでの日本社会の重要な一構成要素でありつづけてきた浪人という社会階層についての貴重な研究だが、これによれば、一般に〈浪人〉と呼ばれるものには、武士階級の支配が確立される以前の時代に生まれた〈浮浪《うかれびと》〉と、武士階級の時代になってからの〈牢人《ろうにん》〉、つまり狭義の〈浪人〉とのふたつの範疇がある。〈浮浪《うかれびと》〉は、〈盗人《ぬすびと》〉とほとんど同列に論じられた存在で、古代においては、この階層が惹き起こす社会不安は支配者にとってきわめて大きな問題だった。支配者たちは、浮浪を、辺境の防人《さきもり》や雑役人夫などに使って社会的に同化せしめる政策をとったが、かれらの多くは盗賊や帳外の流民となって、社会秩序の埒外に身をおきつづけ、社会秩序を脅かしつづけたのである。武士社会になってから生まれた浪人、主君を失ったり主家を離れたりせざるをえなくなった武士たちが、その特殊技術を生かして、武芸指南で生計を立てたり、力士となったり、辻斬強盗や町奴《まちやっこ》（無頼の徒）の用心棒となったことは、周知のとおりである。かれらはまた、手習師匠のほか、文人墨客や画工、医師、売卜者など、つまりいわゆる自由業によっても身を立てた。

探偵小説が語り始められる以前の闇にブロッホが着目したように、事前に隠された根源は、社会的な事象の本質を解明するうえでまず解かれねばならない謎である。〈浪人〉の根源について、石川恒太郎の『日本浪人史』は、つぎのようないくつかのケースを挙げている。――一、氏族間の勢力争いにともなう事件で断罪されて所領を没収されたもの。二、殺すかわりに人籍帳から除いて奴隷とされたもの。三、天災地変や勢力家の土地収奪によって生じた流離者。四、脱籍者、すなわち逃散《ちょうさん》した農民。五、海人と山人。つまり大和朝廷による支配以前から狩猟と漁獲を生業としていた人びと。その生活形態のうえから、籍帳に漏れたものが多かった。六、熊襲《くまそ》、蝦夷《えぞ》などをはじめとする異民族の捕虜。いわゆる夷囚。石川恒太郎は、これらのうちでも、地方官その他の勢力家が私有地と私有民を拡張し搾取を強化した結果として生じた浮浪がもっとも多かった、と述べている。

浮浪《うかれびと》とは、もともと、大和朝廷による強権的統合がおしすすめられる過程で生じた体制的矛盾であり、異民族と被搾取者にたいする大和勢力の政治的決着のつけかたの表現だったのである。籍帳外の生活者たちがきわめて多種多様なグループにわたっていることは、日本におけるこうした抑圧政策の規模と範囲の大きさを物語っている。〈浪人〉という名によってまず想起される封建武士階級の失業者たちの背後には、いっそう根底的な社会的・政治的差別抑圧構造の歴史が生んだ浪人たちが、脈々と生きているのだ。《而してこの二種類の浪人を現代の社会に当てはめて見れば、浮浪は今日の浮浪者及び失業プロレタリアに類似し、浪人は今日の知識階級の失業者に酷似しているように思う》と、一九三一年の時点で石川恒太郎は書いている。

大衆小説の主人公のうちで、こうした浪人が占める位置は、きわめて大きい。赤穂浪士の物語や、脱藩してまで倒幕運動に挺身する若き志士たち、お家騒動によって浪々の身となった武士の後日譚、傘貼りで身すぎをする痩浪人とその健気な妻子、用心棒となった剣の達人――等々。いわゆる時代ものは、言うまでもなく、武家浪人という社会階層を抜きにしては、ほとんど考えられないほどである。だが、もっと本質的な浪人の姿は、長唄や三味線の師匠、蝦蟇《がま》の油売り、町医者、虚無僧、旅の絵師、それに座頭・勾当・別当・検校と昇る官許の盲人位階制度から漏れた按摩など、比較的近い過去に浪人生活にはいったものたちから、さらには、旅芸人、軽業師、獅子舞い、人買い、乞食、鳥刺し、夜鷹など、明らかに差別されあるいは反社会的存在とみなされるものたちへとつながっていく。むしろ、これら反社会的な浮浪の民こそは、時代ものというジャンルの限界を超え出て、あらゆる大衆小説の基調音をなしているのである。主君に忠義だてしたり、権力や対抗権力を防衛するために武力を生かしたりする狭義の浪人のイメージによって〈浪人〉が語られがちだということは、大衆小説の貧しさと、大衆小説の読者の貧しさを物語っている、と言うべきかもしれない。

　浪人は、多く旅人だった。その旅は、かれらの生業ともちろん密接に結びついていた。だがその旅は、目的をもって義務としてなされる旅とはまた異なっていた。股旅物《またたびもの》の旅は、ヨーロッパ中世の職人階級の修業の旅と重なりあう部分をもちながら、しかし、社会秩序の根幹のひとつだった職人という社会階級の存立にかかわる修業の遍歴とは違って、それはあくまでも遊侠の徒の旅であり、やくざな流れものの旅でしかなかった。ドイツ・ロマン派の小説の主人公のなかで中世職人階級の旅と近代の観光旅行とがはじめて出会ったように、渡世人たちの旅のなかでは、職業としての旅と遊山の旅とが出会っている。そして一方、唯一最大の自由の象徴としてあった下層町人階級の旅、たとえば江戸時代の伊勢詣での旅は、この自由にさらに人為的な象徴性を加味するために、しばしば抜け詣り、つまり主人の許可を得ることなく勝手に出奔することがこの場合だけは許されていたのだが、そうして上った旅の途上は、いつ厄難に襲われ、自分自身が浮浪の運命に身を落とすかわからぬ危険に、みちみちていたのである。

　旅は、自由であると同時に危険でもあった。旅の途上は、浮浪《うかれびと》の領域であった。日々の生活のなかに、別の世界からやってきたものとして外から顔をのぞかせる浮浪が、そこでは自己の縄張りを誇示していたのである。旅のなかで、人びとはあらためて浮浪の存在と向かいあわざるをえなかった。

　自由業としての浪人、旅の自由を社会秩序のまっただなかにまで持ちこんだ浮浪《うかれびと》たちは、既存の職業分化のなかに定住してきた町民や農民にとっては、畏怖の的《まと》であるとともに、きわめて胡散《うさん》くさい存在だった。詐欺師、山師、香具師《やし》、傀儡師《くぐつし》、占師、薬師《くすし》、医師、教師などは、いずれもこの胡散くささと関係している。探偵という自由業もまたそうである。浪人としての探偵は、探偵小説の本質にかかわる問題を提起している。アルセーヌ・リュパンに拍手を送る読者と、メグレ警視や検事霧島三郎に声援する読者とでは、日常の生活姿勢に明瞭な違いがある——というのでは必ずしもない。しかし、リュパンには、浮浪《うかれびと》の自由が不可欠の要因としてある。そして、こうした歴然たる浮浪こそは、謎の創始者であり生産者なのだ。職業探偵は、浮浪が創造する謎を、その領域内で、あとから追うにすぎず、かれが支配権力の中枢に近い位置にいればいるほど、浮浪の自由な創造力を反社会的犯罪としてしか見ることができない。一方、浪人としての探偵は、被差別者としての芸人にたいする占師や医師の関係と対応するような位置を、犯人にたいして占めている。浪人としての探偵、素人探偵は、謎とかかわることによって、自由業の胡散くささを身におびる。犯人の創造する謎に、みずからもなお精一杯、創造者として関与しようとするのは、この種の探偵である。犯人がつくりだす謎を、遅ればせに整理し解明して、既定の秩序を回復する——という探偵の役割を、かれらはしばしば逸脱する。日常的秩序の回復と維持という義務と、浮浪がつくり出す自由な空間との二律背反を、かれらは、自由業に生きる人間の位置のゆえに、つねに引きうけざるをえない。リュパンへの共感と、素人探偵の人気と、警察・検察官僚である探偵の跋扈《ばっこ》とは、それぞれのタイプによせる読者の想いを表現している。その想いは、日常の生活のなかで、そのまま具体的な態度決定として外化され物質化されるとは限らない。しかし、この三種の想いにそれでもなお本質的な差異があることは、見逃すわけにいかないだろう。警察官僚を探偵とする物語、しかも下積みのたたき上げた職人気質の刑事ではなく、高級警察官を主人公とする小説の最近における隆盛は、犯罪の近代化と組織化、それにともなう警察機構の変化のために職人的平《ひら》刑事の勘《かん》に頼る捜査が有効性を失った——という理由からだけ来ているのではないのである。むしろ、これら高級官僚の物語は、下働きや手先でしかなかった岡っ引や、せいぜい最下級の役人にすぎぬ同心などを主人公にした初期の捕物帳探偵小説から、小説以前の、大岡越前守その他をヒーローとする講談の世界への、逆行という要素もふくんでいるのではあるまいか。

浪人の最後のタイプは、未来形の浪人たちである。このタイプは、あるいは、大衆小説の主人公によりは、読者たちのなかに、脈々と生きつづけているのかもしれない。かれらは、浮浪《うかれびと》でも盗人《ぬすびと》でももちろんなく、武士階級の浪人でさえない。だが、かれらは、浪人という将来の運命に向かって刻々と歩みつづけている。支配体制内部に生きる内部告発者として、獅子身中の虫として、かれらは、体制のまっただなかに闇を、解かれることの一日でも遅い謎を、植えつけつづける。犯罪者の創造力と探偵の目とを、かれらは兼ねそなえていなければならない。仮面剥奪と暴露と、にもかかわらず自身を露呈することのない変装術とを、かれらは編み出さなければならない。暴露は一刻も早くなければならず、露呈は一瞬間でも遅くなければならない。体制内のこの闇が、体制そのものを撃つとき、だがしかしかれ自身もまた浮浪の身にみずからを落とすのである。獅子の身中で育つこの謎が、この世界のいたるところに生きている。かれらをどう描き、どう読むかは、依然としてなお、大衆小説とその読者との最大のテーマのひとつなのだ。浮浪としての犯人たち、アルセーヌ・リュパンたちに共感する読者と、内部告発としてのルポルタージュ文学との接点が、ここにある。浮浪《うかれびと》は、じつは、

器具たちの自立

浪人ではない探偵、権力機構の中級高級官僚としての探偵が、その存在の本質上、非暴力主義者であるのにたいして、自由業としての探偵も、そしてもちろん犯罪者としての浪人も、しばしば自前の暴力的手段をもってしか現実に立ち向かっていくことができない。水戸黄門や遠山の金さんにとっては、自分自身の武術や物質的力量は、最終的な決め手ではない。かれらの身の安全をまもってくれ、敵を滅ぼす力となるのは、結局のところ、かれらがその中枢にいる強大な権力機構そのものである。だが、素人探偵は、たとえば金田一耕助のように、地元警察の中堅どころに友人や協力者をもってはいても、謎を追う過程そのもののなかでは、自分ひとりが頼りであり、攻撃を受ければ無力さをもってしか応えることはできない。犯罪者のばあいともなれば、まさに自分ひとりと、ほとんど稀有な同志たちとだけの力が、頼りうるすべてのものなのだ。権力の暴力によって裏付けられている官僚探偵の非暴力主義にたいして、かれらは、さしあたりまず、明白な暴力によって対抗せざるをえない。ニヒリスト剣士たちの系譜にもまして、大衆小説におけるこの種の暴力主義を代表しているのは、ハードボイルド的なアクションだろう。私立探偵たちは犯人たちを上まわる暴力で犯人たちを圧倒し、犯人たちは探偵たち以上の暴力で探偵たちに立ち向かう。

大藪春彦『探偵事務所23』（一九六二）の主人公である私立探偵・田島英雄もまた、この作家の主人公たちの多くと同様、拳銃のエキスパートである。だが、江戸時代の武士階級浪人のばあいとは違って、現代の私立探偵が武器の達人であることは容易ではない。武器の性能やそれをあやつる技術に関しては、どれほど高度で精確なものを設定することもたやすい。ところが、浪人剣士たちが、やむをえぬ事情によって剣を質に入れたり竹光《たけみつ》を差したりすることはあるにせよ、とにかく武器をたずさえ行使することを認められていたのにたいして、現代日本の私立探偵は、ふつうには武器をもつことができない。大藪春彦は、そこで、探偵・田島英雄にひとつの抜け道を考え出してやる。来たるべき東京オリンピックを目標にして、選抜された民間人からなる拳銃射撃チームがつくられ、そのメンバーは公安委員会によって拳銃の所持を許可されている――という設定である。このチームのメンバーのひとりである田島英雄は、だから、みずからの射撃の腕前を犯罪との戦いに公然と役立てることができるのだ。だがもちろん、かれが許されたこの資格は、かれに、ときとして警察の犯罪捜査に協力することを余儀なくさせもする。

官許の武器を使わない、ということが浮浪《うかれびと》としての大衆小説のヒーローの大きな条件のひとつである。長脇差をもっている木枯し紋次郎のばあいですら、決定的な武器は、その刀ではなく、口にくわえた長い楊枝《ようじ》なのだ。官僚探偵と浪人探偵との狭間にいる岡《おか》っ引《ぴき》や下《した》っ引《ぴき》たち、つまり最下級官僚のそのまた私兵である捕物帳小説の主人公たちは、象徴的なことに、既存の武器の概念を破壊するような強力な私製の暴力手段を編み出すことによって、大衆小説のヒーローにのしあがる。銭形平次の投げ銭が、そのもっとも典型的なひとつであることは、言うまでもない。錠前の破壊から韋駄天のごとき駿足にいたるまで、三味線の弦による殺人法から按摩用の針による暗殺術まで、かれらは、武器の範疇を超える武器によって身をまもり、敵に立ち向かう。奇想天外な新兵器は、浮浪の自由の表現であり、その自由を保証する武器なのだ。うしろだてとなる強権力をもたず、強権力によって独占されている既存の武力をもたないものたちが、必然的に暴力の体現者とならざるをえないこと、しかもその暴力は、思いがけないものであるがゆえに、それを受ける側から見れば卑劣なもの、ますます許しがたい暴力となることを、浮浪《うかれびと》の武器はよく物語っている。

浮浪たちによって大衆小説のなかでなされることは、武器の概念の限界突破だけではない。逆に、あらゆるものが武器たりうること、あらゆるものを武器として鍛えなければならないことの提起でもある。権力をもたない人間、権力によって庇護されていない人間は、みずから、武器を創出しなければならない。いやそれどころか、みずからを武器として鍛えなければならない。

　村山知義の『忍びの者』（一九六二）から山田風太郎の忍法帖シリーズにいたる忍者もの、大衆小説の分野においてもっとも読者を魅了するこのジャンルは、自分自身の肉体を武器として改造する浪人たちの物語である。かれらにとっては、武器は器具として自分の外にあるのではない。自分自身の肉体そのものが一箇の武器として自立するのだ。だからこそ、制度的には権力者の抱《かか》えもの、たんなる道具でしかない忍者たちは、あまりにもしばしば、そうした主従関係の枠を破って、主人たちに叛逆し、主人たちの秩序を攪乱し、主人たちにも自分の身にも破局をもたらす。武器たちは、たんなる器具にすぎないものたちは、こうして、主人や持主の意志を超えて、自立しはじめる。

　道具でしかないもの、器具でしかないものが、こうして自立的な生命を獲得するようになるということは、大衆小説の本質的な特性と深くかかわるモティーフのひとつである。

　読者は、もはや、主人公たちとともに遥かな異境、さまざまな異境を彷徨することによって現実への怨みを晴らすのではない。権力をもたないものが武器をもつことができ、それどころか自分自身を武器とすることができるという世界のひとつの姿を、この現実のなかに発見するのだ。武器であるとはおよそ考えられない器具が強力な武器となること、社会的には欠如として差別にさらされる身体的特徴や、蔑視され嫌悪される生業《なりわい》の道が、思いもよらない強力な武器となって権力者たちに切先を向けるということ——これこそは、大衆小説のなかに生きている読者の夢の、もっとも能動的で活性的な具現形態のひとつにちがいない。器具たちが自立しはじめるということは、掃除道具が生命を得て動きはじめるのを停めることができないあの魔法使いの弟子の物語のように、器具の使用者にとっては思いがけない混乱と災難である。しかし、自分自身が一箇の器具でしかない存在にとっては、およそ想像しうるかぎりもっとも自由で幸福な夢の実現なのである。

　だがしかし、この夢の実現は、しばしば、あまりにもしばしば、器具たちだけの自立に終わってしまう。自立した器具たちが、自分を器具のなかにおしこめている社会関係にたいして蜂起するのではなく、他者を器具として抑圧する方向にむかってしか自己を確証しえないという状況に、充足してしまう。ポルノ小説の圧倒的多数が、たんなる性器の自立という次元を超えず、また超えようと意志することもない。性的能力、それも性器の能力が、その可能性のすべてを挙げて相互解放の関係を切りひらくかわりに、他者、多くは異性を征服し屈従させる能力としてしか、しばしば描かれない。山田風太郎のくの一たちが、想像を絶するような性的能力によって権力者たちやその手先を撹乱し、文字通り滅殺するのにたいして、宇能鴻一郎や川上宗薫のポルノ小説は、余暇の消費形態としての性行為とその能力しか描きえない。自立した器具たちは、器具としての存在にますます強く固定されるのみで、道具ではない主体的存在にむけて自己を解きはなつことはない。自己を解きはなつどころか、それらの器具たちは、持主たちの存在そのものを吸いつくすことによって、器具としての自立をとげるのだ。性器も、武器も、自家用自動車その他の道具や装置も、むしろ所有者を代行し所有者から主体性を剥奪するという方向で、自立するのである。そのとき、器具は、欠如の意識、貧しさの意識とは逆の、ゆたかさと所有の幻想を体現しているにすぎない。それは、武器をもつことを許されないものの思いがけない武器ではなく、さしあたりそこまで許されている所有の、最尖端として、だれからも羨望され渇望されている道具でしかない。

大衆小説にとってほとんど不可欠の意味をもつさまざまな小道具、とりわけ攻撃的な器具としての武器もまた、両義的な関係のなかに身をおいている。これらの器具によせられる読者の想いは、支配＝被支配の関係を転倒させ廃絶させていく方向での暴力への連帯と、暴力的な叛逆を他者にたいする支配の成就によって完成させようとするファシズムへの共感を、ともに未分化なままにはらんでいる。個々の大衆小説作品が、そのどちらの想念との通路を見出し、どちらの想念を無力化していくことができるかは、大衆小説にとって決定的な問題のひとつだろう。しかも、この決定的な問題は、思想や主張や主題として小説に盛りこまれたものとかかわるのではなく、大衆小説のもっとも中心的な魅力の源泉、大衆小説を大衆小説たらしめる最大の設定のなかに内包されているのだ。この問題を、さまざまな意味で大衆小説の主人公でありつづけてきた浪人たち、あの被差別者である浮浪《うかれびと》たちの存在との関連で、もう一度とらえなおしてみることが必要だろう。かれらは、フィクションとしての大衆小説のなかで、さまざまな技《わざ》を生み出し、さまざまな武器を発見し発明してきただけではない。そもそも、遠い年月を経て大衆小説の成立を見るまでにいたるひとつの歴史、大衆文化と大衆芸能の歴史のなかで、浮浪《うかれびと》こそは、ほとんどつねに、新しい表現を創出し、それを継承発展させてきた表現主体そのものだった。大衆小説のなかでそのかれらが生み出す新しい武器の数々は、かれら自身の自己解放の武器なのだ。両義的な意味を未分化なまま体現している大衆小説に、もう一度その原初の姿を想起させること、みずからのうちに描かれている劃期的で驚くべき武器と技《わざ》が、みずからの成立の根底そのものとかかわる本質的な契機であることを大衆小説に意識させること——それは、主人公《ヒーロー》の類型の分析やトリックの分類にもまして、大衆小説の読者のなすべき緊要な作業であるにちがいない。

III

この世界の桎梏を断て!——大衆小説の現実参加

1　飛翔する少国民

押川春浪の〈明治〉

一九〇〇年（明治三三年）二月、足尾鉱山の鉱毒によって田畑と心身と生活を破壊された農民たちの代表二千名が、政府にたいする請願のため、徒歩で上京しようとして、群馬県館林で警官隊に阻まれ、五十余名が〈凶徒嘯集罪〉で逮捕された。代議士・田中正造がただちに憲政本党を脱退し、国会議員の地位を投げうって農民の側でたたかい、やがて『萬《よろづ》朝報』の記者の幸徳秋水に執筆を依頼した一文をたずさえて明治天皇睦仁に直訴したことは、よく知られている。農民たちが大量逮捕された翌月、一九〇〇年三月には、各地で続発する労働者運動と農民運動を取締ることを目的とした〈治安警察法〉が公布された。その二カ月後、中国（清国）での義和団の乱が北京に迫り、日本をふくむ列国がそれを口実に中国への武力干渉に乗り出そうとしていたころ、横須賀で、日本最初の新式軍艦「千早」が完成、進水式が行なわれていた。日清戦争で勝利をおさめ、植民地台湾を獲得した大日本帝国は、深刻な経済不況のなかで、国内秩序の維持をはかりつつ、対外進出を着々と日程にのせていたのだった。

新造軍艦の進水からちょうど半年後、一九〇〇年十一月に、「海島冒険奇譚」と銘打った一冊の本が、海軍の高官五人の題字と序文を付して刊行された。序文のひとつ、海軍少佐・上村経吉による文章は、つぎのように述べている。

《沿海国ノ国防線ハ分テ二ト為スコトヲ得ヘク第一線ハ則《スナハ》チ海軍ヲ曰《イ》ヒ第二線ハ則チ海陸軍ノ共同ニ成ルモノヲ曰ヒ第三線は則チ陸軍を曰フ〔……〕英国ノ如キニ在《アリ》テハ第一線ノ一タヒ壊破センカ直ニ国ノ滅亡ヲ見ル可《ベ》シ何トナ

レハ其ノ食糧ノ五分ノ四ハ海外ニ向テ供給ヲ仰カサルヲ得ス人民ハ海外貿易ニ倚《（ヨ）》ラスシテ衣食スルモノ幾《（ホトン）》ト罕《（マレ）》ナレハナリ顧《（カヘリミ）》テ我カ帝国ヲ観ルニ今ヤ人口ハ益々繁殖シ海外貿易ハ漸ク旺盛ナルヲ以テ竟《（ツヒ）》ニ英国ノ如ク食糧ノ幾分ハ之ヲ海外ニ需ムルニ至リ彼我経済上ノ関繫自ラ密接ト為リ第一線ノ牢固ト破滅ハ忽《（タチマ）》チ帝国興亡ノ基因タランコト予メ記憶セスンハアル可カラス〔……〕今ヤ国家ノ隆替ハ一ニ其ノ経済ノ盛衰ニ伴フノ趨勢ヲ現シ往昔ハ問ハス今日ニ於テハ実ニ経済上ヨリ人ノ国家ヲ圧伏シテ余アルニ至レリ此ノ如クナレハ両国ノ戦ヲ交フルヤ第一線タル海軍ニ於テ制海権ノ争奪ヲ了《（ヲハ）》ルト同時ニ其ノ終結ヲ見ルコトアル可シ今ヨリ以後ノ戦争ニ在テ是ト揆ヲ一ニセサルモノ果シテ幾何《（いくばく）》カアル／国防ニ於テ既ニ然リ然ラハ我カ国勢次第ニ進長シテ遠征ヲ海外ニ試ムルコトアラハ如何我カ第一線ヲ以テ敵ノ第一線ヲ撃破シ制海権ヲ確占スレハ十分我カ目的ヲ達スルコトヲ得ルヤ明ナリトス》

日本のような島国は、食糧供給の多くを海外に頼らざるをえない場合、一朝事あってこの供給を断たれればたちまち抵抗力を喪失することはもちろん、現今のように経済が国家の盛衰を決定する時代には、海軍による制海権が決定的な重要性をもつ、というのである。そればかりではない。防衛面だけでなく、日本の国勢が次第に進長して海外に進出し他国を制覇しようとするとき、第一線たる海軍力によって制海権を確保すれば、容易に目的を達することができる、という。——日露戦争を目前にした一九〇〇年秋当時の日本の対外戦略を如実に語っているこの序文を冠して、押川春浪《おしかわしゅんろう》の長篇小説『海底軍艦』は刊行されたのだった。上村海軍少佐の序文は、さらにこう述べる、

《故ニ世界無比ノ強大海軍ヲ有スル国アランカ海上ニ横行シテ他邦ヲ威圧シ外交ヲシテ其ノ宜ヲ制シ通商ヲシテ其ノ利ヲ獲《（エ）》以テ国運ヲ隆盛ナラシメンヿ《（コト）》跂《（キ）》シテ待ツ可キナリ各国有為ノ士世界未曾有ノ大兵器ヲ発明シ国家ニ報効セント欲シテ孜々《（シシ）》懈《（オコタ）》ラサル所以《（ユエン）》ノモノ固《（モト）》ヨリ之カ為ノミ／友人押川君海底軍艦ナル小説ノ著アリ有為ノ一海軍将校海中潜行艇ノ大発明ヲ企画シ経営惨憺終《（ツヒ）》ニ能《（ヨ）》ク其ノ功ヲ成シテ之ヲ進献スルニ至レルコト、報国ノ念深キ一商業家カ帝国ニ貢献スル一手段トシテ唯一ノ愛児ヲ海軍ニ従事セシメ且ツ巡洋艦ヲ新造シ之ヲ献納スルコトノ二端ヲ以テ

全篇ノ綱領ト為セリ原《モ》ト一種海事的並ニ冒険的ノ小説ナルモ之ヲ我カ海国人士ニ紹介スルノ利アルヲ知リ浅劣自ラ揣《オシハカ》ラス篇中海上ニ関スル事ハ君ノ不逮ヲ輔《タス》ケテ実際ト違フコト勿《ナカ》ラシメント務《ツト》メタリ読者此書ニ藉《ヨ》リ海上ノ知識ヲ得延《ヒイ》テ帝国国防ノ如何《イカン》ニ傾意セラル、如キアラハ豈《ア》ニ吾人ノ幸ノミナラン乎《ヤ》哉』（『海島冒険奇譚 海底軍艦』、一九〇〇年十一月、発兌元＝文武堂、発売元＝博文館。引用は、一九七五年二月、ほるぷ出版刊の復刻版による）

中途退学と放校処分の常習者だった押川方存が、東京専門学校（のちの早稲田大学）在学中の二十四歳のとき、巌谷小波にみとめられて春浪の名で公けにした『海底軍艦』は、たんなる一冊の小説にすぎないものが一国の進路と不可分のかかわりをもってしまった実例として、日本の文学史と政治・社会史のなかで特筆されるに足る存在だろう。だが、『海底軍艦』の重要な意味は、この小説が、日露戦争を準備しつつあった明治政府の政策、つまり先進資本主義諸国による世界支配の構図の見直しと植民地の再分配を要求しようとしていた〈日本〉の政治戦略を、そのまま代弁し、ある意味では先取りしていた、ということ自体にあるのではない。むしろ、こうした進出イデオロギーを、押川春浪がイデオロギーそのものとしてではなく小説世界として描き、その小説世界を読者がみずからの世界として熱烈に迎えたということ、しかも熱烈にそれを迎えた読者というのが成人たちではなく、主として少年層だったということ、これが『海底軍艦』の重要な意味だったのだ。

押川春浪は、けっして、しばしば言われるごとく軍事小説の先駆者である、というにとどまらなかった。明治一〇年代に興隆をみた政治小説の新たな展開の一形態、としてとらえることもまた適切ではない。『海底軍艦』にはじまるかれの諸作品は、たんに軍事小説や政治小説の枠内にとどまるものではなく、それらの一ヴァリエーションでさえもなかった。海島冒険奇譚、海国冒険奇譚、海島探検奇譚、英雄小説、伝奇小説、冒険小説、等々の角書《つのがき》をもった押川春浪の一連の小説は、現実の何らかの一領域を作品によって描き出したというよりは、むしろ、現実総体のエッセンスを作品世界のなかに描き込めたのだった。すでにある現実のひとつの姿を描き出すことによって読者にうったえるのではなく、あるべき現実を作品に描き込めることによって読者のこころをとらえ、そうすることによって既存の現実の姿をも一挙に浮かびあがらせるのである。直接の題材は上村海軍少佐が言うように〈海事〉であり、〈帝国国防の如何〉であるとしても、こうして小説のなかから読者をとらえるものは、押川春浪とかれの読者が生きていた時代そのものの姿、より正確に言えば、時代が読者と共有していた希求にほかならない。

帝国海軍の高級士官たちの題字と序文を付して刊行された『海底軍艦』は、疑いもなく、軍国主義的な精神の伝声管という役割を担っていた。これを否定することはできない。しかし、それが伝声管として働くためには、伝えられる内容と伝える音声が聴き手の予感的な希求をつかまなければならない。押川春浪は、軍事小説の先駆者だったのではなく、この予感的な希求を激しくとらえた典型的な作家としてこそ、評価されるべきなのだ。そして、読者が時代と共有していたこの希求は、かならずしも軍国主義的な進出イデオロギーという概念によってのみ把握されうるようなものではなかった。『海底軍艦』にはじまる押川春浪の海事小説六部作――『武侠の日本』（一九〇二）、『新造軍艦』（〇四）、『武侠艦隊』（同）、『新日本島』（〇六）、『東洋武侠団』（〇七）――のなかに見出されるのも、制覇と侵略のイデオロギーであるよりは、むしろそれとは正反対の理想とさえ結びついた希求なのである。

上村海軍少佐の序文も述べているとおり、『海底軍艦』という小説は、桜木海軍大佐が南海の無人島で秘密裡に建造する劃期的な新式海底戦闘艇と、貿易商・浜島武文が国家に献納して義兄の松島海軍大佐が艦長となる新造巡洋艦「日の出」とを両軸にして展開される。「日の出」は、二八〇〇トンの三等巡洋艦で、速力二十三ノット、防御甲板は平坦部二十ミリ、傾斜部五十三ミリ、砲門は八インチ速射砲二門、十二サンチ速射砲六門、四十七ミリ速射砲十二門、機関砲四門をそなえ、当時の実在の最精鋭艦をはるかにしのぐ性能をもっているとされる。だがそれよりも、いっそう驚くべきは、海底戦闘艇である。艇底に設けられた自動浮沈機の作用で三十ないし五十フィートの深さに沈むことができ、ある緻密な機械の作用で海水中より酸素を抽出するため十時間でも二十時間でも海底を航行しつづける。速力は毎時平均五十六ノット、最高時速は百七ノットという高速である。敵艦を轟沈するには二種の異なる手段をもっている。ひとつは艇首に装置された三尖形の衝角で、一秒間に三百回転の速力で敵艦の装甲に穴をあける。もうひとつは、両舷にとりつけられた「新式併列施廻水雷発射機」で、電流の作用と二百三十個の反射鏡の作用とによって海上海底の光景を観測しながら的確に一分間七十八発の魚形水雷を発射する。もっとも驚異的なのは、しかし、艇を動かす動力である。《この艇百種の機関の作用を宰《つかさど》る動力は世の常の蒸気力でもなく電気力でもなく、現世紀には未だ知られざる一種の化学的作用で、桜木大佐が幾年月の間苦心に苦心を重ねたる結果、或秘密なる十二種の化学薬液の機密なる分量の化合は、普通の電気力に比して、殆んど三十倍以上の猛烈なる作用を起す事を発見し、其を此《この》艇の総《すべて》の機関に適用したので、艇の進行も、三尖衝角の廻旋も、新式水雷発射機の運転も、すべて此秘密なる活動力によつて支配されて居《を》るのである。》

貿易商・浜島の一子で八歳になる日出雄は、日本で教育を受けるためナポリから母とともに帰国する途上、インド洋で海賊船に襲われ、同行していた父の友人で物語の語り手でもある柳川とともに南海の孤島に漂着する。その島こそは、桜木海軍大佐が将来「電光」と命名されるべき海底戦闘艦をひそかに建造していた島だったのである。まだどこの国によっても領有されていないこの島を、かれらは「朝日島」と名づけて、日本の新領土であることを宣言する記念塔を島の奥の山上に建てようとする。猛獣や毒蛇の棲む密林をぬけて奥山に達するために、檻《おり》状の冒険鉄車なるものが発明製造される。日出雄少年と語り手・柳川は、桜木大佐の片腕である武村兵曹ほか二名の水兵とともに、稲妻という名の猛犬をつれて、鉄車で記念塔建立におもむく。その帰途、不覚にも鉄車は砂すべりの谷と呼ばれる擂盆《すりばち》状の地形に落ち込み、脱出不可能となる。最後の一策として、猛犬稲妻の首輪に手紙をくくりつけて大佐のもとへ急を知らせにやることになる。三日、四日と日はすぎ、七日目までを恐ろしい山中ですごしたが救いは来ない。もはや明日は、海底軍艦の試運転日と定められた紀元節である。――そのとき、ついに救いはやってくる。桜木大佐は部下とともに、大軽気球に乗って空から密林をこえてきたのである。この軽気球は、やがて、進水式当日の夜、この島を襲った大津波のために秘密なる十二種の化学薬液の樽が流出してしまったとき、ふたたび役立つことになる。艇内にある薬液だけでは、補充可能な港まではたどりつけない。そこで、軽気球によってインドのコロンボまで飛び、十二種の薬液を買いととのえて、船に積み込み、残った発動液で航行してきた海底戦闘艇と途中の島で落ち合う、という計画が立てられる。物語の大団円は、こうである――強風に流された軽気球が、巨島の襲撃を受けて落下し、おりから下を航行中の白色巡洋艦に救われ、それが日本へ向けて廻航中の新造艦「日の出」であることがわかり、救われてこの艦に乗っていた母と日出雄少年が再会し、襲ってきた海賊船団と戦う「日の出」を、おりから約束の地点に向けて進んできた海底戦闘艇が助けて、海賊船を撃破する。

《読者諸君！／白雲は低く飛び、狂瀾天に跳《をど》る印度洋上、世界の大悪魔と世に隠れなき七隻《せき》の大海賊船をば、木葉微塵に粉韲《うちくだ》いたる我帝国軍艦「日の出」と、神出鬼没の電光艇とは、今や舷をならべて、本国指《さ》して帰航の途中である。〔……〕西、玄界灘の辺《ほとり》より、馬関海峡を過ぎ、瀬戸内海に入り、夫《それ》より紀伊海峡を出《い》で、潮崎《うしほざき》を廻《めぐ》り、遠江灘、駿河湾、相模灘の沿岸に沿ふて、凡《およ》そ波濤の打つところ、凡そ船舶の横《よこた》はる処、海岸に近く家を有せらるゝ諸君は、必ず朝夕《てうせき》の余暇には、二階の窓より、家外の小丘より、また海浜の埠頭《はとば》より、籠手《こて》を翳《かざ》して遥かなる海上を観望せられん事を。若《も》し、水天一碧の地平線上、団《だん》々たる黒烟《こくえん》先《ま》づ見え、つゞゐて白色の新式巡洋艦現はれ、それと共に、龍《りよう》の如く、鯱《しやち》の如き怪艇の水煙を蹴つて此方《こなた》に向ふを見れば、請《こ》ふ、旗ある人は旗を振り、喇叭《らっぱ》ある人は喇叭を吹奏《なら》し、何《なに》物も無き人は双手《もろて》を挙げて、声を限りに帝国万歳！　帝国海軍万歳を連呼せられよ、だん〴〵と近づく二隻《そう》の甲板、巡洋艦の縦帆架《ガーフ》に、怪艇の艇尾に、帝国軍艦旗の翩翻《へんぽん》と飜《ひるが》へるを見れば、更に其時は、軍艦「日の出」の万歳と、電光艇の万歳とを三呼せられよ。電光艇の観外塔には、桜木海軍大佐、武村兵曹、日出雄少年、他三十余名の慓悍無双《へうかんぶさう》なる水兵あり。軍艦「日の出」の甲板《かんぱん》には、艦長松島海軍大佐、虎髯《こぜん》大尉轟鉄夫君、浜島武文、春枝夫人、及び二百余人の乗組あり。いづれも手に〳〵双眼鏡を携へ、白巾《ハンカチーフ》を振り、喜色《えみ》を湛えて、諸君の好意を謝する事であらう。其の時は、私は、屹度《きつと》、軍艦「日の出」の艦尾の方《かた》、八吋《インチ》速射砲の横たはる辺、若《もし》くば水面高き舷門のほとりに立つて——恭《うや〱》しく——右手《めて》に高く兜形《ヘルメットがた》の帽子を揚げて、今一度、諸君と共に大日本帝国万歳！　帝国海軍万歳！　を三呼しませう。（軍艦「日の出」の甲板にて）》

この結尾の叙述は、『海底軍艦』と押川春浪の諸作品にとって、まことに特徴的である。新式の兵器、あいつぐ新発明、これを妨げあるいは盗みとろうとする海賊船、それを蔭であやつる某大国、困難とたたかい乗り超える大冒険、英雄的な軍人と健気な少年、勇敢で忠実な猛犬――血を沸かせ肉を踊らせ、手に汗にぎって読んできた一大冒険奇譚が、最後の場面で一挙に自分自身の日常へと近づいてくるのだ。物語のなかで描かれる冒険は自分の冒険となり、そこで抱かれる理想は自分の理想と重なりあう。それが物語によって教えられた理想だったのか、あるいはもともと自分のなかで育まれていた理想なのか、もはや截然と区分することは不可能である。新しい技術への憧憬と、英雄的行為にたいする讃嘆と、みずからがそうであるはずの未来の担い手たる主人公少年への共感とのなかに生きているのは、敵への具体的な憎悪ではなく、他者を制圧することの快感でもない。それとは正反対の感情、正義への情熱と、解放への希求なのだ。正義は侵略と抑圧を憎む正義であり、解放とは自己の解放のみならず虐げられた隣人の解放でもある。『海底軍艦』が少年読者たちに与えた緊張感と感動は、かれらが自分自身のなかとこの小説とにともに見出したこのような理想、まだ予感でしかないこのような希求と、不可分にかかわっていたのだ。

富国強兵と文学

大日本帝国万歳の三唱は、押川春浪においてもまた、偏狭なナショナリズムや排外主義そのものの直接的な表現だったのではない。新造巡洋艦も、海底戦闘艇も、もちろん、外敵とたたかうためのものである。インド洋に出没する海賊船を蔭であやつる敵に、まずそれらは照準を合わせている。しかし、それはあくまでも、英仏露独の侵略から日本を防衛するための戦闘力なのであり、それら列強の強圧と支配からアジア諸国を解放するための武器なのだ。《今や世界の各国は互に兵を練り武を磨き、特《こと》に海軍力には全力を尽して英仏露独、我劣らじと権勢を争つて居《を》る、而して目今其《もくこんその》権力争議の中心点は多く東洋の天地で、支那《シナ》の如き朝鮮《テウセン》の如きは絶えず其侵害を蒙りつゝある、此時に当つて、東洋の覇国ともいふ可き我大日本帝国は其《その》負ふ処実《じつ》に重く一方東洋の平和を保たんが為め、他方少くとも我国の威信を存せんが為めには非常の決心と実力とを要するのである。》――南海の孤島で桜木大佐と再会したとき、語り手・柳川は、大佐の胸衷を推測してこう記す。後進資本主義国家としての明治期後半の日本をこのように位置づけること自体は、なんら奇異なことではなかっただろう。それどころか、つづけて柳川が言うように、《然るも我国の財源には限あり、兵船の増加にも限度あり》という状況下で、驚異的な性能を有する海底軍艦の発明は、まさしく日本が負っているとされる責務の遂行にとって、不可欠の事業なのである。ヨーロッパ列強さえもがまだ持っていない劃期的に新しい軍事技術の発明と実用化は、侵略のためではなく解放のために、それも日本自身の自己解放のみならず、東洋の天地の解放のために役立てられるのだ。秘密なる十二種の薬液の配合によって生まれる動力源のほかにも、『海底軍艦』には、当時としては現実よりもむしろ空想に属する新式技術がいくつも登場する。そのなかのひとつは、ライト兄弟による動力付き有人飛行の成功をまだ三年後にしか体験しえなかった当時としては、考えうるかぎりもっとも進んだ飛行技術、すでに一世紀前のジャン・パウル以来、ポーやヴェルヌの空想の翼となったあの軽気球である。『海底軍艦』で二度にわたって重要な任務を果たす大軽気球は、海事小説シリーズ第二作『英雄小説武侠の日本』（一九〇二年十二月、文武堂）では、語り手・柳川の実兄が発明した空中軍艦へと発展する。魚雷を二個ならべてつないだような外形をもつ空中軍艦は、《L・Sアルミニウムと呼べる最軽量の合成金属版を以って形成《かたちづく》られ、昇騰及び飛行の原動力は無煙火薬爆発の作用により、普通の水素ガスより七倍半軽き一種の浮動ガスを生じて昇騰し、間断なき火薬爆発の動力は、複雑せる連成式機関を運転して強力なる潜熱電気を生じ、艦尾に突出せる大小三個のプロペラーは一秒間に三百回転ないし五百回転せしめ艦は雲烟を掠めて流星の飛ぶがごとく、平静空中に於いて一時間平速力七十マイル、最速力三百マイル、颶風や大強風《ストロングゲール》が前方より抵抗し来るももし三個のプロペラーを一秒間一時に五百回転すれば、なお優に一時間三十マイル内外の速力を持続することを得べく》云々、という驚くべき性能をそなえている（引用は、桃源社刊『海底軍艦』＝一九七〇年十月発行、七三年十一月第五刷＝所収の「武侠の日本」による）。これが書かれたのは、ドイツのツェッペリンがかれの最初の飛行船で飛ぶことに成功した一九〇〇年十月から、わずか二年たらずのちのことだった。

これらの新しい科学技術の成果は、押川春浪の連作小説のなかで、次第に具体的な姿をとっていく目的のために役立てられる。『海底軍艦』ではまだひとつの抽象的な理念でしかなかった東洋の解放は、第二作『武侠の日本』ではすでに、フィリピン独立運動という具体的なかたちを与えられている。それと同時に、第一作では漠然と、海賊船団をあやつる黒幕としてしか描かれなかった当面の仮想敵、つまり東洋制覇をもくろむ侵略者は、はっきりとロシア帝国と名指されるのである。対ロシア戦争を焦眉の日程にのせていた日本資本主義の戦略の代弁を押川春浪が買って出た、というよりは、このようにあからさまに小説のなかで反ロシア・イデオロギーを描きうるほどまでに、世論が煮つまっていたと考えるべきだろう。小説としての『武侠の日本』は、フィリピン独立の運動をひそかに援ける日本人の老英雄を登場させるのだが、なんとその謎の老英雄とは、西南の役に敗れてじつは南洋に逃れていた西郷隆盛なのである。ロシアとの緊張関係のなかで新造巡洋艦「日の出」が謎の沈没をとげ、フィリピンの独立闘争がひとまず敗北を喫し、老英雄・西郷南洲が露米密約の結果、俘虜となってロシアへ連れ去られたところで、『武侠の日本』は終わっている。

連作第三篇『新造軍艦』は、対ロシア宣戦布告の前月、一九〇四年一月に刊行された。同じ年の九月に出た第四篇『武侠艦隊』とともに、当然のことながら、そこではロシアは暴虐無比の大陰謀国として描かれている。だがもちろん、この露骨なロシア敵視は、あくまでも日本の自衛と東洋の自由という根拠のうえに立っていることは言うまでもない。沈没し去った「日の出」と、新たに建造されたばかりで行方不明となる二等巡洋艦「うねび」とにかわって孤軍奮闘する空中軍艦は、「自由号」と名づけられている。連作第五篇『新日本島』（一九〇六年三月、文武堂）では、日露戦争の勝利を反映して、たんなる防衛から新天地の建設へと物語は飛翔していく。シベリアに幽閉される老英雄のもとへ、ある日、ひとりの日本人が訪れ、二十年前に行方不明となった新造軍艦「うねび」の消息を伝えるところからストーリーは展開される。フランスで建造されて日本へ廻航の途上、一八八六年十二月にシンガポール出航後行方不明となった実在の軍艦「畝傍《うねび》」がそのモデルとなっていることは疑いないのだが、小説ではそれがロシアの仕業だということにされるのである。ロシア東洋艦隊の襲撃を受けた「うねび」は、巨人島と呼ばれるシナ海の孤島近くで座礁し、艦長・有明大佐はその責任をつぐなうため、一隻の軍艦の威力をはるかにしのぐような強力な基地、第二の日本を、この島に建設する決心をかためたのだった。爾来二十年、筆舌につくしがたい困難辛苦をのりこえ、やはりロシアの手によって難船の憂き目に遭って漂流してきた豪傑・稲村巌太郎を同志に迎えて、有明大佐の破天荒な大事業は着々とすすむ。稲村は、やがてアフリカに着目し、東アフリカのモザンビーク州内のビルラハ国と呼ばれる黄色人種の国に大統領として迎えられることになる。かれは、国内の白色人種をことごとく放逐し、東洋の英雄豪傑を招いて建国の事業を推進する。《そこで東洋諸国の英雄豪傑は、遙かに巌太郎の威武を望んで、黒雲の如く八方から集って来る。これ皆白色人種の横暴を憤る天下の志士で、その中には支那長髪賊の残党もおれば、馬賊の頭領もおり、印度革命党の巨魁もおれば、南洋独立軍の勇士もおる。現に往年、自由、独立、人権のために、孤軍百万の米軍と戦って、武名を一世に轟かした、比律賓《ヒリッピン》独立軍の猛将アギナルド将軍や、また支那数百万の不平党猛士を、一呼し手足の如く動かし得る、黒龍団匪の総頭領李進一族の如きも、今現に稲村巌太郎の許にあって、静かに天下の形勢を睨んでいるのである。》（引用は、桃源社版『東洋武侠団』＝一九七二年三月＝所収の「新日本島」による）ここでは、シナ海の孤島「新日本島」と、東アフリカの一小国、いまでは「海光《かいこう》国」と名付けられている旧ビルラハ国とは、アジア諸地域の民族解放運動と革命闘争の海陸二大基地なのだ。

この報告を獄中の老英雄・西郷南洲にもたらしたのは、《第二十世紀の梁山泊》とも言うべきこの二大基地の《外務行政総督　叱風将軍　桃井景虎》そのひとにほかならなかった。かれもまた、ロシアの謀略にかかって、このシベリアの「青面塔」に送られてきたのだが、看守を買収して老英雄と面会する機会をつかんだのである。小説『新日本島』は、話し終えた桃井将軍が、老英雄とともにこのロシアの獄を脱出する手はずを考えようとしたとき、忽然と塔外に空中軍艦が姿を現わすところで終わる。そして連作の最後の巻『東洋武侠団』では、第一作『海底軍艦』以来の長年にわたる努力の蓄積のうえに、各巻の登場人物たちと新鋭兵器とが総力をあわせてロシアの妨害と陰謀を最終的にははねのけ、老英雄をはじめシベリアに虜われの身となっていた人びとを救出し、かつて桜木大佐が海底軍艦を独力で建造したあのインド洋上の朝日島に「東洋武侠団」メンバーたちが集結するところで、大団円を迎えるのである。

《やがて、三十日は過ぎ去り、一天晴れたる早朝、今日こそはと一同海岸に立って待ち受けていると碧浪漫々として、水天に連るの辺、一条の黒烟先ず見え、続いて一二条また三条、七十艘よりなれる東洋団結の一大艦隊は、海上を圧して、堂々とこちらに現われてきた。老英雄の顔には喜色輝き、武侠団体の英雄美人は、みな雀躍して万歳を唱えた。／読者諸君！　余はこれにて筆を擱く。東洋団結の英雄美人と手を握り、この二大英雄団結が相合し、東洋武侠団の成るの日は、われら日本本国に在るものもまた双手を挙げて万歳を唱うべき日である。この東洋武侠団こそ、大日本帝国のため、東洋民族のため、世界の裏面に潜みおる一大勢力で、今後如何なる暴国といえども、大日本帝国及び東洋民族に危害を加うることあらば、その時こそ、東洋武侠団が、猛然として世界の表面に現われてくる時である。》（桃源社版『東洋武侠団』より）

日露戦争をはさんで前後八年にわたる六部作は、こうして東洋に一応の平和をもたらして終結する。結びの一節が、そのまま、太平洋戦争にいたる日本近代の進路を予知しているかに見えることは、いまさら指摘するまでもない。二十世紀の劈頭で押川春浪によって構築された虚構の世界は、そこに登場する人物たちや新鋭科学技術の奇想天外さにもかかわらず、その後の十五年戦争の経緯と、さらにはまた現在の日本の現実を見るとき、生々しいリアリティをおびてこざるをえない。それどころか、空想じみた英雄豪傑たちや新奇な科学兵器こそは、かえって逆に、虚構の世界に現実性を与える不可欠の要因でさえある。なぜなら、狭隘な国土と乏しい資源と、すでに完了している市場分割に異を唱えようとする後進資本主義国日本にとって、起死回生の道はただひとつ、およそ想像を絶するほど斬新で強力な新兵器の発明および実用化と、それを後楯にして果敢な指導力を発揮する不世出の英雄の出現しか、考えられなかったからだ。神話的な精神主義や、神がかり的な皇道主義も、ほとんど絶望的なくらい困難なこの超科学と超人とを希求せざるをえない状況を考慮に入れてはじめて、理解できるだろう。押川春浪に熱狂した少年たち——作者は、少女たちをも視野に入れて、連作の後半では多くの女傑や侠美人たちを武侠団に参加させている——が、その熱狂と感動を成人になってからも持ちつづけ、この連作の世界観を自己のイデオロギーとして生きたかどうかは、別問題である。虚構としての小説は、読者たちに一方的に影響を及ぼすだけでなく、読者たちの意識や希求から影響を受けもする。『海底軍艦』から『東洋武侠団』にいたる押川春浪の諸作品もまた、こうした相互作用のなかで書かれ、読まれたのである。それは、日本帝国主義の海外進出政策の伝声管や水先案内人であったと同時に、疑いもなく、その政策を自己の運命とすることに同意した〈国民〉の魂をうつす鏡でもあったのだ。

日本ＳＦ小説の隘路

巌谷小波の推挽によって登場した押川春浪は、十年先んじて少年文学を書きつづけていた小波とはまったく別の一領域を、日本の少年文学に開拓した。教えられるところの多い労作『少年小説の系譜』（一九七八年二月、幻影城）のなかで二上洋一《ふたがみひろかず》は、文学的児童文学と大衆的児童文学とを分け、後者と少年小説を同義語として使うことを明言したうえで、少年小説の系譜が巌谷小波に先立って幸田露伴から出発すると指摘しながら、しかし少年小説の原型は押川春浪の『海底軍艦』であると述べている。《少年小説の歴史に於て、少年の生き生きした姿を理想主義を基調において捕える一断面の原型を幸田露伴に見るならば、もう一面である軍事、冒険、怪奇、探偵、科学といった広大な裾野を持つ分野の原型を、押川春浪に求めたとしても、それ程見当違いではあるまい。》――二上洋一のこの指摘は、のちに日本の少年文学のみならず大衆小説一般がたどることになる歩みを考えるとき、きわめて大きな意味をもっている。

巌谷小波の仕事に代表されるようなおとぎ噺のジャンルと、幸田露伴の「鉄之鍛」や「慢心男」にはじまる教訓的小説と「二宮尊徳翁」「伊能忠敬」などの偉人伝は、なるほど、大衆的児童文学にとって不可欠の分野である。洋の東西を問わず、そして過去のみならず現在でもなお、それらの系列の作品は、少年少女のこころをとらえつづけている。けれども、二十世紀初頭以降、すなわち押川春浪が登場した明治三十年代中葉以降の日本の発展過程を考えるとき、それらの教訓的・理想主義的な作品系列にもまして決定的に重要な分野は、押川春浪によって開拓された小説ジャンルなのだ。教訓と理想主義は、そこでは、現実と密着した具体的な内実を、しかも未来に向かって与えられ、これから生きようとする読者＝少国民にみずから参加する場を提供するのである。過去の伝説的英雄、その敗北と死を惜しまれる敗軍の将さえもが、挫折した理想を将来の新たな建設のなかで生かす道を与えられる。近代国家への遅れた出発は、遅れたがゆえの決死の飛躍《サルト・モルターレ》の必然性をこれらの作品世界のなかで提示され、その近代化のなかで早くも圧殺されていった別の可能性は、それが読者のこころに訴えるものであるかぎり再生の道を与えられる。少年小説は、押川春浪によって、未然形としての、未成のものとしての現実とかかわる方途を発見したのである。既成のものとしての現実の真実を教えられるのでもなく、教訓や理想を一方的に説き聞かされるのでもない読者、みずからのものとして未来をつかみ、未来の現実を建設する作業に参画する読者を、少年小説は持つようになったのである。このジャンルこそは、あらゆる領域の文学的営為のうちでも、およそもっとも日本の近代化の過程にふさわしい表現のひとつだった、とさえ言えるかもしれない。一八七六年（明治九年）に生まれて一九一四年（大正三年）にこれまたわずか三十八歳で世を去った押川春浪は、文学活動の時期をかれとまったく同じくする夏目漱石（一八六七―一九一六）とは対照的なかたちで、日本社会の近代化とそのなかでの自我の問題を描いたのだ。押川春浪において、近代化と自我は、いかなる意味でも内面への掘鑿という文学形態をとらなかった。だが、もっぱら感激と熱狂をもって春浪の世界に接した読者たちが、日本の近代化の諸矛盾を漱石の悩める読者よりもいっそう少なく体現していたのか、といえば、あるいはむしろ逆だったのかもしれないのである。

　押川春浪の諸作品に登場する仮想敵と新兵器は、日本の近代化の矛盾とそれを生きる人間たちの悲惨を、夏目漱石の主人公たちの苦悩とはまったく別のかたちで、しかしいささかもそれに劣らぬ重みをもって、描いてみせている。仮想敵の設定と、それを現実の敵としていく過程とをたどらねば成就できないような発展目標をみずからに課した国家社会のなかで、この目標にむかって奉仕することにしか自己確証の道を見出すことができなかった〈国民〉と〈少国民〉の姿が、いまとなっては、押川春浪の諸作品の冒険のなかから、蒼ざめた幽霊のように浮かびあがってくるのだ。そこでつぎつぎと発明され実用に移される劃期的な新兵器は、いまとなっては、解放の武器ではなく破滅への武器であったことが明らかである。先進列強に先がけてそうした新兵器を開発することによってしか実現しえない解放が、そもそも解放たりえないだろうことは、現時点から見れば充分に見通せることだろう。だが、押川春浪の時代にも、やがてそのあとに来た一九二〇年代から三〇年代の時代にも、それは共通の認識とはならなかったのだ。だからこそ、いま、『海底軍艦』の末路を見ることができる時点と観点から、そこに描かれた世界の姿とそれをみずからのものとした読者たちの姿とを、あらためて見つめなおさねばならないだろう。

二上洋一が押川春浪を「原型」と規定したとおり、この作家の作品世界と読者との問題は、春浪ひとりで完結してしまいはしなかった。かれのあとには、かれが作品で描いた日本の未来像が着々と現実化していくのとあいまって、かれによって開拓された小説ジャンルを継承発展させる作家たちが、つぎつぎと登場した。一八九七年以来、北隆館、日本館、娯楽館、少年倶楽部社などによって創刊されては消えていった『少年倶楽部』という題名の雑誌が、押川春浪の死と同じ月の一九一四年十一月に大日本雄弁会講談社から新たに発刊されたのは、春浪以後の過程のひとつの始まりだった。押川春浪が雑誌『冒険世界』（一九〇八年一月創刊、博文館）の主筆だったころかれを助けた三津木春影（一八八〇―一九一五）や、日露戦争での体験を描いたベストセラー作品『肉弾』（一九〇六）の作者、桜井忠温《ただよし》（一八七九―一九六五）が、軍事小説と呼ばれる作品をこの雑誌に寄せた。一九一〇年代半ばから二〇年代半ばにかけてのほぼ十年間、『少年倶楽部』をはじめとする少年少女雑誌上で営々と軍事冒険小説を書き続けた作家に、宮崎一雨がいる。『日米未来戦』（『少年倶楽部』一九二二年一月―二三年二月。二三年八月、講談社刊）や『次の世界大戦』（二四年七月、講談社刊）は、すでに仮想敵国を主としてアメリカに定め、第二次世界大戦を想定するSFとなっている。『日米未来戦』に登場する新潜水艦は、もちろん、押川春浪の海底軍艦を彷彿させる。

大衆小説一般の興隆期だった一九二〇年代、とりわけその後半は、少年小説にとってもまたひとつの黄金時代となった。『神州天馬侠』（『少年倶楽部』二五年五月―二八年十二月）の吉川英治、「泣き泣き鉄砲」（『少年倶楽部』二六年三月）や『ポカンポカン物語』（『少女画報』三一年一月―三二年三月）のサトウ・ハチロー、『銀蛇の窟』（『少年世界』二六年十月―二八年十二月）や『豹《ジャガー》の眼』（『少年倶楽部』二七年一月―十二月）の高垣眸《ひとみ》＝青梅昕二《おうめせきじ》、『ああ玉杯に花うけて』（『少年倶楽部』二七年五月―二八年四月）の佐藤紅緑、『苦心の学友』（『少年倶楽部』二七年十月―二九年十二月）の佐々木邦《くに》、『角兵衛獅子』（『少年倶楽部』二七年三月―二八年五月）の大佛次郎、「形見の万年筆」（『少年倶楽部』二八年一月）や『吼える密林』（同、三二年四月―十二月）の池田宣政＝南洋一郎＝荻江信正、『梵天丸五郎』（『少年少女譚海』二九年九月―三一年三月）や『岩窟の大殿堂』（『少年世界』三〇年一月―三一年七月）の野村胡堂、『紅雀』（『少女の友』三〇年一月―十二月）や『桜貝』（『少女画報』三一年一月―三二年六月）の吉屋信子、『敵中横断三百里』（『少年倶楽部』三〇年四月―九月）や『亜細亜の曙』（同、三一年一月―七月）の山中峯太郎など、いまなお重要性を失っていない書き手たちの少年小説分野での登場は、いずれも一九二〇年代後半から三〇年代初頭に集中している。

　純情物語からユーモア小説、時代ものから探偵もの、偉人伝から宝さがしにいたるさまざまな分野のこれら作家たちとその作品のなかでも、もっとも直接的に現実社会の動きと関連した小説世界を描き出したのは、いっけんもっとも現実生活と縁遠いかに思われるテーマと舞台とをもつ一連の小説だった。ひとつはSF的な未来小説であり、もうひとつは秘境小説である。いずれも押川春浪の系列に立つこのふたつのジャンルは、しばしばたがいに重なりあいながら、いま眼前にある日々の生活からは遠くかけはなれた時空を描きつつも、しかし他のどんなジャンルの小説よりも深く現実の動きとかかわっていた。

　それらがいかに現実の動きと近かったかが明らかになったのは、一九三一年九月の〈満洲事変〉勃発と十五年戦争突入というひとつの転機が訪れたときである。山中峯太郎が『敵中横断三百里』で描いた建川《たてかわ》斥候長の英雄的行為の舞台、満洲北部は、たちまち遠い異境から近い現実となった。『亜細亜の曙』の主人公、本郷義昭が危険をおかして赴く中国大陸も、さらには南洋の椰子林も、具体的な地理的場所として、日本の運命と密接にかかわる現実性を獲得した。そして、その椰子林の奥深く「巌窟城」で白人たちがすすめていた数々の恐るべき科学技術の研究開発を敵にしての本郷義昭の戦いは、そのまま日本にとっての当面の課題にほかならなかったのである。敵の新式飛行船を乗っ取ってアジア諸民族と協力しながら日本に向かう主人公は、もはや空想上のヒーローではなく、この戦争のなかで出現すべき英雄だったのだ。このあとに登場する平田晋策の『昭和遊撃隊』（『少年倶楽部』三四年一月―十二月）や、海野十三の『浮かぶ飛行島』（同前、三八年一月―十二月）をはじめとする諸作品では、SF的な新しい技術や兵器はすべて、未来の戦争ではなく現在の戦争に役立てられるものであり、物語の舞台となる秘密の地点はすべて、遠い秘境ではなく当面の戦略上の重要拠点にほかならない。

日本文学におけるSF小説の系譜を考えるとき、押川春浪という原型このかたこのジャンルが保持しつづけねばならなかったこうした現実性を、度外視することはできない。日本のSFは、ゆたかな未来、自由で解放された未来を夢みようとするとき、戦争と侵略のイデオロギーと直結するような空想の翼しか身につけることができなかった、という歴史をもっているのである。日本SF小説の歴史がおちいったこの隘路は、個々の作家たちの戦争協力や侵略加担の責任を問うことによって清算されるようなものではない。科学技術を軍事面でしか未来像と結びつけることができなかった作家たちの空想力の貧しさを批判することによっても、あるいは、軍事利用にせよ平和利用にせよそもそも科学技術の開発にもっぱら未来を託すような思想は誤りであった、といまの時点と観点から後《おく》ればせに指摘することによっても、この隘路から真に脱け出ることはできない。SF的な小説形式を、富国強兵路線とのちの大東亜共栄圏構想とのつながりで展開せざるをえなかったことは、個々の作家の責任や資質の問題にとどまらない要素をもっている。たとえば、げんにいま、目をいわゆる〈第三世界〉に転じるなら、民族独立と新旧植民地主義からの自己解放は、科学技術の向上と生産力の発展の裏付けなしには困難だろうし、イスラエルと戦うパレスチナでも、抑圧政府軍と戦う各地の革命軍でも、新鋭の武器は解放の実現と不可分でさえある。資本主義社会がたどった近代化とは別の道が模索されねばならないとしても、その模索は、孤立した別世界でなされるものではなく、帝国主義列強とその傀儡たちとの包囲と干渉のなかでしかなされえないだろう。そうしたなかで敢えて開始された別の試みが悲惨な結末に終わらざるをえなかった実例を、歴史はすでにひとつならず知っている。それゆえ、ただ単にその科学主義ゆえに、近代化思想ゆえに、押川春浪を原型とするSF的小説を批判することはできない。それどころか、その軍事強化イデオロギーゆえにそれらを断罪することさえできない。そうした断罪は、解放のための戦い、自衛と正義のための戦いという主観的な意味づけを、けっして真に撃つことはできないからである。押川春浪の『海底軍艦』から小松左京の『日本沈没』にいたる日本の政治的・軍事的SF小説が四分の三世紀にわたってたどってきた悲惨な隘路は、後進資本主義国として歩を踏み出した〈日本〉が、そのときどきの危機と対決しつつ帝国主義勢力として自立しあるいは再生する過程で、みずからたどらざるをえなかった隘路そのものなのだ。

だが、それでは、この系列のSF小説には、現実の政策や戦略を一歩先んじて描きつつ追認するという道——たとえば『日本沈没』の先取りと追認は、日本からの脱出にさいして四千万の人間を切りすてるという政治決定のなかに如実にあらわれている——しか、そもそもありえなかったのだろうか？　それらがリアリティのない単なる夢物語に終わらないためには、そのような全面的な現実追随の道しか、なかったのだろうか？　もしも別の道をたどろうとすれば、SF的な小説形式そのものを断念しなければならなかったのだろうか？

押川春浪から山中峯太郎、平田晋作、海野十三、蘭郁二郎を経て小松左京の『日本沈没』にいたるSF小説の一系列は、いずれもみな、未来というものを、徹頭徹尾、共同体との関連でのみ構想している。この共同体は、国家であり、民族であり、さらには一日本民族の限界を超えてアジア諸民族である。大東亜共栄圏構想をひとつの極致とするこの共同体理念こそは、日本の近代・現代文学のなかでは、いわゆる〈私小説〉をはじめとする〈純文学〉と大衆文学とを分かつ最大の表徴にほかならない。大宅壮一が《文学は窮屈な「自我」の殻を脱して、「集団」の中に素晴らしい未来を見出した》と書いたとき、白井喬二が《国民みな衆の意味》の意味をこめて大衆文芸という名称をつくったとき、そのかれらの主観的な意図はどうあれ、いずれも、大衆小説が根底において担っていたこの共同体理念について語っていたのだ。

それゆえ、大衆小説のもっともアクチュアルな一ジャンルとしての軍事的・政治的SF、とりわけ少年小説のなかのそれらが、具体的にどのような共同体のイメージを描きえているかは、それらの作品を小説として評価するさいの重要な試金石となる。——すでに周知のとおり、明治期後半から〈大東亜戦争〉期にいたる時代の軍事的・政治的SFにとって、共同体は、一日本民族の枠にとどまらなかった。解放と独立を達成すべき主体は、後進国日本だけでなく、さらに遅れたアジアの諸民族でもあった。これは、同時代の〈純文学〉が西欧志向のゆえもあってついに獲得しえなかった視点であり、第二次大戦後の日本文学が、大衆文学もふくめて、総体としてはまだ持ちえていない視点でもある。だが、アジア諸民族へのこの視点によって、どこまでアジアの諸地域と諸民族を見ることができたか、といえば、それらのSF小説のなかには、ほとんど絶望的な証言しかのこされていない。〈日本〉は、つねに、共闘者であるよりは援助者であり、連帯した行動者であるよりは救い主である。これによって、〈アジア〉は自己解放の主体ではなく救済の客体とされてしまい、〈日本〉は秘めたる力（秘密兵器）をもった救い主、変装した権力者となる。そして、小説のモラル、基本的な人間観および世界観として生きつづけるのは、善とは救い主であるということ、救い主のなすことは善であるということなのだ。

救い主としての視点にみずからが立ったとき、〈日本〉からは、〈アジア〉が見えなくなったのである。押川春浪から山中峯太郎にいたるまで、そしてさらには小栗虫太郎においてさえ、アジアは、秘境でしかない。固有の営みと独自の自己解放を模索する生きた現実ではなく、陰謀と謎と戦慄が支配する暗黒の地か、さもなければ失われた理想が夢を糧として生きつづけている黄金境、桃源境でしかない。いずれにせよ、そこは、救い主の介入によってはじめて生きはじめる死の領域なのだ。

日本ＳＦ小説の歴史の隘路とは、つまり、この現実のなかにそのような死んだ時空を設定することによってしか生きることができなかった存在がたどった道なのである。感動と熱狂をもってそれらの小説を迎えた読者たちとともに、ＳＦ小説は、未来に飛翔するどころか、見えない死の領域のあいだをぬう現実の隘路を、どこまでもたどりつづけたにすぎなかったのだ。

2　小説の秘境――現実の異境

馬賊と南十字星

俺も行くから君も行け
せまい日本にゃ住み飽いた。
海の彼方にゃ支那がある。
支那にゃ四億の民がまつ。

池田芙蓉の大長篇『馬賊の唄』のなかで、主人公の少年たちはゴビの砂漠の夕陽を浴びながら馬上にうたう。——少年のひとり、山内日出男は、支那浪人として中華の豪傑にその名を知られた父が、親交のあった一将軍（つまり軍閥）の敗北と運命をともにして軍事探偵（つまりスパイ）の嫌疑で蒙古方面へ拉致されたのを救出すべく、単身この中国へやってきたのだった。日本刀をたずさえ、愛馬「西風」にまたがったかれには、忠実な従者、獅子「稲妻」がぴったりつきそっている。上海に上陸したかれは、父の友人である支那浪人のひとりが経営する曲馬団とともに大陸の旅をつづけ、北京まで来たとき、父と思われる日本人の消息を聞き、「西風」と「稲妻」をはなむけに贈られて、それ以来ひとりで西北へ西北へと蒙古をさして進んできたのだった。万里の長城の破壁を枕に横たわっていた一夜、少年は蒙古の馬賊の一団と遭遇し、人質にさらわれてきた日本少女、佐藤貴美子を救い、馬賊のひとり緑林好を改心させて部下にする。貴美子の父も、清朝の高官と知遇あつい支那浪人だったが、たまたまかの女が兄とともに父につれられて北京に滞在していたとき、清朝にたいする〈クーデター〉が起こった。父は捕われて北方に送られたらしいと聞いて兄妹がそのあとを追う途上、陰山山脈のまっただなかで馬賊に襲われ、兄は生死も知れぬまま、貴美子は人質としてさらわれる運命となったのである。
貴美子を救った日出男少年は、緑林好を案内に立てて、馬賊の本拠へ乗り込んでいく。もう一歩で首領に迫るというところで、敵の術中に陥り、吊天井に圧しつぶされる直前、窓から鉄線を伝わって脱出するが、敵にそれを切断されて千仭の谷にのまれてしまう。一方、貴美子とともに馬賊に襲われた兄、佐藤猛は、敵と組みあったまま濁流にのまれたのだが、それを泳ぎきって助かり、そのうえ、気を失っていた相手をも救ってやっていた。おりから、馬賊の本拠で日出男が何度も九死に一生を得ながら獅子「稲妻」とともに苦闘しているところへ、猛が姿をあらわす。そこへもどってきた馬賊の首領は、濁流から自分を救ってくれた猛の義侠心に感じて、三百の銃口を少年たちに向けようとする部下たちをおしとどめ、団全体が二少年を頭領に迎えることを申し出る。日出男は相手の真意をたしかめるために一旦はその申し出を蹴るが、猛の意見を容れて、馬賊たちに応える、《「諸君、僕達はここで固き握手を交そう。刎頸の交りを結ぼう。馬を改めて義となし、馬賊を化して義賊となすことを誓おう。北は蒙古高原より、西は天山山脈、南は崑崙山南に至るまで、神出鬼没、疾風迅雷、正しきを助け、不正をこらし、弱きを救け、強きをくじくことを誓おう」／たちまち、陰山山脈の連山をゆるがすような歓呼の叫びは上った。いずれの所か熱血なからん、賊の面々はかつて知らざりし侠勇の血潮が、自分の胸中に高鳴るのを覚えたのであった。》（引用は、桃源社版『馬賊の唄』＝一九七五年四月＝による）

こうして、三百の騎馬の義賊を統率する二少年は、隊の守護神のごとく驀進する獅子「稲妻」を先頭に、父たちが囚われているとおぼしい祁連《きれん》山脈の奥深い秘密郷にむかって進撃する。

海の彼方にゃ支那がある、
支那にゃ四億の民がまつ。
白皚《がい》々の雪の原、
俺の死場にゃちとせまい。
祖国《くに》を出る時きゃ玉の肌
今じゃ槍きず、刀きず。

一九二五年（大正十四年）の雑誌『日本少年』に連載されたこの小説は、その一部が、一九七五年に、雑誌掲載当時の高畠華宵の挿絵をそえて桃源社から刊行された。その桃源社版の「解説」のなかで、種村季弘は、《本書を一読したかぎりでは、作者はたぶん大陸の土を踏んではいないか、渡中したとしても、それほど奥地までは踏査していないのではあるまいか》と指摘して、それがかえって幸いしたかもしれない、空想の翼がそれだけ奔放に羽ばたいて、日本人（とくに少年）の深層意識のなかにひそむ英雄伝説を照らし出すことになったからだ、と述べている。たしかに、種村季弘の的確な指摘どおり、この小説では、現実の中国の政治状況はおろか、地理上の設定でさえ、きわめて大ざっぱである。舞台は中国大陸に置かれているとはいえ、その中国大陸の具体的な一地域の具体的な情景は、この小説には何ひとつ存在しない。伝説上の英雄にも似た二少年の冒険がテーマなのであって、舞台はその伝説的性格を増幅する働きをしさえすれば、それでよかったのかもしれない。

だが、作者がみずから体験していない土地を舞台にして書かれたこの小説には、それとはまた別のひとつの意味もあったのである。英雄伝説とつながるような物語を書くというほかに、作者は、見知らぬ土地をさすらうこと、遠い異境に生きること、それ自体を、一篇の小説に描きたかったのではあるまいか。作者にとっても、読者にとっても、異境は未知であればあるほど、いま生きているこの現実から遠ければ遠いほど、鮮かに生命をおびるのである。《恐ろしい半月形の刃、長い槍、旧式な銃、伝奇小説《ローマンス》に見るような》云々、という形容で、日出男少年と馬賊との最初の遭遇は描かれる。《サヤン山脈の真ただ中にこの不可思議なる古城趾。実に伝奇小説《ローマンス》そのものだ。この古城趾こそは、かつて、東方欧羅巴《ヨーロッパ》を蹂躙したる元の英雄抜《バツ》都の築く所か〔……〕いずれにせよ、こうした仙境に、こうした古城を見出そうとは思わなかった。稲妻！　西風！　痛快だなあ。男の子と生れた僕等は何たる名誉か！　なんたる冥加か！》と、父が幽閉されている古城を仰いだとき、日出男少年は述懐する。物語の舞台は、〈伝奇小説《ローマンス》〉さながらでなければならないのだ。そこでは、異境そのものが、未知の領域であるということそのものが、主人公のひとりなのである。『馬賊の唄』が『日本少年』に連載されはじめる前年、一九二四年一月から二五年一月までの『少年倶楽部』

では、宮崎一雨の『馬賊大王』が少国民読者の血を沸かせていた。馬賊と支那浪人は、まだ見ぬ異境の冒険のもっとも大きな象徴だった。

とはいえ、その未知の異境は、そこにまだ足を踏み入れたことのない作者と読者にとって、まったくこの現実世界と隔絶した閉ざされた領域であってはならない。そこへの通路は、遙かに遠い道ではあっても、やはり開かれていなければならない。二少年が義賊とともに西をさして進む行手で、別の馬賊の露営においてまさに処刑されようとしている日本人を救った一怪僧があった。その日本人は佐藤兄妹の父だったのだが、かれを助けた天空侠骨和尚と名乗るこの怪僧は、お国はどちらかと問う佐藤氏に、「白雲一片悠々たる所、山青く水清きあたりより参ったのじゃ」と答える。《「ふうむ、しからば、日の本の国と思うが、いかがでありましょうな」／「まことに日の本にして日の本にあらず、佐藤氏……」／怪僧は莞爾としてうなずきながら／「翼生い立ちし鷲の子には、もとの棲家はあまりにも狭かろう。猛鳥には、広々とした万里の天がござる。長江一千三百里、ウラル、アルタイ、昆崙、ヒマラヤ、拙僧に取っては箱庭じゃ。だが佐藤氏、巣立ちをした雛鳥も、やっぱり古巣は慕うものじゃ。放浪二十有余年未だ御国の御恩を忘れたことはないのじゃ」／おお、この墨染の怪行者こそ、実に痛烈なる愛国の侠血児であったのだ。》

狭隘な日本の現実から遠い新天地へと飛翔したいという願望は、すでにその新天地に雄飛しつつも日本を忘れずに日本に心をよせている先人がいることを知るとき、自分自身にとっても到達可能な世界となる。新天地は世界の果てにある秘境でありながら、自分が足跡をしるすべき現実的な異境となるのである。現実とのこのような通路を持つことによってはじめて、未知の天地は、支那浪人や馬賊や古城や砂漠といった〈伝奇小説《ローマンス》〉的な要素に生命を吹きこむ現実性を獲得するのである。

みずからにとっても未知の地だった中国奥地を舞台に空想と憧憬の翼をくりひろげてみせた『馬賊の唄』の作者、池田芙蓉とは、『源氏物語』ほか平安朝文学の研究で多くのすぐれた業績をのこした国文学者、池田亀鑑《きかん》（一八九六—一九五六）の若き日の筆名だったという。

秘境小説が、一九二〇年代と三〇年代においても第二次大戦後においても、多くは中国大陸と南洋地域を舞台にしているのは偶然ではない。押川春浪が老英雄・西郷南洲を南洋に逃がれさせたとき、〈日本〉はまだ、山田長政や鄭成功（国姓爺《こくせんや》）など遠い昔の英雄伝説を別とすれば、南洋地域に具体的なさしせまった利権を有していなかった。だからこそまた、作者春浪は、フィリピン独立運動が敗北に終わったのち、老英雄をシベリヤに拉致させたのだった。日清戦争によって台湾を奪取したのち一時抬頭した〈南進論〉にたいする、これが押川春浪なりの回答だったと言えなくはない。南洋は、米露二大国の陰謀の舞台としての意味しか、さしあたり持たなかったのである。それにたいして、満洲およびそれとつながるシベリヤは、日清・日露の両戦争を経て、当時すでにはっきりと日本の権益領域内と目されていた。海事小説にほかならない押川春浪の連作小説でさえ、シベリヤの内陸奥地まで舞台をひろげねばならなかった。海底軍艦と新造巡洋艦の建造に端を発するこの連作が、補助的な役割としての軽気球をすてて、ついに空中軍艦という新兵器を登場させねばならなかったのは、東洋の解放という理念が中国大陸とシベリヤをまず射程におさめることによってしか現実性をもたなくなった政治状況とも、関連していたにちがいない。

〈日本〉にとって南洋がだれの目からみても中国大陸やシベリヤに匹敵する意味をもつようになったのは、第一次世界大戦に参戦した日本が、ドイツにたいする宣戦布告のわずか一カ月後に、ドイツ領南洋群島をいちはやく占領したときからだった。翌月の青島《チンタオ》攻略とともに、それは、日本よりほんの一歩だけ先を歩んでいた後進帝国主義国ドイツのアジアにおける植民地利権を、日本がドイツに肩代わりしてわがものとする瞬間だった。大戦の勝利によって、日本は、旧ドイツ領南洋群島のうち北緯〇度以北の海域と島々——マリアナ、マーシャル、カロリン、パラオなど、ミクロネシアの諸島——を委任統治の名目で事実上植民地として領有することになった。第一次世界大戦の開戦と南洋群島占領と同時に宮崎一雨らによって少年小説の分野で早くも次期日米海戦の舞台として描かれた南洋海域は、これ以後、中国大陸やシベリヤ奥地とならぶ秘境として、大衆小説のなかにしばしば登場するようになる。

作品そのものにもましてこの状況を如実に物語っているのは、『リンカーン物語』その他の池田宣政と『先生の日記』その他の荻江信正が一九二九年の半ばごろから用いはじめることになる第三のペンネーム、南洋一郎《みなみよういちろう》だろう。命名の動機は、当時かれが住んでいた荻窪の川南という地名の一字をとって姓にしたにすぎなかったようだが、以後、池田宣政とならんでつぎつぎと冒険小説を発表する南洋一郎という作家は、密林と猛獣と土人たちの領域に少年読者の夢を運ぶ使者となった。それらの作品の多くはヨーロッパの探検家たちの実話の抄訳や翻案にすぎず、舞台もしばしばアフリカをはじめアジア以外の土地だったにもかかわらず、南洋一郎の名は、日本のこの現実と海つづきの場所にそうした密林の冒険があること、そこに住む未開の土人たちとの友好や、かれらにたいする指導という課題を自分たちが担っていることを、少年読者たちに自覚させるに充分だった。

小説のなかの秘境が現実の異境として身近なリアリティを獲得する過程は、ＳＦ的な未来物語の舞台でしかなかった未知の天地が戦略上の拠点や新たに奪取された植民地となる過程と、直接にせよ間接にせよ、結びついていたのである。そして、第二次世界大戦での敗北ののち、一九四〇年代末と五〇年代初期の廃墟のなかで、たとえば香山滋によってふたたび数多くの秘境小説が書かれたとき、今度は、それらアジア大陸奥地や南洋遥かの秘められた領域は、読者にとって未知の秘境ではなく、大東亜戦争と呼ばれた大戦のなかで、みずからが行軍した地域であり、少なくともその行軍の道の彼方に地つづきや島つづきで横たわっていた現実の世界にほかならなかったのである。

亜細亜の曙と日本

《日本が南方に進出するのは、人口のハケ口としての移民地を求める意味と、日本の物産の顧客《とくい》として南方諸国を守る意味と、資源——特に米国をアテに出来なくなつた石油、重要資材の原料等を得る意味と、軍事的に——戦争の場合を考へて南方からの敵国の包囲を受けないための意味と、およそ、それだけの意味を含めてゐるのである。尚、これに支那事変をからんで、支那に抗日の力を供給してゐる本拠としての英、米その他の東洋に於ける足がかりをケシ飛ばしてしまはない事には支那事変はいつまでたつても解決しない——と云ふ意味をつけ加へれば、この議論は、まづ一応満点のものと云ふことが出来る。／「東亜の新秩序」が、いつか「東亜共栄権」に変り、「南方共栄圏」と云ふやうな言葉まで生れたのは、日本人の南方問題の考へ方が〔……〕こゝまで進んだためであると見なければならない。こゝまで来ると、もう支那事変が片づかなければ南へ手をつけるな――と云ふやうなのんきな事は云つて居られない。支那事変を片づけるためにも南方問題を是非解決しなければならなくなつたのである。》

一九四一年十月、大東亜戦争開戦のわずか一カ月前に、大本営海軍報道部長・海軍少将前田稔の序文を付して刊行された『南方問題と国民の覚悟』と題する南方問題研究所編および発行の大冊（A５判・全三四〇ページ）は、総論の部でこのように述べていた。一九三七年六月から三九年一月の第一次近衛文麿内閣が「東亜の新秩序」を唱えたとき、いわゆる南方問題はまだそのなかにふくまれていなかった。ところが、一九四〇年七月に発足した第二次近衛内閣の「大東亜共栄圏」建設声明では、フランス領およびオランダ領のインドシナ、南洋諸島、イギリス領海峡植民地（シンガポール、マラッカ、その他）、さらにはタイまでが、一挙に日本のアジア政策、すなわち進出計画のなかに包含されたのである。事変から全面戦争への転換の決意を物語っているこの南方問題重視の方向は、開戦直後の一九四一年十二月下旬に刊行され翌四二年四月に改訂版を出した少国民向けの啓蒙書『少年少女南洋旅行』（久保喬著、金の星社発行）のなかにさえ、露骨に反映されている。――はじめて南洋諸島を訪れた著者は、南洋通の一日本人から、南洋諸島が日本領になるまでの歴史をわかりやすく話してもらう。一九二〇年の国際連盟会議で日本の委任統治領となったのち、日本は国際連盟を脱退したが、それでも統治を続けることができるのか、という著者の問いに、相手はこう答える、《いや、連盟は脱退しても、帝国政府の委任統治に対する方針には、今後何らの変るところがないといふことは、当時、松田南洋庁長官の名のもとに、南洋統治地へ発せられた諭告《ゆこく》によつて明らかにされています。》では、どんなことがあっても南洋群島は外国へ委ねられないのですね、と著者は問う。《さうです。亡くなつた大角大将（当時海軍大臣）が、かつて、外国のある通信員から、（南洋群島をなぜ日本海軍は海の生命線といふのか）と質問された時、（南洋群島は、日本本土に対する重爆撃機半径行動の範囲内であり、同地を敵にわたせば、我国は直接に脅威を受ける。したがつて南洋群島は、日本にとつて国防生命線である）と、断乎として声明されたですね。これによつても我群島が、名は委任統治でも、実質に於て我領土と変りがないといふことは、永久に保証されたわけです。》

国際連盟の委任による統治を自己の領土であると強弁するこの説明だけでは、日本の南洋諸島領有と大東亜共栄圏構想は、とうてい自国の少国民をも充分に納得させるものではないだろう。『少年少女南洋旅行』の著者は、だから、さまざまなやりかたでそれを側面から正当化するような記述に努めている。なかでも特徴的なのは、現地の住民たちの日本にたいする感情を引きあいに出すやりかたである。スペインの三百年にわたる支配の下でも、またそのあとの十六年間のドイツ植民地時代にも、圧制にたいする島民の反抗があった、という会話が、さきの南洋通と著者とのあいだで交わされる。《日本領になつてからの島民は、まつたくおとなしいですね》と著者が言うと、相手は答える、《日本人にはよくなついていますね。》——現地の住民たちとの関係で日本の支配を正当化しようとする試みは、『南方問題と国民の覚悟』では、もちろんこれよりはいっそう歴史的であり理論的である。さきに挙げた南方進出のいくつかの根拠を、それだけではまだまだ消極的であると批判して、日本民族の歴史に目が向けられる。日本人は、ゲルマンとかラテンとかいうような単純な民族ではない。《全亜細亜のいろいろな種族の血が入り混つて出来てゐるのである。国史の伝へる天孫降臨によつて「天孫民族」がその中心となつてゐる事は判るのであるが、その他に北の大陸からも南の島からもいろ〳〵の種族が入り込んで天孫民族と融合してゐる。（かうしてこの万世一系の　天皇を戴く無比の国体の下に、世界に類のない団結力をもつた国家を作り上げたのである。）》つまり、日本がアジアで唯一の《一等国》であり実力をもっているから、というだけで日本を東洋の盟主とか東亜の指導者とか言うのでは、まだ充分ではないのだ。《日本人は全亜細亜民族の一致団結の標本であるから、すべての亜細亜民族の血を全部その身体の中に融合した形でもつているから、全亜細亜の各種族に対して、みんな血縁者として口を利く事が出来る立場であるからと云ふ歴史的な意味をこれに加へなければ充分ではないのである。〔……〕日本は実に、そのやうな重大な役目を背負はされてゐる。この事を考へて、日本の南進と云ふ事は、同じ目的のための北方大陸へ向つての発展と同時に行はなければならない日本の義務であり責任であると云ふ事を知らなければならない。》

ナチスのイデオローグでナチ党外務部長およびナチ政権の東部占領地域行政長官となったアルフレート・ローゼンベルクの主著『二十世紀の神話』（一九三〇）が、古代ギリシア文明に匹敵する文化圏としての北方的ヘラスなる秘境を構築し、金髪碧眼の北方的ヘラス人、すなわち架空の純血種ゲルマン人を支配者民族として理論づけたとすれば、日本のアジア支配の根拠づけは、それとはまったく対照的な混血民族としての日本人の特性に求められたのだった。ナチス・ドイツの侵略イデオロギーが純血の神話に依拠していたとすれば、日本の進出は混血の神話をよりどころとしたのである。

〈天孫民族〉神話との苦しい整合が試みられねばならなかったこの混血神話は、理論としての唐突さと幼稚さにもかかわらず、感性の次元では、じつはそれほど奇異なものではなかったのだ。

山中峯太郎の『亜細亜の曙』（『少年倶楽部』一九三一年一月―三二年七月。三二年九月、講談社刊）は、三一年九月に始まる〈満洲事変〉を先取りし、その戦火のまっただなかで日本のアジア進出の必然性をSF風に描いた象徴的な小説だった。亜細亜の曙というその表題は、一作品のタイトルという意味をはるかに超えて、世界史の今後を予言する標語となった。六年後にようやく第一次近衛内閣が〈東亜の新秩序〉を唱え、さらにその三年後に〈大東亜共栄圏〉構想が提起されたとき、亜細亜の曙は、確実に虚構《フィクション》から現実へと移行したのだった。そして、当面の敵ではなくすでに《〇国》をはっきりと仮想敵とし、インドの王子ルイカールと手を握って新兵器製造競争のまっただなかに身を投じる本郷義昭の活躍は、始まりつつある中国大陸の一角での事変が、やがてアジア全域での対米国戦争へと発展しないではいないことを、はっきりと描いていた。南洋の一島にある敵の新兵器開発の拠点「巌窟城」のまっただなかで、たがいに相手の腕に指で字を書きあってひそかに意思を通じあうルイカール王子と本郷義昭は、アジアの将来について、こういう対話をかわす――《英国更に勢力を握れば、僕等の母国インドは、永遠に独立の機会を失ふ。大インド独立の機会は、日本が〇国に勝ち、英国を沈黙させる時、日本が亜細亜より欧米へ……全世界へ、正義の光を輝かす時、その時こそ、大インド独立の時なのだ。インド独立秘密党の少年団……我等は、亜細亜の盟主日本帝国の勝利を祈る）／（多謝す、王子ルイカール）／（僕等は亜細亜の民だ。世界に類なき皇国日本を、亜細亜の盟主と尊敬し、勇敢なる日本人を慕ふ。この強敵巌窟城の全滅を計るは、日本の為、亜細亜の為、大インド独立の為ではないか！）／本郷の右腕に書く王子ルイカールの指さきが、母国を愛し憂ふる熱情にふるへ、この健気《けなげ》なる黒人王子の愛国心が、本郷義昭の剣侠魂を感動させた。／（王子ルイカール！　然《しか》らば君は、大亜細亜の将来の為、この本郷と生死を此処に誓ふか?）／思はず力をこめて尋ね書く本郷の右手を、ルイカールの左手が、いきなり強く握りしめた。――承知!!　日東の剣侠英傑とインド獅子王の血統《ちすぢ》をつげる少年王子が、生死を共にと誓つて握手する感激に、黄色い手と黒い手と堅く握り合つたまゝふるへた。》

一九二〇年代の全時期をつうじて激しく燃え上がったインド独立闘争と、頭山満をはじめとする日本の右翼ナショナリスト陣営がそれに与えた援助という歴史的事実とによって裏打ちされた『亜細亜の曙』の主題は、だがしかしまだ、日本が何故にアジアの〈盟主〉としてアジア諸民族の〈独立〉を援けなければならないのかについては、明確な根拠を示しえていない。軍事的な戦略の面からインドの独立と日本の進出とが不可分のものとされているにすぎない。ところが、この小説の連載中に第一部が書きはじめられ、一九三三年末に第二部が完結した次作、『萬国の王城』とその第二部である『第九の王冠』では、日本とアジアとのつながりは、ちょうどのちの〈混血民族〉論と同様の歴史的必然性として、根拠づけられるのである。

『萬国の王城』（『少女倶楽部』三一年十月―三二年十二月。三三年三月、講談社刊）は、大蒙古で七百年前に築かれた「黄金城」と呼ばれる都市が発掘され、成吉斯汗《ジンギスカン》の墓が発見された、という想定のうえに立って物語を展開している。発掘にあたったロシアの科学者は、なぜかその後、くわしい報告を発表しない。それには深いわけがあるのだ。――成吉斯汗の直系の子孫が生きていて、かれは幼ないころ日本の軍人一家に託され、日本人として育てられている。物語の主人公、北條龍彦、実の名タタール王子がそのひとである。かれは大蒙古帝国の王であることを証明する玉璽《ぎょくじ》の半分を身につけている。あとの半分は、どこにあるかわからない。こうして、かれを亡きものにして大蒙古の支配権を奪おうとする外国勢力の陰謀と、蒙古愛国の志士たちとともにそれをはねのけ、玉璽の残る半分を探し出して大蒙古独立を達成しようとする龍彦＝タタール王子とのたたかいが開始される。かれにぴったりと寄りそっているのは、北條家の次女で将来のかれの妃とさだめられている少女、美佐子である。『少女倶楽部』に連載されたという事情もあったのだろう、この作品では、冒険小説・秘境小説にしてはめずらしく、少女美佐子の占める比重がきわめて大きい。

なぜ蒙古の独立をテーマにしたのかについて、作者は、作品の冒頭に置かれた一章、「この本には、何が書いてあるのか」のなかで、はっきりとその理由を述べている。日本はロシアと中華民国から満洲国を護らなければならぬ。そのためには、地つづきの蒙古をどうしても安全にしなければならぬ。《満洲国と大蒙古は、我等の日本の生命線だ。〔……〕満洲国は独立した。満洲国を見る我等の眼は、次ぎに蒙古を見つめねばならぬ。眼を亜細亜大陸に放て！殊に少年少女諸君の責任は、将来にかけて、いよいよ大きくなる。純なる日本精神に育てられ、気分を剛《つよ》く大きく健かに、大陸的に養うことが、諸君の行く道でなければならぬ。「萬国の王城」は、このために書いた。》（引用は、桃源社版『萬国の王城』＝一九七〇年一月＝による）

だが、政治的・軍事的な〈生命線〉論による説明だけでは、小説としての『萬国の王城』が読者のこころをとらえることはできない。秘境小説は、体験的な事実の力よりも、歴然たる空想的虚構によってこそ、いっそう大きなリアリティとアクチュアリティを獲得するのである。第二部『第九の王冠』（『少女倶楽部』三三年一月—十二月。三五年七月、実業之日本社刊）でついに解かれる謎は、こうした空想的虚構によって、日本とアジアの独立とを結びつける。ロシアの勢力とその手先たちの陰謀と妨害をつぎつぎとはねのけながら、龍彦と美佐子は、ついに、生みの母のいる和林《カラコルム》までたどりつく。七百年前の都「萬国の王城」、つまり「黄金城」の遺跡は、この地から発掘されたのだ。だが、たとえ玉璽の両片がそろったとしても、「第九の王冠」と呼ばれるものが手に入らないかぎり、大蒙古国の王位と国の独立は得られないのである。その第九の王冠は、和林の遺跡からも発見されなかったのだ。こうして最後まで残された謎は、龍彦と美佐子が母と会見する大団円で、一挙に解かれることになる。玉璽の両片を合わせたとき読みとれる「大憲法」には、「我は成吉斯汗大王、日出る国に生まれたり」と記されている。母は、大王が日本人だったことを明かす。それにつづく一節は、いまはない古い蒙古文字で書かれているため、これまで龍彦と美佐子には読めなかったのだが、母はそれを、「代々の子孫、汝等の国は、日出る国へ必ず帰り、東に従うべし」と読んでくれる。「萬国の王城、東にあり」——萬国の王城は和林《カラコルム》にあったのではなかった。日本の王城こそ、萬国の王城なのだ。和林の地底にねむる第九の王冠を東にある萬国の王城へ——というのが成吉斯汗の遺訓だったのである。《「第九の王冠を、日本人である王子タタールが戴く日こそ、蒙古独立の日、第九の王冠を取り出す日です。――代々の子孫、汝等の国は、日出る国へ必ず帰り、東に従うべし。萬国の王城、東にあり。」／母上は、祖先の大王の遺訓を再び読まれると、うやうやしく東を――日本の方を向いて礼拝された。／皆が立上った。母上と龍彦と美佐子を中央に、一同が、東――日本の方を向いて心から礼拝した。》（引用は、桃源社版『萬国の王城』所収のものによる）

成吉斯汗が敵を征服したとき立てたと伝えられる九本の白旗、第九の王冠をはじめとする数々のものに付されている九という数、等々の設定が、成吉斯汗は源九郎義経であるとするあの伝説を示唆していることは言うまでもない。この伝説に依拠しながら、山中峯太郎は、満洲のつぎに日本の目標となるべき蒙古と、日本とを、文字通り血縁関係にしてしまったのだった。

混血神話まで駆使しながらなされるアジア諸民族と日本との運命共同体の根拠づけの過程は、大衆小説のなかでは、空想的な秘境がその謎を解かれてつぎつぎと現実世界の異境でしかないものへと変貌していく過程でもあった。こうして、中国大陸の奥地や南洋の海の彼方に謎をひめて横たわっていた秘境は、読者にとって身近な天地となった。だが、悲劇的なことに、アジアの諸地域と諸民族がこうして日本人にとって近いものとなればなるほど、もはや謎ではなく身近な同胞となればなるほど、じつは、日本人の目からアジアはますます見えなくなっていったのである。

氷の涯から人外魔境へ

南洋一郎が『日東の冒険王』（一九三六）、『緑の無人島』（三七）、『聖火の島』（三八）、『新日本島』（四〇―四一）などの長篇を、講談社の少年少女雑誌につぎつぎと発表し、探偵小説を書くことが困難になっていく時局のなかで江戸川乱歩が少国民向けの作品に転じて、これまた南海を舞台とする『新宝島』（四〇―四二）を連載していたころ、つまり、大陸での〈事変〉が東亜全域をおおう全面戦争へと発展することは不可避であるという気分が醸成されつつあったころ、成人向けの小説の分野でも、秘境をテーマにした注目すべき作品があいついで生み出されていった。

国枝史郎の多くの作品で重要な役割を演じる国内の秘境、山奥や小島など人跡まれな場所に人知れず息づく〈隠《かく》れ里《ざと》〉という設定は、野村胡堂の『岩窟の大殿堂』（一九三〇―三一）や高垣眸の『まぼろし城』（三五）などの少年小説ばかりでなく、角田喜久雄の『妖棋伝』（三五―三六）や『風雲将棋谷』（三六―三九）をはじめとする成人向けのいわゆる伝奇小説のなかにも、脈々とうけつがれていた。しかし、日本国内という場所的な制約とも関連して、そのほとんどは、江戸時代をはじめとする過去の時代に舞台を設定せざるをえなかった。押川春浪以来の海外の秘境でさえ、日本のアジア進出がすすむにつれて秘境としての性格を失って身近な現実性をおびていくなかで、過去へと立ちもどる以外には秘境にリアリティを与えることは至難のわざだったのだ。

だが、一九三〇年代の後半から四〇年代初頭にかけての一時期は、この至難の課題にあえて立ち向かった作品を、集中的に生んだのである。大衆小説の領域にとって、小説世界を構成する最大の要因のひとつ、謎と夢をはらむ密室空間としての秘境は、それを創出することがきわめて困難な状況のなかで、存亡にかかわる試練に直面し、そしてそれにたいするひとつの答えを提示してみせたのだった。

〈支那浪人〉や〈満洲浪人〉のイメージに明治前期このかた託されてきた大陸の秘境の夢は、一九三一年九月に始まる満洲事変と、翌三二年三月の〈満洲国〉樹立によって、もはや夢ではなくなった。事変勃発直後から、朝鮮経由で〈満洲〉へ通じるルートは、動乱に乗じて大陸で一旗あげようとする日本人の群れで雑踏をきわめた――と、左翼活動にかかわってちょうど同じころ官憲の追及から満洲へ逃がれた八木義徳も、晩年になって書かれた自伝的小説のなかで回想している。三二年秋に三江省佳木斯《ジャムス》に向かった農業移民団を皮切りとし、やがて三八年春に発足する〈満蒙開拓青少年義勇軍〉の入植によって、中国大陸は〈日本〉の日常の単なるひとこまとなっていった。現実の侵入によるこの夢の終焉を鮮烈に描いてみせたのは、〈満洲建国〉から一年足らずのちの一九三三年二月号『新青年』に発表された夢野久作の『氷の涯』だった。ロシア革命にたいする武力干渉を目的として日本がシベリア出兵を行なっていた当時、一九二〇年秋の哈爾賓《ハルビン》が、物語の舞台である。シベリア出兵を後方から掩護するために、北満守備の名目でこの都市にも日本軍が駐屯していたのだ。主人公の若い上村一等兵は、日本人経営の料亭「銀月」の女将や白系ロシア人の政商オスロフらと結託している軍司令部のなかで起こった巨額の公金拐帯事件に巻き込まれ、犯人とされて追われる身となる。オスロフの養女でコルシカ人とジプシーとの混血といわれるニーナという娘とともに、かれは松花江《スンガリー》を小舟でハバロフスク近くまで下り、そこから今度は徒歩で、烏首里江《ウスリー》ぞいに南下してヴラジヴォストークまで逃走する。そして、すでにそこにも追跡の手がまわっていることを知ったとき、《ねえアンタ……わたしといっしょに死んでみない……ステキな死に方があるんだから……》というニーナの提案を容れて、深夜、一台の橇《トロイカ》に乗って凍結した海をどこまでも沖へ向かって辷《すべ》り出すことになる——

《ルスキー島をまわったら一直線に沖のほうに向って馬を鞭打つのだ。そうしてウイスキーを飲み飲みどこまでも沖へ出るのだ。／そうすると、月のいい晩だったら氷がだんだんと真珠のような色から、虹のような色に変化して、眼がチクチクと痛くなってくる。それでもかまわずグングン沖へ出て行くと、今度は氷がだんだん真黒く見えてくるが、それから先はドウなっているかだれも知らないのだそうだ。》

たいていのものは、酔いがさめると引き返してくるし、馬は勘が良いので、人間が眠っているうちに勝手に廻れ右をして戻ってしまい、目をさましてみるともともとの牢屋だったということもあるという。


《「しかしアンタと二人なら大丈夫よ」

と言って彼女が笑ったから、ぼくはこのペンを止めて睨みつけた。

「もし氷が日本まで続いていたらドウスル……」

と言ったら彼女は編棒をゴジャゴジャにして笑いこけた。》（引用は現代教養文庫版『氷の涯』＝一九七六年五月＝による）

夢野久作の代表作とされる『ドグラ・マグラ』（一九三五年一月、松柏館書店）が、日本の一九二〇年代から三〇年代にかけての現実をひとりの〈狂人〉の内面の謎に向かって掘りすすめた作品だとすれば、『氷の涯』は、やはり二〇年代から三〇年代の歴史的現実のなかで、秘境に託されてきた日本近代の永い夢の果てが踏み出そうとする道を、秘境が日常的現実に転じるとき塵芥《ちりあくた》のように打ち捨てられていった小さな存在を通して、描き出してみせた小説だった。秘境が失われるとき、そこから脱出する道の行手が、氷の涯の海だったばかりか、あるいは海に沈むことさえできずに氷原がそのまま日本までつづいているかもしれない、という予感的な想定は、その後の〈日本〉がたどった進路を思いあわせるなら、戦慄を呼びおこさずにはいないリアリティをおびて迫ってくる。

一九三六年三月、〈二・二六事件〉の二週間後に急死した夢野久作は、日本がたどった氷の涯への末路を見きわめることはできなかった。だが、同じころ、もはや秘境ではなくなった満洲や南洋から、その涯《はて》が日本へつづくのではない新たな秘境への道を模索する試みが、何人かの作家たちによって始められていた。

夢野久作の死の直後に、「酒場ルーレット紛擾記《トラブル》」（『文藝春秋』三一年五月）で登場した橘外男《たちばなそとお》（一八九四―一九五九）は、実際には大正末年にすでにいくつかの作品を公けにしていたのだが、長い沈黙をつづけたすえ、ふたたび活動を開始したのだった。再出発ののち、ほぼ半年足らずを経たころから、かれは、遠くアフリカ（コンゴ、モザンビーク、南アフリカ連邦、アンゴラなど）や中南米（パナマ、キューバ、アマゾン水源地方、ベネズエラなど）の奥地を舞台にした小説を、つぎつぎと発表しはじめる。南アフリカ、ケープタウンの物語「怪人シプリアノ」（『オール讀物』三七年四月）は、都市で起こった事件を描いているものの、すでにその事件の背景には、白人たちとともにケープタウン市の学校で学んだ過去をいっさい忘却の淵に沈めて、隔絶した生活領域をまもっている拝火教徒《ゾロアストリアン》のズーヴァン族の世界がある。マダガスカル島をアフリカ大陸とへだてるモザンビーク海峡にのぞんだ港、ベイラでの出来事を描く「ベイラの獅子像」（『文藝春秋』三八年二月）も、直接の舞台は港町だとはいえ、やがて現われるであろう獅子の生棲地、サンベジ河上流の奥地が、暗黙のうちに物語全体に影を落としている。

都市をおびやかす奥地が、橘外男の小説のなかでいよいよその全貌をあらわしはじめるのは、三八年七月に発表された「〈死の蔭《チャプロ・マチュロ》〉探険記」（『オール讀物』）と、三九年三月の「マトモッソ渓谷」（『新青年』）との二作においてだった。《チャプロ・マチュロ》すなわち「死の蔭」という言葉そのものの意味するごとく、この地方は湿熱百六十度、窒息せんばかりの息苦しい暑熱を現出し、神代さながらの原生林は天を摩して密生すること幾万哩《マイル》ということを知らず、毒蛇、蠍《さそり》、亜米利加豹《ジャグワル》、山猫《ピューマ》等の棲息地として、幾多の河泉は雨季の増水を溷ませて沼沢のごとく瘴気を発生し、古来土人といえども恐れをなして近づかぬ、まったく文字どおりの「死の蔭」に被われた無人の境であったが、諸君が今もっとも詳密なる南亜米利加地図を繙《ひもと》かれるならば、ラプラタ河に流入する大河パラグワイ河の上流水源地方において東方より迫り来った伯剌西爾《ブラジル》山岳は幾多の突兀《とっこつ》たる高山を織りなして、さらに西の方ボリビヤ国境方面へと縦走しているのを見られるであろう。そして諸君の地図が精密であればあるほど、この辺一帯に点線をもって円を描いて、密林不明地帯と明らかに断り書きがしてあるのを見出されるであろう、これらの高山を囲繞《いにょう》する密林不明地帯こそが、すなわちチャプロ・マチュロ、わが探検隊の目的地だったのであった。》（現代教養文庫版『〈死の蔭〉探険記』＝一九七七年七月＝による）――秘境小説のひとつの典型ともいうべきこうした一種荘重で思わせぶりな文体によって、作者は謎をひめた密林の奥へ奥へと分け入っていく。秘境がはらむ謎は、もはや隠された財宝や豊かな理想郷ではない。そこでくりひろげられる冒険は、もはや野望をいだく悪虐非道な敵たちとの戦いでさえない。学術研究のために、あるいは鉱山発見を目的としてこれらの秘境に足を踏み入れた人間たちのまえに待ちかまえているのは、手ごわい外敵や悪人たちではなく、探険者の科学そのものを無効にし嘲笑するかのような存在、つまり人獣交婚の結果と思われる半人半獣の動物や、完全に猿人と化してゴリラの群とともに暮らす人間なのである。かれの秘境小説の最初期に位置する「博士デ・ドウニヨールの〈診断記録《ヴィザムリベルタム》〉（『文藝春秋』三六年十月）以来、橘外男が描き出す秘境は、〈日本〉が科学技術と思想統合のすべてを挙げて獲得しようとしていたアジアの異境を味気ない日常茶飯事に変えてしまうほど、文字通り人間ばなれした世界だった。橘外男の秘境小説が、ほとんど例外なくヨーロッパ人の主人公しか登場させていないことも、真の意味で現実ばなれした世界を構築しようとした作家の意図を、暗示しているかもしれない。

　これと同じ時期に、やはり徹底して遠い非現実を描きつづけたのは、ともに雑誌『新青年』から出発したふたりの作家だった。小栗虫太郎（一九〇一―四六）と久生十蘭（一九〇二―五七）がそれである。

　久生十蘭は、中学時代の友人で『新青年』の編集を担当していた水谷準にすすめられて、フランスからの帰国直後に連作『ノンシャラン道中記』（三四年一月―八月）を阿部正雄の名で発表して以来、同誌の常連執筆者のひとりとなった。そのかれが、オホーツク海を舞台とするふたつの小説、「海豹島」と「地底獣国」をあいついで公けにしたのは、一九三九年のことだった。「海豹島」（『大陸』三九年二月）は、樺太（サハリン）の東海岸にある実在の海豹島《チュレーニー》で演じられる出来事を描いているが、場所的な現実性とは鮮かな対照をなす出来事そのものは、むしろ、この物語に、現世とは隔絶した遠い秘境での夢のような性格を与えている。山中峯太郎であれば、あるいは高垣眸であってもやはり、軍事的な戦略と無関係に描くことはできなかったに違いない地点が、ここでは、極東の緊迫とはまったく無縁な別天地に変貌させられているのである。やはりオホーツク海域に場所を設定した「地底獣国」（『新青年』三九年八月―九月）では、状況はいっそう現実味をおびたものにされている。モスクワの科学アカデミーが第二次五カ年計画期間中の文化的国家事業として提案し、第八回連邦ソヴィエト大会で承認された三つの計画のうち、「計画《プラン》・Я《ヤ》」と呼ばれるものの全貌と、その事業によって明らかになった驚くべき事実が、十年前にカムチャツカで密猟中に拿捕されてシベリヤはスタノヴォイの苔原《ツンドラ》地帯で強制労働に従事させられていた日本人漁民たちを通して、明らかにされたのだった。「計画・Я」は、科学アカデミー地質学部長ヤロスラフスキー博士が、たまたま樺太の低山帯で、スタノヴォイ山脈にだけ棲息するシベリア獐《のろ》の一種を発見し、樺太の恵須取《エストル》山の旧火口と、シベリヤ奥地のロバトカ山の火口壁に口を開く穴とが地下と海底をつらぬいてつながっている、という仮説を立てたことから始まった。博士は一九二九年以来、調査隊の派遣を申請していたのだが、ソ連でスターリン派による大粛清の嵐が吹き荒れた一九三七年にいたって、ようやく許可されたのである。もちろん、それは軍事的な理由からだった。もしも博士の仮説が実地に証明されれば、千六百キロの蜿蜒たる熔岩隧道を軍事攻略路として利用し、対日戦略のうえではかりしれない優位を占めることができるのだ。――だが、調査隊がまだロバトカ山のあたりで予備的な作業をしているあいだに、またもやラジオが、粛清のニュースを報じる。トロツキスト・ブロックに結びついたかどで処刑されると伝えられたのは、ヤロスラフスキー博士が尊敬する科学アカデミーの一教授である。調査隊の分隊長モローゾフ教授は、もしもこの調査行が失敗したときは自分たちをこれと同じ運命が襲うことを危惧して、調査の困難であることを示すために流刑囚を二十人ほど穴に追い込んで殺し、その報告をもって無事にモスクワへもどろう、と主張する。博士は、作業にかり出されていた六人の日本人漁民たちとともに、モローゾフ一味の追撃を振り切って地底の調査旅行を決行しようとする。地底の旅をつづける一行の前には、数千万年前の太古の世界そのままの恐竜や植物の棲息する世界が姿をあらわす。さらに進むと、広大な地底の海がひろがっている。そのまっただなかの孤島のうえに出たのである。一行に追いついたモローゾフ一味は、この未曾有の発見を自分の功績とするため、とにかく博士たちを生かして目的地まで進ませる方針に転じる。——だが、恐竜の襲撃や壊血病にみまわれて、調査隊のメンバーはつぎつぎと生命を落としていく。地底の海のなかの孤島のうえでついに三人だけになってしまったメンバーたちは、一千万年前のジュラ紀のエロニクティスという鱈《たら》に似た魚と海鳩の卵だけで露命をつなぎながら、壊血病の進行と死を待つのみとなる。

ソ連の極東支配とその一環としての日本攻略の構想を題材にしたこの小説は、それが発表された一九三九年夏という時点を考えれば、疑いもなく反ソ軍事小説であると思われるだろう。けれども、表面的なこの主題は、物語を読みすすむにつれて、まったく別の相貌をおびて読者のまえに現われてくるのだ。

死をまつばかりのところで手記が終わったのち、手記の筆者による一通の短い手紙が付け加えられる。それによれば、あの島へ釘づけにされてから二十三日目の朝、突如、霧のなかから一艘の汽船が姿を現わしたのである。海底の海に浮かぶ小島だとばかり信じていたものは、じつは千島列島の最北端の阿頼度《あらいと》島だったのだ。地底の隧道は南樺太に通じていると考えられていたため、その小島の周囲を地底の海だと思いこんでしまったのだが、そこはカムチャツカの最南端に近いオホーツク海だった。太古の魚だと思われたものは、介党鱈《すけとうだら》にすぎず、ヤロスラフスキー博士がその発見に驚喜して事故死する一因となった石炭紀の長者貝《プレウロトマリア》は、じつは千島琥珀貝というありふれた貝にすぎなかった。しかも、最後まで生きのこってこの手紙をそえた記録をモスクワ大学地質学部の一教授に、アカデミーへの公式報告とは別に友情のしるしとして書き送っている人物、つまり「地底獣国」の探険記全体の記録者でもある人物とは、陰険で残忍な出世主義者として書かれてきたモローゾフ教授そのひとに他ならないことが、物語の結末近くで明らかになるのである。最後の手紙を通して浮かび上がってくるモローゾフは、ヤロスラフスキーにたいする友情や同業者としての連帯心に篤《あつ》い誠実で勇気ある研究者なのだ。記録と手紙を生きのこった三人の日本人漁夫に託して小樽のソヴィエト領事館に届ける手はずをととのえたのち、モローゾフは、調査の正確を期するため、おそらく途上で倒れるだろうことを覚悟しながら、単身ふたたび地底の道を引き返していく。

もっともきわどい極東の一地域を舞台とし、しかもそのまま反ソ感情の煽動に奉仕しかねないテーマをあえて選びながら、久生十蘭のこの小説が時局追随的なものとならなかった原因は、いくつかあるだろう。大粛清という背景を、報道された限りの事実にそくしてきわめて生々しく取り入れつつも、それを単純なソ連攻撃に使うのではなく、粛清という条件下での研究者の生きかた、決断の条件として生かしていること。ソ連の軍事的思惑を従順に代弁する役割を担わされているかとばかり思われたモローゾフ教授という人物が、じつは必ずしもそうではないことが明らかになるドンデン返しが、作品全体の空気を結末部分で一転させて、反ソ的気分そのものが空無化されてしまうこと。こうした契機が、登場する日本漁民たちにことさら民族主義的な特徴づけが与えられておらず、ロシア人科学者や日露混血の婦人青年隊士《コムソモールカ》ナターシャにも同等の人間的個性が付与されていることともあいまって、この小説の独自の価値観を明示する根拠となっている。だが、それらにもましてこの小説の力となっているのは、軍事的・政治的にきわめて現実性をもった地域と主題を選びながら、しかし一貫してそれらに非現実的な虚構性を与えきったことではあるまいか。もはや現実の単なる異境でしかない舞台は、久生十蘭によって、徹底的に秘境として描かれきったのである。秘境がつぎつぎと失われていくとき、それでもなお秘境小説を追求しつづけることは、必ずしも現実からの逃避であるとは限らない。もともと虚構でしかない人為的な世界に、それでもなお現実世界にもました現実性を与えようとするのが小説の野望であるとすれば、秘境がもはや不可能な世界のなかで反世界としての秘境小説を書きつづけるということは、小説家にとってもっとも果敢な現実への挑戦の一形態でありうるのだ。

この果敢な挑戦を、小栗虫太郎もまた、あたかもライバル・久生十蘭を横目でにらみすえるかのようにして、つづけたのである。『新青年』一九三三年七月号に他の作家の予定原稿の代理の穴埋めとして掲載された処女作、「完全犯罪」以来、かれの作品は、多くがロシアをはじめとする異国に舞台をおいて描かれていた。当初からあったこの異境志向が、もっとも集中的な表現を与えられたのは、三九年五月号から四一年七月号までの『新青年』に断続的に発表された全十三話の連作小説においてだった。「有尾人」に始まり、「大暗黒」、「〈太平洋漏水孔〉漂流記」、「水棲人」、「第五類人猿」、「地軸二萬哩」、「伽羅絶境」などを経て「アメリカ鉄仮面」に終わるこの連作は、いまでは、連載当時しばしば各回の表題に角書として付された「人外魔境小説」という呼称を生かして、『人外魔境』と題する一巻（七二年五月、桃源社）にまとめられている。

アフリカの奥地、チベットの未踏峰、ミクロネシアとメラネシアの間にある近寄りがたい海峡、アマゾンの源流、中部スマトラの原始林、エスキモーも足を踏み入れぬグリーンランド内陸の氷原、世界の屋根パミール高原を走る大亀裂の底、ラオスとビルマの国境にひろがる伽羅《キャラ》樹林とそこへの進入をはばむ魔の峡谷、そして最後に成層圏飛行——およそ考えられる限りの地球上の秘境が、第三話以後は折竹孫七という一日本人の冒険譚のかたちで姿をあらわす。それらの秘境にひそむ謎や犯罪は、時局を反映して、しばしば軍事小説と境を接するような性格を作品に与えてさえいる。しかし、小説の主人公はあくまでも、当面の戦争や時事問題ではなく、秘境とそこにひそむ謎そのものなのだ。どこまで現実ばなれしたウソをつきとおすか、そのウソにどこまで現実を凌駕させうるか、それがこれら人外魔境連作の最大のモティーフなのである。一度も満洲やシベリアを訪れたことのなかった夢野久作がハルビンやソ連沿海州をまことしやかに描いたように、もちろんこれらの秘境・魔境に足を踏み入れたことなどない小栗虫太郎は、夢みる力と虚構能力のすべてを投入して、一方向へと収斂していく現実に対抗したのだった。

そして、そのかれが、人外魔境シリーズ完結の数カ月後、一九四一年十一月に、陸軍報道部員としてクアラルンプールへ派遣され、一年余をすごして帰ったとき、かれは、日本軍が占領した旧英領海峡植民地で、これまで自分が描いてきた秘境とその謎の一端を身をもってかいまみたのである。秘境は、そのときおそらく、かれにとって、地球上からは姿を消したのだ。こののち、少年向けのＳＦ的作品『成層圏魔城』（『戦時版よみうり』一九四四年四月—八月）など、ごく少数の作品のなかで秘められた土地に言及したものの、ついに壮大な秘境小説は二度と生まれぬまま、敗戦後まもない一九四六年二月、小栗虫太郎はメチル・アルコールのために四十五年の生涯を終えたのだった。

3　もはや夢想ではなく……

〈黄金の二〇年代〉ののちに

　小栗虫太郎が、かれの空想のなかにしか存在しなかった秘境の一端を、従軍作家（陸軍報道部員）として現実にかいまみたとき、かれは、かつての秘境を舞台にして、一篇の悲痛な小説を書いた。『新青年』一九四三年三月号掲載の「読切長篇／現地探偵小説」と銘打った「海峡天地会《かいけふティンティフィ》」がそれである。

　マレー（マレーシア）とシャム（タイ）との国境にある実在の村や密林が、物語の舞台である。この地域を占領した日本軍の憲兵隊は、いま、ひとつの重大任務を与えられて、密林のなかに道を切り開きながらタイ領の一地点へ赴かなければならない。マレー北部のケダー州に侵入した日本軍は、ここを独立させると約束しておきながら、それを反古にしてどこ吹く風の態度をとっている。これが現地住民たちを激怒させ、占領政策に支障をきたしているのだが、この機に乗じて、古くからある大秘密結社「天地会《チィン・ティ・フィ》」が勢力を盛り返そうと策していることが明らかとなる。「天地会」とは、三国志の桃園結義に始まるとさえ言われる神話的な秘密結社で、太平天国の乱も、近くは辛亥革命も、中国の大変事の背後にはつねにこの結社があり、中華民国の初代大統領・孫文も天地会員だった、という説まであるほどなのだ。その隠れた勢力はアジア一帯をおおい、つねに南洋華僑発展の尖兵であり、民族的危機に遭遇すれば防衛報復反抗の母体となる。日本軍にとっては恐るべきその秘密結社の総理、長崙《チョン・ルン》が、インドからマレー国境近くのタイの一小村へやってくるとの情報を、日本軍がつかんだのだった。それを待ちぶせし逮捕する任務を与えられて、緒形准尉に率いられた憲兵隊が、わずか四マイル半の行程に運が良くても一週間は要するだろうといわれる密林を切り拓きながら、国境を越えてタイ領内に進入する。緒形准尉は、シンガポール占領時の華僑大虐殺のさいに行なった八十人斬りをことあるごとに自慢し、相手が無抵抗となると恐ろしいまでの獣性を発揮し、憲兵の職権を利用して賄賂で私腹を肥やすという、典型的な日本軍人である。《あはれ彼ら現地人たちは、この無頼漢たるべく教育され万能の権力を笠に着る爬虫類どものまえでは、一片の抗告の舌もなく、彼らを有利にするいかなる方法もゆるされない。たゞ、一方的な調書と宣告で、すべてが終るのだつた。これは馬来《（マレー）》のみならず、あらゆる日本軍占領地域の軍政下の土地がさうだつた。そこには、人権の微光さへもさしてゐない。》

　待ちぶせする憲兵隊のまえに、果たせるかな、手配写真とそっくりの巨獣のようなひとりの中国人が現われ、たちまち捕縛される。だが男は、どんな訊問にたいしても拷問にたいしても、自分は黄鉄珊《ウォン・ティツ・サン》である、と答えるばかりで、がんとして口を割らない。まるで舌を失った海象のようなその様子を見て、報道部員として軍と行動をともにしている作家の小暮は、あまりにも易々と捕まったのはおかしい、と感じた当初からいだいていた疑問、この男は本当に長崙ではないのではあるまいかという疑問を、ますます深めていく。そして、自分の小説の愛読者だった飯沼軍医の助けをかりて、この疑問を証明する試みをつづける——。この試みは、やがて黄と名乗る男の思いがけない死によって、中断されざるをえなくなる。だが、だれがかれを殺したのか、という新たな謎が生じたかわりに、黄の身元がようやく判明し、やはり小暮の推測どおりに、黄は長崙の身代りを引き受けて、殺されてもそれを白状しない決意をかためていたのだということが、明らかとなる。信義をまもりとおして死んだ黄鉄珊の顔を見ながら、小暮は軍医に言う、《さあ、黄に別れをしよう、僕らはもう、たとへどんな日が来ようとも、二度とこの男の顔はみられないよ。嘘や変節などは生活に付きものだくらゐにしか思はない日本人は、この黄を土下座して拝むがいい。》すべての真相が明らかになり、すべての関係者がシンガポールやスマトラへ去っていったとき、民生の安定を得ぬままにいよいよ暗く悲しくなる現地にひとり残されて、小暮は黄への墓碑銘を書く——

《ここに、舌なき海象が眠る。／かれの不滅の魂は、およそ呼吸《いき》するごとくに偽りをひい、食するごとくに節を変ずるこの世において、よく節守に殉じ、死にいたるも信義をつらぬきぬ。茨に肉やぶるるも歩み、焔の海に焼かるるも泳ぎたり。されど、その鋼の舌のみはつひに損ずべくもなし。奇《くす》しき人よ。無知なるかれは神を知らず、されどよく、ひとり神と語り得たるは彼なりき。卑賤の塵埃のなかよりいでて崇高の神の座ちかくにまで翔《かけ》りし彼を、神は人たちに告げ、この人を見よ――といふ。》（引用は、木々高太郎監修「推理小説叢書8『海象に舌なきや　其の他』＝一九四七年五月、雄鶏社＝所収のものによる）

この小説、「海峡天地会」を、小栗虫太郎は、かれの処女作「完全犯罪」のほぼ十年後、同じ『新青年』の一九四三年八月号に発表した。陸軍報道部員として一年あまり滞在したマレー半島からの帰還直後のことである。日本軍にたいする容赦ない批判・告発と、その日本軍や日本人とは対照的な名もない（黄という本名があったのだが）ひとりの貧しい中国人への深い共感と敬意は、この秘境小説作家が現実の秘境で何を見てきたかを、ありありと物語っている。秘境に足を踏み入れることなくひたすら空想によって秘境を書きつづけてきたかれは、ひとたびその秘境の実際の姿の一端に触れたとき、現実にあわせて秘境の像を修正したり、あるいは逆に秘境の理想像にあわせて現実を粉飾したりするかわりに、秘境によって現実を撃ったのである。〈日本〉の進出でつぎつぎとこの地球上の、さしあたりはアジアの秘境が戦争や戦略上の要衝と化していくとき、秘境から追われ抹殺されるのは、かれが愛した有尾人や半人半獣の存在や太古の生物たちだけではなかったのだ。遠い秘境が地理上の異境にすぎないものに変えられていくとき、近くなったそれらの領域と、そこに生きるものたちが、ますます〈日本〉から遠のき、ますますそれらが日本人から見えない存在に化していくことを、秘境小説作家・小栗虫太郎は占領地マレー半島で見たのだった。

ここでの引用は、敗戦後、作者の早すぎた死の翌年に刊行された改稿版に拠《よ》っている。戦時下の初出では不可能だった日本と日本軍に対する批判は、この戦後版ではじめて読者に届けられたのだった。だが、初出の『新青年』でも、作者は、日本軍をアジア解放の正義の軍隊として美化するどころか、緒形憲兵准尉が卑小で卑劣な人物であることを暗示するなど、随所で、当時として可能な限界まで肉薄しつつ叙述する努力をつづけている。

小栗虫太郎の「海峡天地会」は、日本における秘境小説の数十年にわたる歴史が行きついたひとつの到達点だったばかりではない。それはまた、一九二〇年代初頭以来、日本の大衆小説が最大のテーマとしてきた〈謎〉が、その正体をあらわにし、それによって同時にいっそう解きがたい謎となった一時点をも、身をもって体現していたのである。

かつて、新講談の一形態としての立川文庫をもふくむ従来の読物文芸から、白井喬二の「怪建築十二段返し」が自己をはっきりと区別したのは、作品世界が内包する〈謎〉と、その解決困難性とによってだった。この不可解な〈謎〉は、「怪建築」とまったく時期を同じくして生まれた雑誌『新青年』では、とりわけ探偵小説というかたちで追求され、時代ものでは捕物帳小説や素人探偵たる浪人武士の活躍を生んだ。押川春浪らによって開拓された冒険小説の分野も、一九二〇年代半ばになると、隠された秘境の探険という要素を色こくもつようになり、やがてこうした秘境小説は、いわば内なる秘境を模索する探偵小説と対《つい》をなして、現実生活とは別のもうひとつの世界に、読者を生きさせたのである。秘められたもの、この日常の世界からは隠されているもの——それが、一九二〇年代の全時期をつうじて、大衆小説の共通の基本的なテーマだったとさえ言える。そのもうひとつの世界が、市井の日常にひそむ犯罪や秘められた人間関係であれ、ありふれた現象に思いがけない角度から光をあてたときの笑いや恐怖であれ、遠い時代や地域の見知らぬ現実であれ、そうしたもうひとつの現実の要素としての謎に気づき、その解明を試みるということが、作品世界を支える構成原理であり、そしてまた、読者と作品とをつなぐ最大の絆《きずな》だったのだ。この絆のゆえに、大衆小説の読者は、そこに描かれていることの生々しい現実性に驚嘆しつつ、あるいはそれどころか、ウソであることを百も承知で、このもうひとつの世界に身をゆだねたのである。

秘境小説の末路は、それゆえ、虚構の世界がもはや現実の世界に太刀打ちしえなくなったことの、もっとも明らかなしるしだった。大衆小説のなかでくりひろげられてきた現実世界とこれにたいするもうひとつの現実とのせめぎあいは、大衆小説にとってもまた黄金時代だった一九二〇年代ののち、三〇年代の進行とともに、日常的現実の勝利がますます明瞭になるかたちで、決着をむかえたのだ。日常的現実が虚構を呑み込んだというよりは、虚構の世界だったものが日常世界となり、秘境だったものが近い現実に変じたのである。大衆小説は、ついに、現実世界を超えるほどの虚構の世界を構築することができなかった、とでもいうように。

大衆小説の敗北をもっとも端的に物語っている秘境小説の末路は、しかし、もはや秘境小説を書かなくなった小栗虫太郎によって、もっとも象徴的に示されていたのではない。むしろ、その状況のなかでなおひたすら秘境小説を書きつづけ、現実のなかにさらに新たな秘境を創出しつづけようとした作家たちの仕事のなかにこそ、秘境小説と大衆小説の敗北は、いっそうくっきりと姿をあらわしていたのである。

科学への総動員——海野十三の歩んだ道

秘境小説は、しばしば、探偵小説と重なりあい、SF小説と境を接している。その一領域が、外の世界から見た秘境であり、そこを支配する法則が外の世界とはまったく別のものである以上、秘境はつねに謎をはらむ空間として現われ、そこを訪れるものたちに謎を提起せずにはいない。そして、その一領域を訪れるための手段も、あるいはその一領域を支配する法則も、そこが近づきがたい秘境であればあるほど、日常の営みを超絶するような手段や法則とならざるをえない。それが未来を展望するものであれ、過去にさかのぼるものであれ、秘境はこの現実の時間と空間を超えるような技術的裏付けと謎解きの作業とを要求する。

国枝史郎や小栗虫太郎や久生十蘭が、謎をはらむ秘境をほとんどつねに過去にさかのぼりつつ切り拓いたとすれば、押川春浪から山中峯太郎に通じる系譜は、未来との関連で秘境を構築したのだった。前者の小説世界は、古生物や半人半獣、太古の地質や隠れ里、黒魔術や秘密結社、等々、先史的《アルカイック》なイメージによって、文明化された日常生活圏から一気に何百年、あるいは何億年の時間を超えた過去へと読者を拉し去る。特徴的なことに、あるいは奇妙なことに、これらの小説では、その果てしない過去にさかのぼる手段は、たとえばH・Gウェルズのタイム・マシンのような未来空想科学の成果とはまったく無縁の、むしろ手工業的で単純素朴な、旧態依然たる〈探検隊〉方式なのだ。それとは逆に、押川春浪から山中峯太郎にいたる後者の系列の小説では、むしろ未来科学が導きの糸となる。秘められた地点は、まだ誰も知らない空前の科学的・技術的成果の実験や実用の場であり、そこに到達すること自体が、まだ一般には考えもおよばないような新しい手段を必要とする。

　一九二八年四月号の『新青年』に「電気風呂の怪死事件」を発表し、その後あいついでSF的な探偵小説を書きつづけた海野十三《うんのじゅうざ》（一八九七―一九四九）が、ほぼ〈支那事変〉の始まるころから軍事小説に転じたとき、かれもまた、探偵小説とSFと秘境とを結びつけた。そして、それはもちろん、過去にではなく未来に向かって開かれるべき秘境だった。

　一九三八年一月号から一年間にわたって『少年倶楽部』に連載され、翌年一月に講談社から刊行された『浮かぶ飛行島』では、秘められた空間は南シナ海のまっただなかに浮かぶ「飛行島」である。南北および東西の航空路の安全をはかるため、英国が主となって飛行島株式会社というものがつくられ、南シナ海をとりまく仏、米、オランダ、シャム、支那の諸国を株主として、大工事が進められているのだ。ところが、そこを見学に訪れた日本の練習艦の川上機関大尉が、飛行島に上陸したまま帰艦しない、という怪事件が発生する。かれのあとを追って、部下の杉田二等水兵もひそかに艦を脱出し、飛行島に泳ぎつく。じつは、見学中にこの飛行島の正体に疑いをいだいた川上機関大尉が、同僚たちが艦にもどったあと、変装してその秘密を探ろうとしていたのである。川上大尉と、そのあとを追ってきた杉田二等水兵は、この飛行島こそ英ソをはじめとする列強が共同の敵たる日本を目標にして建設をすすめている大軍事基地であることを知る。物語は、こうして、あらゆる最新の設備と兵器をそなえたこの一大飛行基地、それも海の上を走る大航空母艦たる飛行島を舞台に、その秘密のヴェールをひとつひとつ剥ぎとり、恐るべき陰謀を暴露し、日本にたいする列強の野望を粉砕していく二人の日本軍人の活躍を軸に、展開されていく。

　川上機関大尉を『亜細亜の曙』の本郷義昭とならぶヒーローにしたこの小説のあと、海野十三は、ひきつづき三九年一月から一年間、同じ『少年倶楽部』に『太平洋魔城』を連載する。舞台は南洋群島の北側に沿って流れる北赤道海流付近の太平洋である。近ごろ、そのあたりでひんぴんと原因不明の遭難事件が起きている。若き海洋学者、太刀川時夫は、海軍司令部太平洋部長の要請で、その真相を解明すべく現地に向かう。ところが、かれの乗り込んだ飛行艇が、ソ連共産党太平洋委員長ケレンコらに乗っ取られるという突発事件が起こり、おりからの暴風雨のため呉越同舟のまま太平洋上に不時着する。その前後に、海中から、まるで煙突が鎧を着たような不気味な怪物が頭をもたげて怪光線を放つのを、乗組員や乗客たちは目撃する。——海の怪物と思われたものは、じつは、このあたりの海底に某国が建設した海底要塞の恐るべき兵器のほんのひとつだったのである。この要塞の司令官はケレンコで、かれは、捕虜にした太刀川青年に日本を裏切ってこの要塞のために働かないかとさそう。もちろんその申し出を一蹴した太刀川は、ケレンコの部下のひとりに化けて、この魔の海底要塞の秘密をさぐり、近くのロップ島の酋長をはじめとする住民たちとも協力して、ついに日本赤化の大陰謀を挫折せしめるのである。ブラジルのリオデジャネイロから東南へ千三百キロの洋上に浮かぶクロクロ島という架空の島を舞台にし、西暦一九七〇年の夏という時を設定した未来小説、『地球要塞』(『譚海』一九四〇年八月—四一年二月)も、同巧異曲の秘境SF小説だった。すでに現実のものとなっている〈大東亜共栄圏〉は、大西洋をはさんで二十余年来にらみあってきた欧弗《おうふ》同盟国と汎米聯邦《はんべいれんぽう》とがいよいよ戦端を開こうとしている状況のため、空前の危機にさらされる。もしもこの戦争が始まれば世界大戦に発展することは必至で、〈大東亜共栄圏〉も自衛のため武器をとらざるをえないからだ。「私」は、クロクロ島のオルガ姫を片腕として、戦争の防止と、最悪の事態への対処のため、懸命の活動を開始する。——ところで、大西洋上に浮かぶクロクロ島とは、島の形をした大きな潜水艦であり、オルガ姫とは、「私」がミラノの美術館でその原形を見出してきたロボットなのである。

あくまでも人工的な別世界が、海野十三のSF小説の舞台である。そこに隠されている秘密は、軍事機密としての、あるいは侵略のための武器としての、新しい科学であり技術である。だが、注目すべきことに、海野十三の諸作品では、そうした新しい科学技術を使用するのは、ほとんど例外なしに日本ではない。新しい軍事技術は、日本を侵略し制圧するために準備されているのである。作者は、そうした新技術を駆使して攻撃してくる仮想敵を描くことによって、〈日本〉への警告を発しているのだ。——《飛行島《ひかうたう》が、実は大航空母艦だつたといふところは、作者が考へついた構想です。/しかしながら、実際に飛行島を大航空母艦に仕立てることは、今日の進んだ科学力でもつて出来ないことではありません。〔……〕一つそこのところを、本書を読んで下さる方に、くれ〴〵も考へていたゞきたいのです。

何時《いつ》さういふ恐ろしい攻撃兵器を、外国が造つて、わが日本の近くに持つてくるかわからないのです。油断は大敵です。その時になつて驚いても、もう間に合ひません。／ですから私たちは、外国に負けないやうに科学を勉強して、外国が浮かぶ飛行島を造るより一歩先に日本でもつて浮かぶ飛行島を造るとか、或《あるひ》はまた飛行島をやつつける兵器を考案するとかしなければなりません。〔……〕科学力がすぐれてゐなければ、どんなに立派な大和魂があつても、どんなに大きな経済力があつても、これからの戦争には勝てません。ですから私は、これからの日本人である皆さん方によくお願ひしておきます。どうかこの作中にあらはれる浮かぶ飛行島よりも、もつと〳〵立派な科学兵器を皆さんの手で造つて下さい。さうすれば、つひに飛行島の中で爆死した若くて勇敢な、皆さんが惜しんで下すつた杉田二等水兵も、どんなに悦ぶかしれません。》『浮かぶ飛行島』が単行本となって刊行されたとき、海野十三は「作者の言葉」のなかで少年読者たちにこう呼びかけていた。

　海野十三のSF的軍事小説が、攻撃的な精神を鼓吹するというよりは、仮想敵からの攻撃にたいする防御体制の重要性を訴えたものだったということは、かれが当時の時局のなかで果たしてしまった役割と、そしてかれの小説そのものの特質とを考えるうえで、看過されてはならないだろう。海野十三にとって、押川春浪が描いたような日本の技術的優位、先進諸国を凌駕するような驚異的な新兵器の夢は、なんらリアリティをもたなかった。逓信省電気試験所の技師で、本名の佐野昌一として数多くの電気関係入門書や数学啓蒙書――『すぐまにあう電気学』、『家庭電気器具の故障と修理』、『電気の手引き事典』、『〝虫喰ひ算〟大会』、その他――を書いたかれは、〈大和魂〉の鎧のかげに隠れた日本の軍事技術の本当の水準を、よく知っていたのだろう。海野十三にとって、日本の現実は、アジアと世界の秘境に向かってつぎつぎと征覇の手をのばしていくどころか、敵がつくり出す謎の領域からいつでも攻撃を浴びる危険にさらされていたのである。〈支那事変〉が始まった直後に、早くもかれが、ソ連軍によって東京が空襲を受けるという想定の「東京空爆」と題する短篇SFを書いていたことは、特筆に値する。それから五年後、小栗虫太郎が「海峡天地会」でマレー占領地区の民心の不安を描いたころでさえ、人びとは、日本本土が攻撃にさらされるなどという情景を想い描きえなかったのである。一九三八年九月に刊行された成人向けの軍事小説集『東京空爆』（ラヂオ科学社）

の巻頭に添えられた「作者識」は、「敢へてわが親愛なる同胞に告ぐ!」と題して、こう述べている。

《さきごろスペイン人民戦線軍の首都ヴァルセロナは、フランコ国民戦線軍のため、四十八時間ひっきりなしの空爆をうけ、市民は地下室にあつて恐怖と戦慄とに一睡をとるどころか一片のパンさへ咽喉を通らなかつたといふ。空爆はなにもスペインだけのことでない。これからの戦争においては、日本を対手とする敵は、まづ真先に内地大空爆を敢行し、日本国民の戦意を沮喪せしめようとするであらう。さうなるとわれ等は銃後の国民どころか、真先に爆弾の目標となるのである。わが親愛なる同胞よ。われわれは一日も早く近代戦が如何なるものかを了解し、硝煙と火焰と血しぶきの渦巻く戦闘様態に慣れ、今からしつかり膽玉をすゑておかねばならない。》

一九三九年九月から四〇年十二月にかけて『大毎小学生新聞』と『東日小学生新聞』に連載されたSF長篇、『火星兵団』をもまた、海野十三は、警告の書として書いた。

太平洋戦争開戦直前の四一年一月と五月に上下二巻で刊行されたこの小説の単行本の序文でも、海野十三は、《皆さんを科学に総動員したい》と読者に呼びかけ、世界戦争にたいしてのみならず広い宇宙から来るおびただしい敵にたいしても絶対に勝たねばならない——と、《科学戦の暁に吹鳴らす起床ラッパ》を宣言した。

SF小説のなかで海野十三が想定したことは、戦争の過程がすすむにつれて、ひとつまたひとつと、現実のものとなっていった。かれの空想は、現実によってそのリアリティを証しだてられたのである。

だが、はたしてそうだったのか?

軍事小説集『東京空爆』の巻末に付された長文の「作者の言葉」のなかで、一九三八年九月の海野十三は、中国の抗日戦線の将領たちに向かって、誇らしげに叫んでいた——

《抗日戦線の将領たちに告ぐ。

あなたがたは、僕の書く軍事小説が、はじめは法螺ばなしだと見縊つてゐたにちがひない。しかしもうあなたがたは、僕の書く軍事小説の実在性を充分に認識したであらう。僕は前著に収めたところの『或る空中戦士の話』や『梟兵』において、わが空の勇士が俄然愛機をあなたがたの目の前において、あなたがたの飛行場に着陸させ、あなたがたが目をぱちくりやつてゐる間にわが勇士はのこのことあなたがたの飛行場に下りたち、あなたがた秘蔵の爆弾をお土産に分捕つて再び空へさよならをしてとびあがつたり、またはあなたがたの優秀な飛行機に乗りかへて空へ失礼をしたりなどすることを書いた。これを読んだあなたがたは、日本の小説家は、なんといふ出鱈目を書くとあざ笑つてゐたであらう。ところが、去る七月の十八日、あなたがたの大根拠地である南昌の飛行場へ、わが海の荒鷲隊の小川中尉と小野二空曹の二勇士がとつぜん急降下で敵中着陸し、当時場内にあつた重爆機その他をみな火をつけて焼きはらひ、格納庫まで燃やしてしまひ、あなたがたが腰をぬかしてゐる中に、再び元の飛行機にのつて悠々帰還の途について御覧に入れた。そのとき小野二空曹のごときは、エス・ベー重爆機の中にあつた旋回機銃弾倉一個也をお土産として頂戴して帰つたが、それも御覧になつたことであらう。この二勇士の行動たるや、あなたがたがかね〴〵そんなことが出来るものかと一笑に付されたところの僕の小説そつくりではなかつたか。いや、実をいふと、二勇士は僕の書いた小説より何倍も何十倍も大きな手柄をたてられたのである。かうなると、僕の小説は、出来もしない大法螺を書いたどころか、実際わが勇士のやつてのけたところの何分の一、何十分の一しか書かなかつた事になつて、僕はいま自ら作者として構想の貧困さを悔いてゐる程である。》

海野十三がSF的な軍事小説に描いたことは、現実の進行のなかで、もはや夢想ではなくなっていった。だが、それは、現実がかれの虚構を凌駕してしまったというにすぎなかったのである。そして、かれの文学世界は、現実に凌駕されることによって、じつは、はじめて真に生命を獲得したのだった。防衛の必然性を説いたかれの小説のテーマの正しさは、一九四一年十二月八日、《帝国ハ今ヤ自存自衛ノ為蹶然《ケツゼン》起《タ》ツテ一切ノ障礙《シヤウガイ》ヲ破砕スルノ外《ホカ》ナキナリ》と天皇裕仁が開戦の「詔書」のなかで宣言したとき、現実によって追認された。一九四二年四月、かれの『東京空爆』

からわずか四年後に、浮かぶ飛行島ならぬアメリカ軍空母から飛び立った艦載機が初めて東京と横浜を爆撃したときも、またそうだった。すでに〈満洲事変〉勃発の前年、一九三〇年から小説『太平洋戦争』を構想し、その第一篇として三二年六月に『日本の戦慄（上海篇）』（中央公論社）を上梓した直木三十五を先駆者とする近未来戦争ＳＦは、海野十三によって、現実とのひとつの新しい関係を獲得した。現実によって追認され、現実とぴったり一致することで、海野十三の小説世界は、現実と比肩しうるもの、現実と等価なものとなったのだった。現実によって追認され、現実とぴったり一致することによってしか、そうなることができなかったのである。

日本の敗戦が決まったのち、海野十三は、自決を考えたという。だが、それは果たせなかった。死ぬことができなかったかれは、戦犯として公職追放に処せられた。

かれの追放中も、かれの作品はつぎつぎと刊行された。数学や電気に関するもののほか、戦後に新しく書かれた作品もいくつかあったが、大部分は、「人間灰」（『新青年』一九三四年十二月）をはじめ、軍事小説を書きはじめる以前の海野十三の探偵小説だった。

侵略戦と蘭郁二郎の死

海野十三＝佐野昌一と同じく電気技師だった遠藤敏夫は、一八九七年生まれの海野よりずっと若い世代に属していた。一九一三年に生まれたかれは、東京高等工業学校電気科に在学中の十七歳のとき、一篇の探偵小説を書いた。「息をとめる男」と題するその短篇は、一九三一年六月から刊行された平凡社版『江戸川乱歩全集』の付録雑誌、「探偵趣味」が毎号募集していた懸賞掌篇の入選作として、その第三号に掲載された。このとき用いた蘭郁二郎《らんいくじろう》という筆名が、それ以来かれの名となった。

肺を病んで療養生活をおくったのち、蘭郁二郎は、一九三五年春、友人らとともに同人雑誌『探偵文学』を発刊し、三七年一月からは、それを『シュピオ』と改題した。『シュピオ』は当初、海野十三、小栗虫太郎、木々高太郎を共同編集者としていたが、同年九月から、編集実務を担当している蘭郁二郎も正式に名をつらねることになった。時局におされて、探偵小説雑誌があいついで廃刊していく時代のなかで、『シュピオ』はもっとも遅くまで旗をかかげつづけたが、ついに三八年四月、経済上の理由で廃刊のやむなきにいたった。蘭郁二郎がＳＦ軍事小説を書きはじめたのは、そのときからだった。

　その第一作、『地底大陸』（『小学六年生』三八年四月―三九年三月。三九年七月、興亜書房刊）もまた、発端は典型的な秘境小説のスタイルをとっている。世界有数の大科学者、寺田老博士に率いられた「大陸探検隊」の一行が、万里の長城に沿って奥へ奥へとすすみ、いま、蒙古の平原にさしかかっているところである。一行でただひとりの少年、大村雪彦は、寺田博士秘蔵の愛弟子で、とくに願いを容れられて助手として一行に加えてもらったのだ。探検隊の目的のひとつは、奥蒙古の未開の地に黄金の鉱脈を探ることで、そのために最新式の「鉱脈探査機」が用意されている。ところが、その機械の指示にしたがって一地点を試掘していくうちに、得体の知れない反応があらわれはじめ、やがて磁石がまったく狂ってしまう。作業を妨害しようとしてつきまとうＲ国の秘密結社「ゲーウー団」の一味に対抗しながら、さらに掘鑿作業をつづけると、地底から何やら異様な音が響いてくる。調査のために雪彦と博士ともうひとりの隊員が乗った地下への軽便エレヴェーターは、無理やり乗り込んできたゲーウー団の少女幹部アスリーナとその部下の男の重みのために、ロープが切れて地底へとまっさかさまに墜落する。

　そこには、地上の人間よりはるかにすぐれた科学をもつ地底大陸があったのだ。アジア大陸よりも広大なその地底の大陸は、人造太陽をもち、人造人間たちの労働によって維持されている。人造人間のひとり、第三二四号は、自分たちが地球上の隅々の様子までテレヴィジョンでくわしく観察している、と博士たちに話す。《地球上では最近になってようやく電視《テレビジョン》が発明されかけて来たようですが、まだまだ幼稚極まるもので、この地底大陸にあるものとくらべたら、とてもお話になりませんよ。》アスリーナとその部下は、これまでの電視による観察の結果、好ましからざる人物と見なされていたため、すぐさま地上に追い帰されてしまう。雪彦たちの一行三人は、地底大陸の支配者、紅皇帝とその妹の瑠璃姫のもとへ案内される。紅皇帝の口から、かれらが滅亡したインカ帝国の末裔であることが明らかとなる。だが、そればかりではない。インカが悪虐なフランシスコ・ピサルロによって滅ぼされる少しまえ、インカの海岸に難破した日本人武士が流れつき、ともにピサルロ軍と戦ったすえ、アンデス山中の深い深い洞窟にインカの人びとを導いて、南米から太平洋の底を通って蒙古の下までつづく地底の大帝国建設をともに成しとげたのだという。だから、地底国の人間のからだには、日本人の武士の血が流れているのである。

地上へ追い帰されたアスリーナは、やがて海底大陸の人造人間＝人間タンクたちを煽動して、人間にたいする叛乱を起こさせる。地底国がつくり出してきたあらゆる種類の超科学技術の成果が、双方によって駆使され、何度か危地に陥りながた続けた戦いののち、紅皇帝兄妹と雪彦たちは、何でも眠らせてしまう超音波X号をアスリーナによってかけられ、戦闘力を奪われる。そのあいだにアスリーナは、いよいよそれらの超科学兵器を手中にして、宿願の日本攻撃に乗り出したのである。目をさました雪彦たちは、ラジオのニュースがちょうど、満洲国の国境付近でR国軍との激戦が始まったことを伝えているのを聴く。《尚、確かな情報によりますと、R国では基地点に少女指揮官アスリーナを司令官とする人間タンク兵団の数万の集団が急に地底の秘密工場より姿を現わし、大波の様に第一線に殺到しつつあるばかりか、何か全世界未曾有の大科学兵器によって一気に日本軍を全滅せんとしているとのことでありますが、まだそのくわしいことはわかっておりません……》――地上の日本からのラジオ・ニュースは、こう伝えている。

帝都東京は、R国の最新鋭爆撃機の大空襲編隊に襲われる。あの超音波X号にたいする防御手段は、地底国でもまだ開発されていないのである……。最後の瞬間に、雪彦少年が考えついたことがヒントになって、アスリーナたちの東京攻略は阻止され、敵機は全滅して、ただ一機だけ逃げ帰ったアスリーナの飛行機も、着陸に失敗して墜落する。《アスリーナも遂に死んだか、――あわてて着陸を誤ったらしいね。敵とはいえ頭のいい少女だった。ただ心が曲がっていただけなんだ……》アスリーナの遺体を見て、雪彦はこうつぶやく。

太平洋の下を通って南米大陸からアジア大陸の奥地モンゴルの地下まで達するという大地底大陸、人工太陽と人造人間たち、インカの末裔で日本人の血が流れているという地底国人、空気鉄道や電磁鉄道、大無線飛空機「メトロポリタル号」、電気銃、地球上の飛行機よりも早い水中鉄艦、あらゆる最新科学の粋とそれらの設計図を網羅して一冊に記した秘密の「金色の手帳」、超光線透視器、気球に早変わりするエレヴェーター、引力遮閉機、直径二センチほどの球が一個で一週間分のカロリーをもつ「食糧丸《がん》」、そして超音波X号――ここには、SFと秘境小説の道具立てが、ありあまるほどそろっている。ここに描かれている世界が虚構でありウソであることは、読者のだれもが知っているのだ。それは、この物語が小学生を対象として書かれた少年小説だからではない。SFや秘境ものは、そもそも、はじめからウソであることを承知で読まれるのである。ところが、このウソによってかためられたこの世界のなかで、ただひとつ、R国の陰謀と侵略だけは、現実性をもっている。Rという頭文字で特定の国が思わせぶりに暗示され、その国が〈満洲国〉と境を接していることになっているためだけではない。現実の世界情勢と、古くから煽りたてられてきた反ロシア、反ソ連感情が、ソヴィエト・ロシアの日本来襲に確かな現実味を与えるのだ。海野十三にも、そのほか同時代の少なからぬ大衆小説作家にもあった仮想敵国ソ連のイメージを、蘭郁二郎は、攻撃に転じるバネとして使う。かれの小説のなかで、未曾有の新技術、新兵器は、日本が追いつき追い越すべきライバルのそれではなく、日本自身（あるいは日本の同盟者）が手中に握っている武器として描かれる。『奇巌城』（四一年七月。紀元社）、『太平洋爆撃基地』（四二年三月、六合書院）、『熱線博士』（四三年三月、新正堂）、『海底紳士』（四三年八月、大都書房）などの作品集に収められた小説では、驚くべき新兵器を開発してそれを実用に供する準備をすすめているのは、ほとんどつねに日本なのだ。

一九七一年十月に桃源社から刊行された一巻の作品集『地底大陸』巻末の八木昇の「解説」によれば、一九三六年から四三年までの八年間に刊行された蘭郁二郎の生前における全著作十七点のうち、その半数は、四一年以降の三年間に出ている。なかでも四三年には、一年間でじつに八点の作品集が刊行されているのである。この時期におけるかれの人気を、ここからもうかがうことができるだろう。

けれども、この時期のかれの作品を読んでみると、地底や海底を舞台にして考えられるかぎりのあらゆる新兵器と科学技術の成果を登場させているのを別にすれば、少年小説と成人向けの小説とを問わず、きわめて単純な図式と、月次な叙述と、人物の類型化とが、もっぱら支配していることがわかる。『探偵文学』や『シュピオ』の時代に書かれた非時局的な、むしろ時局をあえて黙殺したかのような作品のほうが、小説として数段すぐれていることは、いまから見れば一目瞭然だろう。しかし、珠玉のような——という形容はそぐわないにしても、それに類する最上級の讃辞に値する『夢鬼』（一九三六年十月、古今荘）の諸作品にではなく、軍事小説作家・蘭郁二郎の諸作品に、読者たちの圧倒的多数は拍手と共感を送ったのである。辺鄙な村々を流れて歩く極東曲馬団の不器用な少年団員の恋と、大ケガと、そして悲しい犯罪と死の物語（「夢鬼」）や、浅草の花形踊子の写真を撮ることに執着する写真狂と、それを手伝う失業青年の破局（「魔像」）よりも、強力な軍事力をもってアジアから世界へと勇飛していこうとする〈日本〉のほうに、読者たちはいっそう大きな自己同一化の対象を見出したのだった。

一九四三年十二月末、海軍報道班員としてスラウェシ（セレベス）島のマカッサル（ウジュンパンダン）におもむくため、蘭郁二郎は東京を飛び立った。出発は、本来なら一カ月近く前のはずだったのだが、かれは二度も羽田発の飛行機に乗り遅れたのである。最初は、飛行機の搭乗券をかれが玄関口のすぐ外に落として羽田に向かったのを、あとで家人が見つけて空港へ駆けつけたのだが、途中で紛失に気づいたかれは、それと入れ違いに家へもどってしまったためだった。二度目は、券を送ってよこした海軍省からの速達が大幅に遅れて着き、券を手にしたときはすでにその飛行機は羽田を飛び立ったあとだったのだ。——ついに三度目に、蘭郁二郎は羽田を発って、まず台湾に向かった。ここで三日間待機し、ふたたび飛行機でマカッサルに向けて飛び立つのである。一九四四年一月五日未明、高雄を発った飛行機は、まもなく、密雲のため針路を誤って寿山に激突、乗員全員が死亡した。

満三十歳で死んだ蘭郁二郎の最期は、かれの作品の運命をも、あまりにも象徴的に予示していたように見える。敗戦を体験することなく死んだかれは、もしも生きていれば恐らく避けられなかっただろう戦犯の汚名を着ることをまぬがれた。だが、かれの作品は、かれの死のわずか一年半後にやってきた敗戦とともに、いっさいの現実性と、いっさいの生命を失ったのである。十年にみたぬ熱狂的なかれの人気は、もはや現実によってリアリティの裏付けを与えられなくなったかれの作品世界には、無縁のものだった。

敗戦後の焼跡のなかで、あちこちに雨後の筍のように〈カストリ雑誌〉が生まれ、蘭郁二郎の初期の探偵小説のような世界がふたたびくりかえし創り出されては打ち捨てられていったときも、蘭郁二郎は蘇らなかった。かれの作品のいくつかが、初期の探偵小説だけでなく軍事小説をもふくめて一冊の作品集に編まれたのは、ようやく一九七〇年代初頭をまってからのことである。

だが、一九七〇年代の訪れとともに復活した蘭郁二郎の小説が、ふたたび現実を先取りしつつ現実と一体化していくのか、それとも初期の作品にその萌芽が見られるような非現実の虚構世界によって現実と対峙しつづける方向へと再生させられていくのかは、まだ未決定のままなのだ。

終章

他者の目と他者への目

〈大衆小説〉という名称を歴史的に限定されたものとしてとらえ、日本における文学表現の歴史のなかの具体的な一時代の現象と考えるなら、それは、おそらく蘭郁二郎の死とともに生命を終えたのである。敗戦ののちに現われた大衆的な小説は、もはや、われわれが見てきたような〈大衆小説〉とは、一応区別して論じられなければならないだろう。いまなお曖昧なまま用いられている大衆小説という名称に、明確な定義づけを与えようとすれば、このような歴史的限定は、まず不可欠だといわなければならない。

だがしかし、このことは、その〈大衆小説〉が体現していた問題、大衆小説の精神であり魂であり、肉体でもあったものが、敗戦とともに消滅したということを意味するのではない。それらは、むしろ、その後、〈中間小説〉と呼ばれたものや、さらにはまたテレビや劇画によって、あるいは電子回路とブラウン管を用いたメディアによっても、カラオケなるグロテスクな媒体によってさえ、受けつがれ、さらに発展させられつづけている。

かつて鶴見俊輔は、いわゆる大衆文化の諸問題を考えるうえでいまでは共通の前提のひとつとなっている『限界芸術論』（一九六七年十月、勁草書房）のなかで、テレビの視聴者参加番組について論じ、敗戦までの日本にはなかったこうした番組が大衆自身の文化的営為にもたらした種々の利点を指摘したのち、まとめとしてつぎのように書いていた。

《このような大衆参加番組は、大衆を画一化された一つのかたまりとしてとらえるのではなく、大衆ひとりひとりのもつ顔と個性とをとらえる道をきりひらいた。こういう道すじが、さらにひらかれてゆく時、十九世紀までのヨーロッパの教養人の文化とははっきりとちがった新しい文化時代の大衆文化がつくられてゆく。》（初出は『YTVレポート37』、一九六五年二月）

一九二〇年代の『新青年』をはじめとする大衆雑誌が、読者の参加をどれほど積極的に実現しようとしたかについては、すでに述べた。鶴見俊輔の指摘は、テレビという視聴覚メディアによってはじめて文字通りの「顔」が見えるようになった、ということを別とすれば、大衆文学の領域での試みとも無関係ではなかったのだ。ここではむしろ、大衆小説からテレビまでをつらぬく大衆文化の歴史にとって、読者や視聴者の参加がどれほど重要な課題でありつづけてきたか、ということについての示唆として、鶴見俊輔の指摘をうけとめるべきだろう。

　読者や視聴者の参加、つまり、受け手が単なる受け手にとどまるのではなく作り手あるいは送り手として表現活動に参加するということは、大衆文化のもっとも原初的でもっとも根本的な要求だった。資本主義体制にもとづく市民社会の文化にたいして疑問が提示されたとき、それゆえ、文化の前衛たちは、創造と受容との境界が固定していない民衆文化、資本主義社会のなかでは芸術とも文化とも見なされていなかった民俗芸能や習俗的行事に、貴重な手がかりを発見したのだった。これらの民衆的な表現のなかでは、単純化して言うなら、受け手はたえず表現に参加していく道を開かれており、しかもただ理念的にのみ表現の主体の一端を担うのではなく、みずからの肉体を動かして表現の環のなかへ参加してもいったのである。資本主義社会の現実を変革し新しい社会を創出することをめざして革命に連帯した文化的前衛たちが、旅芸人や、サーカスや寄席や大道芸の芸人たちに学び、生活用具や労働のリズムのなかに新しい芸術表現の端緒を見出したのは、ただ単にそれらがこの社会のなかでの被抑圧者の表現だったからではなく、表現活動の主体と客体とのあいだの固定した一方通行的な関係をとりはらう契機を、それらのなかに認めたからだった。資本主義的秩序を変革することをもっとも明確に自己の課題とした運動の一端を担ったプロレタリア文化運動は、それらの前衛たちをさまざまな理由によって否定しながら、こうした民衆的な伝統から学ぶことをもっともわずかしかしなかった。ファシズムにたいする文化的敗北の一因をここに見ることは、けっして的はずれではないだろう。

　プロレタリア文化運動とまったく同時代の社会的現実のなかに生きて、受け手の主体的参加という課題を表現活動のなかでもっとも積極的に追求しつづけたのは、大衆小説だった。大衆小説にとってはじめて、能動的な受け手、作品世界を自己の世界として生きる受け手、虚構の世界に現実世界と等価な、それどころか現実世界以上の現実性を発見する受け手は、みずからの死活にかかわる存在となったのである。しばしばそう考えられているのとは逆に、大衆小説は、読者にたいして一方的に作者の世界観やモラルを吹き込むのではない。講談とは対照的に、大衆小説は、封建的な人間関係を美化して描くときでさえ、読者の判断を挑発し、読者によって主体的に美化させるのだ。いま生きているこの現実にたいする読者のさまざまな想いをリアルに触発し、そうした想いをバネとしながら、大衆小説は読者の決断を引き出すのである。

参加とは、つねに、現にいまある生のスタイルや次元とは別のものへの参加にほかならない。ある表現活動に参加するということは、ただ単に能動性を自分のものとすることにとどまらず、いま自分が生きている生のありかたとは別のものを、求めるということでもある。大衆小説は、この別の生への希求を、虚構の世界の表現に参加する作業と、しっかり結びつけたのだった。それが漠然たる不満や現実からの逃避にすぎないにせよ、あるいははっきりと現実否定や別の現実を求める意志であるにせよ、大衆小説は、いま自分が生きている現実だけが唯一の現実でなければならないいはずはない——という予感的な想いに、その想いがたどりうるひとつの通路を提示するのである。大衆小説が虚構の世界のなかに敷設したこの通路こそは、その後、視聴覚メディアから電子回路にいたるフィクションの世界が、もっとも本質的な要素として継承しているものにほかならない。

だからこそまた、受け手の参加を重要な要素とするメディアの興隆は、当然のことながら、それだけでは、受け手が単なる客体から主体へと転化しつつあることを意味しないのだ。

大衆小説は、あるときは変身願望に具体的な容姿を与え、あるときは秘境の驚異のなかへと砂をかむような日常からの脱出を果たさせ、またあるときは未来における夢の実現やまだ夢からさめなかった過去をSFのなかでくりひろげてみせ、そしてそのいずれの世界のなかにもひそむ未知のもの、謎や秘密によって、読者を挑発し惹きよせた。探偵小説にそのもっとも典型的なスタイルを見出した虚構の謎は、すべての大衆小説を支える構成上の原理である。謎は、その作品世界が、いま自分の生きている日常の現実とは別の、異次元の法則によって支配されていることの確認にほかならない。ユーモアでさえ、こうした謎とかかわっている。思いちがいや取りちがえ、予想もしなかった比較対照など、笑いを生み出す諸契機は、探偵小説における真相の開示と、きわめて似かよったプロセスを、読者のなかに惹き起こすのである。謎への挑戦、自分自身の力によって秘密を解こうとする志向、それは、大衆文学の世界に読者が参加するための、最大の径路のひとつなのだ。それは、頭脳の遊戯としての謎解きゲームにとどまるものではない。大衆小説の謎の解明は、いま自分が生きている現実の不可解さと、つねにかかわっている。大衆小説に描かれた謎と対決するとき、読者は、自分が生きる世界の謎を背負ってしか、それをなしえないのだ。

それゆえ、大衆小説への読者の参加を、現実からの逃避、あるいは現実とかかわることの代償行為としてのみとらえることは、誤っているだろう。現実ときわめて近い現実の比喩、あるいは現実と虚構との虚実の皮膜にあるような作品世界についてそれが言えるばかりではない。読者が最初から虚構であることを知っているような作品のばあいにも、やはりそうである。ウソであることを承知で読むというのは、読者と大衆小説との幸福な関係のうちでももっとも幸福なひとつかもしれない。そのとき、小説世界は、読者にとって、たかが一篇のフィクションにすぎず、しかも、本当の現実に虚構の力だけによって比肩しうるひとつの反世界でもある。虚構であるがゆえにそれが現実世界よりも無価値である、などという理屈は、そもそも通用しない。

統合と秩序の貫徹するこの現実世界のなかに、このようなひとつの異次元の時空を設定しえたということは、大衆小説の具体的な成果のひとつだった。そして、その異次元の時空とかかわることをつうじて、受け手である読者は、虚構の現実を形成する不可欠の一主体となったのである。日常の現実のなかではつねに一箇の客体でしかなく、消極的にのみ生かされているにすぎない読者が、もうひとつの現実のなかではつらつと生き、世界の進行の先まわりをして生きることとさえ敢然と試み、全破壊の精神を自分のものとして世界と対峙する一方では、誠実であろうと意志し、みずからのみならず隣人の運命にまで思いをはせることをしたのである。〈大衆〉は、大衆小説のなかではじめて、大衆小説とかかわるなかではじめて、日常のどの局面でも実現されることのなかった主体的な生を、みずからのものとなしえたのだ。ひとつひとつの固有の顔と個性をもった主体となって、小説世界に参加したのだ。

大衆小説にとっての問題は、たとえば『大菩薩峠』や山本周五郎の感動的な諸作品の読者ばかりでなく、海野十三や蘭郁二郎の読者もやはりまた、このような具体的な顔と個性とをもった主体的な存在だった、ということである。

蘭郁二郎の読者は主体性を奪われた操作の客体にすぎず、山本周五郎の読者は人間的な主体性と誠実さを失っていない自立した人間である――などと言うことはできない。おそらく、誠実さと呼ばれるものや、人間性と名づけられたものへの志向の点で、そして隣人とともに幸せでありたいという希いの激しさの点で、蘭郁二郎の読者もまた、他の大衆小説の読者たちと異なるところはなかったのだ。それどころか、蘭郁二郎の読者のほうが、こうした志向や希求がいっそう熱く烈しかった、ということさえありうるのである。だからこそ、大衆小説の読者にとっての主体的な参加の意味が、あらためて問われねばならないだろう。そしてこれは、視聴者参加番組や、さらにはまたいまはじめて自分自身の手で装置を動かしながらなされさえする新しい表現方式の主体性とも、無関係ではない。

ヒーローのタイプの分析や類型化をつうじて大衆小説の読者像を明らかにしようとする試みが、しばしばなされてきた。この試みの根拠は、読者が主人公《ヒーロー》にみずからの願望や怒りや悲しみを仮託することが大衆小説の作品＝読者の関係の大きな要因である、という認識にあるのかもしれない。中谷博の大衆文学本質論、あのラスコーリニコフの斧と机龍之助の剣という不滅のテーゼもまた、これのもっとも明晰な一表現だった。一九六〇年代末の学園闘争のさなかにまとめられた足立巻一、鶴見俊輔、多田道太郎、山田宗睦、山本明、清原康正の共著『まげもの　のぞき眼鏡――大衆文学の世界――』（旺文社文庫版、一九八一年十月）という卓越した大衆文学論集は、ヒーローの類型学とは異なり、武器、身分・職業、変身、人間関係、主人公の行方など、大衆文学の構成上の重要な要因や主題の分析と考察をつうじて、大衆文学の何がどのように読者のこころをとらえるのかを明らかにしようとする。だがそれでも、この分析や考察を根底においてつらぬいているのは、大衆文学と読者とのかかわりを、読者の想いを仮託されるものとしての大衆小説、という観点からとらえる基本的な姿勢なのだ。

たしかに、大衆小説のヒーローたちは、そしてまたヒーローたちだけにとどまらず、そこに描かれている世界の総体が、現実のなかでは果たしえぬ読者の想いを体現し、読者にかわってそれを果たす代行者の役割を担っていることは、否定できない。だが、これは、だからといって読者が、能動性をすべて作品世界とその主人公にゆだね、もっぱら代償行為として受動的に作品を享受する、ということを意味するのではない。大衆小説の読者は、しばしば、もっと能動的なやりかたで作品に参加するのである。

このことは、作者の意図と読者の読みかたという問題ともかかわっている。この点でもっとも顕著な実例は、これまた『大菩薩峠』だろう。作者・中里介山は、各巻の序言その他で、「上求菩提、下化衆生」がこの小説の理念であり、全巻をつらぬくものが「大乗思想」であることを、くりかえしくりかえし明言した。にもかかわらず、読者が、そうした作者の思想を体現しているはずの人物たちに、作者が予想し期待したとおりの理念を読みとったかといえば、ほとんどの場合はそうではなかったのである。残されている読者の発言を見るかぎり、これは確かなことなのだ。――それどころか、『大菩薩峠』という小説では、作中人物そのものがすでに、作者の理念や思想を必ずしも体現していない。人物たちは、作者の代弁者や操《あやつ》り人形であることをやめて、それぞれが自立した生きた人間となりきっている。巻を重ねるごとにこれはますます顕著となり、主人公たちはますます作者から独立しておのれの道を行くようになる。作者の死ということがなかったとしても、この小説はだから未完に終わらざるをえなかっただろう。

作者の意図を作品世界と人物たちが超え、人物たちを読者が超えるという現象は、大衆小説においてもまた、しばしば見られることなのだ。そして、読者の主体性は、たんなる作品世界への参加や、創作過程への介入だけでなく、こうした乗りこえとしても発揮されるのである。大衆小説の戦争責任や転向という問題を考えるときにも、このような意味での読者の主体的参加という契機を無視することはできないだろう。押川春浪から蘭郁二郎にいたる軍事小説のばあいでさえ、読者は、ただ単純に作者の戦争肯定と進出イデオロギーを鵜呑みにし、一方的に説得を受けいれて、侵略戦争に加担していったわけではなかった。また逆に、いっそう露骨で高圧的な戦争讃美と侵略煽動をおこなう文学表現があったとしても、それらはじつは読者をほとんど動かさなかった、ということもありうるのだ。

大衆小説における受け手の参加ということは、探偵小説のばあいにもっとも典型的にあらわれているような、作品世界への主体的参加という次元にとどまるものではない。探偵に先立ってみずから謎を解こうとしたり、懸賞問題として提起される犯人当てに挑戦したり、あるいは極端なかたちとしては小説の続篇を読者が書いたり――という形態の参加は、けっきょく、あくまでも作品の枠内にとどまる参加であり、ひとつの擬似的参加にすぎない。それは、日常的現実の海のなかのひとつの孤立した島であり、息苦しい現実のなかの空気抜きの穴である。それがひとつの虚構の世界であることを承知で、読者はその虚構の世界のルールの枠内で動きまわるにすぎない。大衆小説が道を開いた受け手の主体的参加とは、だがしかし、そうした作品世界の枠内での代償行為にとどまらず、現実の世界にたいする主体性の獲得ともつながっている。

現在の大衆文学は山岡荘八の『徳川家康』と『山田風太郎忍法全集』のふたつの核を中心に描かれた楕円軌道のなかにある――と一九六〇年代初頭に述べたのは、尾崎秀樹だった。前者は処世のための指針として読まれ、後者はストレス解消に一種の解毒剤として作用する、というのである。この事情は、こんにちでもなお変わっていないし、別の作品をこのふたつのタイプに当てはめれば、どの時代の大衆文学についてもほとんどそのまま通用するだろう。問題は、『徳川家康』の読者でさえ、作者と主人公が全篇で説教する処世訓やモラルを、ただ一方的に受け容れて信奉し、その体現者である主人公に自己の果たせぬ想いを仮託するだけではない――ということなのだ。作品が処世のための指針を与えてくれるとしても、具体的な現実生活のなかでは、読者自身がおかれている具体的な制約と条件に応じて、指針は応用されなければならない。この応用によって、虚構の世界は現実となり、読者は作品の受け手から現実世界の主体へと変身する。もはやヒーローに自己を仮託するのではなく、みずからがひとりのヒーローとなるのである。忍法帖的な解毒剤もまた、そのとき、たんなる現実逃避の清涼剤ではなく、毒そのものとして現実にむかって効き目を発揮するようになるのである。

蘭郁二郎において完成された大衆小説読者の主体への自己形成は、このようなものだったのだ。遠い存在だった小説のヒーローが、夢を託す対象ではもはやなくなり、自分自身がひとりのヒーローとなっていく過程。現実生活のなかの空気抜きだった小説世界の架空の暴力や復讐や殺戮が、自分自身の能動的・主体的行為となっていく過程。それが、蘭郁二郎において現実に成就されたのである。小説の受け手でしかなかった読者は、一方では英雄的な主人公を描き、他方では虐げられた存在の真摯な悲しみや怒りを描く大衆小説の世界を踏み越えて、現実の世界の主体となる。
――だが、みずからが現実の主体となっていくこの過程は、他者の目を見失い、他者への目を失っていく過程でもあった。大衆小説のなかから見つめるさまざまな〈浮浪〉、現実世界のこれら被抑圧者たちの目を、大衆小説の読者は見失った。なぜなら、自分たち自身がこれら〈浮浪〉と一体化してしまったからである。自分たち自身が、復讐を実行する権利と使命をもった被差別者のまなざしにおびやかされる存在ではなく、これら被差別者そのものであると信じてしまったからである。それ自体としては必ずしも誤りではないこの自己規定は、変装した救い主、いまは雌伏している英雄という大衆小説のヒーロー像とのもうひとつの一体化と結びつくとき、大衆小説の読者から、他者への目を奪い去ったのだ。

大東亜共栄圏構想という現実のなかで、大衆小説の読者は、こうしたふたつの視線を喪失することによって、現実世界の主体となったのである。蘭郁二郎の死は、この過程の完結と終焉のひとつの象徴だった。

けれども、大衆小説のこのひとつの到達点は、蘭郁二郎の死によって、そして蘭郁二郎とともに生きたおびただしい大衆小説作家や作品が体験しなければならなかった忘却と抹殺によって、無に帰したわけではない。現代の中間小説から劇画やテレビにいたるまで、パーソナル・コンピューターから〈カラオケ〉にいたるまで、かつての大衆小説とはもはや比較にならないほど広範な〈大衆〉をとらえているフィクション・メディアは、それらが大衆を客体として操作するがゆえに問題なのではない。むしろ、それらのメディアに参加する人間たちが、もはや単なる受け手ではなく、みずからの手や肉体のあらゆる機能を使ってそのメディア表現に参加する主体であるということ、そしてその主体は、ますますみずからのなかへ閉ざされていくことによってしか、他者の目と他者への目をますます見失っていくことによってしか、主体でありえないということ——大衆小説の問題と疑いもなく通底するこうしたありかたによってこそ、それらの新しい大衆的表現活動は、われわれにとっての問題なのである。

文字メディアによる大衆小説から、いわゆる中間小説を経て、視聴覚メディアによる劇画・動画や、さらにはみずからが装置をあやつる部分が飛躍的に増大した電子回路の諸表現にいたるまで、この半世紀あまりのあいだに大衆的な文化表現がたどった展開の過程は、うたがいもなく、それらの表現の受け手たちの感覚の多様化と、またある面では深化と先鋭化の過程でもあった。テレビの急速な普及に直面して、受け手の感覚の鈍麻や劃一化が危惧されたが、テレビの視聴者の感覚は、かならずしもこうした道だけをたどったわけではない。受け手は、大量メディアによって伝達される表現に接するとき、みずからのフィルターを通してのみ、その表現と自分との関係を形成するのである。そしてこのフィルターそのものは、大量メディア表現と接することによって、鈍麻にさせられる部分と、そして逆に鋭利に磨かれる側面とをもっている。大量メディアによる表現は、受け手の批判力をもまた形成したのだ。

　人間の感覚は、とりわけ聴覚について多くの人びとがしばしば体験するように、新しい刺激によって拡大し深化する能力をもっている。レコードと音響テープ、そしてそれらに音を吹き込む装置と再生装置の発達と精巧化の過程は、聴き手の聴覚の容量と感度の尖鋭化の過程でもあった。もちろん、この過程が、録音と再生によって消し去られていく要素を生み、現場の息吹きと誕生の瞬間の混沌を整合的な完成度にとってかえ、器械によって選別され残されてきた要素だけにたいして開かれたものにすぎない感覚を肥大させたという側面、これを無視することはできない。しかし、大量化と普及に付随する質の変化を、もっぱら劃一化や貧困化としてしかとらえないことは、誤っている。人間の耳は、そして目は、さらには味覚さえもが、大衆的な文化表現の普及によって、そしてまたかつては特権的なものでしかなかった文化表現の大衆化によって、それまでには聴こえなかった音色を聴きとり、それまでには想い描きもしなかった形や線や色を受けいれ、自己の狭い生活圏の呪縛さえ脱して異質な領域の文化表現にたいして開かれたものとなってきた。

　この豊饒化と尖鋭化が、すでに大衆小説によってもまた、原初的なかたちで実現されつつあったのだ。そしてそこでは、この豊饒化と尖鋭化は、読者が小説世界とかかわるそのかかわりかたと、不可分のつながりをもっていた。平林初之輔は、探偵小説の読者がしばしば専門批評家にもまして厳正な批判者であることを指摘したが、探偵小説における謎解きへの参加や、さらには『大菩薩峠』の読者に典型的に体現されているような作品世界への積極的な、ほとんど親身な関与は、読者を単なる傍観者、見物人にとどめるかわりに、かれらの感受性と批判的な鑑識眼を鋭くさせ豊かにさせもした。この感受性と鑑識眼が、しょせんは千遍一律のステロタイプ、どの読者にも共通の月次な感覚にすぎなかったかどうかは、また別の問題なのである。

大衆小説は、作品世界への受け手の積極的な参加を触発することによって、作品世界そのものを豊かにし新しくしたばかりではなかった。いま視聴覚メディアへの参加によって〈大衆〉が個別の顔つきを明らかにしつつある、と鶴見俊輔が考えるとすれば、大衆小説は、さまざまなかたちで意図的に読者の参加を触発することを通じて、個々の読者に、講談の聴衆とも〈純文学〉の読者とも異なる新しい感性を芽生えさせた。能動的な参加によってこそ、大衆小説の読者は、みずからの感受性を新たに開発したのだった。かれらは、講談によって説教される封建的倫理や人間観をうちすてて、講談であれば悪玉に終わったであろうような人物たちを、ついに公けにヒーローとして承認し、かれらに堂々と声援を送った。善悪の体系のなかで生きる人物たちを、既成の尺度によってではなく、善悪の尺度そのものを相対化するような視線で見つめた。自分自身の切実な生きかたに思いをいたすだけでなく、他人の生きかたに目を向け、生きる他人に声援を送った。他者と苦楽をともにし、他者の運命を自分の運命と同じ重みをもったものとして見る感性を、大衆小説は読者のなかに奪還した。〈いかに生きるべきか〉という純文学の主人公と読者自身の問いは、大衆小説のなかでは、さしあたりは無関係な他人の問いとなり、そしてそうなることによって、〈われわれ〉の問いとなったのだ。

グラムシが大衆小説のなかに見た民主主義的要素とは、それゆえ、新聞小説という新しい形態によって飛躍的に多くの読者が文学表現とかかわることができるようになった、という点にとどまるものではもちろんなかったし、さらにはまた、この現世からの超脱の夢を読者がそこに託した、ということにとどまるものでさえなかった。大衆小説の読者は、現世からの超脱を大衆小説のなかに描いただけではなく、それを〈われわれ〉の希望として描いたのである。〈私〉から〈われわれ〉への道、個人の私的な自己発展から〈集団〉の自己解放への道が、大衆小説の読者のまえにひらかれた道だった。

この道は、だがしかし、たどられることのなかった道だった。大衆小説とその読者たちは、それどころか、明治時代以来の日本でも、他の諸文化圏でも、もっとも悪しき文学表現でありその粗悪な読者たちでさえあった。十九世紀末から二十世紀初頭にかけての伝説的なドイツの大衆作家、カール・マイが、カラ・ベン・ネムジというヒーローの活躍するアラブの世界を描いて空前のベスト・セラー作家となったとき、かれの小説は、バグダッド鉄道の敷設に象徴されるドイツのアラブ進出の伝声管として、尖兵として働いた。少なからぬ日本の作家たちが馬賊と大陸浪人の世界を小説に描いて多くの読者の血を沸かせ夢をかきたてたとき、かれらの作品は、これまた南満洲鉄道という鉄道の経営とその防衛とに象徴される日本の大陸進出と軌を一にするものとなった。カール・マイが、アメリカ・インディアンに共感をよせ、かれらを圧迫するヨーロッパ人植民者たちを憎悪をもって描いたということ、アラブの住民たちに加担して、主人公であるドイツ人をカラ・ベン・ネムジというトルコ人にしてしまいさえしたことは、作者の善意を物語っているとしても、かれの作品が読者たちとどのような関係を結ぶにいたったかということとは、また別のことなのだ。同様のことは、アジア自身によるアジアの解放を真摯に希っていたにちがいない山中峯太郎や海野十三についても、そのままあてはまる。

なぜそうなったのか?——これを問うことは、大衆小説を歴史過程のなかでとらえなおそうとするとき、おそらく不可避の、窮極的な問いのひとつだろう。しかもそれは、大衆小説だけにとどまらず、いわゆる純文学にとってもまた無関係な問いではない。この問いに答えようと試みるとき、少なくともわれわれは、大衆小説とその読者との道を、もっぱら貧困化の道すじとしてとらえるのではなく、さきに述べたような豊饒化の過程においてもまた、見なければならないだろう。この豊饒化の過程そのものがまさしく、貧困化と表裏一体であり、それどころか貧困化をはらみ、貧困化としてしか実現されなかったということを、具体的にとらえかえすことが必要だろう。

そのさい、大衆小説の読者たちの主体的な参加を触発し、それを可能にしたふたつの契機——謎解きの作業と、遠い出来事のなかに近い関係を発見する作業がもつ意味を、あらためて考えてみなければならない。

大衆小説が、とりわけ探偵小説を代表として、謎を解くという作業をつうじて読者の主体性を触発したことについては、その意義をいくら強調してもしすぎることはないだろう。読者は、ここにおいてはじめて、主人公と、さらには作者とさえ、対等に対抗しうる自立した主体となったのである。もちろんこれは、作者によってあらかじめ設定されプログラミングされた枠のなかでの主体性にすぎないとはいえ、少なくとも、虚構の世界をみずからの想像力と推理力によって構成するという作業に、読者はみずから介入することができたのだ。――だが、謎を解くという行為は、その謎のさらに背後にひそむ謎、謎の社会的・人間的根拠にまで届く視線を、じつは不可欠のものとしながら、しかし必ずしもこの背景の謎にまで肉薄せぬまま解決にいたる道をもまた、可能にするのである。謎を解くという行為は、むしろ探偵の視野の狭窄化をまねき、謎解きそのものを〈趣味〉の領域に導き入れがちである。かつて〈芸術〉が、この現実のなかで唯一の主体的表現の領域であると考えられたように、〈趣味〉は、いまや、ほとんどただひとつ、主体的営為を可能とする領域として残されているかに見える。謎を解く探偵たちは、読者ともども、謎の背後にひそむ謎にまで届くまなざしを獲得するにいたらぬまま、〈趣味〉の領域に自足してしまいがちなのだ。

遠い存在のなかに近い関係を見出す作業もまた、同様の可能性と限界とを体験する。〈異境〉の発見は、〈異境〉そのもののエキゾチシズムとなって自足しがちである。遠い秘境が現実によって追いつかれ追い越されたとき、それは機能転換をとげるのだ。かつてそこが秘密と謎にみちた領域であったからこそ、現実によってそこが近い異境に変えられたとき、その秘密と謎は、自明のもの、身近なものに逆転する。自己同一化がせきを切って進行する。そのなかに生きるあくまでも異質な他者は、もはや存在しないかのように。

大衆小説とその読者たちをとらえたこのような過程は、さしあたりまだ、完結していない。それは、大衆小説以後の新しい表現メディアによって、さらにいっそう深化拡大され、今後ようやくその問題性をあらわにするにすぎないだろう。その過程がさらにすすむなかで、あたかも過去の表現形式にすぎないかのような大衆小説が体現した諸問題は、新しい大衆的表現のなかに、さまざまに回帰してくるにちがいない。

あとがき

大衆文学については、すでに多くのことが書かれている。そしてそれらのいずれをとってみても、大衆文学作品にたいして著者たちの寄せる並々ならぬ愛着や、あるいは深い造詣が、行間ににじみ出ている。これらの大衆文学論の読み手たちもまた、おそらく、論者たちにひけをとらぬ大衆文学愛好者、あるいはマニアなのだろう。

わたしのこの本は、大衆文学のマニアたちに向けて書かれたものではない。わたしもまた、大衆文学の作品を読みかつ論じるうえで、マニアたちとその歓びをわかちたいと希う。しかし、〈大衆文学〉という柵をもうけて、みずからを、そしてすぐれた諸作品を、そのなかに閉じこめることは、できるだけしたくない。たとえば『大菩薩峠』や、国枝史郎の小説や、山田風太郎の初期の諸作品などは、もしもこれらがなければ日本の近現代の文学総体が貧しくなってしまうにちがいないような種類のものである。岡本綺堂の半七老人の昔語りは、いまの作家たちの文章にはもはやほとんど見られないほど、ある一時代の日常生活を具象的にしかも精髄を凝縮して、活写するすべを知っている。そして同時にまた、これらすぐれた小説のなかにも、歯がみしたくなるほどの陳腐な要素や、類型的な人間像と描写とが、ふくまれている。だがそれは、いわゆる大衆文学作品だけの特徴ではないのである。それにもかかわらずこの本で〈大衆小説〉をとりあげたのは、小説そのものの中に〈大衆小説〉という区分をたてるためではなく、読者大衆とのかかわりにおいて小説を考えなおしてみるためにほかならない。

見方によれば単に一片の夢物語にすぎず、それどころかたわごとでしかないフィクションの世界に、この現実世界にもましてわれわれが関心をそそられ、ほんのひとときではあれその世界のなかに生きることができるというのは、人間のいとなみのうちでも最大のよろこびのひとつであり、それどころか特権のひとつでさえあるかもしれない。それだけに、このよろこびを、大衆文学論というかたちで対象化することは、きわめて困難だろう。小説の理論はそれ自体が一篇の小説でなければならない――という理想は、ここでは、対象とする小説のおもしろさゆえに、いっそう実現が危ぶまれざるをえない。ここでとりあげた諸作品からわたし自身が得たたのしみが、この本のなかに少しでも再現されていることを、いまはもっとも望みたい。

この本の素案は、『教養小説の崩壊』のときと同様、立命館大学文学部での文学概論の講義のなかでつくられた。また、昭和女子大学近代文庫には、『新青年』の貴重なバックナンバーの長期にわたる通読と複写を快くゆるしていただいた。さらに、いちいちお名前や書名をあげないが、大衆文学にかんする先人諸氏の論考から多くの教示と刺激を受けていることは言うまでもない。脱稿をしんぼうづよく待ってくださった現代書館の太田雅子さんのご厚意と励ましにたいして、また印刷と製本を担当された方々にたいしても、ここでこころからの感謝をのべさせていただきたい。

一九八三年秋

池田浩士

第二部

作品とその読み手たち

ポートレート　パーヴェル・クズネツォフ　1923年

大衆文学、読者論の視点から

1　大衆文学にとっての読者

ある文学作品は、作者がそれを書き上げたときに完成するのではない。読者に読まれることによってはじめて、それは文学作品となる。見るものがひとりもいないスクリーンに向けてのフィルムの投影、観客からまったく遮断された舞台での演技、これらが映画でもなく芝居でもないように、作者が原稿用紙のうえに書きつけた表現は、それだけではまだ文学作品ではない。

これは、大衆文学と呼ばれるものについてだけ言えることではなく、すべての文学表現について当てはまる。作品としての文学表現を、いわゆる作家論や作品論という限定された視点からだけ見るのでなければ、いや、その場合でさえ、それがどのように読まれるかという問題と、原稿が読み手にまで届けられる媒体の問題は、まったく度外視されるわけにはいかないのである。たとえばドストエーフスキーの『悪霊』が、モデルとされた同志殺害事件の記憶もなまなましい発表当時と、この作品にたいするレーニンの嫌悪をこめた批判が強い影響力をもっていた一九二〇年前後のロシアと、抵抗と転向ののちに新たな模索を開始しようとしていた敗戦直後の日本の左翼知識人層の現実のなかとでは、それぞれまったく異なる読まれかたをしたであろうことは、H・R・ヤウスその他の〈受容美学〉の指摘をまつまでもなく、だれもが自分のさまざまな経験に照らして理解できるだろう。同じ読者が同じ作品を、それほど時間をへだてずに読む場合でも、たとえば新聞や雑誌に発表されるのを回を追って読むのと、完結してから単行本でまとめて読むのとでは、経験したものなら知っているとおり、まったく別の印象を作品は与えるはずだ。

つまり、どんな文学作品にとっても、読者は、作品が作品であるための不可欠の一構成要素なのである。――しかし、大衆文学にとっての読者の位置を考えることは、こうした一般的な意味での読者の重要性を確認することにとどまるものではない。

大衆文学においては、読者は、ただ単に作品にとって欠くことのできない一要素であるにとどまらない。大衆文学においては、読者は、みずから作品をつくる主体でさえあるのだ。

大衆文学の読者が、作品の読み手であるばかりでなく作り手でもある、ということは、まず第一に、読者は作者に働きかけることを通じて作品に介入する、という事実のなかに、ごく普通にあらわれている。なるほど、大衆文学に限らず、どんな文学領域においても、読者はさまざまなやりかたで直接・間接に作者に働きかけをおよぼず。読者を想定せずに作品を書くということは、その作品が何らかの方法で発表されることを（ほとんど実現の見通しのない遠い夢としてであっても）想定して書かれるものである以上、まずほとんどありえない。ひとつひとつの具体的な言葉の選択、言いまわしの選別も、作者の内発的な声にしたがってのみなされるのではない。あるいはむしろ、その内発的な声のなかにさえ、暗黙のうちに想定された読者の声が、その言葉や言いまわしを受けとるであろう未来の読者の反応が、すでにこだましている。作家の全集にしばしば収められる創作ノートは、作品に着手し完成するまでの作者の手探りと試行錯誤の記録であると同時に、その模索が想定上の読者との対話、討論を少なからず含んでいることを、ありありと物語ってくれる。

たとえば、これまたドストエーフスキーは、『白痴』のための創作ノートで、つぎのように、くりかえし読者との内的な討論を行なっている――「この長編を、新聞に公表する告白で終りにしたらどうだろう？〔……〕その他の人物たちについてはすべてはじめからできるだけその人物像をはっきりさせ、読者にそれを説明していったらどうか？」

「?　何によって主人公を読者にとって好ましい人物にするか?」「たくさんの出来事と小説的な事件を考えだすこと。」「できるだけ好感を与えるように書くこと。そうすればうまくいくだろう。」「どうしたらもっと自然らしくできるか?」「〈白痴〉にはこれ以外のことが起りえないだろうということには作者も賛成である。これからこの人物の身の上話の結末を物語ることになるが、ひょっとすると、それほど読者の注意を喚起する価値がないかもしれない——この点についても賛成である。〔……〕もっとも、次のように言われても異存はない。〈すべてはその通りだ。あなたの言うことも正しい。しかし、事柄を表現し、事実を是認する腕に欠けていた。あなたはへぼ作家だ〉と。いや、こうなったところで、もちろん、どうにもならぬ。」（木村浩訳による）

ドストエーフスキーが創作ノートのなかで行なっているこうした読者との架空の対話は、作者以外の〈語り手〉を設定して事件を語らせるというかれの小説構造とも、あるいはまた、多くの点でこの作家が大衆文学に大きな影響を与えてきたという事実とも、じつは密接に関連しているのだが、大衆文学は、ドストエーフスキーが本質的には自分自身のためのノートのなかで試みたこの対話を、しばしば公然と読者のまえに提示しさえする。

大衆文学という位置づけを作者自身が拒否したにもかかわらず大衆文学の最高の代表作のひとつとされる『大菩薩峠』は、この点でも典型的な実例となっている。作者、中里介山は、この長篇が書きつがれ、つぎつぎと刊行されていったとき、各巻の巻末に、「大菩薩峠是非」と題して読者からの感想や批評を印刷する試みを行なった。「職業著作家及び批評家の囚はれたる評判、故意にする嫉妬妨害から離れて純真な呼びかはしを試むることは著作上によい風儀を作るものだとの微意」（作者による「緒言」）が、その動機だった。しかしこの試みのなかには、読者が作品の単なる読み手であるにとどまらず、作者にたいして働きをおよぼし、作者に作品を書かせる主体でもあるという、大衆文学の基本的な特質が、端的に顔をのぞかせているのである。

2　作り手と受け手

大衆文学を他の文学領域から分ける最大の特質は、読者を作品の単なる受け手の位置にとどめておかないための試みを、意識的に作者と媒介者が行なってきた、というところにあると言えよう。

大衆文学の媒体《メディア》として大きな役割を果たしてきた大衆文学雑誌や娯楽雑誌は、日本においてもまた、その誕生の当初から、読者の声の反映に力を注いだ。その雑誌の記事や編集方針にたいする読者の意見や感想を掲載するための読者欄は、ほとんどすべての大衆雑誌によって設けられた。なかでも、一九二〇年一月に創刊された『新青年』（発売は一九年一二月中旬）は、同じ博文館から刊行された多くの大衆雑誌と同様、あるいはそれらにもまして、読者の積極的な参加を重視する方針をとった。読者の声を反映するための読者欄の設置だけにとどまらぬ試みが、大衆文化の時代と呼ばれる一九二〇年代の代表的な大衆文学メディアとしての『新青年』を特徴づけている。

創刊号の「記者より読者へ！」と題した編集後記で、「記者ばかりで面白い、宣《い》い雑誌が出来るものではない。そこで読者諸君の投稿をも大いに歓迎する。〔……〕本誌に対する感想なり、註文なり、或はまた運動、会合の通信なり、苟《いやし》くも本誌読者からの通信ならば大いに歓迎する」と呼びかけた同誌編輯部は、早速その創刊号で、「痛快な探偵小説原稿募集」を広告する。つづいて第二号では「考物と漫画」の懸賞募集がなされるのだが、これらの懸賞は、読者の誌上参加をただ単に読者としての感想の発表という水準では考えていなかった編輯部の基本姿勢を、如実に物語っている。懸賞は、読者を受け手から作り手へと変身させる道だった。

もちろん、『新青年』が読者を作り手に変えていくことを試みた背景には、その当時、文学好きの青年知識人たちを魅了しつつあった欧米の探偵小説に比肩しうるような作品と作家を、日本の文学がまだまったく持たなかった、という現実があったのである。『新青年』の創刊と同じ年の秋に世を去ることになる黒岩涙香の翻案ものの探偵小説が、自覚的な探偵小説として日本の作家の筆から生み出されたほとんど唯一の、読むに耐える作品だった。『新青年』の懸賞募集は、したがって、やむをえぬ必要から、欠如によって迫られながら、一種の苦肉の策として始められたものだった、とも言える。

しかし、現実のなかで新しい画期的なものが生まれるときは、つねにこのような打開策の模索からのみ、生まれるのである。その打開策が、現実の要素と合致し、現実そのものを変えていくことになったひとつの例が、日本における独自の探偵小説の本格的誕生――『新青年』を舞台としての探偵小説の興隆だった。

もちろん、受け手から作り手への読者の変身は、探偵小説というジャンルだけによって試みられ、実現されたわけではない。さまざまなジャンルをふくむ大衆文学は、多かれ少なかれ、読者の参加をその存在の基盤にしている。作り手と受け手との関係の流動化、ばあいによっては両者の関係の転倒は、大衆文学の基本的な特質であり、また最大の課題でもありつづけてきた。

村芝居や寄席や大道芸のなかにしばしば見られるように、ごく最近まで文化表現であるとさえ考えられなかったような大衆的な表現は、観客の参加、つまり単なる見物人から演技者への変身を、いわば表現上の必須の条件として生きつづけてきた。舞台上の芝居に熱中するあまり、思わず劇中の〈悪人〉に殴りかかったり斬《き》りつけたりする見物人、舞台から投げられる役者のセリフに夢中で応答する見物人――こうしたエピソードは、洋の東西を問わず大衆的表現にはいわば付きものになっている。

古くからの蟇《がま》の油売りや、敗戦後の一時期の街頭での石鹸売り、あるいはデパートの化粧品売り場での実演販売の所作や口上のなかにも、大衆的表現における受け手の役割への期待は、象徴的に保存されている。観客は、演じる人間の演技に参加し、みずから演技者となることによって、街頭の一角や百貨店の一隅でのその商売を、演劇の空間に変える。刀で腕に薄い切り傷をつけられて蟇の油を塗ってもらい、自分のポケットから汚れたハンカチを出して石鹸の洗浄力の試験台に提供し、あるいは化粧のモデルや化粧のほどこし手になることによって、観客＝買い手は、演じ手に変身する。この変身がどれほど不可欠の要素であるかは、街頭の叩き売りにも舞台での芝居にもサクラが付きものである、という事実が逆説的に示している。

受け手が表現に参加し、多かれ少なかれ作り手へと変身するうえで、その変身を触発し可能にする契機は、一様ではない。日常との近さが大きな役割を果たすこともあれば、逆に日常からの遠さが効果を発揮することもあるだろう。奇異な物語、驚くべき不思議議が、思わず読者観客に声を発せしめ、主体的な反応を突きうごかすこともあろう。しかしまた、すでに展開と結末がわかりきっている物語であっても、すでに何十回となく読んだり観たりした作品であっても、むしろそれだからこそなお、そのつど受け手の能動性を触発するものもある。新奇なものと周知のものは、いずれ劣らず大衆文学の定石のひとつなのである。

ほとんどすべての大衆文学ジャンル――ユーモア文学、ラヴ・ロマンス、戦記もの、時代小説、英雄譚、怪奇幻想文学、ＳＦ、等々――にもまして、探偵小説は、意識的に読者の主体性を触発することを、もっとも基本的な構造上の原理としている。それゆえにまた、大衆文学における受け手の送り手への変身がふくむ問題性をも、探偵小説はもっとも端的に体現しているのだ。

謎解きというかたちでの読者の主体的参加がなければ、そもそも探偵小説は成立しえないだろう。読者参加の方針を打ち出した『新青年』が、まっさきに探偵小説の創作を懸賞によって呼びかけたのも、それだからこそだった。そして他方、この呼びかけの誘因となった欧米探偵小説への強い関心と日本独自の探偵小説への新たな希求は、もはや社会の諸事象の単なる傍観者にとどまるのではなく、みずから一個の表現主体、現実世界の主体へと自己形成をとげようとした、大正デモクラシー期の知識人（公教育の結果としての学歴知識人にとどまらず、農民や労働者、商店員のなかにも生まれつつあった自覚的知識人をもふくめて）の自己表現でもあった。探偵小説は、作者や媒介者の意図においてばかりでなく、読者自身の読み方においても、登場人物たる探偵に先がけて、さらには作者にすら先んじて、読者みずからが謎を解こうとする積極性によって、支えられているのである。

しかし、それにもかかわらず、探偵小説の読者が他のどんな文学ジャンルにもまして発揮するこの主体性は、あくまでも、あらかじめ設定された場での主体性にほかならない。いかに読者が探偵や作者に先んじて謎を解こうとも、結局のところ真相はあらかじめ作者によって準備されているのだ。探偵小説でなければ結末を未定にしたまま作品を完結することができるとしても、探偵小説は一義的な解決を構成上ぜひとも必要とするがゆえに、逆に読者の主体性は、あらかじめ作者によって限定されざるをえない。作者に対する読者の働きかけ（作者の挑戦に応じた謎解きの作業をはじめとする）は、せいぜいのところ作者と同じ水準に到達することを読者にゆるすのみで、作品の枠内では、読者は参加主体にはなりえても創作主体とはなりえない。

大衆文学にとっての読者の主体性、受け手から作り手への読者の変身は、これをもっとも意識的に追求してきた探偵小説のこのような本質を見なおすとき、参加の文化たる大衆文化一般がふくむ深刻な問題を考えるうえでの、ひとつの手がかりを提供してくれるだろう。

3　作品への参加から現実参加へ

大衆文学の読者が、作品の読み手であるだけでなく作り手でもある、ということは、読者による作者への直接・間接の働きかけや、それと密接に関連しながらなされる作品への介入、謎解きから解決編の予測にいたるような積極的な参加だけに、とどまることではない。『新青年』をはじめとする大衆文学メディアの作家や編集者たちは、しばしば、読者のなかから新人作家を発掘するために、あるいは積極的な読者によって誌面に活気を与えるために、専門作家による作品の続編を読者から募集することまで試みた。これによって、受け手が書き手になる道が開かれただけでなく、特定の個人によってひとつの作品が書かれるという文学における個人主義原理が揺らぎもしたのである。

連作や合作という創作方法は、近世末にいたるまでの大衆的な文化表現においては、むしろごく普通のことだった。『新青年』は、たとえば連歌の伝統を念頭に置きながら、江戸川乱歩、横溝正史、国枝史郎、森下雨村、甲賀三郎、平林初之輔、大下宇陀児、夢野久作ら、みずからが擁する代表的作家たちによる連作の合作小説を、一再ならず誌面で試みた。読者と作者との間の問題のみならず、創作者の側の共同性の創出という点でも、大衆文学は、いわゆる純文学をしのぐ重要な試みを、具体的に行なっていたのである。読者が変わっただけでなく、作者もまた、みずからを変えようと苦闘していたのだ。

しかし、大衆文学の読者は、じつは、或る作品への参加や介入という次元をこえて、受け手から作り手への変身をとげたのである。そしてこれは、『新青年』が懸賞によって横溝正史や海野十三や夢野久作という新人作家を読者のなかから生み出したということにもまして、重要な事実だった。

『新青年』がいかに読者参加を打ち出そうとも、個々の作家がどれほど読者を挑発して主体的な表現をうながそうとも、懸賞に応えたり、ひそかに続編を構想したりした読者は、全体としてみれば圧倒的な少数者だった。これは疑いえないのである。ほとんどすべての読者にとって、大衆文学にたいする主体的なかかわりかた、受け手から作り手への変身とは、特定の作品にたいして主体的に対することではなかったのだ。そうではなく、大衆文学を読むという行為が、読者にとっては、現実にたいする主体的なかかわりかたと、いわば等価な行為だったのである。

一九二〇年代に斬新な大衆文学の担い手だった作家のうち少なからぬものたちが、侵略戦争の拡大とともに〈大東亜共栄圏〉イデオロギーの文学的メガフォンとなっていったことは、偶然ではないように思える。だが、この作家たちを愛読した読者たちが、唯々諾々として、いやそれどころか積極的にさえ、侵略戦争の尖兵となっていったことは、もっと偶然ではないように思われる。それはつまり、大衆文学とのかかわりにおける読者の積極性、主体性とは何なのか、という問題と無関係ではないことがらなのだ。

一九二〇年代に海野十三のSF的探偵小説を愛読した読者が、海野の愛読者であるがゆえに三〇年代にはかれのSF的軍事小説に感化された――という問題ではこれはない。むしろ、二〇年代の作品との関係のなかにすでに、三〇年代の作品との関係があったのだ。いや、三〇年代の現実とのかかわりかたが、すでに二〇年代の作品とのかかわりかたのなかに生きていたのだ。

探偵小説の一九二〇年代初期における昂揚が物語っていたように、探偵小説への希求のなかには、作品にたいして単なる読み手であることに甘んじない主体性への欲求がひそんでいた。そしてさらにこの欲求は、現実にたいして単なる受け手として対処するのではなく、主体として、作り手として現実を生きたいという希《ねが》いがひそんでいた。この希いは、さしあたり、大衆文学にたいする積極的な参加というかたちでしか、この現実のなかでは実現されえなかったのである。謎、秘密、犯罪、秘境、心の不思議さ、時間的・空間的な遠い彼方、等々——大衆文学の典型的なモティーフは、自分が生きている現実と自分との遠さを、文学的に体現するイメージにほかならない。その現実の謎を解くことが絶望的に困難であり不可能であるぶんだけ、作品の謎を解く作業は読者の主体性を激しく触発した。現実よりもさらに重い現実性をもって迫ってきたのは、ドストエーフスキーの文学世界だけではない。大衆文学は、奇想天外であればあるだけ、滑稽であり月次《つきなみ》であればあるだけ、現実のなかにある現実性を、読者に実感させることができた。なぜなら、日常のなかにある現実性は、これほど胸を躍らせてくれず、涙にむせばせてもくれず、笑いを解き放ってもくれないのだから。

現実の日常が、ひとたび確実に胸を躍らせてくれるものとなり、涙にむせぶことを現実に余儀なくさせ、笑いを解き放つものとして肉薄してきたとき、読者は、たかだかフィクションにすぎない大衆文学にむかってしたのとは比較にならない主体性と積極性をもって、現実に参加していった。これはあの侵略戦争の時代についてだけ言えることではない。戦後民主主義時代と呼ばれる一時期に、またもや昂揚期を享受した大衆文学(中間小説という新しい名称の同類も含めて)は、いわゆる高度成長時代の処世の指針となり、いっそう大きな海外進出の鑑《かがみ》として機能することができた。

大衆文学が、現実にたいする読者のかかわりかたをはぐくんだ、というのでは必ずしもない。そうであるよりはむしろ、大衆文学には、圧倒的に困難な現実や、危機的なあらわれかたをした現実に対処するさいの、われわれの姿勢が、いわば文学化されて塗りこめられているのである。この姿勢のもっとも基本的な特質は、受け手に甘んじていたくないという欲求であり、主体として生きたいという希求であり、そのくせこの主体性を、設定された場への参加ということだけに限定して疑わない性向である。

思えば、あらゆる大衆文学と大衆文化は、資本主義社会が始まってからこのかた、参加の場を設定することを柱にして、展開されてきたのだ。設定された場を超えるような真の主体性をもった読者や受容者を形成することは、ついに大衆文学も大衆文化もなしえなかった。いや、なしえてはならなかった。現実への参加は、与えられた場への参加でしかなかった。そこでは、解答はあらかじめ作者によって用意されている。

作者によって用意された解決をくつがえすような探偵小説を書くことが、いまなおさしあたり読者であるわれわれに、はたして可能だろうか？　文化の構造全体が、与えられた場への参加の主体性によって支えられている現実のなかで、場そのものをみずから創出するような読者を触発する作品が、大衆文学として成立しうるだろうか？——これは、大衆文学と大衆文化にとって、対決しがいのある課題にちがいない。

（『国文学　解釈と教材の研究』一九八六年八月号、學燈社）

戦後民主主義と乱歩

敗戦後、小説執筆を再開した江戸川乱歩は、まず少年向けの長篇をあいついで世に送った。いずれも雑誌『少年』に一年間ずつ連載されたそれらは、一九四九年の『青銅の魔人』から一九六〇年の『電人M』にまで及ぶ。一九五五年以降は、『少年クラブ』その他の少年少女雑誌にも乱歩の長短篇が載るようになったが、朝鮮戦争前後の戦後「復興期」の数年は、乱歩の新作は『少年』でしか読めなかった。

同じころ、『少年』と並ぶ『少年クラブ』には、横溝正史が、『大迷宮』、『金色の魔術師』、『大宝宮』を、これまた一年間の連載でつぎつぎと発表していた。一九五一年から五三年にかけてのことである。横溝正史が江戸川乱歩と異なっていた点は、乱歩にとって少年小説がその当時のほとんど唯一の小説分野だったのにたいして、正史はまさしくその当時、『犬神家の一族』から『幽霊男』にいたる一連の長篇を一気に書きつづけており、少年ものはいわば余技に過ぎなかった、ということだろう。

量からすれば圧倒的に多いその時期の江戸川乱歩の少年小説よりも、横溝正史の数少ない少年もののほうが、わたしにはずっと印象に残っている。怪人二十面相や怪奇四十面相と明智小五郎、小林少年の対決のさわやかさよりは、怪獣男爵というおどろおどろしいキャラクターの、嫌悪感をもよおさせる魅力のほうが、少年にとってもまた強烈だった、といえばそれまでかもしれない。しかし、たとえば、一度も行ったことも見たこともない浅間山の姿を窓からのぞむそっくり同じ二軒の建物を舞台にした横溝正史の小説の場面は、いくつもありありと記憶に刻まれているのに、同じく見たことも行ったこともない空間で演じられる江戸川乱歩の活劇は、ほとんど具体的に想い起こすことができないのだ。あのころの乱歩の作品でただひとつ印象に残っているのは、名探偵・明智小五郎がどこかで何かのおりにつぶやくセリフ、「その場その場で考える――これがぼくのモットーなんだよ」という意味の言葉だけに過ぎない。

つまり、私個人にとって、江戸川乱歩といえば、この殺し文句のなかに体現されている少年ものの明智探偵が先にあって、『心理試験』、『陰獣』、『芋虫』、『パノラマ島奇談』などの諸作品は、むしろ後から知った乱歩だった。これから先はもちろん個人の好みの問題だが、わたし個人は、偏執狂的な人間たちがうごめくこれら初期、中期の諸作品のほうが少年探偵ものなど足もとにも及ばないほどすぐれている、としか言いようがない。

人物たちが偏執狂的だから、ではない。それらの人物の具体的な行動、具体的な生活の陰翳が、具体的な時代背景と具体的な価値通念に裏打ちされて、しかもこれらの背景や通念との執拗な対決をうちに秘めながら、せつせつと息づいているからである。もはや天井の節穴を持たなくなった家屋に暮らし、古井戸とは無縁になった都市に住み、高等遊民どころか単身赴任の地獄に生きている現在でも、だからこそ、具体的に乱歩の小宇宙をわれわれは実感的に追体験することができる。

これは、乱歩の少年ものにはない現実性だ。少年ものでは、せいぜいのところ、「その場その場で考える」ことで世界に対処していくことのできる知的エリートと、かれの推理の道すじの興味しか、生き残るものはない。

この少年探偵小説を江戸川乱歩が敗戦後の最初期にもっぱら書きつづけたことには、しかし、重要な意味がある。ふりかえってみれば、一九三〇年代後半から四〇年代初めにかけての時期、つまりもはや普通の探偵小説を書くことができなくなった最後の一時期にも、乱歩は、ただひたすら少年ものを書いたのだった。いずれも『少年倶楽部』にほぼ一年間ずつ連載された『怪人二十面相』、『少年探偵団』、『妖怪博士』、『大金塊』、『新宝島』、それに杉龍之介名の『知恵の一太郎』は、支那事変勃発の前年、一九三六年から、太平洋戦争開始のころのものである。乱歩は、これらの少年小説によって、時局を生きのびようとしたのだった。――そして、敗戦後の激動期に、またもや小説家としての乱歩が生きのびる武器にしたのが、少年小説だったのだ。

生活の具体性の陰翳のかわりに、そこには科学性があり、「その場その場で考える」知性礼讃があった。一九三〇年代後半に生きることができた小説構造のこの基本要素は、一九五〇年代初期にもそのまま生きることができた。乱歩にとって、乱歩の小説にとって、戦前と戦中と戦後とは、いったい何だったのか。そして、探偵小説の読者の生活にとって、それはまた、いったい何だったのか。——いま、江戸川乱歩の文字通り全文学表現が、全六十五巻の「江戸川乱歩推理文庫」というかたちで刊行されるにあたって、わたしなりにこれを考えなおしてみたいと思っている。

（一九八七年一〇月一九日『週刊読書人』）

文学に描かれた「満蒙開拓団」の生活と文化
――湯浅克衛の作品にそくして

1　はじめに

一九二六年一二月二五日に大正天皇が死に、昭和天皇がそのあとを継ぎました。それからわずか五ヵ月後、いわば新天皇の外交上の初仕事として決行されたのが、「山東出兵」と呼ばれる中国への軍事侵攻でした。中国側の抵抗と国際的な非難によって、日本はやむなく撤兵しましたが、一年後、またも「第二次山東出兵」を強行することになります。一九四五年八月の敗戦にいたるまでの日本の戦争は、一般に「一五年戦争」といわれ、これは三一年九月に始まる「満洲事変」から起算して四五年八月までの足かけ一五年を意味します。中国では、同じこの年月を、丸一四年と数えて、「一四年淪陥期」と呼んでいます。しかしわたしは、中国にたいする軍事侵略に端を発したあの戦争を、第一次山東出兵から始まる一八年戦争としてとらえるべきだ、と思うのです。

日本が山東半島に触手をのばしたのは、もともとこの地域で日本人が「血を流した」からでした。第一次世界大戦に日英同盟を理由として参戦した日本は、敵国ドイツのアジアにおける二つの根拠地、つまり植民地である南洋群島と租借地である中国山東半島の青島（チンタオ）を攻撃し、ドイツ軍と戦ってこれらを占領したのです。南洋群島（マーシャル、カロリン、マリアナ、パラオ）は、大戦終了後、国際連盟によって日本の委任統治領、事実上の植民地として認められましたが、中国の固有の領土である山東半島の領有は当然のことながら認められず、やむなく軍を引きあげたのでした。しかし、そのままでは、せっかく多くの日本人将兵が生命を投げうって戦ったことが無駄になってしまう、という「国民感情」が醸成されていったのです。

そのような国民感情は、二〇世紀のごく早い時期から、とりわけ「満洲」について非常に強く深く形成されてきました。日清・日露の両戦役で流された日本人将兵の血、という言葉が、政府や軍部によってもジャーナリズムによっても、くりかえし叫ばれました。事実、日清戦争では、日本側の死者および廃疾者（社会復帰できない程度の重傷者）は約一万七〇〇〇人、日露戦争ではこれが約一一万八〇〇〇人に達したのです。もちろんこれには、戦地となった中国東北部の民衆や中国兵、ロシア兵は含まれていないのは言うまでもありません。日露戦争での勝利によって得た「満洲」での利権は、これら十数万の日本人の血をもってあがなわれたのであり、これを死守すること、そしてさらにその権益を日本の国益に沿って拡大することは、これらの「英霊」にたいする日本人の責務である、という「国論」が、国民のなかに深く広く浸透させられました。「英霊」たちが祀《まつ》られている靖国神社が、この国民感情を裏打ちし補強する役割を果たしてきたことは、周知のとおりです。

「満洲」のことを考えるとき、わたしたちは、二〇世紀の日本社会のなかで「満洲」がもってきたこのような歴史的意味を、度外視することはできないでしょう。そして、「満洲」をめぐる「国論」の形成と維持と強化とにさいしてジャーナリズムや、各種の読み物、文学作品が果たした役割のことを、考えないわけにはいかないでしょう。なぜなら、これらの文学表現は、理論や思想のレベルでよりはむしろ感情のレベルで人間のこころに響き、好き嫌いや快・不快と同じように理屈では割りきれない心情の領域で、たとえば「満洲」についてのイメージを、人間のなかに植えつけ育むからです。当たり前のことをわざわざここで述べたのは、日本の二〇世紀の歩みのなかで、「満洲」ほど心情の領域に深く根をおろしたテーマはまれであり、それが根をおろし根を張りひろげるうえで文学表現がこれほど大きな貢献を行なったテーマはまれであるからです。

わたし自身は、一九四五年の敗戦以後にようやく意識をもって育った戦後派のひとりですが、敗戦前の日本の歴史と社会、とりわけ一八年戦争の時代のことを調べたり考えたりするとき、もっとも大きな困難として自分のまえに立ちはだかってくるのは、あの時代に人びとは毎日の生活をどのような気持で生きていたのだろうか、という疑問です。物資が豊かになったとか乏しくなったとか、政府や軍部がどのようなことをやったとか、治安維持法がどんな法律だったかとか、文献や統計資料によって解明できる範囲で、あの時代を再現することは、もちろん可能です。そして、「満洲」についても、このような解明は大きな成果を上げてきています。しかし、日々の暮らしのなかで、たとえば何を楽しいと感じ、何を悲しみ、何に生きがいを見出だし、何にあこがれたのか、等々の感情の次元での当時の現実を肉体的に再現することは、容易ではありません。当時を体験した人たちでさえ、いまではあのころの実感そのものを記憶しているよりは、戦後の五〇年の生活のなかで多かれ少なかれ無意識のうちに変形された記憶をもってしまっているのです。

当時の人びとを描き、当時の人びとによって読まれた文学表現は、もちろん作者の虚構を含みながら、戦後の視線ではない当時の感性を、部分的にではあれ現在に伝えてくれます。もちろん、それらに描かれたことがそのまま当時の現実であるはずはなく、むしろ文学表現が文学表現としてすぐれているためには巧みなフィクション、つまりウソが不可欠なのです。しかし、そのウソのなかにも、なぜ作者がそのようなウソを作品のなかに織り込んだのか、読者はそれをどう読んだのか、等々の問題が浮かびあがってこざるをえないでしょう。こうした問題を統計的な資料や文献とつきあわせることによって、感情のレベルでの当時の「国民」の姿が、いくぶんかはいまによみがえってくるでしょう。

ここでは、そのような感情のレベルでの、「満蒙開拓団」についての「国民」の思いを、ひとりの文学表現者が書きのこした諸作品にそくして見なおしてみたいと思います。

2　湯浅克衛とはどんな作家か？

戦後世代のかたはもちろん、戦前・戦中を体験されたかたでも、湯浅克衛という作家のことはあまりご存じではないと思います。敗戦前はずいぶんたくさんの作品を発表し、戦後にもなお作家活動をつづけたのですが、戦中に書いたものにはいわゆる「国策」にそったものが多かったこともあって、戦後には論じられることがめったにありませんでした。しかし、戦前・戦中をなかったことにしてしまうのではなく、正視しなおすことによってしか、歴史にたいする責任の第一歩は始まらない以上、いまでは国策協力作家、翼賛文学者の筆頭のひとりに数えられざるをえない側面をもった湯浅克衛という表現者を思いおこすことは、やはり戦後世代にゆだねられた仕事のひとつでしょう。

湯浅克衛は、「韓国併合」の年、つまり一九一〇年の二月、香川県で生まれました。七歳のときに、父が朝鮮で巡査として就職したため、一家で朝鮮に渡り、ソウル（当時の「京城」）の南方六〇キロほどの町、水原に暮らすことになりました。植民地朝鮮が、かれの第二の故郷となるわけです。作家としての湯浅克衛は、一九三五年四月、雑誌『文学評論』に発表された「カンナニ」と、同じ月の雑誌『改造』に懸賞入選作として掲載された「焰の記録」という二つの小説によって登場します。どちらも朝鮮の日本人、そしてもちろんこれらの日本人が関係をもたざるをえない朝鮮人を描いた作品でした。「焰の記録」は、日本で生きていくことのできない貧しい一女性、人間として自立するためには朝鮮に渡って、朝鮮人たちを搾取することによってしか生きることができなかった日本人女性を主人公にしています。日本の社会的現実と植民地支配の現実とを関連づけてとらえなおすうえでも、この小説は、さまざまな手がかりを与えてくれます。「カンナニ」は、一九一九年の「三・一万歳事件」にいたる一時代を、作者自身の分身である日本人少年の目を通して描いたものでしたが、カンナニと呼ばれる朝鮮人少女との交情を物語る前半部だけが発表され、かんじんの三・一独立運動を描く後半部は、雑誌掲載時に検閲を予期してあらかじめ削除されました。この一点から見ても、湯浅克衛という作家がこの時点で日本の朝鮮侵略支配にたいして一定の批判的な目をもっており、朝鮮民衆への共感をこの作品で伝えようとしていたことがわかるでしょう。そして事実、その後あいついで発表された「莨」（三六年九月）、「棗」（三七年七月）などには、日本人少年の目を通して見た朝鮮と朝鮮人、そして朝鮮と朝鮮人にたいする日本人たちの対しかたが、あるいはまた、日本人を母とし朝鮮人を父とする混血の少年が身をもって体験する植民地の現実が、きわめて具体的に描かれていきます。

その湯浅克衛が、はっきりとひとつの方向にむかって進むきっかけとなったのが、一九三八年一二月号の『改造』に発表された中篇小説「先駆移民」でした。題名からもわかるとおり、これは、「先駆移民」と称された最初期の「満洲移民」をテーマとしたものです。第一次および第二次の武装移民、つまり第一次「弥栄村」、第二次「千振郷」のうち、この湯浅の作品は第二次の移民団をモデルとした小説でした。しかも、ハルピンから松花江を船で佳木斯（ジャムス）まで行き、そこからさらに七虎力（チーフリ）まで入ったこの移民団の一員として作者が主人公に選んだのは、左翼運動からの転向者である長野県伊那出身の一人物だったのです。左翼運動の誤りを悟って転向を決意した主人公、黒瀬陸助は、新しく生きなおす第一歩をどう踏み出したらよいのか思い迷って「満洲移民」に身を投じたのですが、入植早々に起こった「匪襲」、つまり日本側から「匪賊」と呼ばれた農民リーダーを中心とする中国人民衆の反撃行動が、黒瀬陸助に再生のきっかけを与えます。「紅槍会匪」と呼ばれる一団に包囲された第二次移民団は、日本軍の救援を求めるため伝令を相次いで送り出しますが、ひとりとしてもどってこず、軍隊もやってきてくれません。ついに、これが最期という覚悟でさらにひとりの使者が派遣されることになり、名乗り出たのが黒瀬陸助でした。かれはついに、過去のつぐないをして新たに生きるきっかけをつかんだのです。こうして数日後、またも「匪賊」たちが大規模な攻撃をかけてきて、移民団も今度こそ全滅かと思われたとき、遠くで砲声が轟きはじめます。「にっぽんぐんだあ、にっぽんぐんだあ」という移民団の歓声で、物語は終わります。

この小説は、二重の意味で特徴的でした。ひとつには、傀儡国家「満洲国」を建てるやいなや実行に移された日本の「移民」政策、中国民衆から事実上かれらの土地と家屋を奪って日本の貧しい農民を入植させる国策を、まったく無批判に称揚し、中国民衆の抵抗を悪辣な暴挙として描くことに、作者は何の疑問もいだかなかったことです。そしてさらにもうひとつは、この日本の国策の先兵として送られた主として在郷軍人からなる移民団の一員に、黒瀬陸助という転向者を配して、そのかれが更生する姿を国策への挺身という設定によって描いていることです。同時代の旧プロレタリア文学作家たちのうち少なからぬ人びとが、やはりこれと同じように、中国への侵略戦争のなかで身命を投げうつことによって左翼思想を最終的に払拭し、天皇の「忠誠勇武」な「赤子《せきし》」として再生する人物を、文学作品の主人公にしました。たとえば、もっともユニークなプロレタリア作家のひとりだった里村欣三の三部作『第二の人生』（四〇年四月〜四一年五月）がその代表的なひとつでした。湯浅克衛もまた、プロレタリア文学運動の最後の時期にその運動グループのなかから出発したみずからの過去を、黒瀬陸助の「回心」にたくして克服したのです。

しかしこの「回心」は、湯浅克衛という作家にとっては、とりわけ深刻な意味をもってこざるをえません。かれは、日本国家による植民地朝鮮の侵略支配にたいして、かれなりの批判をいだき、またそれを可能なかぎりで作品にも描いてきました。かれは、他の日本人たちが朝鮮人をあからさまに蔑視することに怒りをおぼえ、その怒りと自分自身が朝鮮人にたいしていだく敬意と愛情を、くりかえし作品のなかで表明してきました。朝鮮を描いた同時代のさまざまな作家たちのうちでも、湯浅克衛の作品の少なくともいくつかは、きわめて良質なものの部類に入るものでした。そのかれが、『先駆移民』では、朝鮮にたいするのと本質的には同じ日本国家の政策と、日本人農民によるその実行とを、全面的に肯定するのです。これ以後、やはり転向の問題と「満洲」への移住とを結びつけた長篇小説『遥なる地平』（四〇年二月）、信州読書村《よみかき》の分村移民をドキュメンタリーふうに描く長篇『二つなき太陽のもとに』（四二年三月）、静岡市とその近郊からの自由移民団をモデルとしたやはり長篇の『新生』（四三年一二月）、ロマノフカ村に取材した短篇をはじめ「満洲」と「開拓団」を主題とする作品集『白系露人村』（四四年三月）、そしてさらにエッセイ集『民族の緯糸』（四二年七月）など、「満洲移民」および「満蒙開拓団」が、湯浅克衛の作品の中心テーマのひとつになっていくことになります。このテーマの文学作品としては、三九年六月に朝日新聞社から刊行され、映画化もされた和田傳の小説『大日向村』があまりにも有名ですが、分村移民のモデルケースとして喧伝された長野県佐久の大日向村を描くこの作品と並んで、湯浅克衛の諸作品もまた、農村の貧しい現実からの唯一の脱出口とされた「満洲」への移住を決意するまでにいたる農民たちの感情や、現地での生活のありさまなどを、さまざまに物語っているのです。

たとえば、エッセイ集『民族の緯糸』に収められた「民族協和と紀州村」という一文では、鉄嶺県新台子の「紀州村」を一九四一年に訪れたときの様子が書かれています。ここの日本人のなかには、すでに一九一四年に鉄道守備隊を除隊したとき以来ここに住みついたものが四名いるのです。かれらは、一戸あたり一八町歩を借りて耕作してきたのでしたが、駅付近が次第に市街地になっていくにつれて、土地を削られ、いまでは一二町歩くらいに減ってしまった、といいます。「自分達は土地を借りる条件があるきりで、他一切は自分達の手で何もかもやらなければならない。それでも今日までかうやつて頑張り通して来た。資産と云ふほどのものもないが、とに角もう困るといふことはないところまで来た。それから比べると、今日の開拓民は領主のお姫様の御降嫁のやうなもので絹綿ぐるみだ」と、かれらのひとりは話します。かれはさらに、この「紀州村」の生活の姿を具体的に物語ります。昨年まであった雑貨屋が、月百円くらいの収益では息子を中学に入れることもできないというので、店をやめることになった。「それで、そのあとを私が引受けたのです。雑貨屋が一軒も無くなるといふことになるとこの近傍の日本人は全く困つてしまふからね。」これを聞いた作者は、「朝鮮でも雑貨屋がどしどし止めて引き上げてゐる現状を見て来た私はまたここでも同様の事情を見せつけられたわけだ。かうなると土着する日本人は開拓民以外にはなくなつてしまふのである」と述べ、そのひとの話として、こう伝えるのです。「十二町歩の土地は苦力の労力にまかせてゐるが、近頃は此の辺でも食はせて二円五十銭もする。同じ漢民族系の地主なら一円五十銭で雇はれる折にでも、二円乃至二円五十銭と云ふことになるのである。苦力二人寄ると立話をしてゐるんです。第一朝の挨拶からして食事は済んだか——と云ふのだから自然とすぐ今朝の食べもののことになる。俺んところはネギに味噌だ。そうか、俺んところは高粱メシだつた。そんな風で食事のことだつてなかなか気を配ります。」

ここには、もちろん、開拓団の現実の一端が顔をのぞかせているだけでなく、それを見る作者・湯浅克衛のまなざしもまた示されていることは言うまでもないでしょう。作者の目は、主として、現地の日本人と中国人との、また「満洲国」を構成する（とされていた）諸民族の、関係のありかたに向けられていたのです。「民族協和と紀州村」というこの文章の表題がそれを物語ってもいるわけです。そしてもちろん、この諸民族のなかには、かれが第二の故郷と考えていた朝鮮の民衆、日本の植民地支配によって「満洲」への流出を余儀なくされた在「満」朝鮮人たちもまた含まれていました。

3 湯浅克衛と朝鮮民衆の運命

作家としての湯浅克衛が文学表現によって行なったもっとも大きな仕事は、おそらく、日本の作家には他に例を見ないほど真摯に、朝鮮の民衆の幸せについて思いをこらし、それを作品のなかでもくりかえし描こうとしたことでしょう。そしてこれこそはまた、湯浅克衛のもっとも大きな誤りでもあったわけです。

一九四二年七月に刊行された評論集『半島の朝』ですでに、かれは、一五〇万におよぶとされる「満洲」在住朝鮮人について、かれらの存在が日本人を指導民族とする「満洲国」の今後の発展にとってきわめて大きな意義をもつものであることを確認する一方で、広島県のある町を訪れたさい、そこの朝鮮人たちが「満洲」へ集団で移民したいという熱心な希望を表明していることを知らされたときの感激を記しています。そして同年の同じ月に刊行された長篇小説『青空何処まで』では、朝鮮に住む日本人姉妹の青春を描くなかで、その日本人家族の家で使役される朝鮮人少年に、「満蒙開拓青少年義勇軍」に応募するという将来の道を指し示してやるのです。『白系露人村』とともに敗戦前の湯浅克衛の最後の刊行図書のひとつとなった長篇小説『鴨緑江』（一九四四年二月）では、鴨緑江に建設されたダムのために水底に没した村の住民たちが「満洲移民」となって新しい天地に生きる、という展望が、かつて大和の十津川から鴨緑江上流に移り住んだという日本人の事跡と重ねあわせて称揚されるのです。

あらためて言うまでもなく、主観的には善意と愛情をもって朝鮮民衆の運命についてこころをくだいていたにちがいない湯浅克衛は、根本的に間違っていたと言わざるをえないでしょう。かれには、朝鮮の人びとの生きかたや運命を左右する権利などかれにはないこと、そんな権利は日本人にはないこと、このもっとも基本的なことが、まったく意識されていないのです。そしてこれは、湯浅克衛ひとりの無意識だったのではなく、かれの作品の読者を含めた当時の日本人の大多数の無意識でもあったわけです。かれは、いわば、自分の読者たちの無意識の感情を代表し、そして作品によってこの感情をますます拡大深化させる役割を果たしたのでした。それゆえ、湯浅克衛の責任が問われなければならないとすれば、同時にまた、日本人読者の、そしてたとえ湯浅克衛の作品を読まなかったとしてもそれら大多数の日本人の責任もまた、問いなおされざるをえないでしょう。

そしてこの問題は、もちろん、朝鮮民衆との関係についてだけのものではないのです。たとえば、エッセイ集『民族の緯糸』のなかの一篇、「熱河遊記」には、満洲西南端の熱河地方を旅した作者がそこに暮らす日本人男性と会う場面が出てきます。そのひとは、作者にこんなことを語って聞かせるのです、「こちらに来てもう五年になりますがねえ、娘達は匪賊の処刑や引廻しなんかを見つけてゐるんで気が荒くなるし、夜になつても何にも娯楽がないので、レコードがせめてもの慰さめですよ。然し、満洲国は実に驚くべき速度で成長しましたなあ、今頃は私達はどんなに山奥に単身出かけて行つても不安を感ずると云ふことがありませんよ。村長やさう云ふ地位の人達まで喜んで迎へて呉れますよ。こちらの人達もなかなか日本語がうまくなりましてね。」

これに続けて作者は、「私は微笑ましくなつて、その人の話を聞いてゐた」と書いています。そして、さらに続けて、あたりの光景をつぎのように描写するのです。

「沿線の駅々では、棒を持つたカーキ服の少年が汽車に向つて起立をしてゐたり、自分達はこのやうに警備してゐるぞと、誇り顔に棒を振廻したりしてゐた。その少年達は、蒙古の血統なのか、はつきりした顔立をしてゐて、内地の農村によく見られる少年達と変らぬのも、又凛々しい眼付にも好感が持てた。」

ここで描かれていることのなかには、いくつかの典型的な事実が示されていると思います。まず、日本語の問題です。作者が出会った男性は、現地の人びとがなかなか日本語がうまくなったことを、喜んでいます。話の脈絡からわかるとおり、この男性は日本人であり、日本語がうまくなったことをかれが喜ぶ現地の人びとというのは、もちろん中国人、おそらく漢民族かあるいは後に出てくるモンゴル族の人びとでしょう。この日本人男性がそれら現地の人びとにたいして好感をいだいていることは、これまた文脈そのものから明らかです。しかし、なぜ、かれはそれら現地の人びとの日本語が上手になったことを喜ぶのか？　なぜかれは、むしろ現地の日本人の中国語がいつまでたっても上達しないことを悲しみ、あるいは恥じないのか？　そもそも、すでに植民地朝鮮では、湯浅克衛の初期の諸作品にもくりかえし描かれているように、日本人が朝鮮人を称讃するさいの最大の褒めことばは、「立派な日本語ですね」ということだったのです。日本語がどれだけ出来るかが、植民地の人びとの人間としての価値の尺度とされた、といっても過言ではなかったのでした。自分たちが現地の人間からその言葉を奪っている、という意識は、日本人にとってもっとも縁遠いことのひとつだったのです。これは、逆に、日本人の大多数にとって、自分たちの言葉がどれほど軽いものであったのか、ということを物語っている事実でもあるのでしょう。そしてもうひとつ、さきに引用した箇所からは、現地の人間を見るさいの日本人の、ひいてはまた一般に植民地宗主国の人間の、特徴的な見方が、期せずして現われています。それは、こどもにたいしてはもちろん、おとなにたいしても、相手は無邪気で、主人たちの真似をしようとして懸命になっている、と思い込んで疑わない心理にほかなりません。そして、そのかれらにすぐれた資質を見るときは、かれらの容貌やしぐさに日本人と類似のものを見出だすときなのです。ちょうどあのロビンソン・クルーソーが「フライデー」を人肉食から救って自分の下僕にした動機が、西欧人にいくぶん近い顔かたちを、その若者が他の現地人に比べれば持っていたからだったように、湯浅克衛もまたこの場面で、モンゴル族とおもわれる少年の価値を、日本人の尺度で測ってしまうのです。

そしてさらにもうひとつ、湯浅克衛のエッセイのこの一節は、重要な歴史的事実をまったく無意識のうちに物語っています。——カーキ色の服の少年が、なぜ鉄道沿線の駅々に、棒を持って立っているのか。「自分達はこのやうに警備してゐるぞと、誇り顔に棒を振廻したりして」いるのか。彼らは自分たちの大切な鉄道を、匪襲から、つまり匪賊の襲撃から守っているのです。彼らは、一般に「鉄道自警村」と呼ばれた沿線の集落の住民で、もともと自分たちのものではなく日本の国策会社や傀儡国家満洲国のものに過ぎない鉄道を、自主的に防衛しているのです。もともと、満鉄（南満州鉄道株式会社）が鉄道沿線に日本人農業移民を入植させて、そこを「鉄道自警村」として路線防衛を行なわせたものでしたが、支那事変で日本軍の占領地域が拡大し、その地域の鉄道を日本の会社が経営するようになると、沿線の集落を選んで、「愛路村」という名称で「自発的に」鉄道の防衛を行なうことを義務づけるようになりました。村には「愛路少年隊」、「愛路青年隊」、「愛路婦女隊」というものまで組織されました。同胞である抗日パルチザン、つまり「匪賊」の鉄道妨害や破壊から、自主的に鉄道を守るこれらの村は、のちにアメリカのヴェトナム侵略戦争のさい、ヴェトコン（南ヴェトナム解放民族戦線）の浸透を防ぐためにアメリカ軍によってつくられた「戦略村」の、手本となったのです。湯浅克衛には、のちの歴史はさておき、自分の眼前に立っている「蒙古の血統」らしい少年の本当の姿さえ、見えていなかったのです。

4　国際化する日本文化？

湯浅克衛が「満蒙開拓団」とその母村である日本の農村との関係についてどのような視点を持っていたかをうかがわせる文章に、やはり『民族の緯糸』に収められた「新しい生活感情」と題するエッセイがあります。このなかでかれは、「満洲」で実行されている「共同経営」と母村におけるそれとの相互作用という興味深いテーマを論じています。

「一昨年満洲に行つた折に、私は開拓地で採られてゐる共同経営の組織に興味を持つた。当時はまだその問題も熟してゐないので、私の思考も可成限定されてゐた。帰つて来てからもしかし、絶えず共同経営の現実的なありやうが頭を埋て去らなかつた。〔……〕私の二度目の訪問の結果では、共同経営が、現実の環境にぶつつかつて、苦闘してゐる状態をまの当り見たので、非常に理想的な形は当分困難なのではないかと思はせた。〔……〕当時、私は考へた。内地の、故郷の農村習慣や環境は鋭敏に響いて来て、ここだけの純粋な意味の別天地は考へられない。満洲の開拓地で生起してゐる問題は当然、内地の母村にも影響は強いが、どちらかと云へば母村の伝統の方が、新しい村の目に見えぬ感情や経済組織に影響を与へる方が大きいのではないかと。共同経営に、桎梏のやうなものを感じる女や年寄の層の足許を洗つてゐるのは、母村の慣習だつたと、私は思つたりした。〔……〕最近、内地の農村の再編成がしきりに説かれてゐる。事実、広島県や其他、続々と、共同耕作や、部落共同経営の快報が現はれたりしてゐる。分村の後の共同経営に成功の端緒をつかみかけてゐるところもある。満洲開拓地の村々も、母村の経営の変化が自分達の実践して来た道に来てゐると思へばどんなに心強いことだらう。満洲での影響は日本の母村へ、母村の影響は満洲の新村へ、何の障害もなく交流し合ふ日が来たとしたら、新しい環境に馴染めないでゐたり、本筋のものかどうかと首を振つてゐる女や、年寄達も、この新しい生活体制に、安心して身をまかせることが出来るだらう。私は小説家だけに、それ等の人達の感情の定型がまだ出来ないでゐる姿がどうもたいへん気にかかつてゐた。何処何処の何兵衛が闇取引をやつて、身柄は罪になつたが、一身代礎を上げたなどと云ふことが、いくらかでもの羨望の響をもつて伝はらないやうな、さう云ふ感情の変革が、内地の母村で滔々として起つて呉れれば、さぞ満洲の開拓地でも、安心して夫の礎いてゐる新世界に協力して行ける女達を一層増やして行くことだらうと、心は楽しいのである。共同経営の問題はもはや、満洲新天地のみの問題ではなくなつた。それは現に内地の農村を大きく揺り動かし始めてゐるのである。生活感情の組織も、文学の新しい面も、ここを通じないでは何も語れなくなるだらう。」

「満洲」における「開拓農民」がどのような生活と文化を自分たちのものとし、どのような新しいものを生み出していくか、ということは、文学表現者としての湯浅克衛が当然いだいた強い関心でした。この関心を、かれは、前後七回にわたって「満洲」を訪れるたびに、さまざまな見聞や体験にそくして旅行記に記し、また小説のなかにも描きました。それらのひとつに、「下駄について」と題する短篇小説があります。

敗戦前の最後の単行本となった『白系露人村』に収められているこの小品で語られているのは、「昭和十四年の春」に「満洲開拓地」を旅した作家である主人公・町田が、「新京」の町で美しい下駄屋の店を見る光景から始まります。

その翌年、読書村の開拓団を訪れた主人公は、そこで下駄が作られていること、そして「漢民族系の人達」が下駄を履きはじめたということを知らされるのです。その旅行から朝鮮の家へともどったとき、「前に父親が店をやってゐたころ、少年の頃から長年勤めて、町田にとつては幼友達と云つたやうな間柄」の一郎がやってきます。一郎は、「拓さんが満洲からかへりんさつたと聞いたので、一寸来てみました。肉が手にはいつたもんで、肉不足の折柄、まあ栄養をつけて頂かうと思ひましてな」と言います。作者は、「さう云ふ国語を使ふ男だつた。顔つきも勘走つてゐて、町田などよりは却つてずつと内地人らしい風貌であつた」と書いています。つまり、この「一郎」は、朝鮮人なのです。そのかれが、日本語のいわゆる方言をしゃべり、しかもその日本語を「国語」として話していること、いや、主人公の口をかりて作者がそれを当然のように「国語」と呼んでいることに、やはり目を向けないわけにはいかないでしょう。

ところが、物語はさらに展開されていきます。その一郎の三つくらいの女の子が、下駄を履いていたのです。ゴムや革が不足してきたこともあって、下駄を履くものが多くなり出し、ゴム靴屋の廃業がふえている、というのでした。これを知って、主人公は、「満洲」でのことを思い起こします。

「読書村からの帰りに、偶然の機会で寄つたロマノフカでは、北方大陸に長い間住んでゐた白系露人の智恵が大変参考になつた。木の多い樹海に近い地域ではあのがつしりした校倉式は何としても好もしかつた。これこそ、古代日本建築の直流ではないか。〔……〕木の少ないところでは、楊柳の皮で泥を包んでウクライナ風の引締めた耐寒家屋が出来るではないか。アンペラよりも、泥柳の木の皮で芸術的な敷物は工夫出来ないものだらうか。搾りたての乳を売つて缶詰やなんかを買ふことを止して、もちと寒帯に住む食生活が出来ないものだらうか。さんざ議論して、結論がつかないでゐるうちに、下駄の方はもうこの大陸兵站基地の同胞にまで及んでゐるのだつた。そして、開拓地の原住民にはもう履くものが出はじめたのだ。開拓地の履物は何かなどと議論しないうちに、下駄の方はどんどん進軍して行く。必要がすべてを解決して行くのだらう。しかし、芸術家としては、その土地に一番合ふ、質と形とを考へ出さなくてはならぬ。日本文化とは狭い、限られたものではなくて、今後世界中の者を納得させ、潤して行くに足るものでなければならない。しかも、それが外ならぬ日本文化の雄大な規模なのだ。」

この下駄のエピソードは、湯浅克衛が日本文化だけでなく、文化というものをどう考えていたかということを、如実に物語っています。そしてそれはまた、日本の海外進出がどのような文化侵略であり、それは日本人のどのような感覚によって支えられてきたのかということも、同時に物語っているのです。一九一七年に始まる赤色ロシア革命に反対し、中国東北部に逃れて亡命生活を余儀なくされた「白系ロシア人」は、「五族協和」を標榜した「満州国」の、いわば第六の民族でした。湯浅克衛は、これらのロシア人たちの集落のひとつ、ロマノフカ村を訪れて、かれらが固有の文化と生活様式をこの異郷にあってなお生かしていることに、深い感銘を受けたのでした。小説「白系露人村」にも、このかれの感銘は反映しています。けれども、異郷の地にみずからの民族的伝統を根づかせているこの人びとと、日本人移民とを無媒介的に重ね合わせて、しかも「下駄」の普及に感動をおぼえる湯浅克衛は、やはり、作家としてきびしく批判されなければならないでしょう。

なぜなら、ひとつには、政治的理由によって（ボリシェヴィキ革命に賛成するか反対するかの当否はさておき）故国を捨てなければならなかった人びとと、国家の力をうしろだてにして他民族の土地に入植したものとを、湯浅克衛はまったく同等にしか見ていないからです。この無意識は、みずからも植民地二世として朝鮮で暮らし、朝鮮の人びとにたいする日本人の関係の問題性を、「カンナニ」や「莨」や「心田開発」（一九三七年一〇月）などの諸作品で自己批判をこめて描いた湯浅克衛であるだけに、看過するわけにはいかないでしょう。そしてさらに、ほかならぬその湯浅克衛は、下駄という履物が、日本人と朝鮮人との関係のなかで特別な意味をもっていた、という事実を知らないはずはなかったのです。朝鮮の人びとは、祖国を植民地として自分たちを抑圧支配する日本人たちを、恨みと憎悪と軽蔑をこめて「チョッパリ」と呼びました。戦後に自分の朝鮮体験を真摯に文学化した小林勝（一九二七〜七一）は、一九六九年二月に「蹄の割れたもの」と題するすぐれた小説を発表しましたが、それがチョッパリという言葉の意味なのです。（ちなみに、韓国料理の豚足、つまりトンソクは、やはりチョッパリということを、わたしは、韓国からの留学生で湯浅克衛の研究者である梁禮先さんから教えてもらいました。）朝鮮の人びとにとって、日本人の足のさきはケダモノと同じように割れていたのです。下駄を履く日本人を、かれらはそのように見たのです。湯浅克衛が「満洲」における下駄の普及を喜ぶとき、かれの喜びは、このような現実的背景をもっていたのです。
これは、しかし、あの過去の一時代だけのことではないのかもしれません。湯浅克衛の無意識は、この国の現在の日常の生活のなかで、たとえば、他民族住民の多様な文化表現を抑圧する政策や、あまつさえ、中国からの帰国者たち——その多くが、あの「満蒙開拓団」の一員だった人びと——に、ひたすら「日本式」生活スタイルを身につけさせようとする方針のなかにも、なお生きつづけているのです。

（本稿は、一九九五年八月に長野県飯田市で行なわれた「満蒙開拓団の総合的研究——母村と現地」研究会での報告に加筆修正をほどこしたものである。）

（『「満蒙開拓団の総合的研究」——母村と現地——研究中間報告論文集』一九九七年二月）

「馬賊の唄」の系譜——大衆文学の外史によせて

1　不懂貴国的風俗人情、所以得罪人的地方児不少

「満洲事変を契機としまして、わが日本と満洲との関係は夫と妻の如く、切つても切れないものとなりました。従来狭隘な土地にあえいでゐましたわれわれ日本人は、これを機会に心機一転して広漠たる沃地と無限の富源とをもつ満洲にどしどしと発展して行かなければなりません。満洲に発展すると否とには、実にわが国が強くなるか、弱くなるかの国運がかけられてゐるのです。すなはち、もし発展に失敗せんか、わが国の地位は今日の隆盛から二等国にひきおとされるでせう。若し、成功せんか、いよいよ日本は極東の盟主として、重きを加へるでせう。行け、満洲へ！」

——一九三二年九月五日の発行日付をもつ『満洲語会話独修』（二松堂書店）の「序」は、こう述べている。

文庫判をさらに小さくしたような縦長のこの会話入門書は、全二三二ページ、見たところ、いまさかんに出回っている海外旅行者向けのポケット判の類書とさして変わらない。けれども、もちろんこれは、短期の旅行者を対象としているのではない。拓務省拓務局海外移民相談所の職員だったことが扉の記載からわかる編者の林龍は、さきの文章に続けて、つぎのように序文をしめくくっているのである、「行け！　満洲へ！　そしてそこに永住せよ！　本書は満洲に発展せんとする人が、彼の地に根を下すために必要な通語を便利に、実用的に編纂したものである。本書一巻は、

諸君の友となり、味方となって、はげしい満洲の商戦を勝利にみちびくでせう。移住者必携の良書としてあへて満天下にす丶む。」

つまり、この満洲語会話入門書は、満洲で商業を営むことを目的に彼の地へ移住する日本人のために編まれたものだった。ちなみに、この本の「満洲語」というのが、満洲族の固有の言語である本来の満洲語ではなく、中国語のことであるのは言うまでもない。在満日本人たちが「満語」という蔑称で呼んだのは、満洲の漢民族によって常用される、北京語ときわめて近い中国語のことだった。いずれにせよ、日本人移住者が現地で生活するための会話を手引きするためのものである以上、旅行目的で海外に渡航するためのものとは、会話の例文にしても必修単語にしても、違っているのは当然だろう。時代の違いももちろんある。たとえば現在の中国語会話入門書なら、会話の例として、「あなたのお部屋は五階の5026号室です——鍵はどこでいただけますか？——五階のステーションにあります——エレベーターはどちらですか？——ロビーの左手にあります——なるほど、これは静かな気持のよい部屋ですね——（ノックして）お荷物をお持ちしました」（『JTBの会話集・一〇〇〇万人の海外旅行中国語会話』、一九九一年一二月刊）とでもなるところが、『満洲語会話独修』では、「いらつしやい。お早いお着きでございます——好い部屋があるか——はい、丁度明いております。丁や、……番の御部屋に御案内をおし——成程好い部屋だ。某さん、御覧なさい。実に見晴が好いですね——御荷物は此処に置きます」というような文例になっている。

時代の違いを口調に反映したこのような例文にもまして、一九三二年九月刊のこの会話入門書の決定的な特徴を示しているのは、「単語篇」である。日常の生活で頻繁に使われる単語を集めたこの部分には、現在の海外旅行者ならまず必要とするはずのない単語がきわめて多い。なかでも、軍事用語をまとめた「陸海軍」の項目は、他を圧する語数である。たとえば「飲食」の項目には二四語、肝腎《かんじん》の「商店」の項では六三語が挙げられているのに対して、「陸海軍」の単語数は、二一〇語にのぼる。もっとも特徴的なのは、「法律」の項目である。生活のなかで常用される法律用語といえば、ふつう思い浮かぶのはどのような言葉だろうか？——『満洲語会話独修』が「法律」の項目に挙げている全三四語は、こうである——「法律・絞首・死刑・重罪・軽罪・罰金・赦免・監禁・罪名・強奪・窃盗・殴打・

告訴・巡査・警察署・監獄・審理・後悔・賠償・証拠・賭博・殺人・放火・訴訟・縊死・服毒・喧嘩・贖罪・打つ・捜査・捕縛・掏摸《すり》・加害者・土匪《どひ》」（（　）でくくったフリガナは引用者による補足）。

この本の「会話篇」には、「不懂貴国的風俗人情、所以得罪人的地方児不少。以後総要求指教（ブ　トーン　クイクォー　テイ　フォン　ソー　リエン　チン、ソー　イー　トー　ツォイ　リエン　ティ　テー　フアー　ル　ブシヤヲ。イー　ホウ　ツォーン　ヤォ　チイウ　チー　チイヤヲ）」という例文があって、それに対応する日本語は、こうである、「御国の風俗習慣を知りませんから失礼を致しますかも知れません。これから色々と御教示を願ひます。」――だが、生活のなかで常用される「法律」用語として右のような言葉を挙げたこの入門書には、満洲へ渡ろうとする日本人が彼の地をどのようなものとして思い描いていたかが、くっきりと反映されている。もっと正確に言うなら、林龍というのが本名だとすれば「満洲国人」と思われる編者が、日本人の満洲についてのイメージをどのようなものとして想定していたかが、「彼の地に根を下すために必要な通語」のこの手引きのなかに、物語られているのだろう。

「法律」に関する語彙の大尾に位置する「土匪」は、もちろん満洲語でも「土匪」で、これには「イーフヱイ」という発音が記されている。この会話独修書より二カ月半後の一九三二年十一月中旬、「日本国民の支那及満洲に関する認識を、正しく、而して高めんがために編んだもの」ゆえ、「専門家の研究資料とはならんが、一般人の満洲及支那を知らんとするには唯一の伴侶たり得る確信がある」との「巻頭のことば」を付して刊行された『最新・満洲及支那辞典』（河瀬蘇北編・東方文化協会発行）は、「制度組織及集団」編のなかに「土匪」という見出し語を設けて、こう解説した、「一国が未だ開明にならぬ時代は、匪賊の跳梁に悩まさるゝのは普通である。即ち近代支那が、文化普《あまね》からず、動乱相つぎ、国を挙げて殆んど混沌、乱維の状態にあることは、匪賊の横行闊歩に誠に好都合である。その支那の匪賊は、北に於ては馬賊と云ひ、中央及南方にては土匪と云ふ。孰《いず》れも無職無頼の徒の集りではあるが、間《なか》には中央に志を得ざる不平の徒が結社して居るのもあり、又軍隊が変じて匪徒となつたのもある。而《しか》してその一団の数は普通三四百位であるが、時に有勢なのは二千三千に達するのがある。〔以下略〕」

そして、「馬賊」という見出し語は次のように説明されている。

馬賊は満洲に於ける土匪、匪賊である。人は之《これ》を特別の種類のやうに思ふが、決して　さにあらず、支那又は各未開国に存在する一般の集団的匪賊と同一である。ただ満洲の地たる荒漠無辺、土匪の出没に自在であり、且《かつ》討伐に苦心を要するので、それが一種の職業的賊団となつたので、時に或は下層民の為めに保護者となることもある。従つて必ずしも馬にのるに非ず、また常に一種の服装をなし居れるにも非ず、時には良民と伍して、市井に暮して居るものもある。従つて満洲が開発され資本主義的経済機構の発達して、彼等にも安全なる生活が与へらる、に至らば、自然且必然的に亡滅す可き運命を荷つて居る。

日本による侵略戦争、いわゆる満洲事変と、その結果としての「満洲国建国」からまだ間もない時期に出版された二冊の本に姿を現わしている満洲の土匪、馬賊は、それから七年近くを経てもなお、亡滅することはなかった。かつて満洲に「雄飛」の夢を託した日本人たちにとって、それが、絞首、強奪、殺人、放火などと同等の日常用語だったとすれば、すでに「支那事変」が三年目になっていた時期の日本の小学校下級生にとっても、馬賊は遠い国、遠い時代の死語ではなかった。それは、満洲との関係で日本を誇りに感じ、日本人であることの幸せを噛みしめるよすがとなるような、やはり身近かな存在だったのである。

一九三九年二月に「東亜〈新満洲文庫〉」の第一篇として尋常小学校一・二・三学年用に刊行された『まんしうの子ども』のなかに、馬賊は、満洲の子供たちの目を通した姿として登場する。戦後に『コタンの口笛』その他であらためて高く評価されることになる児童文学者、石森延男（一八九七―一九八七）が編輯者だったこの児童図書は、最終章に「満洲人の子どもの　みた世界」と題する文章を載せていて、そのなかで、国民がいちばん幸せに暮らせると思う国を「満洲人の子ども」一六〇人に答えさせた結果が語られている。イタリー、ドイツ、日本、イギリス、満洲国、フランス、中華民国、アメリカ、ソビエットロシヤの九カ国のうちから選ばれた答えは、

アメリカ　を　一ばんとしたものが　四八人
日本　としたものが　四二人
イギリス　としたものが　三二人
満洲国　としたものが　一六人

だった。そして、

日本　を　一ばんしあはせな国とした　わけとしては、

「ばぞくが　ゐないから。」

としてゐます。

そして、満洲国をしあはせだとした　そのわけは、

「だんだん　ばぞくがすくなくなつてきたから。」

といふのです。


これに先立つもうひとつの質問で、いちばん強い国はどこと思うか、という問いにたいして、日本と答えたものが最多の五七人、アメリカは二位で四三人だったことを見れば、いちばん幸せに暮らせる国として日本よりアメリカを挙げる「まんしうの子ども」が多いのは、暗示的というべきだろう。しかしいずれにせよ、読者対象である小学校低学年の日本の児童にたいして、説明なしに満洲の「ばぞく」を持ち出すことができる程度に、馬賊は子供たちにとってさえ、いわば有名だったのである。

一九四五年八月、「満洲国」は消滅した。渡満志望者にとっても子供たちにとっても治安の尺度だった「土匪」や「馬賊」の語が、現在の中国語入門書に登場しないことは言うまでもない。これらは、中日辞典、つまり中国語を日本語

に移すための辞典に、わずかに古語として痕跡をとどめているにすぎない。

　しかし、歴史にとって、日本がアジアおよび世界との関係でたどってきた、そしていまたどりつつある歴史にとって、「馬賊」は、終わってはいない。日本の近現代の文学にとっても、それはまだ亡滅していないのである。

2　「馬賊の歌」あるいは「俺も行くから君も行け」

　対米英開戦の翌年、一九四二年八月号の雑誌『開拓』に、「助役と書記」と題する短篇小説が掲載されている。作者は滝野川六郎だが、これがどういうひとだったのかについては、つまびらかでない。ただ、作者による付記に、「この短篇は岩手県東磐井郡藤澤町を取材した。藤澤町は単村分村で出発し、分郷となり、今また本隊充足は藤澤町にのしかかつてゐる」云々とあるので、「小説」とは銘打っていても、まったくの虚構ではなく、満洲への分村移民を進めつつあった一農村の現実に素材をとるルポルタージュ小説であることは、間違いない。

　この小説が発表された『開拓』という雑誌は、「日満新文化建設綜合誌」という副題をもち、発行主体は「財団法人・満洲移住協会」だった。周知のとおり、この団体は、満蒙開拓団および満蒙開拓青少年義勇軍の事実上の送り出し機関であり、雑誌のこの号が出た当時、会長は井野碩哉（拓務大臣）、理事長は石黒忠篤（第二次近衛内閣の農相、農業報国連盟理事長）、そして理事には加藤完治（満蒙開拓青少年義勇軍内原訓練所長）、那須皓《しろし》（東京帝国大学教授）、永雄策郎（拓殖大学教授）、橋本傳左衛門（京都帝国大学教授）など、満洲移民ないし満蒙開拓団の立案および実施に中心的な役割を果たした人物たちが名をつらねていた。だが、「満蒙開拓」が一部の政治家やイデオローグ、御用学者たちだけの業務ではなかったことは、たとえば「開拓運動は我々の手で――開拓分会を作りませう」と、雑誌『開拓』を軸にしていわば草の根から満洲移民運動を拡げていく呼びかけが、誌面でなされていることからもうかがえるだろう。
小説「助役と書記」は、それゆえ、もちろん、満洲への日本人移民を奨励し推進する立場から書かれている。物語の舞台である「大澤村」は、「昭和十年に農林省の指定村になり、経済更生計画を樹てたが、更生の見透しが全くつかず、昭和十四年に到つて分村計画を樹立した」のだった。村の拓務係である千田書記は、当初からこの分村移民計画の立案と実施に奔走してきた。かれの作成になる計画書には、村の立地条件と窮状が次のように記されている。

「本村ハ広袤《こうぼう》一・七六五方里ナリト雖《いえど》モ、地理的自然条件備ハラズ、耕地面積僅《わずか》ニ五四一町歩ニ過ギザル山間ノ貧村ニシテ、其《その》地勢上村民ハ農耕、養蚕、製炭ニヨリ生活シ来レルモ、昭和五年以来ノ農業恐慌就中《なかんづく》養蚕恐慌ニハ、投資ノ回収不能或ハ、負債ノ償還不能ヲ来シ、更ニ加フルニ昭和六年ニ於ケル県下三大銀行ノ破綻ニ因《よ》ル打撃、旱害冷害ノ天変地異ハ遺憾ナク本村営農ヲ混乱セシメ、農家ノ疲弊困憊其ノ極ニ達シ、農村生活ノ不安日ニ募リ、此ノ侭《まま》ニ推移スルトキハ、農村ノ使命達成上前途頗《すこぶ》ル憂慮スベキモノアルヲ痛感ス、而シテ之ガ更生ヲ図ル唯一ノ道ハ、満洲分村移住ヲ実行シ、人口ト資源ノ調整ヲ期シ、農業経営ノ根本的改善ヲ図ルニアルト信ズ、更ニ之ガ計画実行ニ当リテハ、各部落ニ連帯責任ヲ負フ実行組合ヲ設置シ、此ノ実行組合ハ各実行班ニ分チ、恰《あたか》モ往年ノ五人組制度ノ如クナシ、之等実行組合ヲシテ、産組、農会ト密接ナル関係ヲ保タシメ、学校其他教化団体トモ夫々《それぞれ》連絡協調シ村経済更生委員会ニ於テハ之等総《すべ》テヲ統制シ、計画実行ノ円滑ヲ期スルモノトス」

千田書記の熱意と奮闘にもかかわらず、村は動かなかった。第九次六十集団の満洲移民が送り出されたとき、先遣隊がたった三十二名の大澤村は、全国で最下位の汚名に甘んじたのである。緊急対策が不可避となって、「中央機関」から富田という指導員が派遣されてきた。千田書記は富田に、自分が率先して渡満の名乗りを上げたいというかねてからの思いを打ち明けるが、富田は、きみが行ってしまっては送出という重要な任務をだれが果たすのだ、といって反対する。自分ばかり熱くなるのではなく、その熱で人を動かせ、とかれは千田に助言して、東京へ帰っていく。一方、村の助役・佐藤も、事態を深く憂慮していた。富田指導員の話を思い浮かべるにつけても、「日本民族にのしかかつてゐる風雲を感じ、のっぴきならぬものを感じた」のである。「七十に近い人生を終へた彼ではあつたが、あつい血潮がこめかみにつきあげて来る」のを覚え、村長の私宅を訪れて開拓団に志願する許しを乞う。自分が行くことになれば、少なくとも三十や五十の村民はついてきてくれるだろう、という助役の決意を、しかし村長はしりぞける。世の中が緊迫してくればくるほど村には大黒柱がますます必要になる、きみは大澤村の大黒柱なのだ。

慰留された佐藤助役は、村の経済更生委員会で、村の首脳者およそ四十名を前にして、現職の校長をやめて先遣隊長となり渡満した近藤団長を見殺しにしてはならない、と訴え、もしも本隊が百戸に満たないなら、なんとしても自分が助役をやめて満洲へ行くつもりだ、と語る。末席で記録をとっていた千田書記は、この助役のことばを聞いたとき、つと立ち上がった。「先づ、わしに行かせて下さい。わしが起《た》つて、村から何人続くか、それを見とどけた上で、助役さんに起つていただきます。助役さんの行かれるのは、それからでも遅くはないでがんす。」

このあたりの叙述に、三年前の一九三九年六月、朝日新聞社から刊行されて大きな反響を呼び、翌年には映画化もされた和田傳のドキュメンタリー小説、『大日向村』の雰囲気を彷彿させるものがあるのは、テーマの共通性のせいでもあるだろう。もちろん、「助役と書記」の作者が『大日向村』をまったく念頭に置かなかったとは、とうてい考えられない。村の半分の人口を満洲に移民させて日本の農村危機を打開し、あわせて満洲における食糧の大増産を実現しようとする国策としての「分村移民」政策にとって、大日向村のケースは、伝説的なまでの模範例として喧伝されていたのだった。この模範が、農村の側からすれば、迷惑な存在だったことも、もちろん想像に難くない。

千田には持病の痔があり、妻は妊娠七カ月の身重で、そのうえ老耄の父があった。満洲へ渡るときは、これらの家族をあとに残して行かなければならない。だが、千田の決心は揺るがなかった。後任者との引継ぎ作業に追われているころ、東京の富田氏から手紙が来た。千田の決意を、たんなる一団員としてのものではなく指導者として起つ決意であると解した富田は、それを喜び、つい前年度に送出された長野県佐久郷開拓団の例を引いて千田を励ましていた。富田によれば、佐久郷のそもそもの始まりは、相川という老巡査の発案にあった。相川巡査は「曾呂利新左衛門考案の何んとか法と言ふのを採用した」のだ。それは、一人が二人を獲得し、二人が四人を、四人が八人を、というように鼠算で団員を獲得する方式で、相川巡査はまず農事実行組合長と産業組合専務理事の両名を獲得し、一カ月ほどで六十名の先遣隊が編成されたのだった。この事例を紹介したあと、富田は手紙のなかで千田にこう助言したのである、「君は今どんな風に大澤村を動かしてゐるか知らないが、君のひき一本で、相当数の団員を纏めることは、容易のことではないであらう。僕はやつぱり相川巡査の意図はすぐれてゐるやうに思ふ。そして、これをもう一段展開させて〈俺も行くから君も行け〉の運動を、計画的に組織的になすことが肝要のやうに思ふ。大澤村は、僕の観察の範囲では、まだ人がありあまつてゐる。村を歩いても、青壮年層が眼につくではないか。君もまた青壮年層の一人だ。君は青年に向つて〈俺も行くから君も行け〉の運動をまき起さねばならぬ。」

富田からの手紙をくりかえし読んで決意を新たにした千田の脳裡に、村のあれこれの青年の顔が去来した。だが、かれらが果たして行ってくれるだろうか。富田の言うような「運動」が、村民の関心も何の基盤もないこの村で、そんなに簡単に巻き起こせるだろうか。明るい展望とはほど遠い思いをいだきながら、かれはとぼとぼと村道を歩いていた。川の土堤の共同作業所のところまで来たとき、筵《むしろ》や縄を作っている青年たちの歌声がもれてきた。

俺も行くから君も行け
北満洲の大平野
広漠千里果てもなく
自由の天地われをまつ

それは、夢見るような明るい歌声だった。千田の足は無意識のうちに作業所のほうに向いていた。

望む彼方は高粱《こうりゃん》の

丘ふく風となるばかり
あゝ大陸の空を行く
捨身の雲のつばさかな

「俺も行くから君も行け」の運動、と富田が手紙に書いていたものは、共同作業所で仕事をしながら青年たちが歌っていたその歌の一節からとった文句にほかならなかった。運動のスローガンにできるくらい、それは人口に膾炙している歌だったのである。

それは、「馬賊の歌」と題されていた。

3　満洲と馬賊のイメージ——ふたつの『馬賊の唄』をめぐって

「馬賊の歌」が歌われはじめたのは、一九二二年のことだった（古茂田信男ほか『新版日本流行歌史』上巻）。その年に登場した歌としては、「黄金虫《こがねむし》」（黄金虫は金持ちだ、かねぐら建てた、くら建てた）、「しゃぼん玉」（しゃぼん玉とんだ、屋根までとんだ）、「砂山」（海は荒海、向うは佐渡よ）などのほか、メーデーの歌として知られる「聞け万国の労働者」や、かの「インターナショナル」（起て飢えたるものよ、いまぞ日は近し）がある。一九二二年という年は、あらためて言うまでもなく、全国水平社、日本農民組合、そして非合法の日本共産党が結成された年であり、翌年の関東大震災で事実上ついえさる「大正デモクラシー」が絶頂期にあった年である。「馬賊の歌」は、それゆえ、当時の日本における民衆の昂揚した気分の一面を、疑いもなく反映していたのだ。このことは、しっかりと確認しておく必要があるだろう。

この歌の曲は、「篭《かご》の鳥」（逢いたさ見たさに恐さを忘れ、暗い夜道をただひとり）の作曲者でもある鳥取春陽が、いわゆる「大陸浪人」が歌っていた歌のメロデーをもとに作曲した、とされている。作詞者については、ヴァイオリンを得意とした演歌師・宮島郁芳という説（森一也『軍歌・戦時歌謡大全集「海ゆかば」』解説）や、宮崎滔天という説（『新版日本流行歌史』）があり、確かなところはわからないらしい。宮島郁芳説をとるものには、他に『別冊一億人の昭和史・昭和流行歌史』などがある。宮島郁芳は、「馬賊の歌」と同じころ流行して類似の主題をうたった「流浪の旅」（流れ流れて落ち行くさきは、北はシベリヤ南はジャバよ）の作曲者だった。とはいえ、孫文らの中国革命やアギナルドのフィリッピン独立運動を支援したあの宮崎滔天の作である、とされたことが、この歌の魅力をいっそう大きいものにしたのは、確かだろう。

僕も行くから君も行こ　狭い日本にゃ住み飽いた
波の彼方にゃ支那がある　支那にゃ四億《しおく》の民が待つ
俺に父なく母もなく　別れを惜しむ者もなし
ただいたわしの恋人や　夢に姿をたどるのみ
国を出たときゃ玉の肌　今じゃ槍傷刀傷
これぞまことの男《お》の子じゃと　ほほ笑む面に針の髯

長白山の朝風に　剱《つるぎ》を扼《やく》し俯し見れば
北満洲の大平野　おれが住み家にゃまだ狭い
御国を去って十余年　今じゃ満洲の大馬賊
亜細亜高根の繁みより　繰り出す手下が五千人
きょう吉林《きちりん》の城外に　駒の蹄を忍ばせて

明日は襲わん奉天府　長髪風になびかせて
さっと閃く電光《ひらめ》に　きょうの獲物が五万両
繰り出す槍の穂先より　壮龍血を吐く黒龍江
銀月高く空晴るる　ゴビの砂漠にゃ草枕

もともとの作詞者がだれであれ、歌われていくうちに次々と新たに歌詞が付け加えられていったり、あるいは改変されていったりするのは、真に民衆的な歌のつねである。「馬賊の歌」はまさにそれだった。上に引用したものは、比較的一貫した脈絡を持ち、しかももっとも長い例のひとつだが、これと比べてもっと断片的に、あるいは脈絡を欠いて歌われるヴァリエーションは、いくつもある。たとえば、こうである――

俺も行くから君も行け　狭い日本にゃ住み飽いた
海の彼方にゃ支那がある　支那にゃ四億の民が待つ
白皚《がい》々の雪の原　俺の死に場にゃちと狭い
祖国《くに》を出るときゃ玉の肌　いまじゃ槍きず刀きず

あるいはまた、こういうのもある――

僕もゆくから君も行け　狭い日本にゃ住みあいた
波のかなたにゃ支那がある　支那にゃ四億の民が待つ
僕には父も母もなく　生まれ故郷に家もなし

そもそもの第一節からして、「俺も行くから君も行け」と「……君も行こ」との両種があったことがわかる。小説「助役と書記」で共同作業所の青年たちが歌っていたのも、その前者のほうのヴァリエーションのひとつだった。また「俺」と「僕」にも併存ないし混用が見られる。いずれにせよ、流行しはじめた当初、この歌は、都会の縁日の夜店のかたわらなどで、ヴァイオリンの弾奏に合わせて歌われていたという。まだラジオの本放送も始まっていなかったそのころ、「馬賊の歌」は、このような大道の演歌師たちによって暮らしのなかへ伝えられ、人びとのこころに浸み通っていったのだった。

では、いったい、「馬賊の歌」の何が、人びとのこころに浸み通ったのだろうか？　いったいなぜ、「支那」ととりわけ「満洲」を舞台とするこの歌が、いまから見ればおよそ日常の現実からほど遠いこの歌が、人びとのこころに響いたのだろうか？――

渡辺龍策の『馬賊――日中戦争史の側面』および『馬賊社会史』によれば、「馬賊」の起源は十八世紀末にさかのぼる。一六四四年に中国の支配権をほぼ確立した女真族（満洲族）の清朝は、それまでの各王朝にもまして厳しく民衆の武器所有を禁止した。しかし、十八世紀末になると、地方の治安は乱れ、治安維持にあたるはずの軍隊そのものが、もっとも著しく内部秩序の崩壊を露呈する。農民たちは、みずから村と作物と生命を防衛する必要に迫られ、「団練」と称する自警組織をつくっていく。この組織は、これらを治安対策に利用しようとした清朝為政者側の思惑もあって、十九世紀中葉の太平天国の乱のころまで続くことになる。一八六四年に太平天国の運動が敗北すると、これらの農民兵は解散させられ、こうして生きる道を失ったかれらの多くが、「賊」的な存在となった。一方、阿片戦争（一八四〇―四二年）以後、ヨーロッパ列強の中国侵略にたいする民衆の排外運動は、やがて「倒満復漢」の革命運動と結びついていくが、その過程で、郷村の自衛組織は、権力に反抗する一種の「仁侠」的な結社の性格をおびるにいたった。イギリスの中国近代史研究家、フィル・ビリングズリー（一九四五年生まれ）は、大著『匪賊――近代中国の辺境と中央』

(邦訳＝一九九四年十月)で、権力者の側から「匪賊」と呼ばれたこれらの反権力的・アウトロー的集団を中国の近現代史のなかに見事に位置づけたが、「馬賊」は、とりもなおさずこの「匪賊」たちの一翼を担っていたのである。だが、ある場合には野盗集団であり、ある場合には革命結社であり、多くはその両者の性質をあわせ持っていたこうした「匪賊」や「馬賊」は、二十世紀の歴史のなかで、中国の版図内にとどまらぬ意味を持つようになる。日本国家が中国大陸とりわけ満洲へと本格的に触手をのばしていくにつれて、それらは、日本人にとってもまた歴史的・現実的な意味を持ちはじめるのである。「馬賊の歌」の流行は、この歴史的・現実的な意味のひとつの反映だった。そしてこの反映は、大衆的な文学、とりわけいわゆる「少国民」向けの文学作品のなかに、もっとも顕著なかたちで現われることになる。

有本芳水の少年小説『馬賊の唄』は、十五歳の少年、篠原勇と、その姉で十八歳の弓子とを主人公にしている。姉弟の父は、日露戦争で乃木将軍麾下の中隊長(中佐)として勲功を上げ、戦後はそのまま満洲にとどまって、馬賊に身を投じ、「支那革命」のために闘っていた。ところが、去年、それを妨げようとする一味のため、無念にも毒殺されてしまったのである。同じころ、母も病いのため不帰の客となり、姉弟は天涯孤独の身となる。そのふたりの身の上を我が子のように案じてきたのは、福岡天洋社首領の頭川実翁《とうかわみのる》だった。姉弟の父、故・篠原中佐は、頭川翁を深く尊敬し、馬賊になるにあたっても翁の考えを仰いだのだが、中佐の死を知ってもっとも悲しんだのが、頭川翁だったのだ。翁は、母を失った姉弟を、九州の炭礦王・安村敬之助に託す。安村も「憂国の士」のひとりであり、支那革命の志士の日本亡命を救けたこともある。やがて、みずからも馬賊となる決意をかためた勇少年を、頭川はついに満洲の馬賊・林元興《りんげんこう》のもとに行かせることにする。姉弟の父が身を投じたのも、この林元興の馬賊団だったのだ。じつは、林元興はもともと日本人で、西南の役のとき西郷隆盛の部下として田原坂の激戦に敗れ、西郷とともに死のうとするが、西郷にいさめられて思いとどまり、満洲へ渡って馬賊の群に加わって、ついには数千の部下を擁する大首領となったもので、頭川とは青年時代から肝胆あい照らす仲だったのである。

林元興がじつは日本人だったという設定は、もちろん、古くからあるあの、ジンギス汗はじつは義経《よしつね》だった、という伝説の同工異曲にほかならない。だが、この種の想定は、義経伝説のような古い荒唐無稽にとどまらず、文明開化以降の日本近代化の過程のなかでも、アクチュアルな効果を発揮しつづけてきたのである。二十世紀初頭、日清・日露の両戦争で「一等国の仲間入り」を果しつつあった日本国家の青少年の血をSF的小説によって沸かせた押川春浪は、たとえば英雄小説『武侠の日本』(一九〇二年十二月刊)に、じつは西南戦争に敗れたのち南洋に逃れてアギナルドたちのフィリッピン独立運動を救ける西郷隆盛を、登場させたのだった。

こうした英雄伝説の地下水脈を形成する人物たちのひとりが、馬賊・林元興なのである。物語は、こうして、かれを頼って猷修館中学二年生で柔道初段の勇少年と、福岡女学校四年生で筑前琵琶の名手たるその姉の弓子とが、「紀元節」を期して大連ゆきの汽船「梅ケ香丸」で馬関(下関)を出航する――という展開をたどっていく。すでに日本を発つまでのストーリーからだけでも、およそ現実ばなれしたこの物語が、それにもかかわらず現実との近さを意図的に与えられようとしていることに、気づかざるをえないだろう。福岡天洋社首領・頭川実とは、あらためて言うまでもなく、筑前玄洋社の頭山満《とうやまみつる》(一八五五―一九四四)であり、炭礦王・安村敬之助は、これまた実在の人物、安川敬一郎を彷彿させずにはいない。実在の安川敬一郎(一八四九―一九三四)は、石炭販売業から出発して、筑豊での炭鉱経営に乗り出し、若松の築港事業や明治鉱業会社の経営を通じて「安川財閥」を築き上げた、いわゆる立志伝中の人物だった。そして、のちに述べるように、林元興のような馬賊の頭目となった日本人という設定すらもが、ただの義経・西郷伝説のようなまったくの荒唐無稽な絵空事とばかりは言えないものだった。フィクションは、ここでは、人物たちの設定のしかたによっても、現実との近さを故意に与えられていた。

馬関を発った船が朝鮮の釜山に寄港したとき、そこからひとりの怪しい人物が乗船してくる。それは、篠原中佐の遺児たちが渡満することを逸早く察知した敵の一味だった。姉弟の旅は、この「支那人」暗殺者の登場によって、早くも手に汗にぎる緊張を帯びはじめる。この暗殺者から首尾よく逃れ、大連、遼河を経て孫家屯にたどりついた姉弟は、そこで馬賊の一隊と出会い、首領の林元興と会見する。革命党に加担するこの馬賊の一員となった勇少年は、袁世凱の軍との戦いを続け、ついに父の仇、李範国を討ち果たすことができたのである。

有本芳水の『馬賊の唄』は、作者が主筆をつとめていた雑誌『日本少年』に連載されたのち、一九一五年、雑誌の発行元である実業之日本社から、痛快文庫第五巻として刊行された。雑誌連載時からこの最初の単行本までの題名は『馬賊の子』だった。それが、一九二九年十一月に、平凡社から「少年冒険小説全集」第八巻として、同じ作者のもうひとつの小説『怪軍艦』と併せて刊行されたとき、『馬賊の唄』と改題されたのである。改題の理由は示されていないが、最初の単行本からこの平凡社版までの間に演歌「馬賊の歌」の流行があったことに注目するのは、あながち的外れではあるまい。大衆的な文学表現の通例として、この小説もまた、読者の感性を触発するだけでなく、読者の感性によって触発される、という一面をも有していたのだ。

この『馬賊の唄』がはじめ『馬賊の子』として連載された雑誌『日本少年』には、同じように馬賊をテーマにした少年小説が、もうひとつ掲載されている。有本芳水のものよりちょうど十年後の一九二五年に連載された池田芙蓉《ふよう》の『馬賊の唄』がそれである。作者の池田芙蓉とは、のちに『源氏物語』の研究その他で大きな足跡を残すことになる「国文学」者・池田亀鑑《きかん》（一八九六―一九五六）のペンネームだった。当初から題名が『馬賊の唄』だったことは、もちろん流行歌を前提としているだろう。

池田芙蓉『馬賊の唄』高畠華宵画

高畠華宵《かしょう》の挿し絵によって人気が倍増したとされるこの小説の主人公は、やはり十代半ばの日本人少年、山内日出夫である。かれの父もまた、こころざしをいだいて中国大陸で活躍する「支那浪人」のひとりだった。わけても浙江の雄、盧将軍に厚く信頼されて、これを援け、正義の軍のために戦った。けれども、不運にも圧倒的に優勢な敵のために敗れ、将軍を奉天の張将軍のもとへ逃したのち、行方不明になったのである。この盧将軍というのが、浙江省の省長と督軍（軍事長官）とを兼ね、一九二〇年七月のいわゆる安直戦争（浙江省に隣接する安徽省と北京を中心とする直隷省との間の軍閥戦争）で安徽省側に加担して敗走した盧永祥をモデルにしていることは、間違いないだろう。日出夫は、父を慕って父と同じく正義の戦いに身を投じるために「支那」に渡ってきたのだが、上海に着いたとき、浙軍の敗走と父の行方不明を知ったのである。そして、父の同志である「支那浪人」の野田五郎という人物から、父が捕らえられて北へ送られていったことを聞かされると、父がいるらしい蒙古に向って、単身、西北へ西北へと旅発っていく。いや、単身というのは正確ではない。別れにさいして野田五郎から、名馬「西風」と獅子「稲妻」とをはなむけに贈られたからだ。

ライオンを従え名馬にまたがって、日出夫は旅をつづける。ある日、馬賊の一団と遭遇し、人質として捕われていたひとりの日本人少女を救う。佐藤貴美子という名のその少女の父もやはり「支那浪人」だった。去年、支那を旅する目的で兄とともに父に連れられて大陸に渡ったのだが、おりから勃発した清朝打倒の革命に巻き込まれて、父は行方不明となった。捕らえられて北方へ連行された、という噂を聞いて、兄妹は蒙古に向かった。ところがその途上、馬賊の襲撃を受け、兄は生死不明、貴美子自身は人質として捕らえられたのである。貴美子を捕らえて連れ歩いていた馬賊の一団は、日出夫と獅子「稲妻」との縦横無尽の戦いぶりに恐れをなして降伏し、その部下となることを誓う。こうして日出夫は、三百騎からなる馬賊の首領となり、貴美子とともに、以後は義賊として生きることになった部下たちを従え、あらためて、ふたりの父と貴美子の兄・猛とを捜す旅をつづける。物語は、さまざまな冒険をつづける一行が、猛と遭遇してかれと合流し、さらに「天空侠骨和尚」と名乗る豪快な日本人と出会って、ついに、さる「支那高官」の依頼を受けてまさに処刑を行なおうとしている青海の馬賊から、猛と貴美子との父、佐藤氏を救い出す──というように展開していく。その途上で、馬賊たちを従えながらゴビの砂漠を行く少年たちが歌う「馬賊の歌」（俺も行くから君も行け、せまい日本にゃ住み飽いた）が、物語のロマンティシズムをいっそう強調する効果を与えていることは、言うまでもない。

ゴビの砂漠をさらに西へ西へと旅した一行が、ついに天山山脈のあたりまで踏破したすえ、とある古城に幽閉されていた勇の父を救出するところで、物語はひとまず終わる。波瀾万丈、血湧き肉踊る、という決まり文句を絵にかいたようなこの小説を、子供向きの娯楽読物として一笑に付すことは、容易だろう。だが、そうして一笑に付すことによっては、これらふたつの『馬賊の唄』が歴史のなかで持ってしまった意味は問われぬままに終わってしまうだろう。「馬賊」にたいする思いは、せいぜいのところエピソードとしてしか後世によって着目されず、いまなお生きる現実的問題として掘り下げられることはついにないままに、歴史的無意識のなかに埋没していくだろう。「馬賊の歌」は、日本近現代史の展開のなかで、「歌」から「現実」に変わった。のみならず、「馬賊」への思いはじつは、一九四五年の日本の敗戦によって終わったのではないのである。

4 生きつづける「馬賊」――『馬賊戦記』をめぐって

池田芙蓉の『馬賊の唄』は、初出からちょうど五十年を経た一九七五年春に、高畠華宵の挿絵も添えて、桃源社から新版が刊行された。この本に付された解説のなかで、種村季弘は、「池田芙蓉がさしたる中国通でなかったのは、この場合、かえって幸いしたのかもしれない」と述べて、そのためにかえって「まだ夢の方が現実よりもスピードが速く、文章の方が事実の意味よりも人の血を熱くさせた時代の、確かな手ごたえが感じられる」のだろう、と指摘している。歴史的・地理的な事実の細部や、政治的諸関係の具体性などを無視したこの小説の設定と描写が、むしろフィクションとしての魅力を増大させることになっている、という種村の着眼は、たしかにこの作品の特質の一面を的確に言い当てており、この作品のみならず、およそフィクションというものの重要な特質をとらえた評言というべきだろう。だが、この種村の見解は、もうひとつの指摘によって補われる必要がある。それは、事実とはほど遠いこの小説の設定と描写が、それにもかかわらず読者にとって現実とまったく疎遠なものではなかった、ということにほかならない。意識的にであれ無意識的にであれ読者が直面している現実、いや、あるいは無意識のうちにのみ直面している現実を「夢」のかたちで描いたからこそ、『馬賊の唄』は、池田芙蓉のものも有本芳水のものも、少年たちのこころと、少年たちにとどまらぬ広範な読者たちのこころを、とらえたのだ。そしてそれはまた、「大東亜戦争」での日本の敗北とともに終わることがらではなかったのだ。

「馬賊の唄」ないしは「馬賊の歌」が、単なるフィクションの領域に属するものではなく、まぎれもない現実のひとこまであることを、戦後二十年以上も過ぎてからあらためて描いたのは、朽木寒三（一九二五年生まれ）の長篇『馬賊戦記』である。「満洲」西部を主要舞台とするこの小説は、小白竜（シャオ・パイロン）もしくは尚旭東（シャン・シュイトン）と呼ばれた実在の馬賊をモデルにしている。一九二〇年代の初頭から四五年夏の日本敗北のころまで、二十年以上にもわたって中国現代史の裏面に暗躍したこの総攬把（ツォンランパ）、つまり馬賊の大首領は、じつは日本人だった。日本名を小日向白朗《こひなたはくろう》といい、一九一六年末、満十六歳のとき単身「満洲」は奉天の駅頭に降り立った。大陸横断を果たすという当初の計画は、天津で日本軍の青年将校たちと出会うことで根本から変更されることになる。土肥原賢二、板垣征四郎など、のちに侵略戦争の立役者となっていく軍人たちに「かわいがられ」て北京で二年を過ごしたのち、陸軍機関員、つまり軍事探偵として蒙古に潜入する任務を与えられたのである。そして、河北省から熱河省へ入ったところで、たちまち楊青山という大攬把（ターランパ）の手下たちに捕えられてしまう。馬賊などに屈してたまるか、と反抗する白朗を制して、楊青山はこう語り聞かせる、「お前はさっきから馬賊、馬賊と言うが、そんな日本語を使うのはよせ。おいおいとわかるだろうが、おれたちは強盗団ではない。各郷村連合の保衛団の戦闘部隊で、〝遊撃隊〟というのがおれたちの名前だ。おれのことを人は大攬把とか当家（タンジャ）と呼ぶが、正式には保衛総団長というのがおれの役目だ。悪いことは言わぬ。ここで遊撃隊の仲間になり、一働きしてはどうか」――楊青山の人柄に感じたこともあって、白朗はその手下になることを承知する。フィル・ビリングズリーは、この出来事とそれに続く一時期について、つぎのように記している、「満州を旅行中に賊の捕虜となった小日向はまだ一七歳であったが、気力の充溢ぶりに惚れ込んだ賊たちは結局かれを仲間に招き入れることになった。かれは、最初に参加した襲撃行で目ざましい働きを遂げてその場で小頭目に任じられ、さらに二年も経たないうちに幾度かその能力を見せつけると、ついには最高位の頭目に祭り上げられていた。そして〔……〕満州の賊社会では（その点では河南の西部でも同じであったが）、ひとたび頭目に選ばれるとそれを拒むことはできなかったのである。」

これ以後のかれの足跡は、中国近代化の動乱と歩みをともにする。朽木寒三の『馬賊戦記』は、他の馬賊集団との熾烈な抗争、白朗の初恋、馬賊たちが信仰する道教の聖地・千山での修業、蒙古入りの途上にあった大本《おおもと》教の出口《でぐち》王《お》仁三郎《にさぶろう》との会見などのエピソードを織り込みながら、次第に深く歴史の歯車に巻き込まれていく小日向白朗＝尚旭東・小白竜の半生を追う。出口王仁三郎との出会いは、白朗にとっては何の実りもなかったものとして描かれている。千山の老師にすすめられて、日本から来た大本教の「聖師」と会見した二十四歳の小白竜は、「神示によって蒙古を開拓し、万民和楽の礎をここに築こうと、本気でそう思いこんでいた」王仁三郎を、「神に近い人ではあろうが、世界の平和を地上に実現するほどの大人物とは思えない」と感じたのだった。——このときの王仁三郎の「入蒙」について大本教の側から書かれた文献に、王仁三郎の孫のひとり、出口和明による『出口王仁三郎・入蒙秘話』（一九八五年五月）がある。そこには、そのころ一介の馬賊修業生にすぎなかった白朗との会見については、もちろん記されていない。しかし、そこに紹介されたエピソードには、『馬賊戦記』にとっても、また馬賊というテーマそのものにとっても興味深いものが多い。

同書によれば、一九二四年二月十二日の白昼、京都綾部の空に楕円形の月と太白星が輝くのを見た王仁三郎は、心中深く決するものがあって、三人の供だけをつれて密かに日本を脱出する。「二月十五日、奉天に着いた王仁三郎はまず蘆占魁《ろせんかい》将軍と会見し、翌十六日には早くも両者の提携が実現する。蘆占魁は蒙古の英雄、馬賊の大巨頭などといわれ当年三十九才、チャハル、綏遠《すいえん》方面に勢力を持っていた。彼の命令によって黒竜江方面の馬賊は立ち所に動くとみられる実力者だ」と、同書は述べている。だが、この提携は、張作霖を刺激し、ついに蘆将軍は張によって銃殺され、王仁三郎一行も捕えられて、まさに処刑されようとする。「まさに発射されようとする瞬間、射手が銃の反動で後方に倒れたため、一時中断された」処刑は、「どうしたことか」中止となり、一行は日本に送還されたのだった。ところで、王仁三郎の中国での最大の収穫は、じつは、蘿龍《らりょう》と名乗る若い女馬賊との邂逅なのである。『出口王仁三郎・入蒙秘話』は、王仁三郎の口述著書『霊界物語』からの引用によって、その場面を描いていく。一行は、ある日、杏の花の匂う山中で馬賊に捕えられたのだが、その馬賊の首領は女性で、しかも日本語を解したのだ。「なつかしくも日本人と聞く上はわが素性をば明かさむ」と、その二十一歳の女馬賊は王仁三郎に自分の父が日本人だったことを語る。日清戦争のとき台湾から蒙古に逃れてきた父は、「蘿《ひかげかづら》の身にしあれば蘿清吉とぞ名乗りゐたりき」。そして三千騎を率いる馬賊・王文泰となって巴布札布《パブチャップ》の蒙古独立軍に加勢したのだが、「張作霖の奸計にあざむかれつつ殺されにけり」というのだった。『霊界物語』からの引用は、蘿龍とのかたらいと別れを、つぎのように伝えている——

月清き庭にたち出で蘿龍とわれ日出国の話にふける
夏の夜は忽ちあけて向かつ尾のあんずの花に輝く朝津陽
あかあかと山一面に咲き匂ふあんずの花の目にさゆる朝
庭先の限りも知らぬ芝の生に蘿龍は観兵式を行ふ
三千騎の駒のいななき高々と四囲の山々どよもしにけり
頭目の蘿龍は馬上高くたちて我に誓ひし事を伝へり
わが帰り送らむとしていや先に頭目はたち部下と送り来る
一斉に馬賊のうたをうたひつつ数百の騎士はわれを送れり
わが前に進む蘿龍はふり返り日本は神の国よと叫べり
何となく雄々しき君よなつかしと開けつ放しの蘿龍の言の葉
われもまた蘿龍のやさしき言の葉に心の綱はゆるみ初めたり
待てしばしわれは益良夫国建つるまでは動かじこの雄心を
数百騎を従へ花の野辺をゆく蒙古のわれは華やかなりけり

頭目の日本語覚へし馬賊等は声も清しく歌ひ従ふ
国遠み蒙古の空に日本語の歌聞くわれは心強かり

女馬賊・蘿龍との出会いは、じつは、王仁三郎自身にとっては、「入蒙秘話」の導入部でしかない。蘿龍の父だという蘿清吉と称した日本人馬賊が、王仁三郎の妻、つまり大本教の教祖・出口ナオの娘・澄の、行方不明になっている兄——すなわちナオの息子の出口清吉ではないか、というのが、『出口王仁三郎・入蒙秘話』という本の主題のひとつなのである。その真偽は、ここで忖度すべきことではない。ただ、小日向白朗＝尚旭東の生涯におけるほんの小さなエピソードのなかに、「馬賊の歌」とかかわる裏面史がひそんでいることを、指摘しておけば充分だろう。

王仁三郎との会見のあと、白朗はいよいよ馬賊としての本領を発揮していく。それから十数年を経て、押しも押されぬ勢力を築いたのち、かれは、張作霖隷下、張宗昌軍の正規兵となって蒋介石の北伐軍と戦うことになる。その戦闘に敗れたあと、張宗昌と袂を分かったかれは、張作霖が日本軍の謀略によって爆殺されたのちその息子・張学良の本拠地となっている奉天（現在の瀋陽）を襲撃する計画を立てる。財宝の掠奪が目的だった。だが、計画は事前に奉天日本領事館に漏れ、それを知った白朗は、攻撃のため配置した二千騎の馬賊隊をただちに撤退させて、みずからは領事館警察に自首したのだった。日本国内には厳罰を主張するものも少なくなかったが、抗日の姿勢を強めている張学良を襲おうとしたというので、白朗にたいする同情者が勝ちを占め、「三年間の大陸追放」、つまり日本に帰って三年間を過ごす、という処分を受けるにとどまった。

この軽微な処分からも、また日本軍のスパイとして蒙古に入ろうとしたそもそもの出発点からも、小日向白朗が結局は日本軍と日本国家の掌のうえで踊っていたにすぎないことが、推測できなくはないだろう。馬賊にたいして駐満「関東軍」をはじめとする中国侵略日本軍がとった苛烈な姿勢については、満洲鉛鉱株式会社設立者その他として当地で権勢をふるった久留島秀三郎（一八八八—一九七〇）も、『馬賊・鞍山の思ひ出』（一九六七年十二月）のなかで回想している。『馬賊戦記』にも重要な人物として登場する大馬賊、三勝が、ついに四千二百名の部下たちとともに日本軍に「帰順」したとき、日本軍は、説得工作のさいの約束を破って、小頭目三名とともに三勝を死刑に処したのである。「三勝は奉天で日本軍のために殺された。私は実に奮慨に耐えなかった。今日も其れを思い出す時に腹の虫がおさまらぬ。帰順をして日本側に忠誠を誓ったものを殺す、此んな武士道は日本にはない筈である」と、久留島は書いている。大攬把・三勝が中国人だったことは、言うまでもない。

このような現実のなかで、尚旭東・小白竜こと小日向白朗は、日本軍によって黙過され、優遇されたのだった。このかれの位置がどのような意味を持っていたかを、歴史の進展は、やがてはっきりと暴露していく。日本蟄居中に勃発した「満洲事変」は、ともに戦ってきた馬賊仲間たちを「抗日義勇軍」に合流させた。かれらが日本軍のためにつぎつぎと殺されていくのを知って、白朗はついに日本を脱出する。満洲に帰ったかれは、「東北抗日義勇軍総司令」に選ばれる。馬賊をもふくめて、抗日パルチザンのリーダーたちは、小白竜が日本人であることを知らなかったのだ。「おれは日本人なんかではない、アジア人だ」と自負する白朗が、それにもかかわらず「国家」と「正義」とのあいだで苦悩しながら身を処するその後の十五年間は、『馬賊戦記』後半の圧巻である。犠牲を最小限におさえ、主観的には、もっとも望ましい政権が中国に生まれる道を開く、という動機から、かれは日本軍との取引をつづける。だがそれは、取引などというものではなく、かれがますます深く仲間たちを裏切り、ますます逃れがたく日本軍の手先になっていくことにほかならなかった。ひとたびは「匪賊頭目」として指名手配され、銃殺の危機にさらされたかれも、「支那事変」が始まると、許されて、日本軍のために「残敵掃討」を受け持つことになる。そしてついには、満洲の抗日パルチザンを棄てて上海に移り、まったく日本軍諜報機関の下働きになりおおせたのだった。

日本の敗戦ののち、国民政府軍によって逮捕され、「漢奸」として裁判に付されることになったかれは、あくまでも小白竜であることを否認しつづけた。ある日、法廷に引き出されたかれのまえで、一本の劇映画が上映された。そこには、東北、つまり旧満洲で日本と戦う抗日のパルチザンたちが描かれていた。「東北抗日義勇軍」の前敵総司令、つまり前線司令官は高文斌、前敵副総司令は三勝だったが、映画の題名は『小白竜』、つまりかれ自身の生涯が、脚色して描かれているのだった。この映画の主題歌、「東北抗日義勇軍行進曲」は、そのころ大流行しており、のちに中華人民共和国の国歌となった。

朽木寒三は、『馬賊戦記』から十五年を経た一九八一年春、やはり満洲で馬賊の頭目となった日本人兄弟（じつは叔父と甥）を主人公とする実録小説、『馬賊天鬼将軍伝』を発表している。一九〇六年春に十七歳で故郷を出奔した薄《うすき》守次は、平壌で商売をしている叔父の益三を頼って朝鮮へ渡る。ところがまもなく、そのころ二十八歳だった叔父は、かつて馬賊として勇名を馳せた一日本人の誘いを受けて、満洲の長春へ移ることになり、守次少年もそれに同行する。これが、のちに天鬼将軍と白龍起の馬賊兄弟となって満蒙の地に自治国を建設しようとしたとされる両人の、最初の出発点だった。この小説に添えられた「自著解題」のなかで、作者の朽木寒三はこう書いている、「それにしても、大陸熱にとらわれて大馬賊を夢見た青少年たちは（現在の過激派、行動派の学生らもそうだろうと思うのだが、当時の馬賊志願、そして孫文らの国民革命と行をともにした彼らは）がいして頭もよく体も強健で、知識、学歴の水準も高く、おとなしくふつうの人生をえらべば充分エリートコースをも進み得る人材が多かった。なのに、結果的には日本の敗戦と、日本人の大陸総ひきあげにつながる失意絶望の運命に、若くして身を投ずるという、あわれをそそる結果となった。まして、〈日本の軍国主義、侵略思想のお先棒を担いだばか者たち〉と、今の世の、それこそ一知半解のとくい顔した文化人、知識人に一刀両断、十把一ひとからげに片づけられてしまうその無念さは、ほとんどがすでに世を去った過去の人びとであるにせよ、いくらなんでもひどすぎる、と、筆者などには思えてならないのである」。

ここで作者が述べていることのなかには、「馬賊」というテーマと向きあうときの問題点が、くっきりと姿をあらわしている。薄兄弟（叔父と甥）は、アジアの安定平和のために「満蒙自治国」を建設しようとした。小日向白朗は、アジア人たろうとし、中国民衆の解放のために働くことを志した。そこには、自分一個の利害得失にとらわれる狭小な生きかたを超え出た共同性への志向があり、国家の地平を乗り越えるインターナショナリズムの契機さえ見ることができるだろう。こうしたこころざしをいだいた人物たちは、しかも、多くの場合、そのような選択をしなければあるいは社会のエリートとして生きることもできたのだ。にもかかわらず、同時に、かれらは、日本の敗戦と運命をともにせざるをえなかったことが端的に示しているように、日本国家のアジア侵略と一線を画するような身の処しかたなど、ついに決してなしえなかったのである。結果からすれば、かれらは、「日本の軍国主義、侵略思想のお先棒を担いだばか者たち」だった。この評価、ないしは断罪は、客観的には誤ってはいない。かれらが結果として侵略の手先となった事実は、消えるものではない。けれども、この結論をもって「馬賊」をめぐる対質を切り上げるとしたら、「馬賊の歌」が人びとの感性に浸透した事実も、「馬賊の天地」たる「満洲」が日本の近現代史のなかで果たした現実的な役割も、ついには歴史の彼方に消失してしまわざるをえないだろう。

5　なぜ「馬賊」なのか？――日本近現代史と解放の夢

戦後日本の大衆的な文学表現の領域で、「馬賊」をテーマにした作品は、朽木寒三のふたつの長篇小説だけにとどまらない。この両篇に劣らぬ反響を呼んでベストセラーとなり、映画化もされ、長期にわたって読みつづけられたものに、檀一雄（一九一二―七六）の小説、『夕日と拳銃』がある。檀一雄には『オレは馬賊だ』（一九五六年五月刊）という作品もあるが、一九五五年六月から翌年六月にかけて全三冊が刊行された『夕日と拳銃』が、やはり、このテーマの代表作として論じられるべきだろう。

この小説もまた、実在の人物をモデルにしている。『馬賊戦記』や『馬賊天鬼将軍伝』が、主要人物のすべてを実名のまま登場させているのにたいして、『夕日と拳銃』では、主人公も偽名になっている。そのぶんだけ虚構の度合いが大きいと言えるわけだが、とはいえ、それは実名をすぐに想起させる程度の変名であり、たとえば張作霖や金日成のような歴史的人物は、まったくの実名で登場してくる。この小説の主人公、伊達麟之介《だてりんのすけ》は、実在の伊達順之助をモデルにしている。渡辺龍策の『馬賊――日中戦争史の側面』によれば、順之助は、仙台伊達藩の分藩、伊予宇和島藩主・伊達宗陳の次男であるとも、岩手水沢藩主・伊達宗敦の三男であるともいわれ、名門中学を転々としたとされるが学歴も明らかでない。十七歳のころ東京で人を殺したことがきっかけで日本を脱出したという。いったん帰国したのち、一九一六年のいわゆる「第二次満蒙独立運動」、つまり蒙古のパプチャップ（檀一雄はパプジャップと表記）による内蒙独立の戦いに参加するところから、満蒙における伊達順之助の馬賊歴が始まる。拳銃の名手だったかれは、中国名を張宗援（ジャン・ツォンファン）と称する馬賊の首領となる。この中国名は、かれが義兄弟の契りを結んだ張宗昌（一時期の小日向白朗が馬賊軍を率いてその一翼を担った張作霖麾下の軍団長）にちなむものだっただろう。伊達順之介もまた、日本の中国侵略戦争の進行とともに、日本軍の手先として働く結果となり、敗戦後は戦犯として逮捕されたすえ、一九四八年九月九日の夕刻、上海監獄の刑場で銃殺刑に処せられたのだった。

都築七郎の著書『伊達順之介の歩んだ道』（一九六四年三月）は、『夕日と拳銃』の主人公のモデルとなった実在の馬賊、伊達順之介の生涯を、厖大な資料と関係者からの聞き取りにもとづいて描いている。そのなかに引用された軍事法廷のかれにたいする判決主文（一九四八年六月一日付）は、こういうものだった、「伊達順之介は国際公約《ママ》を違反し対華侵略を陰謀計画せるを以て死刑に処す。部下の非軍人屠殺を許容せるを以て死刑に処す。非軍人の敵軍事行動の工作従事を強要せるを以て死刑に処す。依って死刑を執行す。」

檀一雄の小説『夕日と拳銃』は、主人公・伊達麟之介の一生を、かれが「お姉さま」と呼ぶ年上の恋人・山岡綾子への恋情を経《たていと》とし、満洲での戦闘と謀略の日々を緯《よこいと》として、きわめてロマンティックに描き出していく。そのロマンティシズムは、もちろん、パプチャップ蜂起への加担や、金日成に率いられる抗日パルチザンたちや金日成自身（と思われる若者）との遭遇、さらには結局このパルチザンに身を投じるモンゴル族の娘・アロン、麟之助を慕う日本人男女たち、等々のエピソードによって絢爛たる彩りを与えられている。けれども、この小説における最大のロマンティシズムは、じつは、主人公が日本を脱出するというそのこと自体にあるのだ。そしてこれは、『夕日と拳銃』だけにとどまらず、すべての「馬賊もの」についても言えることなのである。

伊達順之助にとっては、かれに日本脱出を決意させたものは、旧大名の御曹司という重圧であり、ふとしたことから犯してしまった殺人の重荷だった。小日向白朗にとってそれは、順之介＝麟之助とはまったく逆に、きびしい貧困の重圧だった。奉天から天津に向かう列車のなかで、かれは初めてこころの底から解放感を味わったのである。「わずか三月前の彼は、まだ東京にいて骨身惜しまず働いていた。夜明けと共に起きて大八車を引き出し、上野、日暮里の界わいで古鉄を買い歩いた。労働につぐ労働で、間のたのしみの時間など度外視した生活だった。それが、すべての仕事を投げうって、日本をとび出し、朝鮮から中国に入り、この四等車の客となって初めて、心の底からの解放感をおぼえ、中国人民衆の中にある陽気さと豊かさの感化を受け、これこそおれの求めていたものだということばでは表わせない充足感に、体も心もそのすみずみまでひたされてゆくのを実感として味わったのであった」(『馬賊戦記』)。馬賊・白龍起となる十七歳の薄守次少年が、のちの天鬼将軍である叔父を頼って朝鮮へ渡ったのも、郷里・新潟の狭隘な生活と、「落ち目つづきの」一族の現状とに、絶望してのことだった。それよりさきに日本を見限っていた益三叔父が、同じような気持ちをいだいていたことは、想像に難くない。

「狭い日本にゃ住み飽いた」と「馬賊の歌」に歌われたものが、これだったのだ。大都市における「貧民窟」の形成や「女工哀史」に象徴されるような、近代化にともなう矛盾の集積と噴出は、「世界の一等国」への仲間入りがいかに喧伝されようとも、民衆のこころを安らかにさせるものではなかった。とりわけ青年たちにとって、日本の現実は、なんら充実した未来を約束するものとは思えなかった。「馬賊」と、「馬賊の天地」たる「満洲」とが、かれらのこころをとらえた必然性は、まず第一に、日本という国家社会がかかえるあらゆる意味での貧困のなかにあったのだ。有本芳水の『馬賊の唄』が復刊され、池田芙蓉の同名の小説がこころを躍らせながら迎えられたときが、まさにプロレタリア文学の昂揚期とそのまま重なりあっていたことを、想起しなければならない。「馬賊」の夢は現実の貧困を土壌にして豊かになったのである。だがこのことは、プロレタリア文学運動にとってこの夢が単にライバルだったこと——この夢をめぐってプロレタリア文学が読者をそれと競いあうという意味でのライバルだったことに、とどまるものではない。この貧困のなかに、政治的な貧困、すなわち現実変革の不可能性ということもまた含まれていたことを、看過するわけにはいかないだろう。あるいは、日本において革命が不可能であるということが、「支那革命」の支援へと青年たちを向かわせる最大の契機だったのだ。「海(波)の彼方にゃ支那がある」としても、「支那にゃ四億の民が待つ」のでなければ、つまり革命のまっただなかで（たとえその革命がすべての中国民衆によって意識されているわけではないにせよ）生きる人びとがそこにいるのでなければ、中国への、満洲への出奔は、あるいは単なる出稼ぎであり、あるいはただの放浪でしかなかっただろう。じっさいに「馬賊」の頭目となったごく少数の日本人の背後にいる多数の日本人たち、「満洲」に活躍の舞台を夢みたこれら日本人たちは、のちに一九三〇年代になって顕在化してくる「転向」の問題を、すでに満洲との関わりのなかで体現していたのだった。かれらは、自分が現に生きる社会的現実を変革することによってしか変えることができないはずの生きかたを、他者の生きかたを変えることによって変えようとしたのである。

だが、いったい、ほんとうに「支那」では「四億の民」が「待つ」ていたのだろうか。いったい、だれが、だれを、待っていたのか。『夕日と拳銃』で、主人公とのあいだに心が通じあうものがあったかと思われたモンゴル族の娘、アロンが、やがて主人公の生命をつけねらうようになり、結局は金日成の抗日義勇軍に加わっていくのは、きわめて暗示的な設定といわねばならない。「アジアの独立を守るためにオレは大陸へ行く！」と、『馬賊天鬼将軍伝』の薄守次少年は決意する。けれども、よそからやってきたものに守ってもらうような独立が、そもそもありうるだろうか。

「大陸浪人」や「満洲浪人」という名で美化された「支那革命」の助っ人たちは、この疑問を飛び越えてしまったのだった。そして、それを飛び越えてしまったのは、個々の人間であるかれらだけではなかった。明治期以降の日本国家の歴史は、「公共ノ安寧ヲ維持シ民衆ノ福利ヲ増進セムガ為ニ」（天皇詔書）なされた「韓国併合」にせよ、アジアのための「大東亜共栄圏建設」にせよ、つねに、この疑問のまえで立ちどまってみずからを問いなおすことなく、ひたすら援助者として、解放者として、アジア民衆のまえに立ちあらわれた歴史だった。この援助者・解放者の像のなかに、みずからは天皇にすべてをゆだねて生きる「臣民」でしかない日本人の姿が逆投射されている。「馬賊」の夢は、それゆえ、現在なお進行しつつある各種の対外援助——ＯＤＡ（政府開発援助）から青年海外協力隊にいたるまでの、疑いもなく個々人の誠実さと善意とを基盤にする援助活動——と、それらに参加することで充実した生きかたを見出そうとしている日本人たちの現実にまで、つながらざるをえない夢なのだ。

「満洲」が「自由の天地」として日本人のこころをとらえ、青年たちの希望をかきたてるうえで、「馬賊」の夢は決定的に大きな役割を果たした。その夢は流行歌や文学作品によって具象化され増幅されながら、人びとの感性に浸み通っていった。雑誌『開拓』に掲載された小説「助役と書記」にさえ投影されているように、それは「満蒙開拓団」の送出にとってすら力を発揮したのだった。この歴史的事実を、侵略という大きな歴史的事実によって断罪することは、原理的に正当である。また、この断罪は、なされた侵略の巨大さから見ても、いくら断罪されてもなお不充分というべきだろう。にもかかわらず、少なくともそうした断罪と同等の切実さをもって、少なくとも歴史の事実を闇に葬ろうとする態度に劣らぬ熱心さをもって、夢の現実基盤を掘り起こす作業がなされねばならないだろう。「馬賊の歌」の夢は、この日々の現実が夢の実現とは疎遠であるかぎり、いまもなお現実のなかに生きつづけているからだ。

引用文献

林龍『満洲語会話独修』(一九三二年九月、二松堂書店)
河瀬蘇北『最新・満洲及支那辞典』(一九三二年十一月、東方文化協会出版部)
石森延男編『まんしうの子ども』(「東亜新満洲文庫」第一、風俗篇」、一九三九年二月、修文館)
滝野川六郎「助役と書記」(『開拓』一九四二年八月号、第6巻第八号、満洲移住協会発行)
古茂田信男他『新版・日本流行歌史』上(一九九四年九月、社会思想社)
森一也『軍歌・戦時歌謡大全集「海ゆかば」』解説(一九九三年、日本コロムビア株式会社)
『別冊一億人の昭和史・昭和流行歌史』(一九七一年一月、毎日新聞社)
渡辺龍策『馬賊――日中戦争史の側面』(一九六四年四月、中央公論社、中公文庫)

同　　　『馬賊社会史』（一九八一年十月、秀英書房）
フィル・ビリングズリー／山田潤訳『匪賊——近代中国の辺境と中央』（一九九四年十月、筑摩書房）
有本芳水『馬賊の唄』（一九二九年十一月、平凡社、少年冒険小説全集・8／一九九五年七月、三一書房、少年小説大系・第一四巻）
池田芙蓉『馬賊の唄』（一九七五年四月、桃源社）
朽木寒三『馬賊戦記』上・下（一九六六年六～七月、番町書房／一九八二年八月、徳間書店、徳間文庫）
同　　　『馬賊天鬼将軍伝』上・下（一九八一年一～三月、徳間書店／一九八四年八月、徳間文庫）
出口和明『出口王仁三郎・入蒙秘話』（一九八五年五月、いづとみづ）
古田傳一・久留島秀三郎『馬賊・鞍山の思ひ出』（一九六七年十二月、非売品）
檀一雄『夕日と拳銃』（一九五五年六月～五六年六月、新潮社／一九八六年三月重版）
都築七郎『伊達順之介の歩んだ道』（一九六四年三月、大勢新聞社）

なお、二五九ページの「馬賊の歌」楽譜は、上掲の『軍歌・戦時歌謡大全集「海ゆかば」』のCD版の歌から採譜して独自に作譜したものである。（筆者）

（『文学史を読みかえる2「大衆」の登場』、「文学史を読みかえる」研究会・編。一九九八年一月、インパクト出版会）

『幽霊塔』論・序説

1

新潮社版「江戸川乱歩選集」全一〇巻は、支那事変開始の一年余りのち、一九三八年九月から刊行が開始され、翌三九年九月に完結した。その当時のことを、一年半後の四一年四月初旬から作成に取り掛かった『貼雑年譜』に、乱歩自身がこう記している――

新潮社選集の半ば過ぎ（年度では翌十四年）頃から、支那事変の進展と共に国内新体制の聲姦しく、文藝その他一般娯楽の検閲は急速度に嚴重となり、大衆文学の内では、先づ股旅物の不健全性が槍玉にあげられ、つゞいて私のものなどが検閲官注視の的となり、検閲部には私の筆名を大きく書いた看板の如きものが貼られ、私の係りといふものが出来てゐるといふやうな噂さへ聞くに至つた。私自身呼出しを受けるといふやうなことはなく、凡て人づてに兼知するのみであつたが、新潮社の編集の係は屢々呼出しを受け、巻毎に或は削除を、或は書改めを命ぜられ、それが私の所へ持ち込まれるわけであつた。そのため豫告したもので、実際には選集に入れなかつた小説が二三あり、「陰獸」などもその一つであつた。削除は別に手数がかからぬのだが、書改めには閉口した。終りの四五巻は、毎巻必ず書改めを命じられ（間接に、忠告の形で）同じ場所を二度三度書き直さなければ通過せず、あるケ所の如きは一二頁全く前後の関係を無視した会話を入れたりして漸く本を出すことが出来た。私は余り面倒なので、一そ出版を中止してはどうかと新潮社へ申出たほどであるが、社は辛棒強くそれをなだめて、兎もかく最終巻まで刊行したのである。しかし、さういふ書直しなどのために豫定の一ヶ月一冊配本は不可能となり、十冊を十三ヶ月かつて終つたわけである。

〔原文のカタカナをひらがなに改めた＝池田〕

これを記した『貼雑年譜《はりまぜ》』（乱歩はしばしばこれを「貼雑帖」と呼んでいる）そのものが、支那事変の翌年から急速にすすんだ表現弾圧のひとつの産物だった。もはやこれまでのような作品を発表することが不可能であることを悟った乱歩は、「時局のため文筆生活が殆んと《ママ》不可能となつたので暫く休養する事にした。その徒然にふとこの貼雑帖を拵《こしら》へて置くことを思ひ立つた」のである（「序」より）。それは、長年保存してきたさまざまな切抜きや自筆の図面、記念写真などの資料を年代順にスクラップブックに貼り込み、説明の文言や解説の短文を手書きで記入していく作業だった。七年前の平凡社版『江戸川乱歩全集』全一三巻（一九三一年五月〜三二年五月）以来の二度目の作品集成たる新潮社版選集は、代表作の一つ「陰獣」を削除してしか刊行できなかったのだが、こうした事態は、じつは、そのあとに来る絶望的な状況のさきがけでしかなかった。この選集の刊行さなかの一九三九年三月末には、警視庁検閲課の命令によって、春陽堂「日本小説文庫」の作品集『鏡地獄』から「悪夢」（原題「芋虫」）の全篇が削除された。これを報じた『東京日日新聞』（三九年三月三一日付夕刊社会面）は「創作小説の全篇抹殺といふことは左翼小説以外稀有なことである」と書いた。この記事の切抜きを『貼雑年譜』に貼り込んだ乱歩は、右の引用部分に傍線を引き、解説文にこう記している、「公式に発売を禁ぜられたのはこの一篇のみであつたが、〔中略〕昭和十五年末頃までは盛んに版を重ねてゐた私の文庫本や講談社少年本なども、十六年度からはその筋の意嚮《いこう》を汲んで出版社自から私のものなどは整理し、重版を見合はせる傾きとなり、印税収入も全く当てにできない状態となつた。表面上の発禁は僅かに右の一篇のみであつたが、実際上は私の旧作は殆んと《ママ》全部抹殺されなければならぬ運命に立ちいたつたわけである。」――この一節を含む「愈々書ケナクナツタ次第」と題する文章で、全二冊、合計三八一頁からなる『貼雑年譜』は閉じられている。

生家である平井家一族に関する資料と記述に始まり、ゆたかな少年時代から父の破産、苦学を決意しての大学進学、そして種々の職業を経たのち、探偵小説界の旗手として華々しく活躍するに至るまでを回顧してきた『貼雑帖』が、はじめて「時局」への危惧を想起するのは、「昭和十二年（七月支那事変起ル）（四十四才）」と題したページ（三四七頁）だった。「支那事変勃発するに及び私の仕事は一入《ひとしお》窮屈になつた。最早遊戯文学の時代ではないのである。これより現在までの四年余り日一日と統制厳《ママ》重となり、遂に全く筆を執るを得ぬに至る。しかしその間四年間の猶豫があつたわけである」と、乱歩はそこに書いた。

この「猶豫」期間に、かれが「心魂をこめ」て完成させたのが、長篇『幽霊塔』だったのである。

2

『幽霊塔』は、雑誌『講談倶楽部』の一九三七年三月号から翌三八年四月号まで連載された。そして完結の直後、同年四月に大日本雄辯會講談社から単行本が刊行されたあと、前述の新潮社版選集第七巻にも収められた（当初の広告では第八巻に収める予定だった）。連載の開始を予告する『講談倶楽部』三七年二月号の折込広告は、「江戸川乱歩先生が心魂をこめた大傑作‼　大怪奇探偵小説　幽霊塔」のキャッチフレーズのもとで、この長篇にたいする作者の抱負をつぎのように紹介していた。

私は数年程前、『富士』に『白髪鬼』を連載したことがありますが、あの時と同じやうな心持、いやそれ以上の意気込みで、今度は講談倶楽部に『幽霊塔』を書いて見ようと思ひます。／『白髪鬼』も『幽霊塔』も、黒岩涙香の名訳があり、世に知られてゐるものですが、文章が古風で、年少の方々や、御婦人方には、やゝ親しみにくいところがあり、本誌の読者諸君の中には、涙香の作品を読んでゐない方も多いことと考へます。／そこで、私は嘗ての『白髪鬼』の場合と同じやうに『幽霊塔』を現代の文章に書き改め、又筋の上にも私流の変化を加へて、謂はゞ私の『幽霊塔』を書いて見やうとする訳です。／大先輩黒岩涙香を凌がうなどとは思ひませんが、しかし、私の『幽霊塔』であるからには、少しは違つた味も出して見たいと考へてゐます。さういふ意味で、この小説は涙香の『幽霊塔』をお読みになつた読者諸君にも、またトテモ面白いと存じますから、御一読を得たいと思ふのです。／御承知の如く、『幽霊塔』は本格の探偵小説ではありませんが、外国にかういふ種類の小説が初まつて以来の夥しい作品の中で、通俗的な面白さでは、殆んど比類がない程ヅバ抜けた小説です。想像も及ばない奇怪な着想、魂もしびれるやうな恐怖、不思議に次ぐ不思議の筋の変化、私はこの小説を始めて読んだ時の、夜の目も寝られない興奮を今に忘れることが出来ません。これ程面白い小説を、時代の古さや文章の難しさの為に、埋れさせて置くのは本当に惜しいことだと思ひます。／本誌編輯局から、熱烈なる御依頼を幸ひに、既に涙香の名訳があるにも拘らず、更に私の『幽霊塔』を書いて見ようとする所以です。

（／は改行箇所）

『貼雑帖』にも貼り込まれたこの広告では、乱歩の『幽霊塔』は一九三七年の「三月号より新連載」と謳われている。『幽霊塔』の連載開始時期については、久しく誤って伝えられてきた。定本全集ともいうべき二五巻本の講談社版全集第一〇巻（一九七九年二月）の中島河太郎による「解題」をはじめ、全六五冊の講談社「江戸川乱歩推理文庫」第六五巻（八九年五月）の「江戸川乱歩著作目録」、さらには、創元推理文庫版『日本探偵小説全集』2、『江戸川乱歩集』（九九年三月、二七版）の「江戸川乱歩年譜」でも、「一九三七年一月号」とされている。しかし、この広告の予告どおり三七年三月号が正しいのである。その号の『講談倶楽部』の表紙には、長田幹彦の「読切実録小説　残紅」と並ぶかたちで「新連載大長篇　幽霊塔――江戸川乱歩」と印刷されているのを見ることができる。本文の冒頭は、伊藤顕による左右両ページ見開きの挿絵（表題・作者名を含む）で飾られている。

乱歩自身が言及したように、『幽霊塔』にはすでに黒岩涙香の翻訳（厳密には翻案）があった。というよりもむしろ、乱歩はもっぱら涙香の訳書にもとづいて、それをさらに翻案もしくは改作したのである。一八九九年八月から一九〇〇年三月まで『萬朝報』に連載され、翌年の一月から九月にかけて全三巻で刊行された涙香訳は、その原作が「英国 Mrs. Benjison 著、*The Phantom Tower*」とされているのみで、どうしても原書に到達できなかった乱歩は、やむなく涙香の嗣子、黒岩日出雄に了解を求めて、涙香の訳書を改作するという方法をとったのだった。後年、乱歩は涙香訳の『死美人』（原作はフォルチュネ・ボアゴベイ作『ルコック探偵の晩年』）を現代語に訳して一九五六年八月に刊行したが、これが文字通り涙香作品の忠実な現代語訳だったのに対して、『幽霊塔』は、涙香作品から自立した乱歩独自の小説となっている。乱歩は、この作品の単行本化にさいして、「日出雄氏に印税の四分の一ほどを贈った」という（『貼雑年譜』）。その後も永く不詳だった原作は、現在では、イギリスの女性小説家アリス・マリエル・ウィリアムスン（Alice Muriel Williamson, 1869-1933）の一八九八年の作品、『灰衣の女』（*A Woman in Grey*）であることが明らかにされている。この原作の邦訳は、中島賢二の訳で二〇〇八年二月に論創社から刊行された。

いずれにせよ、原作者も明確でない涙香訳の一作品が、ほかならぬその時期に、江戸川乱歩を強くとらえ、かれの創作意欲を激しくかきたてたのだった。

3

少年時代の自分が黒岩涙香の『幽霊塔』に魅せられたことを、江戸川乱歩は何度か語っている。なかでも、中学一年の夏休みに、母方の祖母が保養のために滞在していた熱海温泉に父方の祖母と一緒に出かけて一ヵ月ほど過ごしたとき、貸本屋で借りてきた『幽霊塔』の「怖さと面白さに憑かれたようになってしまって」、海水浴もそっちのけで「部屋に寝ころんだまま二日間、食事の時間も惜しんで読みふけった」という回想は、よく知られている。小学校時代から涙香を読み始めて、中学校のときほとんどの作品を読破し、二〇歳のころそれらを再読したというかれが、戦後の一九四九年一〇月号から雑誌『新青年』に連載し始めた『探偵小説三十年』（のちに『探偵小説四十年』と改題）の冒頭で記したこのエピソードは、数ある涙香作品のうちでも『幽霊塔』から受けた感動がひときわ鮮烈に乱歩のなかで生き続けていたことを、物語っているだろう。

乱歩がこの小説に魅せられた理由は、いくつか推測できる。ひとつは、もちろん、幽霊塔の大時計の機械仕掛けである。やはり涙香訳を脚色した『白髪鬼』で、乱歩は、涙香訳には（ひいてはまたメアリー・コレッリの原作にも）まったくなかった二つの機械装置を、復讐の道具として新たに考案した。巨大な眼を映し出す幻灯機と、機械仕掛けの処刑用天井である。これらが、復讐の成就をいわば天罰めいたものに委ねる涙香（および原作者）と乱歩とを、くっきりと分けるのだ。『パノラマ島奇談』や『鏡地獄』などの諸作品も、乱歩が常軌を逸した機械仕掛けに対して並外れた関心を持っていたことを証し立てている。

もうひとつは、広い意味での「迷路」に関するかれの興味である。かれは最初の随筆集『悪人志願』（一九二九年六月、博文館）の一章、「迷路の魅力」で、自分が迷路というものに深い興味を持っていることを述べて、涙香の『幽霊塔』の建設者が自分の造った迷路に迷って塔の地下で死んでいくという話を「ことに興味深く覚えている」と書いた。そのうえで、いま雑誌に連載している小説の最終場面に、「この迷路のすご味なり興味なりを、〔涙香の〕『幽霊塔』よりはいくらか詳しく書いて見たいと思っている」という抱負を語ったのだった。その連載中の小説とは『パノラマ島奇談』だろうが、この抱負からも、問題の涙香訳『幽霊塔』が乱歩にとって、迷路という設定についてだけでも超えるに値する高峰だったことが、うかがえるのである。

そしてもちろん、『幽霊塔』は、素性の不分明もしくは人物の入れ替わり、謎の呪文または謎めいた暗号、裁判の誤りと冤罪、主人公たちの最大の敵となる探偵や弁護人など、探偵小説にとって恰好の諸要因を備えているばかりではなかった。無数の蜘蛛を飼う養虫園、活殺自在ともいうべきインド産の毒草グラニール、猿を連れた正体不明の婦人、多くの顔型を保存する地下室、等々、涙香が「奇中奇談」という角書《つのがき》をこの小説に付したのにふさわしいだけの、怪奇小説としての要素もそなえていた。「通俗的な面白さでは、殆んど比類がない程ヅバ抜けた小説」という乱歩の評価は、おそらく誇大宣伝ではなく、本心からのものだっただろう。その段階ではまだ忍び足で近づきつつあるという程度にしか感じられなかった「時局」の暴圧に、乱歩は、この小説を武器にして読者を魅了することで対抗しようとした、とも言えるのだ。たとえかれ自身がそのことを明確に意識してはいなかったとしても、乱歩版『幽霊塔』にかれが籠めた思いは、歴史の視線で見るなら、娯楽作品、それもきわめて質の高い娯楽作品によって、現実の劣悪で悪質な日常と対峙しようという意図以外のものではなかったのである。少なくとも、その意図の最後の試みにほかならなかったのである。そういう位置に、この作品は立っていたのだ。

江戸川乱歩は、おそらく、乱歩版『幽霊塔』のこのような歴史的位置を深く意識してはいなかった。「心魂をこめ」るのは、作品の面白さそれ自体のためだった。『貼雑年譜』で随所に記された「時局」の暴力に、では作品によってどう対処するかという考慮を、かれは一度として巡らしていない。少なくとも、プライベートな記録であるその『貼雑年譜』にさえ、こうした考慮についての記述はないのである。もはやもっぱら少年小説に逃げ道を求めるしかなくなる直前に、江戸川乱歩が思いを籠めて書き上げた『幽霊塔』、実質的にはかれの最後の力作となるこの作品の、これが現実だった。

だからこそ乱歩は、男性主人公のかつての不本意な婚約者であり悪役である三浦栄子（涙香訳ではお浦こと浦谷浦子）を、大団円で、「免囚保護協会」の幹事として再生させ、「免囚の母」として慕われる道を歩ませるのだ。免囚とは、刑期を終えて、あるいは刑の執行停止で釈放された服役囚のことである。黒岩涙香は、それとは対照的に、「浦原お浦は米国へ行き女役者の群に入り何所《どこ》か西部の村々を打廻《うちまわっ》て居る相《そう》だ、天然に狂言の旨《うま》い女だから本統の嵌役《はまりやく》と云ふ者だらう」と冷たく突き放していた。だが、乱歩の作品が読者に届けられたちょうどその時期は、天皇制国家が、犯罪者のうちでも極め付きの犯罪者である左翼からの転向者たちの「更生」指導、つまりかれらを天皇制に帰順させる再教育のために、「帝国更新会」を始めとする翼賛団体を助成活用していたさなかだったのである。自分が三浦栄子という人物に役割として与えたこのような社会奉仕、後の世に謂《い》うボランティア活動が、まさしく探偵小説を圧殺する強大な権力を補完するものであることは、乱歩には見えなかった。この結末は、黒岩涙香訳が、幽霊塔の地下に眠っていた莫大な財宝を主人公たちがどう役立てるかについて、「他日若《も》し英国が正義の進路の為めに国運を賭して他国と戦争する時が有らば決して課税などを引揚げさせぬと春子（丸谷秀子（乱歩では野末秋子）の本名」は云て居る、言替れば軍費に献納する積りである、何と目出度い訳ではないか」という一文で全篇を結んだのと、結局のところ軌を一にしているのだ。涙香自身、日露戦争にさいして当初の戦争反対から主戦論に転じるに先立って、すでに『幽霊塔』でその転向を先取りしていたのだった。

『幽霊塔』が垣間見させるこのような問題点は、しかしそれゆえにこそ、いわゆる大衆文学が現実の暴力と対峙するさいの可能性と限界とを、さらにはその限界を突破する方途の模索をも、具体的で精緻な作品解読によって明らかにしたいという思いに、読者を誘わずにはいないのだ。

（《APIED》Vol.16——二〇一〇年三月、アピエ社）

コレクション版へのあとがき

1

『大衆小説の世界と反世界』は、私自身にとって、いまだに過去のものになりきらない一冊だ。

それが刊行されたのは一九八三年一〇月末、いわば霞の彼方の遠い過去である。その年の一月に訪米した首相・中曽根康弘は、アメリカ大統領・ロナルド・レーガンと会談し、「日米は運命共同体」であり、「日本列島を不沈空母化しなければならない」と言明した。同じ年の九月一日には、ソ連の領空に侵入した大韓航空機が撃墜され、二八人の日本人を含む乗客・乗員二六九人の全員が死亡した。一〇月三日には伊豆諸島の三宅島が大噴火し、多数の住民が島外に脱出することを余儀なくされた。一〇月一二日には、大規模政治汚職「ロッキード事件」の「丸紅ルート」被告たちに対する東京地裁の判決公判で、元首相・田中角栄に懲役四年、追徴金五億円の実刑判決が下された。それよりさき、同年六月には、「国鉄再建監理委員会」が発足して、経営困難に陥っていた（とされた）国鉄（日本国有鉄道）の「分割民営化」、つまりＪＲへの道が、具体的な一歩を踏み出していた。どれもみな、現在の若年・中年層にとっては古い別世界の出来事でしかないだろう。それらと時を同じくして生まれた『大衆小説の世界と反世界』も、遠い別世界の過去の痕跡にすぎない。

けれども、少し落ち着いていまの現実を振り返ってみれば、日本列島の不沈空母化が既成の事実となり、日米が運命共同体であるどころか日本が米国の属国であり、とりわけ日本国の現首相が米国の忠実な「ポチ」であることは、いわゆる「反体制派」でなくとも多くの日本「国民」が認めざるを得ないだろう。大規模政治汚職は、周知のとおりますます活況を呈し、過去のロッキード事件では曲がりなりにも業界と政治家の犯罪が摘発され裁かれたが、現在では首相以下、政治家も高級官僚も、権力犯罪はしたい放題である。乗っ取られた国鉄は、ＪＲと名前を変えたのち、合理化の名のもとに従業員の労働条件を劣悪化させ、度重なる重大事故で多くの人命を奪ってきた。東西両体制対立時代の最終局面で起きた大韓航空機撃墜事件は、その十年前であれば戦争に至ったかもしれなかったが、破局は回避され、それからわずか八年後にはソ連が崩壊した。とはいえ、勝ち残った米国による干渉戦争や戦争挑発は終わることがなく、いまではその標的が主として朝鮮とイランに向けられている。そして、衝撃的だった三宅島大噴火をはるかにしのぐような自然災害が、あれからあと、引きも切らず続発しているにもかかわらず、破滅的な結果をもたらすことが事実によって示された原発をすら、この国は廃止することができない。一九八三年に起こったことは、遠い過去ではないのである。

『大衆小説の世界と反世界』が私にとって過去のものとならないのは、いまに至るまで私自身がこの本のモティーフ（動機・主題）と決別することができずにいるから、という単純な理由からに過ぎない。この一冊で論じ、あるいは言及したさまざまなことがらをずっと引きずったまま、私は四〇年近くも来てしまった。その間《かん》に、何らかの意味で「大衆小説」と関わる文章を書きつづけてきたが、とりわけ、一九九七年三月刊行の『「海外進出文学」論・序説』（インパクト出版会）に始まる「海外進出文学」論シリーズ——第Ⅰ部『火野葦平論』（二〇〇〇年一二月）、第Ⅱ部『石炭の文学史』（二〇一二年九月）——は、『大衆小説の世界と反世界』のいくつかのモティーフを自分なりに掘り下げる作業のひとつだった。そしてこの作業はまだ継続中で、あと二冊の続刊が構想段階にある。それが近い将来に実現できるかどうかは別として、『大衆小説の世界と反世界』は私にとっては依然として未完なのだ。これが、「コレクション」の他の巻とこの一冊とを多少とも区別する点だと言えるかもしれない。

2

『大衆小説の世界と反世界』は、一九七九年六月に同じく現代書館から刊行された『教養小説の崩壊』と同様、立命館大学文学部での「文学概論」の講義を祖型にしている。教養小説論は、一九七八年度の講義（四月から翌年二月まで、週一回九〇分、ほぼ三〇週弱）を終えたあと、すぐ一気に全篇を書き下ろして上梓したのだが、次年度の講義テーマとした大衆小説論は、論じたいことが一年間の講義だけでは終わらず、翌年度まで持ち越すことになったうえ、講義で論じたことを文章として書き下ろすのに予想外の時間を要し、ようやく最初の講義から四年後の八三年秋、出版にこぎつけた。そのあいだに、『抵抗者たち――反ナチス運動の記録』（八〇年九月、TBSブリタニカ。増補新版＝二〇一八年三月、共和国）、『闇の文化史――モンタージュ一九二〇年代』（八〇年一〇月、駸々堂）という二冊の書き下ろしと、エルンスト・ブロッホの大著『この時代の遺産』の翻訳（八二年五月、三一書房。その後、九四年一一月に「ちくま学芸文庫」版、二〇〇八年一二月に水声社版が出ている）が割り込むことになったためでもあるが、大衆小説論が私自身にとってまだ未決着だったどころか、発酵の途上にあったことが、大幅な遅れの主因だっただろう。この状態がいまなお終わっていないことは、さきに記したとおりである。

じつは、これに先立つ『教養小説の崩壊』の巻末に掲載された出版社の広告には、「池田浩士〈小説と社会〉をめぐる書き下ろし」というキャッチフレーズで、「『大衆小説の世界と反世界』一九八〇年春刊行予定」、「『探偵小説の謎』一九八〇年秋刊行予定」という予告が記されていたのだった。前者の刊行が大幅に遅れて八三年秋になったことは既述のとおりだが、後者はいまだに未刊のままである。もしも私に稀有な長寿が恵まれるなら、現世でこの約束を果たしたいと念じている。もちろん、その仕事も大衆小説論のひとつの延長線上にある。

『大衆小説の世界と反世界』が刊行されたころ、そしてもちろん、最初にこのテーマを講義で取り上げたころ、「大衆小説」および「大衆文学」は、いわゆる「文学研究」の対象ないし主題たるにふさわしいもの、もしくはその価値があるものとして一般には認知されていなかった。尾崎秀樹《ほつき》という先蹤者《せんしょうしゃ》があり、その貴重な仕事は厳然として存在していたし、この領域に大きな関心をいだいた鶴見俊輔、多田道太郎らの諸論考も、無視することなどできないものだった。にもかかわらず、大衆文学・大衆小説、とりわけ日本のそれは、日本の「国文学者」(日本文学者)の多数にとって、まともな文学研究の埒外にあるものとされていたのである。このことを物語るひとつのエピソード(実話)を、ここで紹介しておきたい。

私が立命館大学文学部の「文学概論」で大衆小説を取り上げていた年度のある日、たまたま講師控室で時間をつぶしていると、一人の女子学生が教授との面談のためにその部屋に入ってきた。私は二人に背中を向けたまま別のことに心を奪われていたのだが、やがて突然、「そりゃいけないよ、きみ」という教授の声が聞こえてきた。「一生に一度の卒論ですよ、それなのに大衆文学をテーマにするなんて……。もっとまともな作家なり作品なりと、きちんと取り組まなくちゃ……」

学生は、卒業論文のテーマについて指導教授と相談するためにやってきたのだった。後ろ向きに坐っている私にその学生が気付いたかどうかは知らないが、教授のほうが私の存在に気付いていなかったのは疑いがない。週に一度だけ非常勤講師として出講する他大学の若僧《わかぞう》教員で、しかも日本文学業界とは無縁な私の顔を、そもそもその日本文学専攻の教授は知らなかっただろう。文学部文学科の必修科目だった「文学概論」を私に担当させたがために、「まとも」ではないテーマの卒論を書こうとする学生が出てきたのだった。このエピソードを私は四〇年後のいまここで初めて公にするのだが、もちろん、現在ではどこの大学でもそれがまともなテーマであると認められるようになっていることは、言うまでもない。

「文学概論」の講義を私はちょうど四半世紀にわたって、最後にこちらから辞退を申し出るまで、毎年まるでそこが私の指定席であるかのように、継続して担当させてもらった。年度によって講義のテーマを変え、内容も別のものにしたのはもちろんだが、日本の文学に論及するときも、平野謙の「三派鼎立」論が言う「既成リアリズム」の文壇文学、いわゆる純文学は、ほとんど無視したままだった。そのことによって、あるいは、日本文学専攻をはじめとする文学科のオーソドックスな授業を補完する役割を、多少なりとも果たせたのかもしれない。年を追って入れ替わりつつ講義に参加された受講生の皆さんに、遅ればせながらあらためて感謝したい――というのが偽らぬ気持だ。

3

本書の第二部に収めた五篇の文章は、さまざまな機会に独立の論稿として発表したもののうち、何らかの意味で大衆小説というモティーフと関わるものである。これら以外にも、同じモティーフの諸論稿のうちのいくつかが、いずれも社会評論社から刊行された三冊の論集――『ふあっしょファッション――池田浩士表現論集』（一九八三年七月）、『文化の顔をした天皇制』（八六年一一月。増補改訂版＝『文化の顔をした天皇制――池田浩士〈象徴〉論集』、二〇〇四年六月）、『権力を笑う表現？――池田浩士虚構論集』（九三年一二月）――にも、それぞれ数篇ずつ収められている。それらを除外することを前提として、『大衆小説の世界と反世界』と同時期およびそれ以後に書いた大衆小説に関する雑多な文章のうちから、本書にこの五篇だけを収載することにした。これらを選んだのには、言うに足るほどの理由があるわけではない。強いて理由付ければ、論じた対象についての自分なりのこだわりと、それらが最初に発表された場についての私なりの意識が、ほんの少し他と比べて大きいような気がすること、とでも言えようか。

それぞれの文章の初出紙誌については、その文章の末尾に記したので、ここではいわば蛇足を付け加えておこう。

五篇のうちの二篇は、江戸川乱歩についての文章である。私は江戸川乱歩の専門研究者でもなければ、この作家を偏愛するマニアでもない。乱歩についての知識も、乱歩に寄せる思いも、とりたてて言うほどのものではない。文学表現という領域が私の胸のなかで占めている面積もしくは体積のうちで、乱歩はそのうちの一パーセントどころか千分の一も与えられていないだろう。――にもかかわらず、私は、たとえばカフカやジャン・パウルやドストエーフスキーや夢野久作について語りあるいは書くときのように、言いたいことと言わなければならないことを自分なりにつかんで表現する（あるいは、表現できるという気持ちになる）ことが、どうしてもできないのだ。江戸川乱歩の作品と向き合うとき、私はつねに、解明しなければならない問題にあらためて直面し、その問題の解明を自分の課題としてあらためて確認する、という作業を、果てしなく繰り返しているのかもしれない。

近現代の日本文学の歴史のなかでひとつのユニークな位置を占めている湯浅克衛について、『大衆小説の世界と反世界』を書いた当時の私は、まだほとんど知識も意識も持っていなかった。「湯浅克衛植民地小説集」として大部（A5判六六二頁）の『カンナニ』がインパクト出版会から編集刊行されたのは、ようやく一九九五年三月のことである。ご遺族の意向もあって、そこには、日本の植民地政策や対中国進出政策への迎合・協力の姿勢があまりにも明白に示されている著作は、採録することができなかった。このたび本書に収めた「文学に描かれた「満蒙開拓団」の生活と文化――湯浅克衛の作品にそくして」は、インパクト出版会版『カンナニ』から漏れているそういう作品のひとつを取り上げている。

この論稿の原型は、一九九五〜九七年度に「文部省科学研究費補助金」（いわゆる「科研費」）による「国際学術研究」として中国および韓国の研究者たちとともに実施された研究プロジェクトでの中間報告講演だった。「満蒙開拓団の総合的研究――母村と現地」と題するその共同研究は、公的な研究代表者は私だったが、実質的にこの研究組織を構築し運営する主力となったのは、浜松市の実業家、清川紘二である。一九七八年夏、黒竜江省の首都哈爾濱《ハルピン》が初めて「国際開放都市」となって外国人の旅行者を受け入れるようになるやいなや、清川は「日中友好青年大学教師訪中団」を組織して、もっぱら東北三省（旧・満洲）に限定したフィールドワークの旅を実行し、かつての「満洲国」に対する日本の所業を実地に再認識する作業を開始した。ちょうど毛沢東に領導された「紅衛兵」運動に対する巻き返し政策の最終局面で、毛沢東の妻だった江青以下の「四人組」追放闘争の余韻がまだ残っているころだった。

私もこの訪中団の一員に加えられたが、その後、一五年の年月を準備作業に費やした清川は、長野県下伊那地方から送出された満蒙開拓団の実体験者たちと、彼らの入植地とされた中国現地の住民たち（漢民族および朝鮮族の人びと）との再会とその後の交流を実現し、中国東北地方の大学や研究機関（社会科学院）の歴史研究者たちとの関係を築いたうえで、「満蒙開拓団研究会」を創設した。中国と日本の研究者と、敗戦時の「集団自決」を生き延びて帰国した開拓団農民たち――敗戦時に十代半ばだった人たちが、すでに還暦を越えていた――とが場を同じくするこの共同作業の延長線上に、韓国の研究者たちをも加えた前述の科研費による国際学術研究があったのである。

本書に収めたもう一篇の満洲関連論稿、「「馬賊の唄」の系譜――大衆文学の外史によせて」も、満蒙開拓団への私なりの以前からの関心はさておき、この共同研究から多くのものを得ていることは言うまでもない。これが最初に発表されたのは、全国規模の研究組織である「文学史を読みかえる」研究会（略称＝「読みかえ」研）が共同作業の成果報告として刊行した『文学史を読みかえる』と題するシリーズの第2巻『大衆の登場――ヒーローと読者の20〜30年代』（九八年一月）だった。このシリーズは、九七年三月から二〇〇七年一月にかけて、全七巻がインパクト出版会から刊行されている。A5判で二九〇ないし四〇四頁という大冊で、既成の「文学史」とは別の新しい文学史を提示することにとどまらず、そもそも「文学史」とは何か？――という根本的な問題を提起することを目指している、と言えようか。「読みかえ研」は、創立から二〇年を経た二〇一五年にひとまず全国規模の活動に区切りをつけたが、現在でもなお関西を中心に研究会活動を続けており、不定期刊の『文学史を読みかえる・論集』（発売元＝インパクト出版会）は、近く第三号を発行する予定である。

「「馬賊の唄」の系譜」がシリーズ『文学史を読みかえる』の第2巻に発表されたとき、じつは、この論稿は私のものではなかった。筆者名が「梅原貞康」となっていたからである。

シリーズの各巻は、研究会のメンバーのうちから推されたひとりがその巻の編集責任者を引き受けることになっていたが、第二巻は私が責任者だった。ところが、私はこの巻のテーマに即した「〈大衆〉というロマンティシズム――プロレタリア文学と大衆文学の読者像」という長文をこの巻に書いたため、遠慮して、だれにも明かさずに変名で、「馬賊の唄」論を発表することにしたのだった。もちろん、この変名には、私なりの思いが込められていた。

いつか必ず正面からきちんと論じたい、と私がかねてから念じている表現者のひとりに、梅原北明《ほくめい》がいる。一九〇一年一月から四六年四月までのわずか四五年の生涯に、しかも絶え間ない官憲の弾圧に束縛されながら、彼は驚くべき仕事を残した。いま私の手元にあって確認できるだけでも、ざっと以下のとおりである――『近代世相全史』全四巻（Ａ４判、各巻四〇〇〜五〇〇頁）、『近世社会大驚異全史』（Ａ４判、全一冊、表紙を除いた厚さ＝一一・五㎝）、『世界珍書解題』（「烏山朝太郎」名で）、『高橋お傳記事集成』、『近世暴動叛乱変乱史』、『変態仇討史』（「変態十二史」第八巻）、「本朝筆禍絶焼録」（梅原編の月刊雑誌『文藝市場』一九二五年一一月号、「特別付録筆禍文献集」のうち）、『恋愛術――世界性愛談奇《（ママ）》全集・第一巻』、『全訳デカメロン』（上下二巻）、そして《*Bilderlexcikon. Herausgegeben von Institut für Sexualforschung in Wien. 1. ~ 5. Abteilung des ersten Bandes*》（つまり、ヴィーン性科学研究所編『図解百科事典』第一巻第一〜五章の翻訳、全五冊＝表紙がドイツ語である以外は日本語）、等々。

これらの仕事とその作者（あるいは編者）を、その道の玄人や一部のマニアたちの手に委ねておくのは、なんとも無念というしかない。彼の仕事こそは、私自身がなすべきことなのだ、もしも私にせめて彼の十分の一でもその能力がありさえしたなら……。こういう空しい思いをかねがね私はいだいていたのだった。その梅原北明の本名が貞康《さだやす》なのである。この名前に対する大きな反響を期待していたのだが、「読みかえ」研のメンバーからも、それ以外の読者からも、何の反応もなかった。梅原北明が、私の思い込んでいるほどの存在ではなかったのか、北明の本名など知る人もなく、知る必要もなかったからか、あるいはその北明が書いた「馬賊の唄」論が読者や研究会メンバーの関心を呼ばなかったのか、そのいずれかだったのだろう。

＊

「コレクション」の既刊五冊がひとまず刊行されてから、ようやく第六冊目として本書が日の目を見るまでに、丸十年が経過してしまった。その原因はひとえに、新しい仕事にかまけて、旧著と向き合う辛い作業を一日延ばしに先送りしてきた私自身にある。既刊分、あるいはそのうちのどれかを手に取ってくださり、多少なりとも続刊を待ってくださった読者の皆さま、このシリーズを備え付けの図書に選んでくださった図書館の担当者のかたがた、そして、採算が取れないことを承知の上で拙著を刊行してくださり、わけても大赤字を覚悟でこの「池田浩士コレクション」

を企画出版してくださっているインパクト出版会の深田卓さんには、いまさらお詫びの言葉もない。この巻が弾みとなって、あとは玉突きの玉のように残りの巻が生きいきと転がることを、もっとも近い未来に実現すべき重い課題としたい。

二〇一九年夏

池田浩士

池田浩士（いけだひろし）

1940年大津市生まれ。

1968年4月から2004年3月まで京都大学在職。

2004年4月から2013年3月まで京都精華大学在職。

著書（コレクション所載以外）

『抵抗者たち―反ナチス運動の記録』TBSブリタニカ、1980年。新版、軌跡社、1991年。

増補新版、共和国、2018年。

『ふぁっしょファッション』社会評論社、1983年。

『文化の顔した天皇制』社会評論社、1986年。増補改訂版、2004年。

『死刑の〔昭和〕史』インパクト出版会、1992年。

『権力を笑う表現？』社会評論社、1993年。

『[海外進出文学] 論・序説』インパクト出版会、1997年。

『火野葦平論―［海外進出文学］論・第Ⅰ部』インパクト出版会、2000年。

『歴史のなかの文学・芸術』河合文化教育研究所、河合ブックレット、2003年。

『虚構のナチズム―「第三帝国」と表現文化』人文書院、2004年。

『子どもたちと話す　天皇ってなに？』現代企画室、2010年。

『石炭の文学史―［海外進出文学］論・第Ⅱ部』インパクト出版会、2012年。

『ヴァイマル憲法とヒトラー―戦後民主主義からファシズムへ』岩波書店、2015年。

『戦争に負けないための二〇章』（髙谷光雄＝絵）共和国、2016年。

『ドイツ革命―帝国の崩壊からヒトラーの登場まで』現代書館、2018年。

『ボランティアとファシズム―自発性と社会貢献の近現代史』人文書院、2019年。

大衆小説の世界と反世界
池田浩士コレクション⑥

2019年　8月25日　第1刷発行

著　者　池　田　浩　士
発行人　深　田　　　卓
装幀者　宗　利　淳　一

発　行　インパクト出版会
〒113-0033　東京都文京区本郷2-5-11　服部ビル2F
Tel 03-3818-7576　Fax 03-3818-8676
E-mail：impact@jca.apc.org
http://impact-shuppankai.com/
郵便振替　00110-9-83148

本書第一部『大衆小説の世界と反世界』は現代書館1983年10月刊が底本です。

モリモト印刷